Linda Mignani
# Feuernächte
Erotischer Roman

Plaisir d'Amour Verlag

**Linda Mignani**
# FEUERNÄCHTE
Erotischer Roman

© 2015 Plaisir d'Amour Verlag
Am Gassenkopf 8
D-64686 Lautertal
www.plaisirdamourbooks.com
info@plaisirdamourbooks.com
© Covergestaltung: Sabrina Dahlenburg
(www.art-for-your-book.weebly.com)
ISBN Taschenbuch: 978-3-86495-185-5
ISBN eBook: 978-3-86495-186-2

Sämtliche Personen in diesem Roman sind frei erfunden.

# Kapitel 1

Gordon räusperte sich, um das Lächeln zu kaschieren, das drohte seine Mundwinkel zu überwältigen, angesichts von Alexis White, der kleinen Sub, die Keith Logans Herz im Sturm erobert hat. Rot erlangte eine neue Bedeutung, als die Farbe wie eine Flutwelle über ihren feingliedrigen Körper schwappte und leuchtende Spuren auf ihrer Haut hinterließ. Sie schämte sich in Grund und Boden, doch das hielt Keith nicht davon ab, den Verschluss des BHs zu öffnen und ihn langsam abzustreifen, sodass alle Anwesenden ihre hübschen Brüste gebührend bewundern konnten, die in ihrer Form genau zu ihrer Zierlichkeit passten.

Ein zufälliger Zuschauer, der sich von BDSM, Exhibitionismus und Voyeurismus abgestoßen fühlte, würde die Situation in der Alexis steckte, als pervers empfinden. Für Alexis jedoch war sie zweifellos anregend. Allerdings war es offensichtlich, dass sie sich lieber in ein Haifischbecken gestürzt hätte, anstatt zuzugeben, dass es sie insgeheim anmachte, vor fremden Augen entblößt zu werden und sich dabei von Blicken liebkosen zu lassen, die ihren Anblick durchaus zu schätzen wussten.

Sehr sogar!

Als Master des *Sadasia* war es Keith nicht verborgen geblieben, dass Alexis es erregte, wenn er sie mit unerbittlicher Hand auszog und sie zwang, sich ihrer Lust zu stellen - vor Publikum.

„Ich hätte gleich wissen müssen, dass du mir aus einem guten Grund einen halterlosen BH geschenkt hast, du ..."

Ihre Stimme erstarb, als hätte sie jemand abgewürgt. Der Reflex war der Mimik ihres Masters geschuldet, der im Moment wie die Personifizierung eines Unheils wirkte, das über sie hereinzubrechen drohte, sollte sie sich nicht zügeln. Die deutliche Warnung verfehlte zwar nicht seine Wirkung, allerdings gab Alexis sich noch nicht vollständig geschlagen. Frustriert versuchte sie Keiths Hand auszuweichen, als er mit den Fingerspitzen über ihren Hals streichelte. Ein vergebliches Unterfangen, denn ihre Handgelenke zierten dunkelrote Manschetten und ihre Arme waren durchgestreckt. Ihr Master hatte sie weitaus strenger gefesselt, als er es für gewöhnlich tat. Doch manchmal musste man Regeln brechen und ausgetretene Pfade verlassen, um ein neues Ziel zu erreichen. Alexis sollte es nicht bequem haben, damit sie sich allein auf ihren Gebieter, ihre Situation und auf sich selbst konzentrierte, sodass sie die Beobachter vergaß – vergessen musste, weil Keith nichts anderes zuließ. Noch war sie nicht so weit. Ihr Blick huschte umher und Gordon musste diesmal ein Lachen unterdrücken, sobald sie seinen kreuzte, denn er loderte derart, dass sie damit einen Heuballen hätte entzünden können. Mancher Mann wäre davor zurückgeschreckt, bei ihm jedoch erreichte sie das genaue Gegenteil, ein Umstand, über den sie sich durchaus im Klaren war.

So ein Mist aber auch!

Ihre festen Brüste mit den rosigen prallen Nippeln zeigten sich durch die gestreckte Haltung noch verführerischer, als sie es ohnehin waren. Sie war eine exotische Augenweide, sich dem allerdings nicht bewusst. Frauen schätzten sich meist negativ ein und fanden sich in der Regel zu fett, zu dünn, zu durchschnittlich.

„Cara, du bist wunderschön", sagte Keith mit einem neckenden Unterton, auf den Alexis in ihrem verzweifelten Zustand mit Rage reagierte, genau, wie es seine Absicht war. „Hilflos musst du erdulden, was ich dir antue. Aber noch hast du zu viel an. Nicht wahr?" Er leckte sich über die Unterlippe und wirkte wie ein ausgehungerter Mann mit einem Appetit auf renitente Subbies.

Mittlerweile entflammten Alexis' Augen eine ganze Scheune mit den lodernden Pfeilspitzen, die sie erst in die Umgebung katapultierte, um sie anschließend ausschließlich auf Keith zu fixieren. Pech für sie, dass ihr Geliebter und Master sich davon angezogen fühlte, es ihn anmachte und seine Gier auf sie weiter aufheizte. Zimperlich war er nicht.

„Wag es nicht, Keith Logan." Sie schluckte so hart, dass Gordon es sah. „Bitte, Master."

Flehen! Ein nettes Gewürz, aber leider vergeblich.

„Bedauerlich, dass du mich nicht daran hindern kannst, dir das Höschen von deinem wohlgerundeten Arsch zu streifen, der später seine blasse Farbe verlieren wird. Wo das stattfindet, hängt allerdings von deinem Benehmen ab, Ms White." Keith grunzte amüsiert. „Obwohl mir jeder zustimmen wird, dass Ms Red im Moment viel besser zu dir passt, meine süße Tomate." Er lachte schallend, sodass seine Zähne im Licht der fein abgestimmten Beleuchtung funkelten, als er damit fertig war.

Alexis verspürte anscheinend keine große Lust auf ein öffentliches Spanking, was ein Jammer war, denn ihre ansonsten geschwungenen Lippen bildeten augenblicklich einen schmalen Strich, so hart presste sie diese aufeinander, damit sie Keith nicht weiter ansporne. Allerdings war ihr Schicksal besiegelt, das wusste sie ebenso wie ihr Geliebter. Gordon wusste, dass Keith sofort aufhören, sie in die bereitliegende Decke hüllen würde, sollte sie ihr Safeword hauchen. Doch der Umstand, dass sie es für sich behielt, war Zeugnis genug, dass Keith den richtigen Weg beschritt, um sie lustvoll zu unterwerfen. Dass er dabei eine Menge Spaß verspürte, war ihm deutlich anzusehen.

Keith ging hinter ihr in die Hocke und sie konnte ihn nicht einmal treten, selbst wenn sie es gewollt hätte, denn dann wäre sie in die Fesselung gefallen und hätte das Gleichgewicht verloren. Die wenigsten Frauen konnten ihr Gewicht halten, Klimmzüge machen oder ein Seil, ohne ausreichendes Training, hinaufklettern. Sie waren weiche anmutige Geschöpfe, zwar nicht immer, doch unter den erfahrenen Händen eines Dominanten blieb ihnen keine andere Wahl.

Ihr Master streifte ihr den knappen weißen Slip ab, äußerst gemächlich um es auszukosten, bis ihre blank rasierte Scham zum Vorschein kam. Dann klapste er sie auf den Arsch, umrundete sie und küsste sie auf den Venushügel, was ihr sowohl einen aufgeregten Atemzug, als auch ein entzückend anzusehendes Beben entlockte. Sobald sich Keith aufrichtete und zur Seite schritt, wechselte Gordon seinen Platz, sodass er sie noch besser von vorne betrachten konnte. Er sah ihr direkt zwischen die Beine, lange, und ließ dann anschließend seinen Blick genüsslich nach oben wandern, bis er ihr in die Augen schaute. Eine Mischung aus Angst, Verunsicherung, Erregung und Zorn starrte ihn an, was ein wahrliches Fest für die Sinne eines Dominanten darstellte. Diesmal erlaubte er sich ein Lächeln, eines von dem er wusste, dass es ihr Entsetzen weiter anheizte und somit auch ihre Lust, genau, wie Keith es im Vorfeld mit ihm besprochen hatte. Sie ahnte, dass Gordon nicht nur ein Zuschauer war. Ihr Master stand inzwischen hinter ihr, sodass er Gordon zunicken konnte, ohne dass sie es bemerkte. Keith leckte sich über die Lippen und sein fröhliches Grinsen zeigte deutlich, wie sehr es ihn reizte, Alexis zu verführen. Und die Liebe, die aus seinen Augen strahlte, wärmte sogar Gordon.

Sein Einsatz war gefragt!

Er fischte die Augenbinde aus seiner Hosentasche, ließ sie lässig von seinem Zeigefinger baumeln, als er an sie herantrat und so dicht vor ihr stehenblieb, dass er ihre Körperwärme durch sein Hemd spürte. Es gab nichts Besseres als eine kleine Sub, eingeklemmt zwischen zwei Mastern, die genau wussten, was sie tun mussten, um ihre Barrieren zu überwinden.

„Nicht!", flehte sie.

„Nicht doch, Cara." Gordon benutzte Keiths Kosewort. Alexis versuchte sich noch weiter zu versteifen, was indessen eine Unmöglichkeit darstellte.

Keith beugte sich herab und wisperte etwas in ihr Ohr, so leise, dass Gordon es nicht hören konnte. Aber was immer es auch gewesen war, vertiefte die Röte auf ihren Wangen. Danach streichelten seine Lippen über die Seite ihres Halses und sie reagierte darauf mit ihrem Körper und ihrem Bewusstsein, ob sie es wollte oder nicht. Keith nutzte seine Erfahrung, um Alexis aus der Reserve zu locken. Die Kleine hatte nicht den Hauch einer Chance, um den Künsten ihres Masters zu widerstehen, obwohl sie es dennoch inbrünstig versuchte. Gordon streifte ihr die schwarze seidige Binde über den Kopf, die ihr so gründlich die Sicht raubte, dass sie nicht mehr das Geringste erkennen konnte, nicht einmal einen Schatten. Sean Carrigan und Keith Logan suchten ihre Utensilien mit Bedacht aus. Die Eigentümer des *Sadasia* überließen nichts dem Zufall.

Anschließend tauschte er mit Keith den Platz, blieb hinter ihr stehen, während der Dunkelhaarige vor ihr kniete, ihre Schenkel mit den Händen spreizte und ihr somit die letzten Millimeter raubte, die sie sich hätte bewegen können. Gordon presste seinen Körper an ihre Rückseite, nicht nur damit sie ihn spürte, sondern auch um ihr Halt zu geben. Wie verabredet, umfasste er ihre Brüste, massierte sie leicht und zupfte sanft an ihren Nippeln. Weiter würde er nicht gehen. Doch sie brauchte gegensätzliche Reize, um sich in ihrer Lust zu verlieren. Ein Schaudern erfasste sie und ihren zusammengepressten Lippen entwich ein leises Stöhnen. Er merkte es genau als Keith das erste Mal über ihre Klit leckte, denn sie wurde steinhart in Gordons Armen, unwillig, sich gehenzulassen. Ihre Brustwarzen waren inzwischen dermaßen geschwollen, dass sie fest und plump zwischen seinen Fingern lagen. Er wusste, dass es ihrer Klit ebenso erging, sie Keiths weichen Lippen und rauer Zunge nichts entgegensetzen konnte und das verriet ihm nicht nur ihr rasender Herzschlag, der gegen ihren zierlichen Brustkorb trommelte. Alexis wusste, dass sie den Kampf mit sich selbst schon verloren hatte und ihr Master das bekommen würde, was er wollte, wonach es ihn gierte und das war nicht weniger als ihre absolute Hingabe, ihr vollkommenes Vertrauen und ihre bedingungslose Liebe. Keith bekam all das und noch viel mehr.

Dieses Wissen versetzte Gordon einen unerwarteten Stich, genau dorthin, wo es am meisten wehtat. Erst hatte Sean Hazel gefunden und die freche Sub war wirklich das passende Gegenstück für den finsteren Mann, bei dem Gordon gedacht hatte, dass es keine Frau gab, die ihm das Wasser reichen konnte. Doch Hazel konnte ihm nicht nur das Wasser reichen, sie war wie ein reißender Strom, den nur eine eiserne Willenskraft aufhalten konnte. In Sean hatte sie ihren Meister gefunden.

„Keith, oh Gott." Alexis' Flehen zerrte ihn aus den Gedanken und er rollte die steifen Spitzen fester zwischen Daumen und Zeigefinger, durchaus schmerzhaft, aber so würde sie die fordernde Zunge ihres Masters weitaus heftiger spüren. Die gegensätzlichen Stimuli erfüllten ihren Zweck und Alexis dachte an alles andere, nur nicht an irgendwelche Zuschauer.

„Lass los, Kleines", wisperte Gordon an ihrem Ohr und sie tat genau das, wenn auch nicht ganz freiwillig. Dieser Zwang trug allerdings erheblich zu der Stärke ihres Höhepunkts bei. Und sie konnte sich noch so sehr bemühen, ihn still zu durchleiden, es misslang ihr gründlich. Das, was er mit ihren Nippeln anstellte, reichte bereits aus, um seinen Schwanz zu foltern, doch ihr runder Popo sowie ihr ungezügeltes Stöhnen torpedierten seine Selbstbeherrschung. Und wie sie zuckte …

Verflucht!

Das würde eine harte Nacht für ihn werden, es sei denn, die Frau seiner Träume würde sich ins *Sadasia* verirren. Suchend sah er sich um, aber es war niemand anwesend, der seine Aufmerksamkeit auf sich zog.

Keith hatte inzwischen sein Werk erfolgreich beendet und Gordon umfasste Alexis an der Taille, damit sie sich nicht wehtat und in der Fesselung zusammensackte, weil ihre Beine deutlich zitterten. Keith richtete sich auf, wischte sich über den Mund, ging hinüber zur Wand, um den Schalter zu betätigen, der das Seil herabließ. Er nahm ihr nicht die Augenbinde ab, als er zu ihr zurückkehrte, löste nur den Haken, der an der kurzen Kette befestigt war und ihre Manschetten verband. Dann grinste er Gordon an, hauchte ihm ein Danke zu, ehe er sie kurzerhand über seine Schulter warf und mit seiner süß kreischenden Beute verschwand. Allerdings würde ihr Arsch gleich dafür bezahlen, dass sie *lüsterner Wombat* gehaucht hatte. Gordon war sich sicher, dass Keith es ebenso gehört hatte wie er. Oben in der Wohnung, die er sich mit Alexis teilte, würde er ihr ein Spanking verabreichen, das dem Master mit Sicherheit mehr Spaß machte als der Sub. Eine Vorstellung, die Gordon heftig reizte.

Gordon spürte, dass ihn jemand anstarrte und er sah hinüber zu Sean, der kurz mit dem Kopf in Richtung eines Pärchens nickte und ihm auch ohne Worte zu verstehen gab, dass sie sein Misstrauen nicht nur ein wenig weckten, sondern dass seine Instinkte Warnsignale aussandten, die Gordon ebenso packten, sobald er genauer hinsah.

Die beiden waren nicht das erste Mal im *Sadasia*, aber bis jetzt hatten sie nur zugesehen, sich nicht aktiv beteiligt, etwas, dass sie heute offenbar ändern wollten. Sie hatten Seans Aufmerksamkeit bereits auf sich gezogen, als er das erste Mal mit ihnen gesprochen hatte, vielmehr mit dem Mann. Das Mädchen hatte nur einsilbig geantwortet, und sich angehört, als spulte sie auswendig gelernte Sätze ab. Normalerweise hätte Sean ihnen den Zutritt zum *Sadasia* verwehrt, doch er ahnte, dass der blonde Möchtegernlover nichts Gutes mit ihr vorhatte und sie zu naiv und jung war, um ihm Einhalt zu gebieten. Es kam oft genug vor, dass Männer nicht die geringste Achtung davor hatten, wenn eine Sub ihnen ihr ganzes Vertrauen, ihr Wohlergehen und ihre Seele darbot. Sie trampelten darauf herum, anstatt es zu ehren. Bei der Kleinen war es mehr als fraglich, ob sie überhaupt devote Züge besaß. Gordon lief zu Sean und sie schenkten dem Paar augenscheinlich kein

Interesse. Doch das täuschte gewaltig. Butthead hatte sie geknebelt und sogar in dem gedämpften Licht der Fackeln war deutlich zu erkennen, dass sie sich halb zu Tode fürchtete. Sie war leichenblass, ihre Augen riesengroß und sie sah aus, als würde sie gleich ohnmächtig zusammenbrechen. Die verspürte Angst war in ihrem Fall keine positive.

Sean hielt Gordon am Arm fest, als er auf der Stelle einschreiten wollte, noch ehe Butthead die Kleine, die ihr schwarzes Haar in einer wilden Masse trug, an das Kreuz fesseln konnte. Sein Beschützerinstinkt loderte ebenso wie der von Sean, doch er wusste, dass sein Freund und verflucht erfahrener Master mit seiner Vorgehensweise recht hatte. Die Kleine vertraute Butthead nicht im Geringsten und ließ sich dennoch ohne jeglichen Widerstand fixieren, obwohl es offensichtlich war, dass sie weder devot noch masochistisch veranlagt war, auch, dass es sie zutiefst erschütterte, ihren nackten Körper fremden Menschen zu zeigen. Sie war das genaue Gegenteil von Alexis, und Butthead hatte nicht einen Funken mit Keith gemeinsam. Die arglose Kleine musste ihre Lektion lernen, ansonsten bestand die Gefahr, dass dies nicht ihr letzter Fehler in der Welt der Dominanz und Unterwerfung darstellte, wo sie absolut fehl am Platz war.

Der Typ fesselte sie mit dem Gesicht zur Wand, zischte ihr irgendwas ins Ohr, das sie merklich zusammenzucken ließ. Sie war so verkrampft, dass jeder Muskel in ihrem Körper deutlich zitterte. Das Arschloch beruhigte sie nicht, weder durch Worte noch durch Berührungen. Er behandelte sie wie eine Ware, die er gekauft hatte und mit der er machen konnte, was immer er auch wollte. Er bückte sich und packte einen Rohrstock, den er wohl im Vorfeld bereits dort auf den Boden gelegt hatte und Gordon fühlte eine Wut in sich aufsteigen, die er allerdings zügelte, ansonsten würde er das Schwein windelweich prügeln. Butthead hob den Arm, holte aus und hätte er sie wirklich mit der Schonungslosigkeit getroffen, die sein

Schwung befürchten ließ, hätte der Stock eine blutende Strieme hinterlassen. Doch ehe das geschehen konnte, umklammerte Seans Hand sein Handgelenk so hart, dass er dem Zug nachgeben musste, als Sean ihn auf die Knie zwang, mit einem eiskalten Ausdruck auf dem Gesicht, den Gordon selten bei ihm gesehen hatte. Was immer Butthead hatte sagen wollen, es erstarb mit einem Gurgeln. Ein bisschen Verstand schien er zu besitzen oder vielmehr einen Überlebensinstinkt.

„Kümmer dich um sie, Gordon", sagte Sean.

Inzwischen standen auch Carl und Hazel bei ihnen.

„Ich begleite euch, Gordon." Die kleine kurvige Sub besaß einen besonderen Platz in seinem Herzen, was sie genau wusste. Aber wer konnte dem niedlichsten aller Monster schon widerstehen? Carl und Sean brachten das Arschloch weg, wobei Sean den Rohrstock mitnahm. Gordon trat an das zitternde Bündel Mensch heran und versuchte zuerst den Knebel zu lösen, doch der Knoten war so fest angezogen, dass er es nicht schaffte.

Hazel reichte ihm eine Verbandsschere aus einem der Erste Hilfe Kästen, die überall in den Sideboards untergebracht waren. Die Kleine weinte inzwischen so heftig, dass er Angst hatte, sie würde ersticken. So vorsichtig wie möglich zerschnitt er das Seidentuch und entfernte es. Danach ging er in die Hocke und löste die Manschetten um ihre Fußgelenke. Hier hatte das Arschloch die Schnallen ebenfalls viel zu fest zugezogen und auch nicht überprüft, ob sie zu eng saßen und die Blutgefäße abschnürten. Hazel legte der Dunkelhaarigen einen Arm um die Schultern und sprach beruhigend auf sie ein, während sie ihr eine Flasche mit Wasser an die Lippen hielt. Sie war wirklich eine tolle Frau und er erinnerte sich genau daran, wie er sie das erste Mal gesehen hatte: nackt, auf einem Tisch, als eine Bestrafung für ihre Lügen, bei der Sean und auch er sie lustvoll überwältigten. Ein völlig anderes Szenario als dieses hier. Doch er schnitt den Gedanken ab und umfasste die Schultern der Frau, um sie umzudrehen.

Ehe er danach verlangen konnte, reichte ihm Hazel bereits eine Decke, in die er den weinenden Naivling wickelte, der sich aus irgendeinem Grund selbst zum Opfer degradiert hatte.

„Es tut mir leid", stammelte sie kaum hörbar, wobei sie es vermied, Gordons Blick zu treffen. Er umfasste ihr Kinn, übte Druck aus, bis sein Blick ihren festhielt.

„Ich bin Gordon Maxwell. Wie ist dein Name?"

„Meredith Tawson."

Sie starrte ihn an, als wollte er sie fressen und bei ihr war es kein angenehmes Gefühl. Bei einer Sub hatte er nichts gegen Furcht einzuwenden, jedoch nur, wenn sie selbstbewusst genug war, um damit umzugehen.

„Wir gehen jetzt in ein ruhiges Zimmer und besprechen, was hier gerade mit dir passiert ist. Hazel, begleitest du uns?"

Hazel nickte und er sah ihr an, wie sehr ihr Merediths Zustand zusetzte, sie aber auch verärgerte. Sie wirkte einerseits, als ob sie den verschüchterten Hamster am liebsten bei den Schultern packen wollte, um sie gnadenlos zu schütteln, andererseits wollte sie Meredith trösten in die Arme ziehen. Es erging ihr genauso wie ihm.

„Komm, Meredith." Er blieb an ihrer Seite, als sie mit gesenktem Kopf neben ihm herschlich. Gordon gab dem Impuls nach und legte ihr den Arm um die Schultern. Sie ließ es zu und er spürte nach einigen Schritten, dass sie sich ein wenig entkrampfte. Er führte sie in Seans Büro und platzierte sie auf einem der Sessel der Sitzgruppe, rückte den anderen zurecht, sodass er gegenüber von ihr saß. Gordon nahm ihre Hände in seine. Er würde kein Zurückweichen ihrerseits erlauben und musste hart bleiben, damit sie nie wieder in eine derartige Situation geriet. Wenn das irgendwo in einem Schlafzimmer hinter verschlossenen Türen stattgefunden hätte …

„Warum bist du hier, wo du doch offensichtlich nichts für BDSM übrig hast?"

„Ich dachte, das hätte ich. Und Daryl wollte es."

„Kennst du Daryl schon länger?" Es wäre zu einfach, Butthead die alleinige Schuld an diesem Desaster zu geben, doch Meredith war ebenso daran beteiligt.

Sie schüttelte den Kopf. „Erst seit zwei Monaten. Ich habe ihn in einem Chat kennengelernt. Er hat die gleichen Romane wie ich gelesen und so kamen wir ins Gespräch."

Gordon hätte am liebsten mit den Augen gerollt. „BDSM-Romane nehme ich an und dann habt ihr beide beschlossen, dass du auf starken Schmerz stehst und er mit einem Rohrstock umgehen kann."

„Daryl meinte, dass ich eine perfekte Sub wäre. Schließlich habe ich doch mit eigenen Augen gesehen, dass die Frauen im *Sadasia* so sind wie ich." Trotzig stieß sie die Worte aus, und Gordon war versucht, ihr wirklich den Arsch zu versohlen, um ein wenig Verstand in ihren Kopf zu bringen.

„Nein, die Subs, die sich hier ihren Partnern hingeben, sind nicht im Entferntesten so wie du. Devot zu sein bedeutet nicht, dass man kein Selbstbewusstsein hat und alles mit sich machen lässt. Weißt du was passiert wäre, wenn der Rohrstock dich getroffen hätte, mit der Wucht, mit der dieser Möchtegerndom dich treffen wollte? Du würdest jetzt bluten und wärst schwer verletzt, traumatisiert und würdest das Erlebte nie mehr vergessen. Seine Handlungen wären für dich eine Misshandlung gewesen und eine seelische Vergewaltigung."

Ihr Blick huschte zu Hazel, als suchte sie Beistand bei ihr.

„Gordon übertreibt nicht", sagte Hazel. „Das war gefährlich, was ihr beide da gemacht habt und ihr solltet dankbar sein, dass Sean und Gordon euch aufgehalten haben." Hazels Freundin war an perverse Schweine geraten, die sie das Leben gekostet hatten. Sie wusste genau, wovon sie sprach. „Siehst du das nicht ein?"

Der Trotz wich genauso schnell, wie er aufgetreten war. „Doch. Ich möchte nur noch nach Hause. Ich bin eine Idiotin."

Eine verflucht junge Idiotin.

„In welchem Spind sind deine Sachen? Ich hole sie, dann kannst du dich anziehen", sagte Hazel.

„Nummer zehn."

„Ich fahre dich nach Hause, Meredith", sagte Gordon. „Und ich hoffe, dass du dir einen romantischen Freund suchst, der zu dir passt und für den es genug Kink ist, dir die Augen zu verbinden. Für dich ist es auf jeden Fall genug." Gordon fühlte sich, als wäre er ein Oberlehrer, der einem Teenager einen Vortrag halten musste. Das erinnerte ihn daran, dass er nur eine vage Vorstellung von der Frau hatte, die zu ihm passen würde, aber sie war mit Sicherheit das genaue Gegenteil von dem unreifen Gör, das ihm gerade gegenübersaß.

Sie fragte nicht, was mit Butthead war und er konnte nur hoffen, dass sie die Beziehung mit dem Vollpfosten ebenso beendete, wie dieses Fiasko angefangen hatte.

In einem Internetchat!

Eine halbe Stunde später brachte er Meredith zu ihrer Haustür und schüttelte innerlich den Kopf über sie. Sie wohnte bei ihren Eltern und für einen Augenblick spielte er tatsächlich mit dem Gedanken, sich ihren Dad zu krallen, doch das würde gegen die Verschwiegenheitsklausel des *Sadasia* verstoßen. Was im Club geschah, blieb im Club.

Sie überraschte ihn, denn sie stellte sich auf die Zehenspitzen und hauchte ihm einen Kuss auf die Wange. „Danke, Gordon."

Er wartete, bis sie im Haus verschwand, ehe er sich umdrehte und nach Hause fuhr. Müdigkeit lastete schwer auf ihm und er strich sich die Haare aus der Stirn. Es war eine anstrengende Woche gewesen und in seiner Autowerkstatt gab es viel zu tun. Inzwischen warf sie genügend ab, sodass Gordon darüber nachdachte, eine zusätzliche Kraft einzustellen und sich selbst nach der Einarbeitung ein Jahr Urlaub zu gönnen. Er seufzte tief angesichts der Tatsache, dass er sich wahrscheinlich mit einer Woche begnügen musste. Frustriert betätigte er den Blinker, ehe er von der Landstraße abbog. Niemand wartete in seinem Haus auf ihn und jeder schien in letzter Zeit die Frau fürs Leben zu finden, außer ihm. Gordon fuhr den Wagen in den Carport und blieb noch einen Moment sitzen, nachdem er den Motor ausgestellt hatte. Wenn es weder eine Sub im *Sadasia* noch im *Federzirkel* der Sullivans für ihn gab, sollte er vielleicht auch im Internet auf die Suche gehen. Der Gedanke ließ ihn schaudern.

Allerdings war der folgende Mittwoch ein Lichtblick. Miles Sullivan hatte Geburtstag und sie wollten zuerst etwas essen und anschließend in eine Bar gehen, um den Abend ausklingen zu lassen. Er freute sich auf die Maestros des *Federzirkels*, aber auch auf ihre entzückenden Schiavas, besonders auf Viola, die John mit ihren Streichen regelmäßig auf die sprichwörtliche Palme jagte, die so hoch war, dass sie mittlerweile bis in die Wolken ragte.

Er brach tatsächlich in Lachen aus, als er an ihr letztes Vergehen dachte, das sie jedoch nicht im stillen Kämmerlein ausgeheckt hatte. Es war ein Gemeinschaftsprojekt, an denen nicht nur Kim und Sally Sullivan, sondern auch Hazel und Alexis beteiligt waren.

Diese liebenswerten Monster! Er wollte so eins für sich alleine haben.

# Kapitel 2

Rebecca Morgan blickte verschwörerisch über ihre Schulter, ehe sie sich wie eine Verbrecherin in das Internetcafé schlich. So konnte das nicht mehr weitergehen, weil sie mittlerweile einem Nervenbündel entsprach und den Tag gründlich verfluchte, an dem sie einen imaginären Lover erfunden hatte, um ihren Brüdern zu entgehen. Und es war natürlich kein normaler Lover - vor ihren Freundinnen hatte sie auch noch einen dominanten daraus gemacht, der sie angeblich fesselte, spankte und schlüpfrige Dinge mit ihr anstellte. Irgendwie war aus der winzigen Notlüge ein immer größeres Gebilde geworden, bis sie nicht mehr wusste, wie sie sich aus dem endlosen Labyrinth hinausmanövrieren sollte, in das sie sich tief verrannt hatte. Zu lügen war unglaublich anstrengend, und obwohl sie diesen Frevel aus tiefstem Herzen hasste, war sie dazu gezwungen, es weiterhin zu tun.

Sie war ein Fisch, der unbekümmert im Meer herumgeschwommen war und urplötzlich in ein Netz geriet, in das er sich immer mehr verwickelte, gejagt von drei Brüdern, die Bullenhaien entsprachen.

Bullenhaie! In der Tat.

Der Vergleich entlockte ihr ein humorloses Lachen, was ihr den Seitenblick eines Teenagers einbrachte, dessen Hose nicht seinen Hintern umspannte, sondern stattdessen hing ihm der Schritt fast bis zu den Kniekehlen.

Was hatte ihre Mutter sich nur dabei gedacht, eine derartige dämliche Klausel in ihr Testament zu schreiben? Rebecca war nie gut mit ihr ausgekommen, denn ihr Herzblut hatte ausschließlich ihren Söhnen gehört. Ihre Tochter war ein lästiger Unfall gewesen und das hatte sie Rebecca immer spüren lassen, sodass sie, nachdem sie zuerst erfolglos um die Liebe ihrer Mutter gekämpft hatte, irgendwann anfing gegen alles und jeden zu rebellieren. Und ihre Mum hatte aus dem Grab heraus Rache genommen. Ihre Brüder bekamen nur den Zugriff auf das ganze Erbe, wenn sowohl sie als auch Rebecca heirateten und das war etwas, was sie nie tun wollte. Rebecca würde dann auch einen hohen Geldbetrag erhalten, der sie kalt ließ. Sie liebte nichts so sehr wie ihre Unabhängigkeit, doch Charles, James und Hugh schleppten einen Kandidaten nach dem anderen an. Natürlich nur solche, die sie unterdrücken konnten, oder welche mit den gleichen finsteren Absichten wie ihre Brüder und die den Vorgaben der Klausel entsprachen. Es musste jemand mit Geld, Macht oder in einer angesehenen Position sein. Ihre Mum hatte ihren Brüdern freie Wahl gelassen bei ihren Partnerinnen, diese aber ihrer Tochter verwehrt. Wenn Rebecca den Mann ihrer Träume unter ihnen ausmachen könnte, wäre sie sogar bereit einzulenken, nur um ihre Ruhe, ihren Frieden und einen Platz in ihrem Leben zu finden, an dem sie sich wohlfühlte. Wäre das scheiß Erbe nicht, würde sie weiterhin munter im Meer herumschwimmen, ohne um ihr Leben zu fürchten.

Vielleicht war das etwas übertrieben, aber sie war sich dem nicht immer so sicher. Als ihre Mum noch gelebt hatte, wusste Rebecca zwar, dass ihre Mutter sie verachtete, aber dass der Hass dermaßen tief gehend war, hatte sie erst nach der Testamentsverlesung begriffen. Genauso, dass ihre Brüder unermesslich geldgierig waren, und alles dafür tun würden, um den letzten Cent zu erhalten.

Sie konnte einfach nichts mit der High Society anfangen, empfand hochklassige Anwälte, Ärzte, Richter oder wohlhabende Sonnyboys, die in den Tag hineinlebten, unerträglich. Schon als Kind hatte sie nicht nur mit Freude auf einem Pferderücken gesessen, sie hatte zudem leidenschaftlich gerne die Boxen ausgemistet und sämtliche Arbeiten im Stall verrichtet, die es zu tun gab. Stallburschen hatte sie bereits damals als unglaublich heiß erachtet, im Gegensatz zu den Schnöseln, die, sobald sie vom Pferd abstiegen, das Tier vergaßen.

„Was möchten Sie bestellen?" Die Stimme der weiblichen Bedienung riss sie aus den Gedanken.

„Einen Latte macchiato, bitte." Sie lächelte der Blonden noch zu, ehe sie im hinteren Bereich des Cafés grinsend Platz nahm, weil sie aus heiterem Himmel an George dachte, an den sie auf dem Heuboden ihre Jungfräulichkeit verloren hatte, als sie siebzehn war. Zu der Zeit war er Stallbursche bei ihnen und bei den ersten drei Malen, als er sie vögelte, war es nicht prickelnd gewesen, doch dann hatte George ihr den ersten Orgasmus ihres jungen Lebens verschafft, den sie nicht durch Masturbation bekam. Daher nannte sie ihren imaginären Liebhaber *G*. Sie lehnte sich zurück, bis sich ihr Rücken gegen den cognacfarbenen Sessel presste. Rebecca war so mit ihrer Rolle verbunden, dass sie nicht anders konnte, als erneut die Umgebung zu scannen.

Doch niemand sah verdächtig aus und dennoch wusste sie nicht, ob es albern war, dass sie genau das tat. Aber ihre Brüder überprüften ihre E-Mails, ihren Facebook Account und schnüffelten ihr ständig hinterher. Sie ließ sie, denn es gehörte zu ihrer Lüge dazu. Rebecca benutzte auch die Social Media, um ihrem erfundenen Liebhaber Glaubhaftigkeit zu verleihen, obwohl sie Details über ihn im Verborgenen ließ.

Ihre Brüder wussten nicht, was für einer Arbeit er nachging, ob er wohlhabend war und ob sein Stammbaum dem eines Zuchthengstes entsprach. In ihrer Vorstellung arbeitete er mit den Händen, war groß, selbstbewusst und lachte gern.

Sie loggte sich in das bereitgestellte Notebook ein, um an sich selbst Nachrichten als geheimnisvoller *G* zu verschicken.

*Rebecca, meine ergebene Sklavin. Wir sehen uns heute Abend im Trendy. Die Geschäftsreise war lang und hart. Kann es kaum abwarten, dich in den Armen zu halten und über meine Knie zu legen. Zieh die sexy Dessous an, die ich dir zum Valentinstag geschenkt habe.*

G

Diese Nachricht würde ihre Brüder aus der Reserve locken, denn ihnen hatte sie nichts von seinen angeblich sexuellen Vorlieben erzählt. Allein die Vorstellung, mit ihnen über Sex zu reden, entriss ihr einerseits ein Kichern, andererseits verursachte es eine Gänsehaut.

Sie war mit ihren Freundinnen im *Trendy* verabredet und würde einfach so tun, als wartete sie auf ihren dominanten Geliebten, bis sie eine Nachricht per Whatsapp bekam, die sie mit dem Prepaidphone an sich selbst schicken würde, während sie auf der Toilette war: *Meeting hat länger gedauert als geplant, habe den Flieger verpasst und treffe morgen früh ein.*

Die Bedienung brachte den Latte macchiato und Rebecca rührte ihn um, bevor sie den ersten Schluck trank. Warum konnte sie nicht wie ihre Brüder sein, die sich mit ihren lackierten, makellosen, langweiligen Frauen ohne Esprit zufriedengaben? Wenn sie sich damit arrangieren könnte, wäre sie zwar die Lügen los, doch es wäre das Leben eines Schmetterlings, den man direkt nach der Verwandlung mit Stecknadeln an eine Wand pinnte, bis das Leben in dem Geschöpf erstarb.

*Da bleibe ich lieber eine Raupe. Eine flauschige, die ein verlogenes Miststück ist.*

Allerdings hockte eine Angst in ihrem Nacken, dass die drei Stooges sie zu einer Heirat zwingen würden, denn die Zeit lief ab. Wenn Rebecca nicht innerhalb des nächsten halben Jahres heiratete, würde das restliche Vermögen an verschiedene Wohltätigkeitsorganisationen fließen. Ihre Brüder hatten, im Gegensatz zu ihr, bereits beträchtliche Geldbeträge erhalten – mehr als genug, allerdings reichte es ihnen nicht. Vielleicht lag es an ihren Immobilienspekulationen und sie waren längst nicht mehr so vermögend, wie Rebecca dachte.

Rebecca sah sich in dem Café um, diesmal um sich die männlichen Gäste näher anzusehen. Vielleicht war einer dabei, der ihr gefiel, den sie für sich gewinnen könnte und der für sechs Monate die Rolle von *G* einnahm. Doch die paar Typen ohne Begleitung starrten allesamt gebannt auf die Bildschirme. Sie würden wahrscheinlich nicht einmal hochsehen, wenn eine Tänzerin aus dem *Titty Twister* aus dem Film *From Dusk to Dawn* vor ihren Nasen den heißesten Poledance aller Zeiten aufführte. Da hatte sie erst recht keine Chance. Sie war den ganzen Vormittag im Tierheim gewesen, um mit den Hunden zu arbeiten und sie auszuführen. Ihre Jeans war schmutzig, ihr Sweater übersät mit Hundefell und ihr Gesicht ungeschminkt.

Nicht die besten Voraussetzungen um jemanden kennenzulernen. Heute Abend würde sie sich allerdings aufhübschen, denn schließlich musste sie den Anschein erwecken, dass sie auf *G* wartete. Wenn es ihn doch nur wirklich geben würde! Einen richtigen Mann, der ihren Brüdern die Stirn bot und ihr romantisch den Po versohlte, wann immer sie es brauchte, nicht schmerzhaft, sondern nur bis ihr Hintern schön warm und ihre Pussy feucht und bereit für ihn war. Für ein paar Augenblicke starrte sie ins Leere, angesichts dieser rosaroten Träumereien, die sie von ihrem tiefschwarzen Dilemma ablenkten. Sie loggte sich aus, trank das Glas leer und ging zur Theke, um ihre Rechnung zu bezahlen. Auf einmal kribbelte ihr Nacken, und ehe sie sich davon abhalten konnte, drehte Rebecca sich um. Hinter ihr stand ein Mann, der sie fies angrinste und nicht so tat, als würde er sie nicht mustern. Rebecca war sich sicher, dass sie ihn bereits mindestens einmal gesehen hatte, allerdings wusste sie nicht wo. Oder bildete sie sich das nur ein, weil ihre Nerven zum Zerreißen angespannt waren? Das hatten auch die Hunde heute gespürt. In diesem Moment hob er die Hand und winkte der blonden Kellnerin zu, die sogleich strahlend herbeieilte. Zum Glück war das alles geschehen, ehe sie die schneidende Bemerkung gesagt hatte, die ihr noch immer auf der Zunge lag. Als ob ihre Brüder jemanden angeheuert hätten, der sie beschattete. Das würde wirklich zu weit gehen und sie benahm sich beinahe paranoid. Wahrscheinlich war sein süffisantes Grinsen nur ihrem Aufzug zuzuschreiben. Menschen urteilten allzu oft vorschnell wegen der Kleidung. Sollte er doch, der oberflächliche Arsch.

*Und du, bist du nicht ebenso oberflächlich und verachtest jeden, der ein Business-Outfit trägt?*

Sie schluckte die bittere Pille herunter. Rebecca eilte an ihm vorbei und lief in den Regen hinaus. Der einzige Lichtblick waren heute die Wauzis gewesen. Der Termin mit der Maklerin am frühen Morgen war sinnlos gewesen, denn entgegen Rebeccas Wünschen hatte sie ihr lediglich uncharmante Gebäude gezeigt, die mit ihrer schnörkellosen modernen Bauweise leblos vor sich hinvegetierten. Sie suchte etwas mit Grazie, das Lebendigkeit ausstrahlte, mit einem alten Baumbestand und das eine Geschichte erhalten hatte, während es seinen ehemaligen Bewohnern Zuflucht gewährte. Nicht jedes Haus eignete sich für ein Schmuckatelier. Es musste Liebe auf den ersten Blick sein. Rebecca wusste, dass sie in dieser Hinsicht keine Kompromisse eingehen durfte, eine zweite Wahl würde sie nie zufriedenstellen.

So wie bei der Liebe. Aber anscheinend war diese nicht für sie bestimmt. Und sie selbst hatte sich heute Abend jede Aussicht auf einen Flirt zerstört, denn wie sollte sie Antonia und Mel erklären, dass sie als fest liierte Frau mit jedem Kerl anbändelte, der sie interessierte. Es war zum Verrücktwerden. Angeblich hatte sie *G* vor zwei Monaten bei ihrem Urlaub in Mexiko kennengelernt und sie hatten sich vom Fleck weg innig ineinander verliebt, so heftig, dass sie sich vor drei Wochen heimlich und in aller Stille verlobt hatten.

Pitschnass erreichte sie ihr Auto, da sie natürlich vergessen hatte, einen Schirm mitzunehmen. Hoffentlich blieb ihr heute wenigstens eine Konfrontation mit ihren Brüdern erspart. Sich die schneidenden Wortspitzen anzuhören, überstieg im Moment ihre Toleranzgrenze. Nur ihre Zukunftspläne hielten sie davon ab, sich eine eigene kleine Wohnung zu mieten, denn sie sparte eisern jeden Penny, um sich ihren Wunsch zu erfüllen und dazu war ihr keine Arbeit zu schmutzig, die sie neben ihrer ehrenamtlichen Tätigkeit im Tierheim verrichtete. Ihre Liste reichte von Kellnerin bis Ticketverkäuferin in einem Kino. Sogar in einer Gärtnerei hatte sie mal gearbeitet und den ganzen Tag Blumen eingetopft. Aber eigentlich war sie mit dem jetzigen Job insofern glücklich, da sie dreimal in der Woche morgens in einem Schmuckgeschäft arbeitete, der auf Modeschmuck spezialisiert war. Sie liebte zwar Modeschmuck, allerdings wollte sie auch hochwertigen anbieten, um für jeden Geldbeutel das Richtige im Sortiment zu haben.

Vier Stunden später starrte Rebecca in den Spiegel und grinste über sich selbst, weil sie sich zehn Mal umgezogen hatte, nur um sich dann doch für ihre erste Wahl zu entscheiden. Der knielange pflaumenfarbene Rock aus einem zarten Material schwang ihr bei jedem Schritt um die Knie und das Shirt, das einen Ton heller war als der Rock, schmiegte sich an ihren Busen. Die Ärmel reichten bis zu ihren Ellbogen und der Ausschnitt war genau richtig um sexy, jedoch nicht zu sexy auszusehen. Die Kleidung war perfekt, um auf *G* zu warten. Sie legte eine Silberkette um, dessen Anhänger mit Steinen verziert war, die zu ihrem Outfit passte. Das silberne Kreuz war eines ihrer Lieblingsstücke. Sie hätte gern auf eine Strumpfhose verzichtet, aber dazu war es zu kalt, weil es noch immer schüttete. Laut Wetterbericht war erst nach dem Wochenende mit Sonnenschein zu rechnen. Sie schlüpfte in ein Paar cremefarbene Schuhe und trug gerade einen zartrosa Lippenstift auf, da klingelte es bereits an der Tür. Ehe sie hinaushastete, zog sie sich ihren Lieblingsmantel über, der genau zu ihren Pumps passte. Der Taxifahrer war unerwartet höflich, denn er wartete mit einem Schirm auf sie. Mel und Antonia wollten gemeinsam ins *Trendy* fahren und Rebecca vor dem Eingang treffen.

„Guten Abend, Miss."

Sie erwiderte die Begrüßung und zögerte nicht, als der Fahrer ihr galant den Arm hinhielt. Er war alt genug, um ihr Großvater zu sein und es war eine Schande, dass er seinen Ruhestand nicht genießen konnte. Aber wenigstens konnte sie ihm ein großzügiges Trinkgeld geben. Er hielt ihr die Wagentür auf und sie nahm auf dem Rücksitz Platz. Dreißig Minuten später stand sie frierend vor dem *Trendy* und war froh, als ihre Freundinnen kurz nach ihr eintrafen.

Nach der Begrüßung hasteten sie hinein, erleichtert, dem kalten Wind und der Nässe zu entkommen.

„Und heute lernen wir endlich den geheimnisvollen *G* kennen", säuselte Mel. „Antonia und ich haben schon gewitzelt, dass du ihn erfunden hast. Du bist ja nicht gerade eine sprudelnde Informationsquelle, was ihn anbelangt." Sie zog eine Schnute. „Und das angeblich, weil du dir unsicher bist, ob deine Familie ihn akzeptiert, was dich aber nicht davon abgehalten hat, dich heimlich mit ihm zu verloben. Ein Widerspruch in sich."

Rebeccas Hals zog sich zusammen, als hätte ihr jemand einen Galgen umgelegt und damit begonnen, ihn äußerst langsam zuzuziehen. Wohl durchdacht war ihre Lüge nicht. Vielleicht sollte sie Mel und Antonia gestehen, was sie angestellt hatte. Doch den langjährigen Freundinnen ihren Frevel zu beichten, verkrampfte ihren Magen. Sie würden zu recht über alle Maßen enttäuscht sein und mit Unverständnis reagieren, keineswegs verstehen, dass Rebecca es nicht vorsätzlich getan hatte. Es war einfach geschehen. Das eigene Lügengespinst, geboren aus reiner Verzweiflung und zum Selbstschutz, hatte sie vom ersten

Moment an verschlungen, ohne dass sie die Kraft besaß, etwas dagegen zu tun.

Rebecca schlüpfte aus ihrem Mantel und bewunderte Antonias perfekten sizilianischen Körper, dessen fester runder Popo in engen Jeans steckte und die pinkfarbene taillierte Bluse brachte ihre Hautfarbe gut zur Geltung. Italia war das, was man dachte, sobald man sie ansah, mit ihrem natürlich gebräuntem Teint und den Kurven, die genau richtig waren. Ihr Haar war ebenso dunkel wie ihre Augen. Mel dagegen war blond und groß, mit Iriden so blau wie der Himmel über dem Vereinigten Königreich, falls jemals wieder die Sonne scheinen sollte. Sie trug Leggings, und darüber ein enges knielanges leuchtend blaues Top, kombiniert mit einer durchsichtigen weißen Bluse. Über einen Mangel an männlicher Aufmerksamkeit konnten sich die beiden nicht beklagen und Rebecca bemerkte innerlich lächelnd die hungrigen Blicke der Gruppe von Mittzwanzigern, die ihr persönlich zu jung waren.

Das *Trendy* punktete mit einer modernen Einrichtung in Weiß und einem warmen Rotbraun, sodass es nicht zu kühl wirkte. Die Musik war nicht zu laut, die Getränkepreise angemessen und das Publikum ein Mix von fünfundzwanzig aufwärts.

Sie blieben stehen, um sich nach einem geeigneten Platz umzusehen. Für einen Mittwoch war es ungewöhnlich voll und Mel zeigte in Richtung Theke. An der Schmalseite waren noch drei Barhocker frei. Rebecca versuchte nicht daran zu denken, dass sie gleich wieder mit dem Lügen beginnen musste.

„Du wirkst so angespannt", sagte Antonia mit einem besorgten Ausdruck in den Rehaugen.

„Ich bin nur nervös wegen G. Wir haben uns schon seit einer Woche nicht gesehen."

*Chance vertan, die Wahrheit zu sagen!*

„Er kommt bestimmt. Und dir geht es besser als uns. Wir haben ihn noch nie zu Gesicht bekommen", sagte Mel und winkte einen der Barkeeper heran, der wirklich eine Augenweide war. Charmant lächelte der Dunkelblonde mit den hohen Wangenknochen Mel an und richtete scheinbar seine ganze Aufmerksamkeit auf sie. Seine Taschen quollen gewiss vor Trinkgeld über. Für Rebeccas Geschmack war er zu vollkommen und zu jungenhaft. Sogar *G's* Alter hatte sie für sich perfektioniert. Angeblich war er sechsunddreißig, was sie aber auch für sich behalten hatte. Sie hatte nur vage behauptet, dass er älter war als sie mit ihren neunundzwanzig Jahren. Mel bestellte drei *Sex on the Beach*, das war ihr Standarderöffnungsgetränk, seitdem sie das erste Mal gemeinsam ausgegangen waren, nachdem sie sich auf einer Party kennenlernten, bei der sie als Kellnerinnen gearbeitet hatten.

Rebecca hüpfte auf den Barhocker und unterdrückte ein Schmunzeln, weil der Typ neben Antonia in ihren Ausschnitt starrte, als würde er dort einen Goldfund vermuten. Ein perlendes Lachen lenkte Rebeccas Aufmerksamkeit auf eine Gruppe, die um einen der Tische saß.

Oh!

Die Kerle waren es wert, genauer betrachtet zu werden. Zwei waren offensichtlich Brüder mit dunklen Haaren, auf die das Attribut *Black Irish* passte. Irgendwo hatte sie die beiden schon mal gesehen, ebenso den blonden Mann. Bloß wo? Sie war sich sicher, dass es kein persönliches Treffen gewesen war. Ertappt riss sie den Blick von ihnen. Selbst wenn die Hotties ohne Begleitung wären, dürfte Rebecca nicht mit ihnen flirten, sie als verlobte Frau. Und ihre Begleiterinnen waren unübersehbar fest mit ihnen liiert, so vertrauensvoll, wie sie beieinandersaßen. Das merkte man ihnen an, auch durch die gegenseitigen Berührungen, wie die Männer sie anfassten an den Händen, Oberarmen, Wangen und Hälsen. Beneidenswert!

Erleichtert bemerkte sie, dass der Barkeeper die Getränke vor ihnen abstellte. Rebecca hoffte, dass der Alkohol ihre Nerven und ihr schlechtes Gewissen beruhigen würde.

Mel berührte sie am Arm. „Dein Bruder Charles hat mich vorhin angerufen und mir ein paar merkwürdige Fragen gestellt."

Rebecca verschluckte sich an dem Cocktail und ihr lief ein eisiges Prickeln über die Wirbelsäule.

„Er hat gefragt, ob ich G schon mal gesehen hätte, wenigstens auf einem Foto oder ob ich jemals mit ihm gesprochen hätte, auch was ich über ihn weiß. Dabei ist mir aufgefallen, dass es nicht besonders ergiebig ist."

Jetzt nur nicht die Nerven verlieren! Rebecca zuckte mit den Schultern. „Und? Ich habe euch doch gesagt, dass ich noch nicht so viel von ihm erzählen möchte, weil ich mich Hals über Kopf in ihn verliebt habe."

Mel grinste sie scheinheilig an, hob ihr Glas und sie trank einen langen Schluck, wobei sie mit Antonia einen bedeutungsvollen Blick austauschte. „Charles meinte, dass er, James und Hugh sich um dich sorgen würden und dass sie Angst hätten, dass du einen Rückfall erleiden könntest."

„Rückfall? Wovon sprichst du?"

Misstrauen breitete sich sowohl in Antonias Augen als auch in Mels aus. „Du hättest als Kind imaginäre Freunde erfunden und musstest psychiatrisch behandelt werden."

Rebecca ballte die Hände zu Fäusten, weil sie daran dachte, wie ihre Mum sie als Achtjährige zum Psychiater geschleppt hatte, da sie sich zunächst in eine Fantasiewelt rettete, um den ständigen Streitereien ihrer Eltern zu entkommen. Danach war ihr Dad an einem Herzinfarkt gestorben. Von dem Zeitpunkt an war Rebecca ihrer Mum und ihren Brüdern ausgeliefert gewesen. Welches Kind hätte sich keine Wunschfreunde erschaffen, wenn ihm keine Gelegenheit gegeben wurde, sich echte zu suchen.

„Stimmt das?"

Rebecca fühlte sich als säße sie auf einer Anklagebank und der Galgen um ihren Hals war in diesem Moment so eng, dass die Bar sich langsam um sie drehte. Auf einmal beschlich sie das Gefühl, dass ihre Brüder ihre Freundinnen nicht das erste Mal kontaktiert hatten.

Vielleicht hatten sie es längst geschafft, sie auf ihre Seite zu ziehen, um ihren Plan erfolgreich zu beenden, indem sie Rebecca mit einem Mann verheirateten, der sie allmählich zermürbte. Oder hatten sie weitaus Schlimmeres vor? Sie brauchte ein paar Augenblicke für sich allein, um sich zu beruhigen, denn inzwischen steigerte sich die Geschwindigkeit des gefühlten Karussells.

„Ich muss mal eben für kleine Mädchen. Hab vorhin zu viel Tee getrunken." Im Waschraum würde sie sich eine passende Antwort ausdenken. Aber was sollte sie ihnen bloß wegen *G* erzählen?

„Soll ich mitkommen?", fragte Antonia.

Rebecca winkte ab. „Ich bin groß genug, um den Weg allein zu finden."

Sie sprang von dem Hocker und aus den Augenwinkeln sah sie ihre Brüder, die gerade zur Tür hereinkamen. War das hier eine Falle?

Scheiße!

Sie achtete nicht darauf, wohin sie lief, prallte geradewegs gegen einen harten Körper und wäre gestürzt, wenn er sie nicht an den Schultern festgehalten hätte.

„Sachte, Kätzchen." Sein schottischer Akzent war wie ein Wind, der über hüfthohes Gras in den Highlands fächelte. Sie starrte zu ihm hoch, während er sie noch immer hielt, sein Griff warm und beruhigend. Braunes strubbliges Haar und blaue Augen, die sie an einen Sommertag in Glencoe erinnerten. Alles um sie herum verblasste, verstummte, wurde in ein Vakuum gezogen, bis nur er und sie übrigblieben. Sein Geruch schlängelte sich in ihr Bewusstsein und auch er erinnerte sie an einen heißen Sommertag, als die ersten Tropfen eines heftigen Gewitters niedergingen.

„Rebecca", hörte sie James rufen, sodass sein tadelnder Tonfall sie aus dem tranceartigen Zustand riss.

„Bitte hilf mir und spiel mit. Bitte." Der Galgen war kurz davor, sie zu erwürgen, also setzte sie alles auf eine Karte. Jetzt war sowieso alles egal. Sie warf dem Schotten die

Arme um den Hals und er ließ es zu, dass sie seinen Kopf herunterzog, sodass sie ihn auf den Mund küssen konnte. Es war ein züchtiger Kuss und doch kribbelten ihre Lippen. Das Gefühl breitete sich anschließend über ihren Körper aus und es musste allein der verrückten Situation geschuldet sein, in der sie sich befand. Nicht *ER* verursachte das Flattern in ihrem Magen, diese angenehme Wärme, die sich hinter ihrem Brustbein ausbreitete, sondern es rührte von ihrer Beschämung, die sie dazu trieb ihre aussichtslose Lage entweder zu beenden oder sich ihr zu stellen. Verzweifelte Menschen benahmen sich nicht normal und sie war ein grell leuchtendes Beispiel dafür. Und wenn er sie jetzt angeekelt wegstoßen würde, würde sie wirklich wie eine Wahnsinnige wirken und ihren Brüdern damit weiter in die Hände spielte.

Allerdings drückte der heiße Schotte ihre Schultern ein wenig fester, sodass sie erneut in den Abgründen seiner Ausstrahlung eintauchte. Belustigt funkelten seine Augen auf sie herab, ehe er ihr zuzwinkerte und ihr kaum vernehmlich zunickte. Vor Erleichterung blieb ihr die Luft weg. Er ließ sie los und doch ließ er sie nicht allein. Oder irrte sie sich und würde gleich der Volltrottel des Jahrhunderts sein?

„James. Was machst du denn hier? Was für ein Zufall." Sie fasste nach der Hand des Schotten und spürte die Schwielen auf seiner Handfläche. Verführerisch lockte sie die Fantasie, wie er damit über ihren nackten Rücken streichelte, der Rundung ihres Hinterns folgte und … Ihr Bruder stand inzwischen direkt vor ihr und seine Mimik verhieß nichts Gutes. Der Schotte machte keine Anstalten, ihre Hand loszulassen, stattdessen verschlang er seine Finger mit ihren.

„Darf ich dir *G* vorstellen, meinen Verlobten, und das ist James, mein ältester Bruder."

*Bitte, bitte, bitte. Lass mich nicht im Stich.*

Ihr Retter drückte ihre Hand, ehe er ihr den Arm um die Schultern legte, was bei ihm sehr besitzergreifend wirkte.

Er beließ es nicht dabei, sondern streichelte ihre nackte Haut über der Ausschnittkante ihres Shirts. Die Berührung war unglaublich sinnlich, sodass sie unter einer Gänsehaut erschauerte, sie sich wünschte, er würde ihre Nippel zupfen, die sich deutlich unter ihrer dünnen Kleidung abmalten.

„James, nett dich endlich kennenzulernen. Meine Verlobte hat mir schon viel von dir erzählt", sagte er mit einem Hauch von Belustigung und etwas anderem, das sie nicht deuten konnte.

James sah aus, als würde er einem Geist gegenüberstehen, einem verflucht gutaussehenden großen Geist, um es auf den Punkt zu bringen. Ihr Retter reichte James die Hand.

„Nur sie nennt mich G. Ich heiße Gordon Maxwell. Aber das weißt du bestimmt."

Sein Name fing mit G an, das musste eine Schicksalsfügung sein oder hatte er ihn erfunden, damit er sie nicht enttarnte? Er festigte seinen Arm, sodass sie überdeutlich die von ihm ausgehende Wärme und Kraft spürte. Er gehörte offensichtlich zu der Gruppe, die sie vorhin angestarrt hatte und alle starrten jetzt wiederum sie an, denn Gordon und sie standen direkt neben ihrem Tisch.

Die Intensität der Black Irish Brüder erweckte in Rebecca den Wunsch, auf den Jupiter zu flüchten.

„Wenn du uns einen Augenblick entschuldigen würdest. Ich muss was mit meiner Süßen besprechen. Allein."

Gordon setzte sich in Bewegung und ihr blieb nichts anderes übrig, als ihn zu begleiten, da er sie nicht losließ. Sie konnte sich nicht davon abhalten, über ihre Schulter zu sehen und James hatte offensichtlich seine Blasiertheit kurzfristig verloren. Sein Mund stand offen und er wirkte, als hätte ihn der Schlag getroffen. Womöglich hatte Rebecca die Pläne ihrer Brüder für den heutigen Abend gründlich durchkreuzt.

Was hatte sie nur getan? Sie wollte sterben, jetzt sofort. Erst in diesen Sekunden sickerte die Erkenntnis richtig durch, was sie mit ihrem Flehen in Gang gesetzt hatte.

Er brachte sie hinaus und führte sie zu einem SUV. Anscheinend hatte der Wagen eine dieser neuen Schließvorrichtungen, die sich automatisch öffneten, wenn der Besitzer sich dem Fahrzeug mit dem Schlüssel näherte, der genau genommen kein Schlüssel mehr war. Ihr panischer Verstand befasste sich mit diesen albernen Kleinigkeiten, damit sie nicht in Hysterie verfiel. Er riss die Beifahrertür auf, und ehe sie sich versah, bugsierte er sie auf den Sitz und seine Handfläche auf ihren Lendenwirbeln war ein glasklares Indiz, dass er nicht nur kräftig aussah, sondern es auch war. Wer könnte es ihm verdenken, sollte er stinkwütend auf sie sein? Sekunden später saß er neben ihr, schüchterte sie mit seiner Präsenz dermaßen ein, dass sie nicht wusste, wohin sie sehen sollte. Gebannt schaute sie nach vorne, als würde die dunkle regnerische Nacht sie retten. Als wäre es möglich, sich vor sich selbst zu retten!

„Darf ich wenigstens erfahren, wie meine Verlobte heißt?", fragte er in einem Tonfall, der so ausgewogen war, dass es ihre Sinne torpedierte.

„Rebecca Morgan", wisperte sie.

„Es ist ein bisschen spät, um sich wie eine verschüchterte Maus zu benehmen. Sieh mich an, Kätzchen."

Alles, nur das nicht. Gordon schaltete die Innenbeleuchtung ein. „Tu, was ich dir sage, oder ich gehe ohne dich zurück, und das war die kürzeste Verlobung in der Geschichte." Obwohl er nicht die Stimme erhob, verfehlte diese betont ruhige Lautstärke nicht seine Wirkung. Nicht nur dieser Umstand zwang sie dazu, sich ihm zuzudrehen, es war ebenso die Art und Weise, wie er neben ihr saß, als wäre er es gewohnt, Befehle zu erteilen, die nicht einfach daher geplappert waren. Gordon erwartete ihren Gehorsam, und falls sie seine Order missachtete, musste sie mit den Konsequenzen zurechtkommen. Er war nicht nur ein Mann der Worte, sondern auch der Taten. Seine Körpersprache sandte deutliche Signale aus. Warum war sie ausgerechnet gegen ein derart gefährliches Exemplar gerannt? Gordon war nicht wie die Männer, mit denen sie es gewöhnlich zu tun hatte. Seine Haltung drückte Selbstachtung aus, ließ sie ahnen, dass er eine tiefe Verbundenheit zu den Menschen hatte, auf die er sich einließ. Dabei konnte er es sich leisten, wählerisch zu sein. Er hatte sie in der Hand, das wusste er ebenso wie sie. Gordon starrte ihr direkt in die Augen und jetzt wusste sie, wie sich eine Maus fühlte, wenn ihr urplötzlich ein Wolf gegenüberstand. Sie spürte, dass ihre Hände zitterten und sie musste sich beherrschen, um nicht nach dem Türgriff zu tasten, hinauszuspringen und durch die eiskalte Nacht zu rennen, bis sie genügend Abstand zwischen Gordon und sich gebracht hatte. Aber so weit würde sie nicht rennen können, falls er die Verfolgung aufnahm.

Als hätte er ihre Gedanken gelesen, hörte sie ein Klicken. Und jetzt grinste er wirklich wie ein Wolf. „Ich habe keine Lust, dir im Regen nachzujagen. Wir bleiben solange hier sitzen, bis ich entschieden habe, was ich mit dir machen soll, Rebecca Morgan. Manchmal ist eine Kindersicherung ein vernünftiges Mittel der Wahl, um bei erwachsenen Menschen kindisches Verhalten zu unterbinden."

Hätte sie nicht bereits Puddingbeine gehabt, hätte ihr Name in diesem schottischen Akzent das Werk mit Bravour vollbracht. Aus dem Augenwinkel sah sie, dass er den Arm hob, um ihr mit dem Handrücken über die Wange zu streicheln. Die Berührung war unglaublich sanft und irgendwie intim, beruhigend, aber zur selben Zeit verwandelte es die Geschwindigkeit ihres Blutes in einen gurgelnden Strom.

Was für einen Unsinn sie in die nett gemeinte Geste hineininterpretierte, die auf ihrer Haut als ein angenehmes Gefühl verblieb, ganz so, als hätte sie ungeschützt in einem Eisregen gestanden und jemand würde eine flauschige Decke über ihre Schultern legen.

Was für eine unglaublich weiche Haut Rebecca hatte. Von dem Moment an, als sie gegen ihn geprallt war und sie ihn panisch aus haselnussbraunen Augen angestarrt hatte, wollte er ihre Wange berühren, um herauszufinden, ob sie so samtig war, wie sie aussah. Seine Neugierde auf sie war allerdings in dem Augenblick richtig erwacht, als ihr Bruder sie angesehen hatte mit einem Ausdruck, der Gordon auch jetzt nicht gefiel. Pures Entsetzen, Angst, Verzweiflung und Resignation waren über ihr Antlitz gehuscht, als sie sich Gordon zugedreht hatte. Er wusste selbst nicht, warum er sie nicht einfach losgelassen und ihr Flehen ignoriert hatte. Aber all seine Instinkte und sein Interesse entflammten von einer Sekunde zur nächsten. Außerdem war er noch nie jemand gewesen, der einer Lady in Nöten eine helfende Hand verwehrte. Und wie sexy sich ihr nachgiebiger Leib angefühlt hatte, als sie gegen ihn geprallt war.

Helle Strähnen zierten das dunkelblonde schulterlange Haar seiner *Verlobten* und seine Finger gierten danach, sich in der glänzenden Masse zu vergraben.

„Es tut mir leid." Sie schluckte mehrere Male und ihre Nervosität war körperlich spürbar, dazu musste er nicht ihre deutlich zitternden Hände berücksichtigen, oder wie gehetzt sie atmete. Sie hatte keine Angst vor ihm, sondern vor dem, was sie getan hatte und den daraus resultierenden Folgen. Wenn sie allerdings wüsste, mit wem sie es zu tun hatte, dass er ein Mann war, der sich durchzusetzen wusste und dabei nicht davor zurückschreckte, einen prallen Popo zu versohlen, um seinen Interessen Nachdruck zu verleihen, dann wäre ihre Furcht von einer ganz anderen Natur.

„Ist dein Name wirklich Gordon?"

Eine berechtigte Frage, wenn er bedachte dass sie einen *G* erfunden hatte. Was für ein seltsamer Zufall!

„Ja, das ist mein richtiger Name." Aus einem Impuls heraus fasste er nach ihrer rechten Hand und hielt sie fest. Berührungen waren immer ein gutes Mittel um eine Sub zu beruhigen und es verfehlte auch bei Rebecca nicht die Wirkung.

„Mir scheint, dass du dich in eine ausweglose Situation manövriert hast und keinen anderen Ausweg sahst, als einen Fremden um Hilfe anzuflehen. Ist dem nicht so?"

Sie schwieg ein paar Sekunden, ehe sie den Mut aufbrachte, um zu antworten. „Ja."

„Ein bisschen mehr musst du mir schon verraten, falls ich dir wirklich helfen soll." Gordon merkte ihr an, dass sie nicht wusste, wo sie beginnen sollte. „Du hast Angst vor deinem Bruder. Warum ist das so?"

Zunächst wollte sie es abstreiten, das war ihr deutlich anzusehen, doch wenn sie seine Hilfe einforderte, gab er sich nicht mit weniger als der Wahrheit zufrieden. Sie lächelte ihn an und es war das traurigste Lächeln, das er seit langem gesehen hatte.

„Brüder. Es sind drei. Hugh und Charles sind auch gerade im *Trendy* aufgetaucht."

Waren diese ihrer Schwester überfürsorglich gegenüber und schossen über das Ziel hinaus? Oder steckte mehr dahinter?

„Ich kann doch nicht einem Fremden meine Sorgen aufbürden."

„Dann kann ich dir nicht helfen, Rebecca. So funktioniert das nicht."

Sie rang mit sich und nach einigen tiefen Atemzügen leckte sie sich die Lippen.

„Eigentlich dreht sich alles um das Testament meiner Mutter. Es geht um Geld."

Natürlich ging es um Geld!

Gordon ließ es zu, dass sie den Blick abwandte, weil er spürte, dass er sie verunsicherte. Sie hatte noch nie Erfahrung mit einem dominanten Mann gemacht, da war er sich sicher. Nach und nach blubberte die Geschichte aus ihr heraus und er verstand ihre Sorgen. Da war etwas an ihrem Bruder, das ihm ganz und gar nicht gefiel. Auch verurteilte er sie nicht wegen ihrer Notlüge, die nach und nach immer größer geworden war, sodass die Konsequenzen daraus sie förmlich überrollten. Als Master verabscheute er Lügen, aber es gab Situationen im Leben, die keinen Raum für die Wahrheit ließen. Manchmal gab es gute Gründe, das Falsche zu tun, sogar für Unehrlichkeit.

„Ich weiß, dass es feige und dumm war, was ich getan habe und es ist auch durch nichts zu entschuldigen." Inzwischen sah sie ihm direkt in die Augen und da war etwas an ihr, das ihn reizte, obwohl er nicht benennen konnte, was es war. Allerdings würde er gerne herausfinden, wieso er es zuließ, dass sie neben ihm in seinem SUV saß, anstatt sie höflich zu bitten auszusteigen, ehe ihre Probleme zu seinen wurden.

„Wenn ich dich richtig verstehe, brauchst du für die nächsten sechs Monate einen Mann an deiner Seite, der sich für deinen zukünftigen Gatten ausgibt und dir deine Brüder vom Hals hält."

„Ja. Nicht nur das ..." Erneut diese Resignation in ihrem Blick. „Ich könnte damit auch diese Lüge aus der Welt schaffen, ohne allen vor den Kopf zu stoßen, die mir vertrauen."

Sie litt sehr unter ihrer Lüge und nahm sie nicht leichtfertig hin. Sechs Monate waren eine ausreichende Zeit, um sie zu entschlüsseln. Zudem gestand er sich ein, dass er eine Abwechslung vom Alltagstrott brauchte, die ihn aus den trüben Gedanken riss, welche ihn in den letzten Wochen immer häufiger anfielen. Das *Sadasia* reichte dazu nicht mehr. Und eine verrückte Idee machte ihm die zufällige Begegnung mit ihr verflucht schmackhaft. Vielleicht war es das Dämlichste, was er jemals getan hatte, doch Gordon beschloss, ihr zu helfen. Allerdings würde seine Kooperation sie etwas kosten. Und was es genau war, würde sie nicht sofort erkennen. Er war ehrlich genug zuzugeben, dass ihr Unwissen sowie ihre Unerfahrenheit ihn stark reizten. Sie hatte nicht die geringste Ahnung, dass sie neben einem dominanten Mann saß, der seine sexuelle Erfüllung auch in dem Schmerz seiner Partnerin fand. Der es liebte, seine Handfläche auf den Arsch seiner Geliebten prasseln zu lassen, bis ihre Wangen tränenüberströmt und ihre Pussy ebenso nass war.

„Wenn ich mich dazu bereit erkläre, mich als dein imaginärer G auszugeben, erwarte ich eine Gegenleistung von dir."

Sie sah ihn an, als hätte er ihr Glasscherben in den Mund gestopft.

„Kein Geld, Kätzchen. Ich will dich, deinen Körper, dass du dich auf mich einlässt, wie du es noch bei keinem anderen Mann getan hast."

Rebecca ahnte nicht, was genau er von ihr wollte, und sie sprach das Erste aus, was ihr in den Sinn kam. „Du willst Sex? Mit mir?"

Sex, traf es nicht einmal annähernd, aber die Vorstellung, mit ihm ins Bett zu steigen, widerte sie nicht an. Im Gegenteil. Unbewusst griff sie in ihr Haar und wickelte sich eine Strähne um den Zeigefinger. Außerdem leckte sie sich über die Lippen.

„Den auch. Ich will dich, Rebecca."

„Wie eine ... Hure?"

Wenn sie seine Sub wäre, hätte er ihr für diese Äußerung den Arsch versohlt. Er umfasste ihr Kinn, hart genug, sodass er ihre ungeteilte Aufmerksamkeit erlangte. „Ich sage das nur einmal, Rebecca. Würdige weder dich noch mich jemals wieder auf eine derartige Weise herab."

„Aber ..."

„Aber? Was?"

„Was willst du denn dann von mir?"

„Falls du mutig genug bist, wirst du es herausfinden." Er drückte auf den Knopf der Kindersicherung. „Du kannst jetzt gehen und wir vergessen das Ganze oder du bleibst und wir kehren als Paar zurück ins *Trendy*. Solltest du dich für die zweite Möglichkeit entscheiden, kommst du morgen Abend zu mir und wir beginnen unser Arrangement. Dann zeige ich dir, was ich von dir erwarte."

Nie im Leben hätte er damit gerechnet, dass dieser Abend eine derartig überraschende Wendung nehmen könnte.

Sie machte keine Anstalten, aus dem Wagen zu verschwinden. Der Regen prasselte auf die Karosserie, und wenn die Situation nicht so verrückt wäre, wäre die Stimmung romantisch, genau richtig für Verliebte.

„Okay", wisperte sie und schloss kurz die Lider, als würde es ihr Kraft geben.

„Dann soll es so sein, Kätzchen."

„Aber da ist noch was, Gordon."

Sie lief rot an und leckte sich über die Unterlippe. „Ich … ich habe meinen Freundinnen erzählt, dass du auf Fesselspielchen im Schlafzimmer stehst und im Bett dominant bist. Du weißt schon, so wie bei *Shades of Grey*." Sie rieb über ihre Stirn. „Ist es ein Problem für dich, dich vor Mel und Antonia so zu benehmen?" Sie lachte hysterisch. „Das ist so peinlich."

Gordon starrte in den Regen hinaus und es war nur seiner Erfahrung zu verdanken, dass ihm seine Mimik nicht entgleiste.

*Schicksal, was hast du dir denn dabei gedacht?*

„Keine Sorge, das bekomme ich hin, Kätzchen. Jetzt kläre mich kurz über deine Freundinnen und deine Brüder auf, sodass wir den Abend ohne Blessuren überstehen. Morgen kannst du mir dann eine ausführliche schriftliche Zusammenfassung mitbringen."

Die verzweifelte Kleine hatte keine Ahnung, was für ein Bündnis sie einging. Ein schlechtes Gewissen verspürte er deswegen nicht. Auf einmal erschien der Tag heller, die Nacht schöner und das Leben besser. Er hatte sich nach einer Herausforderung gesehnt und anscheinend gab ihm das Schicksal eine, die es in sich hatte.

Shades of Grey! Gordon presste die Lippen aufeinander, um nicht laut zu lachen.

# Kapitel 3

Rebecca starrte auf ihr Smartphone, betrachtete die jetzt reale Nummer zu dem Eintrag *G*, gekoppelt an eine Adresse, an der sie in einer halben Stunde erwartet wurde, zum Sex mit einem fast fremden Mann. Und was für ein Mann! Mel und Antonia waren beinahe die Augen aus dem Kopf gefallen, wie bei diesen armen überzüchteten Möpsen, als sie gemeinsam mit Gordon im *Trendy* an sie herangetreten war. Und ihre Brüder hatten sich nach ein paar Minuten verabschiedet.

Groß, gefährlich, sexy waren die Attribute, die ihr auf Anhieb einfielen, sobald sie an ihn dachte, nicht, dass sie auch nur für eine Sekunde damit aufhören könnte, an ihn zu denken oder vielmehr, ihn in ihrer Fantasie auszuziehen.

Der gestrige Abend hörte nicht auf, an Wirkungsstärke zu verlieren. Gordon war kurz zu der Gruppe gegangen und hatte dem einen der Brüder etwas zugeflüstert, der sie angesehen hatte, mit einer Nachdrücklichkeit, die sie sogar in diesem Augenblick verunsicherte. Noch immer zermarterte sie sich das Gehirn darüber, woher sie die Kerle kannte. Aber im Moment hatte sie andere Sorgen. Ihr Lügengespinst gehörte allerdings nicht mehr dazu. Wieso Gordon ihr nicht auf der Stelle an den Kopf geworfen hatte, dass sie komplett verrückt sei, war für sie ebenso undurchschaubar, wie es der verdammt heiße Schotte war. Ihr Leben war massiv aus den Fugen geraten, wenn sie zu solchen Mitteln greifen musste, um sich zu retten. Selbst jetzt stieg ihr die Schamesröte ins Gesicht.

Als sie gestern nach Hause gekommen war, hatten ihre Brüder sie erwartet, versucht ihr Gordon auszureden, dass er nicht gut genug für sie wäre, mit Sicherheit ein Schmarotzer, der sich nur an sie heranmachte, um sich mit ihr und dem Namen der Familie zu schmücken. Und warum sie denn nicht lieber Dr Grant, Dr Memphis oder Mortimer Hanson, den Anwalt der Familie, heiraten wollte? Es könnte nicht ihr Ernst sein mit einem dahergelaufenen Mann aus der Unterschicht anzubandeln, der dazu auch noch ein Schotte war. Ihr klingelten die Ohren, wenn sie an die ganzen Anschuldigungen und Beleidigungen dachte. Aber wenigstens hatte sie jetzt einen echten *G* vorzuweisen und sie hoffte, dass ihr Brüder endlich aufgeben würden, sie mit irgendwelchen Kerlen zu verkuppeln, die überhaupt nicht zu ihr passten. Seufzend riss sie sich aus den unangenehmen Überlegungen.

Verflucht! Sie musste sich beeilen. Sie hatte den ganzen Tag geholfen, die Boxen im Tierheim zu streichen und viel zu spät auf die Uhr gesehen.

Er hatte ihr beim Abschied gesagt, dass er Unpünktlichkeit hasste. Niemand starb, wenn man zu spät kam. Gordon sollte bloß nicht denken, dass er sich wie eine Dramaqueen aufführen könnte, nur weil sie unpünktlich war. Ja, er hatte sie in der Hand, aber das bedeutete nicht, dass er einfach über sie bestimmen konnte. Rebecca stellte die Farbrolle in den Eimer und wischte sich anschließend mit den Händen über das farbgesprenkelte T-Shirt. Wie die Spritzer es geschafft hatten, unter den Overall zu gelangen war ihr ein Rätsel. Im Auto hatte sie Ersatzkleidung, die sich allerdings mehr für eine Wanderung eignete als für ein Sexdate. Hitze machte sich schon wieder in ihrem Körper breit, angesichts des Schlamassels, in dem sie bis zu den Ohren hockte oder vielmehr rollte sie sich darin herum und rutsche immer wieder aus, wenn sie aufstehen wollte. Wenigstens würden ihre Jeans und das T-Shirt mit dem Minion auf der Vorderseite ihn nicht noch weiter ermuntern, die Nacht mit ihr im Bett zu verbringen. Sie durfte sich zwar nicht dagegen wehren, aber sie würde alles dafür tun, dass sie heute Abend nur redeten. Wollte er sie wirklich auf der Stelle vögeln? Das passte irgendwie nicht zu ihm. Er wirkte keinesfalls wie ein Mann, der auf einen schnellen Fick aus war, sich anschließend herumdrehte und schnarchend einschlief.

Und die Sache mit der Dominanz! Wie belustigt er sie angesehen hatte, doch es war eine eigenartige Belustigung gewesen, die nur bei einem flüchtigen Hinsehen etwas mit Humor gemeinsam hatte. Die Erinnerung an seine unergründliche Mimik jagte ihr einen Schauder über den Rücken.

*Dominanter Liebhaber!*

Er hatte keine Miene verzogen, als sie es sagte, ihr nur in die Augen gesehen, mit einer Intensität, die sogar jetzt noch ein aufgeregtes Herzklopfen bei ihr verursachte. *Dominanter Liebhaber!*, dachte sie erneut. Er hatte es geschluckt, ohne sie aus dem Auto zu werfen, etwas, das sie ihm hoch anrechnete. Und er hatte seine Rolle vor Mel, Antonia und ihren Brüdern so überzeugend gespielt, dass selbst sie ihm das mit der Dominanz abgekauft hatte, obwohl sie wusste, dass er nur ihr zuliebe in diese Rolle geschlüpft war.

*Hör auf zu trödeln! Bring es hinter dich!*

Am Sonntagabend war ein Essen mit ihren Brüdern und Schwägerinnen geplant. Sie musste es durchziehen, ein paar Monate lang und dann konnte sie ihr Leben unbeschwert und in Ruhe genießen, ohne sich ständig ängstlich über die Schulter zu blicken.

„Wir sehen uns am Mittwoch", rief sie zu den Frauen hinüber, die auf einer Bank saßen, müde von der erledigten Arbeit.

„Warte!" Lizzy sprang auf und eilte auf sie zu. „Ist alles in Ordnung mir dir? Du bist seit Wochen bedrückt und heute scheinen dich deine Sorgen noch mehr zu belasten. Ich habe immer ein offenes Ohr für dich."

Wenigstens hier konnte sie Lügen und Verrat aus ihrem Leben halten. Sie hatte Lizzy nie angelogen, aber ihr auch fast nichts Persönliches von sich erzählt. *Vieles zu verschweigen ist irgendwie eine Unwahrheit.* Mel und Antonia war es nie aufgefallen, wie mies Rebecca sich fühlte oder es hatte sie nicht interessiert. Vielleicht sollte sie das Verhältnis zu ihnen überdenken.

„Ich habe eine harte Zeit hinter mir, seit meine Mum gestorben ist. Aber es geht mir inzwischen besser." Auf keinen Fall würde sie Lizzy mit ihrem verkorksten Leben belasten. Lizzy hatte schon genügend eigene Probleme, die so manchen Menschen in die Knie gezwungen hätten. Die ständigen Geldsorgen, das Leid der Tiere, ein Mann, der sie betrogen hatte, und dann ihr altes Auto, das andauernd kaputt war.

„Ich meine es ernst, Rebecca. Du bist mir im Laufe der Zeit ans Herz gewachsen, nicht nur wegen deiner Hilfe und den großzügigen Spenden, sondern weil du es bist." Ehe Rebecca wusste, wie ihr geschah, zog die kurvige Rothaarige sie in die Arme und drückte sie. „Bis nächste Woche und pass auf dich auf."

Rebecca winkte Carol und Darla zu und hastete zu ihrem Auto, das sie rückwärts eingeparkt hatte. Sie öffnete die Heckklappe, sah sich suchend um, doch niemand war zu sehen und hinter ihr war ein zugewachsener Zaun. Hastig zog sie sich um und ignorierte ihre zitternd Hände, als sie seine Adresse in das Navi eingab, nicht die besten Voraussetzungen, um Gordon ruhig gegenüberzutreten. Im Normalfall hätte sie sich niemals getraut ihn anzusprechen, dazu wirkte er viel zu einschüchternd auf sie.

*Du bist ja auch nicht normal.*

Zwanzig Minuten zu spät stand sie auf dem Hof von *Maxwells Garage*. Zum Glück war er nicht wirklich dominant, denn dann würde er sie bestimmt bestrafen, ein Szenario, das ihren Herzschlag unerwarteterweise beschleunigte. Sie griff nach ihrer Tasche und der Klarsichthülle mit dem Essay über sich und ihr Leben. Es war schwer gewesen alles neutral zu beschreiben und nur das herauszufiltern, das nötig war, um Gordon die Informationen zu geben, die er als ihr Verlobter brauchte. Sie hatte ihm auch nicht zu viel von sich preisgeben wollen.

Obwohl sie unter Zeitdruck stand, konnte sie nicht anders als den Anblick der Umgebung förmlich in sich aufzusaugen. Das musste früher ein Pferdehof gewesen sein und Gordon nutzte die ehemaligen Ställe offensichtlich als Werkstatt. Neben dem Haupthaus gab es noch ein kleineres Gebäude, und nachdem sie ausgestiegen war, starrte sie es bewundernd an. Genau das stellte sie sich für ihr Atelier vor – wohnen und arbeiten in einem solch charmanten Ambiente. Und der alte Baumbestand! Die Lage! Und sie hatte inzwischen genügend Geld gespart, um ihren Traum zu verwirklichen.

Sie lief auf das weiße Hauptgebäude mit den azurblauen Fensterläden zu und wischte sich die schweißnassen Hände an ihrer schäbigen Jeans ab. Rebecca atmete mehrere Male tief durch, ehe sie auf die Klingel drückte. Nach ein paar Sekunden, die ihr allerdings wie eine Ewigkeit erschienen, öffnete Gordon die Tür. Sein Blick fiel auf sie wie ein Vorhang aus schwerem Samt, der über sie glitt und seine Spuren auf ihr hinterließ. Lange sah er sie schweigend an, von oben bis unten, und ihre Haut kribbelte an all den Stellen, die er mit seinem Blick berührte, streichelte, sodass sie den Samt tatsächlich spürte. Er stand im Türrahmen, mit diesem starken Körper und rührte sich nicht von der Stelle. Gordon trug schwarz: ein gut sitzendes Hemd und eine Hose, die seine schmalen Hüften und langen Beine perfekt akzentuierte. Er sagte noch immer nichts, während er sie musterte und daher hörte sie ihr unruhiges Atmen überlaut, spürte ihre Nervosität an und in ihrem ganzen Körper, sei es ihr stürmisch schlagendes Herz oder ihre haltlosen Muskeln, die drohten unter ihr nachzugeben. Unheilvoll wirkte seine Reaktion, sodass sie sich wie ein Teenager fühlte, der beim Stehlen erwischt wurde. Als er ihr erneut ins Gesicht sah, sein Blick sich bis in ihre Seele bohrte, wusste sie, warum sie so fühlte. Nicht nur seine Augen spiegelten sein Missfallen angesichts ihres Aufzugs deutlich wieder, sodass sie wie ein eisiges blaues arktisches Feuer glühten. Sein ganzer Körper strahlte eine eindeutige Ansage aus. Sie rechnete damit, dass er ihr die Tür vor der Nase zuschlagen würde, doch er machte eine knappe Bewegung mit seiner Hand, trat anschließend zur Seite, allerdings nur so viel, dass sie ihn streifen musste, während sie eintrat. Sein Körper gab nicht nach und sie prallte beinahe von ihm ab.

Die Tür fiel hinter ihr ins Schloss, mit einem Knall, der sie zusammenzucken ließ. Rebecca argwöhnte, dass Gordon es mit Absicht getan hatte, um sie zu verunsichern. Fiese Methoden, die ihren Trotz weckten. Sie wirbelte herum und es war ihm gelungen, sich unbemerkt direkt hinter sie zu stellen, sodass sie mit der Nase gegen seinen Brustkorb stieß und er sie halten musste, damit sie ihr Gleichgewicht zurückerlangte, genau wie beim ersten Mal, als sie auf ihn getroffen war.

Gestern! Erst gestern! Und dennoch war es, als würde sie ihn bereits seit Ewigkeiten kennen, weil er ihr dermaßen unter die Haut ging.

„Rebecca, schön, dass du doch noch den Weg zu mir gefunden hast." Spöttisch war seine Stimme und so zuckersüß, dass sie wie türkischer Honig tropfte. „Und wie hübsch du aussiehst mit den Farbsprenkeln auf deinem Gesicht und deinen Haaren, dem verwaschenen T-Shirt und der schmutzigen Jeans."

Er fand den Minion offensichtlich nicht niedlich.

Gordon hatte ja recht, aber das bedeutete nicht, dass er sie dermaßen niedermachen durfte. Sie könnte ihm erklären, warum sie dermaßen zerrupft vor ihm stand, doch sie schaffte es nicht, sich bei ihm zu entschuldigen oder um sein Verständnis zu heischen. Zu ausgetreten waren ihre gewohnten Verhaltensmuster, auf die sie nicht stolz war. „Wenn dir mein Aussehen nicht passt, kann ich ja wieder gehen." Leider verdarb das Beben in ihrer Stimme die anvisierte Wirkung, stattdessen hörte sie sich sogar in den eigenen Ohren wie ein eigensinniges verunsichertes Kind an. Außerdem war es nicht sehr hilfreich, dass sie die Worte in sein Hemd zischte, das sich an seine breite Brust schmiegte.

Er ignorierte ihren sinnlosen Versuch, seine viel zu starken und verführerischen Hände von ihren Schultern zu schütteln, damit sie endlich von ihm zurücktreten konnte. Diese Nähe zu ihm verwirrte sie, denn ihre Sinne sprachen auf ihn an, sogar verstärkt in ihrem unangebrachten Zorn. Ihren Augen gefiel, was sie sahen, ihre Nase mochte seinen Körperduft, der eine Mischung aus einem Duschgel und ihm war, und ihre Haut absorbierte förmlich nicht nur die Kraft und Wärme seiner Hände, sondern die seines ganzen Körpers.

Rebecca wusste, dass dieser Trotz ihrer einsamen Kindheit geschuldet war, dass sie noch immer gegen jede Einschränkung aufbegehrte, obwohl sie es eigentlich gar nicht wollte.

„Ich möchte gehen."

„Möchtest du das?"

Dieser Akzent war ihr Untergang, denn jetzt vollführten ihre Ohren einen Freudentanz und sein weicher, dunkler Tenor entfachte erneut das Gefühl, als würde sich Samt an ihren Leib schmiegen.

Ehe sie antworten konnte, sprach er weiter. „Wir beide haben ein Arrangement getroffen, an das du dich halten wirst."

Wollte er jetzt den Dominanten raushängen lassen? Das konnte er gleich vergessen, denn schließlich war sie bestimmt kein unterwürfiges Frauchen, das ihrem Gebieter den Schwanz lutschte, wann immer es ihm in den Kram passte oder vor ihm kniete, nur weil er es ihr befahl. Sie wollte ihm schon an den Kopf werfen, dass er sie mal kreuzweise konnte, doch es wäre fatal, wenn sie diesem unbesonnen Impuls nachgab. Zu viel stand für sie auf dem Spiel. Also verkniff sie sich derartige Reaktionen, obwohl sich ihre Kehle spürbar verengte.

„Wir essen gemeinsam zu Abend, aber vorher gehst du duschen und ziehst dich um. Du riechst etwas streng." Er riss ihr die Klarsichthülle aus der Hand und die Handtasche von der Schulter, um sie auf ein weißes Regal zu legen, auf dem eine Ansammlung von Glaskugeln stand.

Was? Rebecca war dermaßen perplex, dass ihr Gehirn kurzfristig leergefegt war, nur um sich anschließend mit einem Mischmasch aus wilden Wortfetzen, idiotischen Gedanken und dämlichen Erwiderungen zu füllen. Gordon schob sie auf Armeslänge von sich und sein breites Grinsen fachte ihren Zorn derart an, dass sie versucht war, ihm gegen das Schienbein zu treten.

*Er ist dein Verbündeter, nicht dein Feind.*

Der Highlander hob eine Augenbraue, als forderte er sie heraus, dem Impuls nachzugeben, damit er etwas mit ihr tun konnte, das sie in den beunruhigenden Tiefen seiner stürmischen Augen erahnte.

„Ich möchte lieber nach Hause. Das alles war eine blöde Idee und es tut mir leid, dass ich deine Zeit verschwende."

Rebecca wusste nicht, wie sie mit ihren Brüdern umgehen sollte, falls G so schnell aus ihrem Leben verschwand, wie er aufgetreten war.

„Nein, Kätzchen. Du wirst dich nicht herauswinden, sondern tun, was ich dir sage. Du bist einen Vertrag mit mir eingegangen und darin befindet sich keine Klausel, die dir einen feigen Rückzug erlaubt." Er packte ihr Kinn, mit genügend Druck, dass es fast wehtat. „Was ich in den Augen deines Bruders gesehen habe, war nicht angenehm. Du stehst mit dem Rücken zur Wand und ich fühle mich für dich verantwortlich."

„Das ist doch …"

„Wir können dieses Thema gern gleich beim Essen weiterverfolgen. Ich zeige dir, wo das Bad ist."

Er meinte es todernst, das sah sie ihm deutlich an. Vielleicht war das Bad im Erdgeschoss und dann könnte sie aus dem Fenster klettern.

*Und was ist mit deiner Tasche, du hohle Nuss!*

Das mit dem dominanten Liebhaber hatte sie nicht ernst gemeint. „Willst du mich mit diesem Machogehabe herausfordern? Du solltest nur vor meinen Freundinnen …"

Gordon legte ihr einen Finger auf die Lippen. Das hatte noch niemand gewagt! Aber seine Handlungen brachten sie gehörig aus dem Gleichgewicht und Rebecca wusste nicht, wie sie darauf reagieren sollte.

„Du wirst jetzt duschen, entweder freiwillig oder ich tu es für dich. Und was ich sollte oder nicht, entscheide ich, keinesfalls du." Mittlerweile grinste er nicht nur breit, sondern auch fies. Merkwürdigerweise steigerte es die verfluchte Attraktivität des Highlanders. Sie wusste zwar nicht, ob er wirklich aus den Highlands stammte, aber eine derartige Abstammung passte zu ihm. „Möchtest du herausfinden wie weit ich zu gehen bereit bin, um zu bekommen, was ich will?"

Irgendwie war ihr Gehirn unfähig diese Drohung zu verarbeiten. Allerdings begriff ihr überforderter Verstand, dass Gordon keinerlei Hemmungen verspürte, das Gesagte in die Tat umzusetzen. Nicht nur das, er schien sich darauf zu freuen. Für ein paar schreckliche Augenblicke malte sie sich lebhaft aus, wie es wäre, wenn er ihr die Kleidung vom Leib riss, sie in die Dusche verfrachtete, um sie zu waschen, mit diesen göttlichen Händen über ihre Haut glitt, sie überall berührte … ihr vielleicht sogar lustvolle Schmerzen zufügte. So wie er jetzt vor ihr stand, traute sie ihm genau das zu.

Anstatt Entsetzen verspürte sie das exakte Gegenteil, denn das oberflächliche Prickeln erreichte tiefere und weitaus interessantere Regionen ihres Körpers. Und wenn sie es nicht besser wüsste, könnte sie glauben, dass er wusste, was er in ihr anrichtete. Er beugte sich zu ihr herab, bis sein Mund neben ihrem Ohr war. „Ich mag es, wenn meine Frauen eine Erziehung brauchen. Also tu dir keinen Zwang an und wehre dich." Sein Atem kitzelte sie, aber das war nicht der alleinige Grund für die Gänsehaut, die über ihren Leib perlte.

Erziehung? Wollte er sie nur verunsichern?

„Das hättest du wohl gerne."

„Ja, Kätzchen. Das hätte ich verdammt gerne."

„Du weißt schon, dass du dich unnormal verhältst?"
Vielleicht würde er sein Benehmen lächerlich finden, wenn sie an seinen Verstand appellierte.

„Und wie steht es mit dir? Schließlich hast du einen wildfremden Mann um Hilfe angefleht, nicht umgekehrt."

Schachmatt! Darauf gab es keine Erwiderung, die ihr einen Triumph verschafft hätte.

Seine ominöse Mimik verunsicherte sie. Wollte er in der Dusche über sie herfallen? Sie konnte sich vorstellen mit ihm zu schlafen, aber nicht so.

„Keine Angst. Ich habe weder vor, dich zu vergewaltigen, noch dich heute zu ficken. Genau dieser Gedanke ist dir gerade gekommen, das habe ich deutlich in deinen Augen gesehen. Wenn ich dich nehme, wirst du mich vorher anflehen dich richtig durchzuficken, bis du nicht mehr klar denken kannst." Er hatte die Frechheit über seine unverschämten Worte zu lachen, weil sie ihn mit offenem Mund anstarrte und einfach keine passende Antwort fand, ungeachtet, dass sie es verzweifelt versuchte.

Er legte ihr den Arm um die Schultern und führte sie durch das Wohnzimmer. Erst jetzt nahm sie die geschmackvolle helle Umgebung wahr, obwohl sie keinen Sinn für die Details hatte. „Du wirst dir später wünschen, dass ich mich mit dir vergnügt hätte. Doch durch dein respektloses Benehmen hast du dir kein Vergnügen verdient."

Sagte er absichtlich diese dämlichen arroganten Dinge, um sie auf die Palme zu treiben? Da brauchte er sich nicht weiter anzustrengen, sie saß bereits auf der Spitze. Allerdings war es kein sicherer Halt, denn sie drohte jeden Augenblick herunterzufallen, angesichts seiner überwältigenden Ausstrahlung und dem Chaos, das er in ihr anrichtete mit seinem ganz und gar unzivilisiertem überraschendem Benehmen. Er hatte sie nicht nur kalt erwischt, sondern eiskalt und er spickte sie zusätzlich mit scharfen Eiswürfeln.

Sie liefen aus dem Wohnzimmer, in einen Flur, von dem mehrere Türen und auch die Treppe in den ersten Stock abgingen. Gordon führte sie nach oben, durch einen Raum, das offensichtlich ein Gästezimmer war, und in das angrenzende Badezimmer. Er stellte sich so, dass er die Tür blockierte, ehe er sie losließ. Lässig lehnte er sich an den Türrahmen und verschränkte die Arme vor der Brust.

„Ausziehen!" Ein diesmal süffisantes Grinsen begleitete den unglaublichen Befehl.

„Vor dir?", stammelte sie und wich zwei Schritte zurück.

„Zickiges respektloses Benehmen hat Konsequenzen. Anstatt beim Candle-Light-Dinner mit mir zu sitzen, das ich für uns vorbereitet habe, werde ich mich zunächst an dem Anblick deines nackten Körpers erfreuen, der bestimmt besser aussieht als deine Kleidung, die ich nicht einmal einer Vogelscheuche anziehen würde."

Sie starrte ihn erbost an, doch unbeeindruckt verzog er keine Miene. „Lass mich nicht bis drei zählen. Runter mit den Klamotten. Wenn du brav bist, fasse ich dich nicht an. Ich verspreche es dir."

Irgendwie wusste sie, dass Gordon zwar ein Mistkerl war, allerdings einer mit Ehrgefühl. Dennoch ... sich vor ihm zu entblößen war demütigend, aber auch erregend.

„Wie du willst, mein Herr und Meister."

Sein Blick verdunkelte sich und das allein beschleunigte ihren Herzschlag abermals.

„Sieh mir in die Augen, während du dich ausziehst. Und gib dir Mühe, Kätzchen. So kannst du ein paar Pluspunkte sammeln."

„Pluspunkte? Die kannst du dir in die Haare schmieren. Ich brauch mich nicht bei dir einzuschleimen."

*Warum reizt du ihn noch zusätzlich? Er wirkt bereits jetzt, als wollte er sich jede Sekunde auf dich stürzen, um dich mit Haut und Haaren zu verschlingen und dich hinterher als wolliges Knäuel auszuspucken, dem dann allerdings sowohl die Krallen als auch Zähne fehlen, vielleicht sogar Nase und Ohren.*

Anstatt etwas zu erwidern, starrte er sie in Grund und Boden. Nicht nur, dass sie seinem pulverisierendem Blick kaum standzuhalten vermochte, er schaffte es irgendwie, dass sie ihm gehorchte. Aber auf einen Striptease konnte er lange warten.

Unzeremoniell packte sie den Saum des T-Shirts, zog es über ihren Kopf und warf es in seine Richtung. Jeder Mensch, den sie kannte, hätte instinktiv die Hände ausgestreckt, um es zu fangen, er ließ sich jedoch nicht dazu hinreißen. Das Shirt fiel vor seinen Füßen zu Boden und sie drohte es ihm gleichzutun, so zittrig waren ihre Muskeln.

Sie kickte ihre Turnschuhe von den Füßen, zerrte ihre Strümpfe herunter und öffnete anschließend den Knopf ihrer Jeans. Zur Hölle mit Gordon Maxwell!

Vielleicht konnte er andere Frauen mit seinem Stechblick erziehen, sie jedoch nicht! Aber ganz hinten in ihrem Kopf murmelte eine penetrante Stimme: *Du gehorchst ihm bereits, obwohl du nicht genau weißt, was er tut, falls du dich störrisch zeigst.*

Würde er wirklich Hand anlegen oder veranstaltete er ein perfides Spiel mit ihr, um sie zu verunsichern? Um ihr seine Macht zu demonstrieren, die er über sie hatte? Je länger sie in die blauen Tiefen seiner Augen starrte, desto weniger glaubte sie, dass es ihm darum ging. Das passte nicht zu ihm. Eine derartige Vorgehensweise hatte er nicht nötig. Gordon Maxwell verfolgte ein anderes Ziel, und um dieses zu erreichen würde er tun, was seiner Meinung nach angebracht war. Währenddessen schreckte er nicht davor zurück, sich die Hände schmutzig zu machen.

Sie streifte sich die Hose von Hüften und Beinen. Provokativ hob er beide Augenbrauen. Am liebsten würde sie ihm die Jeans um die Ohren schlagen. Allerdings begnügte sie sich damit, sie zur Seite zu treten. Noch nie in ihrem ganzen Leben hatte ein Mann sie angesehen, wie er es gerade tat. Es war kein Ansehen, was er da machte, es war ein Abtasten, ein Streicheln, ein Taxieren, aber gleichzeitig auch eine Liebkosung. Eigentlich müsste sie sich schämen, doch sie tat es eigenartigerweise nicht. Sein Handeln forderte sie heraus und setzte eine Folge von Emotionen in ihr frei, die sie völlig verblüfften. Die Situation war unglaublich surreal, zugleich anregend und das lag nicht nur an seinem Aussehen. Er zwang sie dazu, sich ihm zu unterwerfen, als Strafe, weil sie zu spät und in der ungeeigneten Kleidung zu ihrem Rendezvous aufgetaucht war. Der Abend nahm einen Verlauf an, den sie niemals vorausgesehen hätte. Aber nicht nur Gordon überraschte sie, ihre eigenen Reaktionen waren wie eine Wundertüte mit einem unbekannten Inhalt. Sie schloss die Lider, als sie um sich herumgriff, um den Verschluss des BHs zu öffnen.

„Nein, Kätzchen. Sieh mich dabei an!"

Tiefdunkel war seine Tonlage und sie spürte sie auf der Haut, die sich eigenartig zusammenzog. Mit einem frustrierten Seufzen gehorchte sie abermals und versank erneut in seiner überwältigenden Persönlichkeit. Zum Glück gelang es ihr auf Anhieb, die Haken aus den Ösen zu bekommen. Anschließend streifte sie die Träger von den Schultern. Der verwaschene Sport-BH landete auf dem dunklen Boden. Spöttisch verzog er die Mundwinkel, ganz der Herr der Lage. Im Moment starrte er ihr in die Augen, als wollte er den Augenblick aufschieben, ehe er ihren Busen betrachtete. Es nutzte nichts es hinauszuzögern, also zog sie den Slip aus, warf ihn auf ihre Jeans und verspürte das unglaubliche Bedürfnis ihre Brüste und ihren Schambereich mit den Händen zu bedecken. Dass sie es nicht tat, war ein Zeugnis der Macht, die er über sie ausübte. Außerdem war sie zu stolz, um es zu tun. Das redete sie sich zumindest ein.

„Das war der mieseste Striptease, den ich jemals gesehen habe. Nächstes Mal wirst du es besser machen, das versichere ich dir."

„Ich wüsste nicht, wieso."

„Wenn es so weit ist, wirst du es wissen. Dafür sorge ich." Und dann ließ er seinen Blick genüsslich ihren Körper entlangwandern. Sie fühlte sich, als würde er sie erneut ausziehen, viel mehr von ihr entblößen, mehr von ihr sehen, als nur ihre nackte Haut. Rebecca wünschte sich, dass er etwas sagen würde, er ihr ein Kompliment machte, sodass sie sich hübsch fand. Doch er kommentierte ihre Figur nicht, ließ sie im Ungewissen, ob ihm gefiel, was er erspähte. Rebecca schob ihre Makel zur Seite, denn sie konnte es sich keinesfalls leisten, Unsicherheiten, ob eingebildet oder nicht, zu dem Hurrikan in ihrem Inneren hinzuzufügen. Genau genommen war Gordon eine Naturgewalt, die einen Schutzmechanismus erforderlich machte, um gegen sie zu bestehen. Inzwischen starrte er ihr direkt zwischen die Beine. Die Sau!

„In der Dusche ist ein Einmalrasierer. Benutze ihn. Ich mag keine Stoppeln auf meiner Sub, während ich sie lecke."

Rebecca spürte, wie ihr weiteres Blut ins Gesicht schoss. Sie öffnete den Mund, doch ihr Verstand weigerte sich, eine passende Erwiderung auf diese Unverschämtheit zu finden.

Aber der Gedanke, dass er sie oral befriedigte, aktivierte ihr Lustzentrum, das sich anscheinend nicht nur in ihrem Gehirn befand, sondern in ihrem ganzen Körper.

Und was war eine Sub? Sie kannte nur welche aus einem Schnellrestaurant, die man essen konnte, belegt mit Käse und Salat. Noch nie hatte ein Mann mit einer derart spöttischen, arroganten und überheblichen Miene vor ihr gestanden. Es fehlte nur das Breitschwert in seiner Hand. Wenn er glaubte, dass sie ihren Schambereich rasierte, nur weil er es verlangte …

Jedoch war alles, was aus ihrer Kehle kam, lediglich ein wütendes Schnauben, ehe sie sich umdrehte, um die großzügige Dusche zu betreten.

„Dein Arsch ist hübsch, so schön plump, genau, wie ich und meine Hand es bevorzugen."

Plump!

*Reagier nicht auf ihn. Beachte ich nicht, dann wird er damit aufhören. PLUMP!*

Hand? Was sollten diese ganzen Anspielungen? Dachte er, dass sie wollte, dass er sie übers Knie legte? Auf keinen Fall! Sich beim Masturbieren erotischen Vorstellungen von dominanten Männern hinzugeben, waren nur Träume, die sie aufheizten, nicht etwas, das sie wahrhaftig erleben wollte. Gleich beim Essen würde sie es ihm erklären. Es reichte, wenn er vor ihren Freundinnen Andeutungen machte, ihr vielleicht spielerisch auf den Hintern schlug. Aber niemals würde sie es zulassen, dass er ihren nackten Po spankte, während sie über seinen so verdammt männlichen Knien lag. Sie drehte den Hahn auf, wandte sich um und stellte erleichtert fest, dass er fort war. Rebecca sank förmlich in sich zusammen und schloss die Augen.

Sogar das heiße Wasser schaffte es nicht, dass sie sich entspannte, denn dazu müsste sie Gordon und seine ominösen Andeutungen aus ihrem Kopf bekommen. Frustriert schäumte sie ihr Haar ein, wusch sich anschließend und ignorierte bewusst den Rasierer, schaute ihn nicht einmal an, als würde er dann verschwinden und somit auch seinen Befehl wegtragen, der damit einherging. Aber was wollte er schon tun, wenn sie sich nicht rasierte? Ihr den Hals umdrehen? Es selbst tun? Als würde sie ihm das erlauben!

Rebecca bemerkte die Handtücher, die vorhin noch nicht auf der Bank neben der Dusche gelegen hatten. Zudem war ihre Kleidung fort, stattdessen lag ein schwarzes Longsleeve ausgebreitet neben den Handtüchern. Sie wickelte sich in das Badetuch und drapierte sich das andere um ihren Kopf. Dann konnte sie nicht länger widerstehen, griff nach dem Shirt und roch daran. Es duftete nach Weichspüler und Gordon.

*Er hat dir deine Unterwäsche nicht dagelassen!*

Sie trocknete sich ab, durchstöberte anschließend den anthrazitfarbenen Hochglanzbadezimmerschrank und fand dort alles, was sie brauchte, sogar eine Gesichtscreme. Gordon Maxwell war bestens auf weibliche Gäste vorbereitet und aus heiterem Himmel missfiel ihr dieser Umstand. Sie hatte eine mögliche Beziehung seinerseits ausgeschlossen, vorausgesetzt, dass er sich im Falle einer Partnerin niemals auf ihr Flehen eingelassen hätte. Allerdings war er kein unbeschriebenes Blatt, jedoch vermochte sie die Schrift darauf nicht zu entschlüsseln, so sehr sie sich auch bemühte, seine Handlungsweisen zu verstehen. Sie benutzte das Deo, die Creme und föhnte sich anschließend die Haare. Währenddessen war sie sich bewusst, dass sie sich nicht beeilte.

*Hör auf zu trödeln! Du bist doch keine feige Jungfrau in Nöten!*
*Aber ein weiblicher Elitesoldat bin ich auch nicht.*

Rebecca griff nach dem Shirt und zog es an, froh, dass es nicht nur ihren Hintern bedeckte, sondern bis zu der Mitte ihrer Oberschenkel reichte. Da die Ärmel viel zu lang waren, krempelte sie diese hoch.

*Ignorier dein Salsa tanzendes Herz. Er wird dich schon nicht fressen. Oder?*

Sie lief aus dem Badezimmer, durchquerte das Gästezimmer und stieß beinahe im Türrahmen mit ihm zusammen. Obwohl sie ihn diesmal gerade noch rechtzeitig bemerkte, ließ Gordon sich nicht die Gelegenheit nehmen, sie an der Taille zu packen, mit einem Griff, der ihr deutlich aufzeigte, wie stark er war.

Mussten seine Hände so warm sein? Er verblieb nicht mit ihnen an Ort und Stelle, rutschte tiefer, unter den Stoff, bis sie ihre nackten Pobacken umfassten. Er lachte frech, weil sie es nicht verhindern konnte, dass sie stocksteif wurde.

„Nun, Kätzchen, hast du unter der Dusche Verteidigungsmechanismen gegen mich ausgeheckt? Deine kleinen Krallen geschärft?"

Die Berührung seiner Hände war so verflucht intim, ungehörig und unerwartet, dass sie nicht auf eine angemessene Weise reagierte. Anstatt ihn wegzudrücken, ihm zu sagen, dass er sie gefälligst loslassen sollte, spürte sie einen kribbelnden Reiz, der ausgehend von seinen Handflächen, ihren Körper eroberte, ihre Sinne benebelte und ihre Abwehr von vornherein außer Kraft setzte.

Ihr Geschlecht zog sich sehnsuchtsvoll zusammen und ihre Nippel zeigten glasklar, was sie fühlte. Gordons gewaltige Anziehungskraft schien keine Grenzen zu kennen, und als er sich runterbeugte, starrte sie atemlos auf seine Lippen, die sich zu einem spöttischen Lächeln verzogen, ehe er sie auf die Nasenspitze küsste.

So ein selbstgerechtes Arschloch!

Sie sollte ihm das Knie zwischen die Beine rammen. Er spielte mit ihr und sie ließ sich von seinem Charme bezirzen und sich von seiner ruchlosen unverschämten Vorgehensweise verwirren.

„Was immer du dir zurechtgelegt hast, Rebecca, ist zum Scheitern verurteilt."

„Du bist so sehr von dir überzeugt, du ... du Schlüpferjäger."

Selbst sein Lachen war ihr Untergang.

„Ich habe nicht lange gebraucht, um an deinen heranzukommen. Bereits beim ersten Date, Kätzchen, hast du ihn mir überlassen. Obwohl ich zugeben muss, dass er sich nicht gerade mit Ruhm bekleckert. Das nächste Mal ziehst du etwas aus feiner Spitze an, um mich zu erfreuen, ein Kleidungsstück, das den Namen Dessous verdient und meinem Geschmack gerecht wird."

Urplötzlich packte er sie an den Schultern, drehte sie herum und umschlang ihren Oberkörper mit einem Arm. „Mein Instinkt sagt mir, dass du meinen Befehl missachtet hast." Mitten auf ihren Bauch platzierte er seine rechte Hand. „Gibst du es zu und entschuldigst dich auf den Knien bei mir? Oder muss ich nachsehen oder vielmehr nachfühlen, ob du nicht doch brav warst? Nun, Rebecca, wie soll es weitergehen mit uns?"

„Ich werde niemals vor dir knien und wage es nicht ..."
Ihre Stimme erstarb gurgelnd, weil er mit seiner Hand tiefer rutschte, bis er ihren Venushügel erreichte. Obwohl der Stoff zwischen ihnen war, fühlte es sich dennoch so an, als würde er ihre nackte Haut berühren. Sie strampelte in seinem Griff, aber er war zu stark und gab keinen Millimeter nach.

„Du bist ein wirklich dreistes kleines Ding, nicht wahr?"

Er zog das Shirt nach oben und von einer Sekunde zur nächsten lag die pure Verführung auf ihrem Schambereich, seine Fingerspitzen kurz davor, ihre empfindlichste Stelle zu streifen.

„So ungezogen. Dafür werde ich dich bestrafen müssen."

Bestrafen? Die Vorstellung einer Züchtigung durch ihn sollte sie erschrecken, sie in die Flucht jagen, stattdessen reagierte ihr Körper mit Lust, weil ihr umnebelter Verstand es ihm signalisierte. Sie umklammerte seinen muskulösen, mit Haaren bedeckten Unterarm, etwas, das ihr gefiel. Rebecca mochte es nicht, wenn Männer sich Arme, Beine, Po und Brust rasierten. Alles andere dagegen liebte sie glatt.

„Wenn du zugibst, dass deine süße Pussy nass ist, sehe ich für heute davon ab, dich zu züchtigen, so wie es mir gefällt. Andernfalls ..."

Er führte leichten Druck aus und presste auf ihren Venushügel. Nervenenden erwachten zum Leben und das flatternde Gefühl breitete sich nicht nur in ihrem Magen aus. Es erreichte auch ihren Kopf, umschwebte verführerisch ihren Verstand, sodass sie sich erneut fragte, was es bedeutete, von Gordon bestraft zu werden.

*Scheiße! Du bist nass und diese Fantasie hat dir den Rest gegeben.*

„... erhitze ich nicht nur dein Gemüt. Antworte mir oder ich nehme dir die Freiheit, selbst über dein heutiges Schicksal zu entscheiden."

Sein Körper war ebenso unnachgiebig wie seine Stimme.

„Eins, zwei ..."

„Ich bin erregt. Zufrieden?"

„Wie sehr?"

Rebecca schloss die Augen, in dem sinnlosen Versuch, von irgendwoher Kräfte zu mobilisieren. Sie schluckte mehrere Male, doch es gab keinen Ausweg für sie. Gordon würde nicht lockerlassen, bis er von ihr bekam, worauf er es anlegte.

„Ich verstehe es nicht. Anscheinend versetzt du irgendwelche aus der Steinzeit stammenden Hormone in Wallung, die auf dein Höllenmenschgehabe abfahren. Ich bin sehr erregt, aber das ist nur körperlich, keinesfalls seelisch." Sie konnte sich gerade noch davon abhalten, wie ein kleines Kind mit dem Fuß, auf den Boden zu stampfen. Er aktivierte irgendwie ihre schlimmsten Verhaltensweisen, und sie argwöhnte, dass er es absichtlich tat.

„Du glaubst, du kannst deinen Verstand vor mir bewahren und mich nicht in deinen Kopf sowie dein Herz lassen? In deine Pussy allerdings schon." Pure Belustigung färbte seinen Tonfall, aber auch eine unerschütterliche Sicherheit, die ihren Mund austrocknete.

„Dein Herz schlägt so heftig, dass ich es fühle. Ich bin bereits in dir, Kleines. Du wirst heute Nacht von mir träumen, jede Sekunde an mich denken, bis wir uns wiedersehen, das versichere ich dir. Und deine Träume werden nicht die der züchtigen Art sein." Er lockerte seinen Griff und umfasste ihre Brust, rieb mit dem Daumen über den Stoff an der Stelle, wo ihr Nippel war. Es fühlte sich so verflucht gut an und sie wünschte sich für einen Moment, dass er ihr das Shirt vom Leib riss, die pochende Spitze zwischen seinen Fingern zwirbelte, bis sie vor Vergnügen keuchte. „Du wirst dir unartige Dinge vorstellen, davon träumen, dass ich dich bestrafe, dich anschließend lecke, dann ficke, bis du nicht mehr aufrecht stehen kannst."

Arroganter Gockel! Verdammter Mist! Sie konnte sich jetzt bereits kaum auf den Beinen halten. Und er wusste es! Der Gedanke machte sie rasend. Er drehte sie herum, ließ sie unvermittelt los, sodass sie taumelte, was ihm ein zufriedenes Grinsen entlockte.

„Komm. Das Essen wartet auf uns." Er lief aus der Tür, wie ein König, der voraussetzte, dass ihm sein Gefolge demütig folgte. Finster starrte sie auf seinen breiten Rücken, auf den knackigen Arsch, dessen Muskeln sich bei jedem Schritt anspannten. „Gefällt dir mein Körper, Kätzchen? Ich spüre deinen lüsternen Blick auf der Haut."

Sie hasste diesen dreisten Scheißkerl. Doch die Nässe auf den Innenseiten ihrer Oberschenkel zeichnete ein ganz anderes Bild. Sie wollte, dass er genau das mit ihr machte, was er so verführerisch gewispert hatte, in diesem Akzent, der ihr nicht nur die Sinne raubte, sondern sie noch zusätzlich aufheizte. Vor ihm hatte Rebecca nicht gewusst, dass eine Stimme derart sexy sein konnte.

Am Fuß der Treppe, griff er nach ihrer Hand und es überraschte sie, wie sehr es ihr zusagte, weil sie sich eigenartigerweise sicher und geborgen fühlte, dabei sollte sie nach seinen Androhungen das Gegenteil fühlen. Das wäre vernünftiger. Ihre Füße waren kalt und ihr lief ein Schaudern über den Körper, als Gordon sie in eine großzügige helle Küche führte.

„Du frierst. Setz dich auf die Bank. Dort liegen ein Paar Strümpfe und eine Decke."

Gordon verwirrte sie mit jeder Sekunde mehr. Einerseits zeigte er eine unerbittliche Seite, die sie anmachte, obwohl sie lieber mit fünf Bankern gleichzeitig ausgegangen wäre, anstatt es zuzugeben, andrerseits war er fürsorglich. Wie musste es sein, wenn dieser geheimnisvolle Mann sich verliebte? Würde er zärtlich sein oder derart anders, dass ihre Fantasie nicht ausreichte, um es sich auszumalen? Wie gestaltete sich dieses *Anders*? Noch konnte sie es nicht einschätzen, allerdings befürchtete und wünschte sie sich insgeheim herbei, dass er es ihr erlaubte, ihn besser kennenzulernen. Das war schon wieder dieses Wort: *Erlauben* und in seinem Schatten wanderten *Gehorsam* und *Bestrafung*. Aber bis sie sich ihm hingab, musste er sie erst einmal zähmen. Außerdem würde sie bestimmen, wie ihre Zähmung aussah und nicht er.

In ihrem Kopf schüttelte sich eine innere Stimme aus vor Lachen, angesichts ihrer Gedanken, weil diese wusste, dass Gordon bestimmte, wo es hinging und keinesfalls Rebecca. Trotzdem weigerte sie sich vehement, das Offensichtliche vor sich selbst zuzugeben, so albern, wie das auch erscheinen mochte. Aber wenigstens an ein paar Prinzipien musste sie festhalten, denn zu sehr war ihr Leben bereits vor Gordon aus den Fugen geraten. Doch er toppte alles Vorherige mit einer Gründlichkeit, die ihr nicht nur den Atem raubte, sondern sogar die Kerben pulverisierte, sodass sie keine Chance mehr erhielt, sie aufzufüllen. Sie sank auf die mit einem cremefarbenen Stoff bezogene dunkle Bank, auf die er ein Handtuch gelegt hatte, zog sich die Strümpfe über und drapierte anschließend die Decke über ihre Schultern. Die Fronten der Küche passten zur Farbe der Bestuhlung und der Holzton setzte sich in den Türgriffen und den Arbeitsflächen fort. Gordon besaß Geschmack, was sie nicht verwunderte. Er überließ anscheinend selten Details dem Zufall. Vielleicht war er es gewohnt, immer zu bekommen, was er wollte, weil er es nicht anders kannte. Wahrscheinlich schnippte er mit dem Finger und unzählige Frauen warfen ihm ihre Schlüpfer für seine beträchtliche Sammlung zu, damit er sich mit ihren blank rasierten Pussys vergnügen konnte. Obwohl er ihren Schlüpfer besaß, würde sie ihm keinen Zentimeter mehr entgegenkommen.

Sie zuckte zusammen, da er inzwischen, unbemerkt von ihr, neben ihr stand und eine Auflaufform auf den hölzernen Untersetzer stellte. Erst jetzt sah sie die Kerzen in den silbernen Halter und das Blumengesteck aus cremefarbenen Rosen, die auf dem Tisch standen. Gordon hatte sich wirklich Mühe gegeben und sie verspürte ein heftiges schlechtes Gewissen wegen ihres unangebrachten Benehmens. Aber dann dachte sie daran, wie unerwartet er da-

rauf reagiert hatte, als würde es ihn insgeheim erfreuen, dass sie so zickig wie eine hungrige Snickersdiva gewesen war. Dennoch erschien ihr eine Entschuldigung angebracht. Sie hatte schon den Mund geöffnet, da kniff er ihr in die Wange. „Wie lieb du sein kannst!"
AHRG!
Er zündete die Kerzen an und seine Hände waren so unglaublich ruhig. Hätte sie das Feuerzeug gehalten, hätte sie wahrscheinlich zehn Minuten gebraucht, um die acht Dochte zu treffen. Anschließend lief er hinüber zum Lichtschalter, um die Deckenbeleuchtung auszuschalten. Die Atmosphäre war überaus romantisch und wie auf Kommando fing es in diesem Moment erneut an zu regnen, als hätte sich das Wetter nur eine kurze Atempause gegönnt, die der Schotte ihr allerdings nicht gewährte. Gordon setzte sich gegenüber von ihr und legte kommentarlos ein dunkelrotes edel aussehendes Notizbuch und einen Stift neben der Glasvase mit den Blumen ab.

„Hast du Hunger, Rebecca?"

Natürlich saugte sein Blick sich an ihrem fest, sodass sie sich wie in einem Strudel fühlte, der sie unerbittlich auf ihn zuzog. Wiederum war sie seiner Ausstrahlung hilflos ausgeliefert, aber vielleicht war das nicht verwunderlich, wenn sie bedachte, dass sie mit nacktem Po auf einem Handtuch saß, dazu noch erregt und verwirrt. Eigentlich sollte sie viel zu nervös sein, um zu essen. Doch der Tag war anstrengend gewesen und zudem schickte Gordon sie auf eine Wildwasserfahrt der Emotionen.

„Ich bin ausgehungert."

„Ich mag Frauen, die einen gesunden Appetit haben, nicht nur auf Essen, sondern auf das Leben an sich, die nicht zögern, Neues auszuprobieren, die mutig genug sind, sich ihren Fantasien zu stellen."

Der Kerzenschein machte ihn noch geheimnisvoller, unwiderstehlicher als er es ohnehin bereits war. Seine Augen wirkten beinahe schwarz in dem weichen Licht und es zeichnete verführerische Schemen auf sein scharf geschnittenes Gesicht mit dem dunklen Bartschatten. Er griff nach dem Servierbesteck und löffelte zuerst ihr eine und dann sich eine Portion auf den Teller. Sie brannte darauf ihn zu fragen, was es mit dem Notizbuch auf sich hatte. Doch sie zügelte ihre Neugierde, weil sie nicht daran glaubte, dass er es grundlos dorthin gelegt hatte. Sie würde es früh genug erfahren.

Der verführerische Duft nach frischen Tomaten und Käse stieg ihr in die Nase.

„Möchtest du heute Nacht bei mir schlafen?"

„Öhh ..."

Erneut dieses Grinsen, das ihr förmlich die Nackenhaare aufrollte.

„Nicht mit mir, sondern bei mir. Davon hängt ab, was ich dir in dein Glas einschütte."

„Du meinst, ich darf nicht frei darüber entscheiden, was ich trinken möchte?"

„Alkohol ist ein Tabu, Kätzchen. Falls du brav bist, wirst du bei unserem nächsten Treffen merken, dass ich es nicht nur auf das Autofahren beziehe."

„Sehr umsichtig von dir, großer Meister."

Er schüttete sich ein Glas Weißwein ein und sah sie fragend an.

„Wasser, bitte."

„Wie die Prinzessin es wünscht. Und du solltest Meister nicht so unbedarft sagen. Allerdings bevorzuge ich Master."

*Natürlich tust du das!*

Sobald er ihr Glas gefüllt hatte, griff sie danach und leerte es in einem Zug. Ständig schaffte er es, dass ihr Rachenraum austrocknete.

„Master! Da kannst du ewig drauf warten. Etwas Alberneres habe ich noch nie gehört."

„Ist dem so?" Seine langen Finger umschlossen den Stiel und er trank genüsslich einen Schluck, als kostete er den Geschmack vollständig aus. Gebannt starrte sie auf seinen Hals, während er schluckte. „Du solltest keine Aussagen machen, die du nicht halten kannst. Ich werde dich davon überzeugen zu tun, was ich von dir verlange. Und glaub mir ..." Er stellte das Glas ab und griff nach ihrer Hand, malte Kreise auf ihrer Handfläche. Der Reiz war derart stark, dass er flatternd über ihre Haut fächerte, bis er ihr Herz erreichte, das so irrsinnig klopfte, als hätte er sie geküsst, sie zudem genau dort berührt, wo es sich bestimmt nicht für ein erstes Date mit einem Fremden gehörte. „... du wirst Master nicht nur wispern, du wirst es schreien und mich entweder um Erlösung anflehen oder mit dem weitermachen, was auch immer ich gerade mit dir anstelle."

*Sag was! Irgendwas! Wenigstens ein Wort!*

Er ließ sie los und aß, als hätte er sie nicht erneut aufs Tiefste verunsichert. Vielleicht sollte sie es ihm gleichtun, schließlich könnte ihr leeres Gehirn etwas mit ihrem leeren Magen zu tun haben. Sie steckte sich den ersten Bissen in den Mund und schloss verzückt die Augen.

Mist! Der verfluchte Highlander konnte kochen, und sie ahnte, dass er sie zum Schreien bringen konnte, sofern er es denn wollte. Welcher Art würden ihre Schreie wohl sein?

„Erzähl mir ein bisschen von dir, Rebecca."

„Was möchtest du wissen?" Wie viele Sexpartner sie bis jetzt gehabt hatte? Ob sie ...

„Du sollst keinen Seelenstriptease vor mir hinlegen. Auf die delikaten Einzelheiten verzichte ich ... für heute. Welchen Beruf hast du erlernt?"

Er verfrachtete sie zurück auf ein sicheres Terrain und auch das machte er nicht grundlos.

„Das steht alles im Essay." Sogleich bereute sie den Satz. „Ich habe Betriebswirtschaft studiert, gezwungenermaßen."

„Das passt auch nicht zu dir. Du bist eher ein Mensch, der gerne etwas Praktisches macht. In einem solchen Beruf würdest du verkümmern", sagte er mit einer absoluten Gewissheit in der Stimme. Es war unheimlich, dass Gordon dermaßen sensibel war und Rückschlüsse zog, die sie ihm mit ihrem Verhalten lieferte.

„Das stimmt. Ich habe nach dem Studium viele Berufe ausprobiert, von Kellnerin bis zur Hundesitterin, habe außerdem Kunstkurse besucht und schnell gemerkt, dass ich es liebe, kreativ zu sein. Ich träume davon, mein eigenes Schmuckatelier zu eröffnen. Zur Überbrückung arbeite ich als Verkäuferin in einem Schmuckgeschäft. Betriebswirtschaft passt als Hauptberuf nicht zu mir, das habe ich bereits nach zwei Monaten festgestellt."

„Du hast das nur studiert, um deiner Familie zu gefallen?"

„Ja. Ich fühlte mich wahrscheinlich schuldig, weil ich als Teenager gegen alles und jeden rebelliert habe. Ein Zugeständnis, das ich vom ersten Tag an bereut habe." Eigentlich begehrte sie auch heute noch gegen alles und jeden auf, der sie einzuschränken versuchte.

„Eine Familie ist nicht immer ein Segen. Manchmal erweist sie sich als ein Fluch. Aber mir scheint, dass du noch immer eine Rebellin bist." Er sagte es nicht abfällig, sondern ruhig, als würde er ihr Verhalten nicht als einen Makel ansehen.

Ein Fluch! Ihre Familie entsprach mehr einem Nebel des Grauens. Ob er ihr etwas von sich verraten würde? „Wie sieht es bei dir aus? Hast du Geschwister?"

„Ja, ich habe einen drei Jahre jüngeren Brüder, Douglas. Er ist ein liebenswerter Rebell, den auch meine Eltern über alles lieben. Douglas bereist die Welt und ist ein Reiseblogger. Unfassbar, dass man damit Geld verdienen kann." Er schmunzelte und sie sah ihm deutlich an, wie sehr er seinen Bruder liebte. Wenn Rebeccas Brüder an sie dachten, stand ihnen das Missfallen ins Gesicht geschrieben. Und sie wollte erst gar nicht mit ihren Angetrauten anfangen.

„Deine Eltern sind liebevoll?" Es tat so weh, es zu sagen, denn es verdeutlichte ihre Lage umso mehr. Mist, mit dieser Frage verriet sie noch weitere persönliche Details über sich, die sie lieber für sich hätte behalten sollen. Gordon hörte ihr wirklich zu und benutzte die gesammelten Informationen, um sich ein klares Bild von ihr zu machen.

„Deine Brüder, bedrängen sie dich? Haben sie dir wehgetan?"

„Sie wollen mich immer kontrollieren, und das nimmt bedenkliche Züge an." Verlegen vermied sie seinen Blick. „Sie möchten darüber bestimmen, wen ich heiraten soll. Ich konnte diese Parade von Männern nicht mehr aushalten, die sie andauernd für mich anschleppen. Fast fühle ich mich ins Mittelalter zurückversetzt und um all dem zu entkommen, habe ich ..."

„... jemanden erfunden, der zu dir passt", beendete er ihren Satz. Er lehnte sich über den Tisch, umfasste ihre Wangen mit beiden Händen und sie wünschte sich so sehr, dass er sie küssen würde. Die Geste allein ließ sie schmelzen. Eisige Zurückhaltung zu üben, zerrte zunehmend an ihren Nerven. Das Fehlen von Liebe in ihrem Leben schmerzte wie die Verbrennung durch eine Seewespe. Der Vergleich war mehr als zutreffend, denn Gordon erinnerte sie daran, dass sie innerlich starb.

„Du möchtest so tough sein, Kleines, und genau das macht dich äußerst verletzlich. Lass mich dich heilen."

Sie starrte erst auf seine Lippen, hörte das weiche Timbre und sah ihm dann in diese wundervollen Augen, die zurzeit nicht stechend, bohrend oder verunsichernd wirkten, sondern zärtlich, besänftigend und unglaublich sexy.

„Wie willst du das anstellen?"

„Indem ich Stellen an und in deinem Körper erhitze, die bis jetzt friedlich geschlummert haben. Ich will zudem deine Seele erreichen, das reizt mich mehr als eine rein physische Eroberung."

Eigenartigerweise zog sich ihr Schoß zusammen. Der Highlander wusste mit Worten umzugehen. Er leckte sich über die Unterlippe und die Geste war keine zufällige. Gordon beherrschte einen Flirt bis zur Vollendung. Allerdings befürchtete Rebecca, dass sie für ihn nicht nur ein harmloses Techtelmechtel darstellte. Er wollte mehr und würde den Preis seiner Bemühungen erhalten, ungeachtet ihrer Gegenwehr. Vierundzwanzig Wochen lang konnte er die herrlichsten und auch schlimmsten Dinge mit ihr anstellen, weil er sie in der Hand hatte, ein Umstand, den er anders ausnutzte, als sie es sich zunächst vorgestellt hatte. Er war nicht auf Geld oder Erpressung aus, er wollte nicht weniger als *SIE*, und zwar auf eine Art und Weise, die ihr unbekannt war – bis er ihr zeigte, worauf er hungrig war. Nein, Gordon hatte nicht nur Appetit, er war ausgehungert nach dem, was er in ihr sah.

„Soll ich dich ganz aufwecken, Prinzessin?"

Ganz aufwecken? Sie brauchte auf der Stelle einen Eimer Wasser, ein Glas wäre nicht genug, um ihre ausgedörrte Kehle ausreichend zu befeuchten.

„Ich glaube nicht, dass du das schaffst", krächzte sie.

Das war eine äußerst leichtsinnige Bemerkung von ihr, und sein teuflisches Lächeln zeigte eindeutig, dass sie ihm nicht gewachsen war. Gordon wusste das ebenso wie sie.

„Wir werden sehen." Er ließ ihr Gesicht los, und sie wunderte sich, dass keine Brandblasen seine Handflächen verunzierten, bei der Hitze, die ihre Wangen ausstrahlten. Er deutete auf das Notizbuch. „Das ist mein erstes Geschenk an dich."

„Danke, aber ..."

Er schnappte es sich, ehe sie es tun konnte, klappte es auf und mit einem irgendwie ominös erscheinenden Klicken bediente er den Kugelschreiber und schrieb ein Wort. „Undankbarkeit", sagte er. „Das ergänzt die Liste deiner Verfehlungen."

„Was?"

„Unpünktlichkeit, Respektlosigkeit, Widerworte, zickiges Verhalten, all das sind Seiten von dir, die du innerhalb von kürzester Zeit aufs Leuchtendste gezeigt hast." Seine gerade noch so sanften Augen glichen inzwischen scharfkantig geschliffenen Diamanten, die einem die Haut aufschnitten, sobald man sie anfasste. „Dabei sollte dein Arsch das Einzige sein, was hier leuchtet."

Wie bitte?

Er schob Stift und Buch in ihre Richtung und sie verspürte den unwiderstehlichen Drang, die Arme vor der Brust zu verschränken, damit sie diese Ungeheuerlichkeiten nicht berührte. „Du wirst mein Geschenk mit nach Hause nehmen und aufschreiben, welche positiven Seiten du deiner Meinung nach heute gezeigt hast."

„Ernsthaft?"

Er beugte sich zu ihr vor und sie presste ihr Gesäß auf die Bank, um sich davon abzuhalten, aus dem Haus zu rennen, um der brennenden Intensität seines Blickes zu entkommen, die sie sicherlich in der Nacht in ihren Träumen heimsuchen würde, genau, wie er es vorausgesagt hatte.

„Du hast es nur meinen guten Manieren zu verdanken, dass du nicht bereits nackt und weinend über meinen Knien liegst."

Hitze brandete wie eine Feuerwelle über ihrem Leib, wütete nachklingend in ihrem Verstand, sodass sie ihn nur anstarrte, anstatt mit einer gepfefferten Antwort um sich zu werfen. Das meinte er genauso ernst, wie all die Andeutungen, die er den Abend über gemacht hatte.

„Nächstes Mal wirst du nicht so viel Glück, oder, wenn man es genau betrachtet, Pech haben wie heute. Bei deinem nächsten Besuch sorge ich dafür, dass du nie wieder vergisst, was ich mit dir in meinem Haus getan habe. Noch Stunden später wirst du meine Hand auf deinem Arsch spüren."

Schluck! Schluck! Schluck!

Er lächelte sie an. „Ich stehe zu meinem Wort und komme meinen Verpflichtungen nach. Du hast maximal zwei Tage Zeit, um dein Auftreten zu bereinigen. An deiner Stelle würde ich die Zeit nutzen. Ich erwarte dich morgen oder übermorgen Abend pünktlich um 19 Uhr. Solltest du nicht den Mut haben hier aufzutauchen, sieht

deine negative Bilanz verdammt schlecht für dich aus. Du wirst die Konsequenzen tragen, das versichere ich dir." Vor ihm hatte sie nicht gewusst, dass Iriden derart vielschichtige blaue Nuancen haben konnten. „Aber ungeachtet deiner Reaktion stehe ich zu meinem Wort. Ich nehme an dem Abendessen mit deiner Familie teil, trotz deines Verhaltens, ob reuig oder unangemessen respektlos."
AHRG!
Er verzog die Mundwinkel zu einem angedeuteten Lächeln, das dermaßen raubtierhaft wirkte, dass das Essen sich in ihrem Magen wie Backsteine anfühlte. Rebecca war dieses Durcheinander an Emotionen leid, wollte nur in die Sicherheit ihres Betts, sich die Decke über den Kopf ziehen, und so tun, als wäre dies alles nicht geschehen.

„Du wirst mich und meine Wünsche nicht verleugnen, Rebecca. Ich verspreche dir, dass ich die Deinigen nicht nur in Ehren halten werde, ich werde jeden Einzelnen davon erfüllen." In der nächsten Sekunde sprang er auf, stand anschließend neben der Bank, auf der sie saß, und zog sie mit einem Ruck hoch, sodass sie gegen seinen harten Körper prallte. Er packte ihren Nacken, hielt sie und seine Lippen krachten auf ihre, während seine andere Hand zielsicher auf ihrem Arsch landete, ihre linke Pobacke umfasste und sie die Glut bis in ihr Geschlecht spürte.

Er leckte ihre Unterlippe entlang, bis sie ihren Mund öffnete. Seine Zunge traf ihre und der Kuss raubte ihr das bisschen Halt, über das sie noch verfügte. Ihr Unterleib zog sich erwartungsvoll zusammen und sie bemerkte, dass sie nicht nur feucht zwischen den Schenkeln wurde, sondern nass. Irgendwie war der ganze Abend ein Vorspiel gewesen und ihr Körper reagierte auf einen Kuss viel schneller als er es für gewöhnlich tat. Oder vielleicht lag es auch nur daran, wie Gordon küsste, mit einer besitzergreifenden zu ihm passenden Leidenschaft.

*Auf was für einen Mann habe ich mich nur eingelassen? Mit dem gefährlichsten weit und breit, der meinen Brüdern die Stirn bieten kann.*

Sie wiederholte den Gedanken, um sich selbst davon zu überzeugen, dass sie Gordon brauchte, um ihre Freiheit zu erlangen. Er löste seine Lippen von ihren, als alles was verlangend pochen konnte, genau das heftig tat. Sie wünschte sich, dass er sie auf den Tisch hob und zu Ende brachte, was er angefangen hatte. Sein Schwanz war auf jeden Fall bereit es zu tun, das spürte sie deutlich an ihrem Bauch.

„Brave Mädchen werden gefickt und ungehorsame Mädchen unbefriedigt ins Bett geschickt. Ab nach Hause mit dir."

„Du Arsch!"

„Vergiss nicht das Thema Beleidigungen in das Buch aufzunehmen, Rebecca."

Er konnte sich sein dämliches Notizheft in den Rachen stopfen und dann daran ersticken.

„Denk an mein Angebot, deine Vergehen mit respektablem Benehmen abzumildern. Ansonsten sehen wir uns erst am Sonntag, Kätzchen." Er packte das Buch und den Kugelschreiber, zog ihre Handtasche von der Sitzfläche eines der Stühle, öffnete sie und legte beides hinein, während sie ihn perplex, entrüstet und fuchsteufelswild anglotzte. Ob er ihre Tasche durchwühlt hatte, nachdem er sie in die Küche gebracht hatte?

Natürlich hatte er das!

„Zieh deine Schuhe an." Er zeigte unter den Tisch.

„Wo ist meine Kleidung?"

„Dort, wo du sie nicht findest."

Ihr blieb nichts anderes übrig, als in ihre mit Farbspritzern übersäten Turnschuhe zu schlüpfen, ihre Tasche zu packen und mit erhobenem Haupt vor ihm zur Haustür zu schreiten. Wenn sie dabei nicht seinen Blick auf ihrem Po gespürt hätte, wäre es um ein Vielfaches einfacher.

„Kann ich nicht wenigstens meine Unterwäsche …"

Ein flammender Hieb landete mitten auf ihrem Po, der sie derart schockierte, dass sie herumwirbelte und wieder einmal war Gordon es, der sie davor bewahrte auf den

Boden zu fallen, nachdem sie mit diesem grässlichen, wunderschönen, ekligen, männlichen Körper zusammengeprallt war. Und dann dieses Grinsen!

Mit einem Schnauben riss sie sich los, marschierte die letzten Meter zur Tür, riss sie auf und der Platzregen war ebenso der blanke Hohn, wie sein entsetzliches Lachen, das sie bis zu ihrem Auto begleitete. Wie der sprichwörtliche begossene Pudel stieg sie ein, spürte den Autositz unter ihrem nackten Gesäß und in diesem Moment ertönte Donnergrollen und ein Blitz erhellte die Nacht und ihn, sodass er wie der Teufel persönlich wirkte.

# Kapitel 4

Das kleine Miststück namens Rebecca hatte es so gewollt und würde genau das bekommen, wonach sie dermaßen leichtsinnig verlangt hatte. Gordon starrte auf den in einer Runningtights steckenden üppigen Arsch von Viola Sullivan, die vor ihm hertrabte, als würde sie den ganzen Tag nichts anderes machen. John hatte ihn gewarnt, dass in der samtigen Hülle ein kurzer ehrgeiziger Roadrunner steckte. Kein Wunder, dass ihr Mann John ihr ständig den Hintern versohlte. Das würde er selbst dann tun, wenn sie ihm nicht wie ein unerschöpflicher Brunnen mit übersprudelnden innovativen Ideen ausreichende Gründe liefern würde, genau das zu tun. Sobald Gordon schon wieder an ihren letzten Streich dachte, musste er lachen und das bescherte ihm ein gehöriges Seitenstechen. Der schmale Weg wurde breiter und das großzügige Biest verlangsamte die Geschwindigkeit, sodass er neben ihr joggen konnte.

„Geht's noch?", fragte sie mit dem Tonfall eines Unschuldslamms, das in einer stachligen Rüstung steckte.

„Meine Kraft ist noch ausreichend, um deinem Maestro deine diversen Vergehen aufzuzählen."

Sie grinste ihn an und Gordon konnte nicht anders, als ihr einen festen Klaps auf den Po zu geben. Sie quietschte belustigt. Schweigend liefen sie den nächsten Kilometer und die Stille des Waldes beruhigte seine aufgewühlten Nerven. Ständig dachte er an Rebecca und wie sehr sie ihn reizte. Was für eine Schicksalsfügung! Sie war ganz anders als die devoten Singlefrauen, die im *Sadasia* und im *Federzirkel* verkehrten. Er war gespannt darauf, wie sich die Beziehung zwischen ihnen entwickeln würde, und dass sie seine Befehle ignorierte, war eine spannende Herausforderung und verflucht leichtsinnig von ihr. Aber er war sich sicher, dass sie nach dem heutigen Abendessen gründlich über ihr Verhalten nachdenken würde. Ihre Widerspenstigkeit wirkte auf ihn wie ein Sog.

*Du willst nicht vor mir auf die Knie gehen? Das werden wir austesten. Du willst mir nicht gehorchen? Deine Vergehen nicht mit respektablem Benehmen abmildern, weil du denkst, dass du damit durchkommst? Oh, Kätzchen. Ich werde dir erst das Fell von deinem verführerischen Körper rupfen und dich anschließend spanken. Lange, länger und noch länger, bis meine Handfläche glüht und du dir wünschst, keine Haut mehr auf deinen Rundungen zu haben, nur damit das Brennen aufhört.*

Mit einem fröhlichen Wuff rammte Giotto seine Wade, sodass er fast zu Boden stürzte. Er schwor, dass dieser Hund mit der Göttin des Unsinns namens Viola im Bunde war. Doch wer ein Herz besaß, konnte sich seinem Charme nicht entziehen. Außerdem passte er auf Viola auf, wenn sie alleine in den Wäldern nach Motiven für ihre Gemälde herumstreifte. Seine beachtliche Körpergröße wirkte abschreckend und John hatte ihm verraten, dass Giotto mittlerweile über fünfzig Kilo wog. In diesem Moment entdeckte er eine schlammige Pfütze und sprang mitten hinein.

„Was macht denn deine *Verlobte*? Sie scheint dich extrem zu beschäftigen. Wirst du uns Rebecca vorstellen? Sie ist sehr hübsch."

Er hatte ihnen Rebecca an dem Abend im *Trendy* nicht vorgestellt, sondern nur John eingeweiht.

„Irgendwann bestimmt."

„Und du willst das heute Abend wirklich so durchziehen?"

„Ja. Sie hat es verdient." Er wischte sich über die Stirn, um den Schweiß davon abzuhalten, ihm in die Augen zu tropfen. Wäre seine Sportunterwäsche aus Baumwolle, würde sie ihm nass am Körper kleben.

Da sie die rückwärtige Tür, die in den weitläufigen Garten des *Federzirkels* führte, erreicht hatten, hielten sie an.

„Na dann, Giotto, komm her." Das schlammige Monster trabte heran und sprang ihn auf einen Wink von Viola mehrmals an. Dunkelbraune Pfotenabdrücke zierten sein ehemals weißes Longsleeve.

„Reicht dir das?"
„Perfekt."
„Du gibst dir richtig Mühe, um sie zu beeindrucken."
Viola lachte dämonisch. „Ich ahne, dass sie dir einen guten Kampf liefert, und mag sie jetzt schon. Eine zu unterwürfige Sub würde dich nach zehn Minuten langweilen. Du bekommst genau das, was du verdienst, du Highlandmaster."

Vier Stunden später drapierte Gordon eine Decke über den Fahrersitz, damit seine mit Motoröl verschmierte löchrige Jeans nicht den Bezug verschmutzte. Danach nahm er den zerrupften Blumenstrauß, den er aufs Dach des SUV gelegt hatte, und warf ihn auf den Beifahrersitz. Für einen Moment überlegte er, ob er zu weit ging, aber dann setzte er sich entschlossen hinters Lenkrad, drückte auf den Knopf, um den Motor zu starten und ließ anschließend sämtliche Fenster ein Stück herunter. Dank der Laufeinheit und seines ungeduschten Zustands stank er wie ein Iltis. Manchmal musste man Grenzen überschreiten und seinem Gegenüber die eigenen Spielzüge vor die Nase halten. Das Kätzchen hatte die Art des Spielfeldes bestimmt, doch er war noch nie jemand gewesen, der sich kampflos über ein Spielbrett schieben ließ. Rebecca würde lernen, dass jeder ihrer unbedachten Züge Konsequenzen nach sich zog, und der Widerwille, vor ihm auf die Knie zu gehen, stellte die kleinste ihrer zukünftigen Sorgen dar.

Rebeccas Adresse hatte er bereits gestern in das Navi eingegeben und er folgte den Anweisungen des Gerätes. Sein Magen meldete sich mit einem lauten Knurren, aber er war sich sicher, dass das Essen ihm genauso schmecken würde, wie ihre Reaktionen auf ihn. Köstlich, verführerisch, reizvoll, überraschend und frech, eine Mischung, die er bevorzugte. Und sie würde nicht nur auf den Knien vor ihm landen, sondern auch nackt über seinen Knien – es war nur eine Frage der Zeit. Wenn sie glaubte, dass sie ihm gewachsen war ... Gordon spürte, dass er breit grinsend von der Straße abbog und der Zufahrt folgte, die zu dem Anwesen führte, in dem die Frau wohnte, die ihn bei ihrem ersten Zusammenstoß auf der Stelle in den Bann gezogen hatte. In ihren Augen hatte so viel Verzweiflung, Angst aber auch Mut gestanden, dass er nicht anders gekonnt hatte, als ihrem Flehen nachzugeben, weil sie irgendwie die Leere in ihm berührte. Und wie sie dann bei ihm aufgetaucht war, in den schmutzigen Klamotten, mit Farbspritzern übersät, dazu noch zu spät, triggerte sogar jetzt seine dominanten Instinkte. Monster! Zudem hatte sie es gewagt, an keinem der Abende bei ihm aufzutauchen, obwohl er die Einladungen ausgesprochen hatte, um ihre Entgleisungen abzumildern. Sie wusste nicht, was sie damit in Gang gesetzt hatte.

Er schloss die Fenster, parkte den Wagen neben einem Edelschlitten und stieg mit dem zerfledderten *Strauß* in der Hand aus. Wenn es nach ihm ging, würde Rebecca später ähnlich aussehen. Die verwitterte Fassade des Landhauses könnte einen Anstrich vertragen und das Gebäude strahlte auch ansonsten keine heimelige Atmosphäre aus. Die Blumenbeete waren verwahrlost und das Haus harmonierte nicht zu der quirligen Frau, die er kennengelernt hatte, dazu war es zu kühl und unpersönlich. Wieso wohnte sie bei einer Familie, die sie weder mochte, noch zu ihr passte?

Rebecca riss bereits die Haustür auf, bevor er auf den Klingelknopf drücken konnte. Sie war etwas blass um die Nase und er setzte sein Mastergesicht auf, um das triumphierende Lachen zu unterdrücken, angesichts ihrer geschockten Miene, sobald sie seinen Aufzug verinnerlichte. Er hielt ihr das traurige, schlaffe Abbild von blühenden Blumen entgegen und sie griff automatisch danach. Rebecca sah hinreißend aus, genauso hatte sie seinen Vorstellungen entsprochen, als er sie in seinem Haus erwartet hatte. Sie trug ein dunkelgrünes Wickelkleid, das eine Handbreit über ihren Knien aufhörte und ihrer weiblichen Figur umschmeichelte. Ihr Busen hob und senkte sich unter ihrer hektischen Atmung, die sich noch um einiges steigerte, als nicht nur ihre Augen ihn erfassten, sondern auch ihre Nase. Er gewährte ihr keine Zeit, um ihrem Unmut eine Stimme zu geben. Gordon umarmte sie, zog sie so dicht zu sich heran, dass sich ihre Weichheit gegen ihn schmiegte. Ihre Augen weiteten sich, und da sie den Mund öffnete, ergriff er die Gelegenheit, seine *Verlobte* standesgemäß zu begrüßen. Seine Lippen krachten förmlich auf ihre und sie schmeckte genauso gut, wie sie aussah.

„Ich hatte deinen Verlobten für ein Hirngespinst gehalten", ertönte eine arrogante weibliche Stimme aus dem Foyer.

Rebecca versteifte sich erst jetzt in seinen Armen, denn zu sehr hatte er sie überrumpelt. „Du riecht zum Ficken gut", wisperte er rüde in ihr Ohr und liebte es, wie sie darauf reagierte: Sie kniff ihm in den Arsch, feste genug, um ihren Zorn zu demonstrieren. Ein weiteres Vergehen für das Buch, und falls sie es gewagt hatte, es wegzuwerfen ... oh, fast wünschte er sich, dass sie es getan hatte. Gordon umfasste mit seinen Händen ihren Po, der alles von seiner plumpen Weichheit verloren hatte, weil sie vor Wut hart wie ein Stück Eichenholz aus dem Teutoburger Wald war. Vor ein paar Jahren hatte er dort mit Sean und Keith Urlaub gemacht, daher wusste er es.

„Ich hoffe, du hast dich rasiert, Kätzchen. Ansonsten muss ich dich bestrafen." Er biss ihr in den Hals, fest genug, um ihr einen ausreichend heftigen Schmerz zu verursachen, dem sie aber vor ihrer Schwägerin nicht nachgeben konnte. „Ich werde es später überprüfen." Am liebsten würde er ihr das Kleid nach oben schieben und es sofort tun. Aber sie waren nicht allein und das hier war nicht das *Sadasia*.

Widerwillig nahm er seine Hände von ihrem Hintern, grinste sie teuflisch an und legte ihr einen Arm um die Schultern, da sie etwas instabil auf den Beinen wirkte. Ob es seine Nähe war, die diesen Zustand in ihr auslöste?

Selbstverständlich!

Er traf den Blick der kühlen Blondine, die wie aus dem Ei gepellt in der Eingangshalle thronte, und ihn ansah, als wäre er eine Kakerlake. Warum trug diese Spezies immer einen Chignon? Er bevorzugte Rebeccas ungezügeltes Haar, ob mit oder ohne Farbspritzer.

„Gordon Maxwell." Er streckte ihr die Hand hin und sie war zu snobistisch, um sie zu ignorieren. Wahrscheinlich würde sie gleich ins Bad rennen, um sie zu desinfizieren.

„Lena Morgan. Am besten gehen wir gleich ins Esszimmer. Wir hatten sie eine Stunde eher erwartet und unsere, extra für den heutigen Abend angestellte Köchin, ist am Rand der Verzweiflung."

Er entschuldigte sich nicht, sondern starrte sie an, mit einem Blick, der sie aufs Tiefste verunsicherte, das sah er deutlich daran, wie sie sich über den Rock strich und an der Röte, die ihre Wangen befiel. Sie sah zuerst weg.

„Wenn Sie mir dann folgen würden, Mr Maxwell."

Sie schritt vor ihnen her, als wäre sie die Königin des Gebäudes. Und er hatte auch bemerkt, wie sie Rebecca anstierte, als wäre sie ihre Bedienstete. Er zog die Kleine enger zu sich und sie hörte auf, gegen ihn anzukämpfen. Ein erster Schritt, denn obwohl sie innerlich kochte, akzeptierte sie die Unterstützung seiner Berührung. Sie durchquerten das dunkle Foyer, von dem alle Türen abgingen. Dem Haus fehlte eine persönliche Note und es wäre ein gutes Projekt für die Sullivans. Eine Renovierung würde es im richtigen Licht erstrahlen lassen. Sie betraten das Esszimmer. Er erinnerte sich daran, dass die Brüder Charles, James und Hugh hießen. James war der älteste, Charles zwei Jahre jünger und Hugh wiederum ein Jahr jünger als Charles.

Rebecca war das Nesthäkchen und vier Jahre jünger als Hugh. Offensichtlich war sie von ihrer Mutter als ein unerwünschter Nachzögling angesehen worden. Ihr Vater hatte Rebecca über alles geliebt, dieser war aber leider gestorben, als sie acht war. Sie war ehrlich in dem Dossier, das sie ihm mitgebracht hatte. Sich selbst hatte sie nicht in einem beschönigenden Licht dargestellt, stattdessen zugegeben, dass sie ein grauenvoller Teenager gewesen war. Gordon vermutete allerdings, dass ihre Mum und ihre Brüder zu einem Großteil an ihrem pubertierenden Benehmen schuld waren, das sie auch als erwachsene Frau nicht ablegen konnte. Aber er verstand Rebeccas Verhalten. Immer gegen alles ankämpfen zu müssen, machte einen hart und gleichzeitig unglaublich verletzlich. Gordon konnte nichts dagegen tun, dass er bereits jetzt einen starken Beschützerdrang für sie empfand. Er erinnerte sich zu gut an den panischen Ausdruck in ihren Augen und an den fiesen bei ihrem Bruder während ihres ersten Aufeinanderprallens. Gordon konnte nicht deuten, was genau es bei James gewesen war, aber seine Instinkte hatten Alarm geschlagen und im Laufe seines Lebens hatte er gelernt, ihnen zu vertrauen.

Er wollte Rebecca aus einem unerfindlichen Grund helfen, doch während er das tat, war Spaß nicht verboten. Und durch ihr Verhalten trug sie erheblich zur Würze des Spiels bei. Charles und Hugh sahen James frappierend ähnlich, alle drei waren dunkelblond, mittelgroß und verströmten eine blasierte Arroganz, die Rebecca fehlte. Sie benahmen sich genau wie im *Trendy*. Dort hatte er nur ein paar belanglose Worte mit ihnen gewechselt. Die Begrüßung fiel kurz aus. Rebecca passte wirklich nicht in diese Familie. Gordon presste die Lippen aufeinander, denn die beiden anderen Ehefrauen waren Abbilder von Lena, obwohl Gabrielle, die Frau von Hugh, brünettes Haar hatte.

Sollte Rebecca jemals einen Chignon tragen, würde er dafür sorgen, dass er sich innerhalb von drei Sekunden auflöste. Und wie sie ihn anstarrten, als wären sie ein Rudel geschniegelter Windhunde, in das gerade ein Wolf marschierte, an dessen Lefzen noch das Blut seiner letzten Beute klebte! Wie ein Wolf riechen tat er auf jeden Fall. Eigentlich hatte er nur Rebecca ärgern wollen, doch jetzt war sein Publikum weitaus größer. Sie legte die Blumen auf ein Sideboard, als sie daran vorbeiliefen.

Er setzte sich auf den gepolsterten Stuhl, zog Rebecca auf den neben sich und streichelte mit dem Daumen über die Innenseite ihres Handgelenks. Ihr Puls raste und hüpfte und sie reagierte auf seine Handlungen, ob sie es wollte oder nicht. Das Unterbewusstsein war ein gemeiner Verräter! Wenn er darüber nachdachte, war sie auch ein Wolf und vielleicht sollte er von Kätzchen auf Wölfin umsteigen. Er schnappte sich den Wasserkrug und füllte erst ihr Glas und dann seins und leerte es in einem langen Zug, wischte anschließend sein Kinn mit dem Handrücken trocken, wobei er ein bellendes Lachen ausstieß.

„Ich bin ausgehungert. Da ist ein Notfall in die Werkstatt gekommen, eine Familie auf Durchreise, und die Bremsen haben blockiert, hatte nicht einmal Zeit, um vorher zu duschen."

Die Schwägerinnen starrten ihn mit offenen Mündern an. Rebecca legte ihre Hand auf seinen Oberschenkel und bohrte ihm ihre kurzen Fingernägel in den Muskel.

Sie forderte ihn heraus!

„Vergiss nicht später alles aufzuschreiben, Honeypupps, was ich noch für dich tun soll, damit es dir besser geht. Du hattest so viel Stress während meiner Reise, hast mich vermisst und ich wette dein Vibrator ..."

Das schockierte Schweigen ihrer Familie war körperlich spürbar. Ihre Fingernägel drangen tiefer und er legte seinerseits eine Hand auf ihr Bein, aber im Gegensatz zu ihr, stellte er sicher, dass er ihre nackte Haut berührte. Sie trug keine Strumpfhose. Er rutschte höher, drehte sich ihr zu und wisperte in ihr Ohr: „Ich hoffe für dich, dass du meinen Befehl befolgt hast. Denn ansonsten werde ich dich noch heute bestrafen."

Sie holte tief Luft und es hätte ihn nicht gewundert, wenn sie die Karaffe gepackt und nicht nur den restlichen Inhalt über ihn ausgeschüttet, sondern sie ihm zusätzlich auf den Schädel gedonnert hätte. Aber leider blieb ihr nichts anderes übrig, als still neben ihm zu verharren und zu erdulden, was er ihr antat. Die weiße Tischdecke verdeckte seine Handlungen, doch falls sie sich wehrte, würde jeder wissen, was er tat. Vielleicht wussten sie es trotzdem. Inzwischen lag ihre Hand auf seiner, in dem vergeblichen Versuch seine in etwas anständigere Gefilde zu schieben. Pech für sie, dass sie schwächer, kleiner und auch nicht so skrupellos wie er war. Im Gegensatz zu ihm stand bei ihr eine Menge auf dem Spiel. Sie war diejenige, die sich zusammenreißen musste, keinesfalls er.

„Du wirkst angespannt, Rebecca. Hattest du einen harten Tag?" Er hakte einen Finger unter den Beinabschluss ihres Höschens und streckte ihn anschließend aus.

Stoppelig!

„Mir gefällt die Zahl zwanzig, was meinst du, Honeypupps?"

Sie drehte sich ihm zu und Gordon wackelte vergnügt mit den Augenbrauen, angesichts des Infernos in ihren Augen. Es war eine schlechte Idee, einen Master mit diesem Blick herauszufordern und das sie nicht genau wusste, wer neben ihr saß, war nicht nur unglaublich stimulierend, sondern auch erfrischend. Ahnen tat sie, was seine sexuellen Vorlieben anging, aber das war nicht dasselbe, als wenn sie seine Hand auf ihrem Arsch bereits gespürt hätte. Er berührte ihre Klit, nur ganz kurz, doch sie zuckte so stark zusammen, dass es Charles nicht verborgen blieb, der missbilligend die Stirn runzelte.

„Zwanzig rote Rosen?" Hell und gehetzt stieß sie die Wörter hervor. „Sei nicht so knausrig, dreißig sollten es mindestens sein."

Sie kniff ihn lange und feste in die Innenseite seines Oberschenkels.

„Dann dreißig, alles, was du dir wünschst." Diesmal ließ er es nicht nur bei einer kurzen Berührung. „Du sollest dich entspannen, ansonsten kann ich es auch nicht."

Sie löste ihre Finger und er ließ es sich nicht nehmen, ihre Klitoris sanft zu massieren, solange bis sie nach vorne starrte und er spürte, wie sie auf seine Liebkosungen reagierte. Ihre Pussy wurde nass, ob sie es wollte oder nicht. Ihr Körper war längst ein Bündnis mit ihm eingegangen. Langsam zog er seine Hand zurück.

„Sie arbeiten in einer Werkstatt?", fragte Charles in einem Tonfall, als wäre Gordon der örtliche Drogendealer. Inzwischen servierte die *Köchin* das Essen, und als er ihren Blick traf, grinste Sally ihn an. Sie arbeitete nicht nur für Kim in ihrem kleinen Romantikhotel, ab und zu nahm sie auch lukrative Kochjobs an. Sally, die mit Miles Sullivan verheiratet war, ließ es sich nicht nehmen, ihn ungläubig zu mustern, wobei sie sichtlich mit einem Lachanfall kämpfte. Die Grafschaft Staffordshire war kleiner, als man dachte, und da es nicht so viele wirklich gute Caterer und Mietköche in der Umgebung gab, war es nicht verwunderlich, dass die Morgans Sallys Dienste in Anspruch nahmen, die sich mittlerweile einen sehr guten Namen gemacht hatte, etwas, das er ihr vom ganzen Herzen gönnte. Die Kleine hatte eine sprichwörtliche Hölle durchlaufen und erst mit den Sullivans, vor allem mit Miles, hatte das Leid ein Ende gefunden.

„Ich arbeite nicht nur in einer Werkstatt, sie gehört mir. Mit den Händen zu arbeiten macht mir Spaß, und ich habe auch nichts dagegen, sie mir schmutzig zu machen."

„Das steht außer Frage", sagte Blondine Nummer zwei, die Samantha hieß.

Mhmm. Es gab Hühnchen und der verführerische Duft von Kokos und Curry stieg ihm in die Nase.

„Sie haben Rebecca vor ein paar Monaten kennengelernt, beim Urlaub in Mexiko? Und auch ansonsten scheinen Sie ja ständig unterwegs zu sein. Wir hielten sie fast für eine Märchenfigur", sagte Lena, wobei sie ihn anschaute, als wünschte sie sich, dass es nur so wäre.

„Hmm", antwortete er ausweichend und griff nach einem Hähnchenschenkel. Sally presste die Lippen aufeinander, um das Prusten zurückzuhalten, ehe sie aus dem Fenster starrte, wahrscheinlich in der vergeblichen Hoffnung, sich unter Kontrolle zu bekommen. Er schaufelte sich eine Ladung Reis in den Mund, kaute wie Giotto, und Sally biss sich auf die Handfläche, das sah er deutlich.

„Rebecca hat Ihnen bestimmt oft genug erzählt, wie wir uns kennengelernt haben und das ich mich vom Fleck weg in ihren delikaten Körper verguckt habe, der in einem kaum vorhandenen Bikini steckte." Er lachte laut und vergrub seine Zähne wie ein Kannibale in dem Schenkel, sodass der Saft sein Kinn hinabtropfte, sein Shirt besudelte und er sich die Zunge verbrannte. „In den Staaten wäre sie für ihren Aufzug an so manchem Pool verhaftet worden.

Sally räusperte sich und sprach, nachdem James sich dazu herabließ, sie anzusehen. „Der Nachtisch steht im Kühlschrank bereit. Sauber gemacht habe ich und ich würde dann gern nach Hause fahren. Ich hoffe, es schmeckt Ihnen. Guten Abend."

„Vielen Dank, Sally. Und es riecht köstlich", sagte Rebecca und winkte ihr zum Abschied zu.

Sally hastete aus dem Raum und er hörte ihr Prusten über sein Geschmatze hinweg. Wenn seine Mum ihn jetzt sehen könnte, würde sie ihm nicht nur die Ohren langziehen, allerdings war sie auch humorvoll und hatte im Laufe ihres Lebens den einen oder anderen Streich ausgeheckt. Sie würde sein Handeln durchaus verstehen.

Schließlich verfolgte er ein Ziel und Rebecca hatte ihm den Fehdehandschuh hingeworfen, während sie trotzig mit den Füßen aufstampfte.

Rebecca versuchte, Gordon so weit wie möglich zu ignorieren, aber selbst wenn sie sich die Augen verbunden hätte und sich Stöpsel in die Ohren gesteckt hätte, könnte sie ihn noch immer riechen: eine Mischung aus Schweiß, Motoröl und nassem Hund, was auch die diversen Pfotenabdrücke auf seinem Shirt erklären würde. Sie verstand seine Lektion nur zu gut, die er über ihr ausschüttete, wie die Büchse der Pandora. Er gab ihr die eigene Medizin zu

schmecken und eigentlich sollte sie ihn hassen, ihn zum Teufel jagen.
*Das ist schlecht möglich, du hohle Nuss. Denn der leibhaftige Teufel sitzt neben dir.*
Ein verflucht verführerischer Teufel. Sogar in der schmutzigen zerlöcherten Jeans sah er zum Anbeißen aus. Ihre Klit pochte noch immer und allein der Gedanke, wie unanständig es gewesen war, dass er sie dort berührt hatte, während ihre Familie mit ihr am Tisch saß, jagte ihr erneut die Schamesröte in die Wangen. Sie trank das Glas Weißwein leer, es war bereits das zweite, und versuchte sich selbst einzureden, dass es nicht *ER* und seine ominösen Bemerkungen waren, die ihren schwebenden Zustand verursachten, sondern der Alkohol.
*Hör auf dir vorzustellen, wie er dir dreißig Schläge auf den blanken Po verpasst und dann anschließend weitermacht, an der pochenden Stelle, bei der er vorhin aufgehört hat.*
Sie konnte diesen Mann nicht einordnen und wusste nicht, ob er all die Andeutungen ernst meinte. Aber tief in ihrem Inneren war sie froh, dass sie dem Impuls nicht gefolgt war, das Notizbuch wegzuwerfen. Rebecca ahnte, dass es ihr nicht gut bekommen wäre.
Und wie er aß! Eines musste sie ihm lassen, er konnte über sich selbst lachen und lieferte wirklich eine Show ab, die seinesgleichen suchte. Ihre Schwägerinnen glotzten ihn förmlich an, mit einem faszinierten Entsetzen, das nichts mit ihrem überheblichen Benehmen gemein hatte, das sie für gewöhnlich zur Schau trugen. Und ihre Brüder ...
Rebecca schob sich noch eine Gabel Reis in den Mund. Sie schwor, dass sie noch nie eine köstlichere Soße gegessen hatte. Sally Sullivan war eine begnadete Köchin, und wenn sie jemals ihr eigenes Schmuckatelier eröffnen würde, wären Sallys Talente genau richtig für das Catering ihrer Wahl bei der Eröffnungsparty.
Ihre abschweifenden Gedanken kehrten zu dem Mann an ihrer Seite zurück. Er fasste nach ihrer Hand und führte sie zu seinem Mund, wo er sie mit fettigen Lippen auf

den Handrücken küsste. Mussten ihre Haut und die darunterliegenden Nervenenden mit diesem heftigen Kitzeln reagieren, das sich unaufhaltsam über ihren Körper ausbreitete?

„Du wolltest mir doch das Haus zeigen, Honeypupps."
Wie er sie dabei angrinste und sich mit der Zunge über die Oberlippe leckte!

„Aber gerne, mein Schmuddelbärchi."
Sie würde nie wieder die Mienen ihrer Brüder vergessen, das wusste sie einfach. Einvernehmlich starrten sie Gordon an, als wäre er ein Verkehrsunfall, obwohl sie wussten, dass es sich nicht gehörte.

Gordon zwickte sie in die Taille, sodass er erneut ihre ungeteilte Aufmerksamkeit erlangte. In den gefährlichen Tiefen seiner Augen entdeckte sie etwas, das ihren Herzschlag wild beschleunigte. Gordon war mit seinen Sinnen bei ihr und speicherte alles ab, was sie tat und sagte, um es zu geeigneter Zeit zu benutzen. Ihre Vorstellungskraft entsprach dem Feuerwerk eines Actionkrachers, während sie darüber nachgrübelte, mit welchen Konsequenzen sie möglicherweise bei ihm rechnen musste. So war es ihr noch nie in einer Beziehung ergangen und diese war nicht einmal echt. Allerdings fühlte sie sich so real und bedeutungsvoll an, wie keine zuvor. Zu leicht könnte sie der Illusion erliegen, dass er mehr von ihr wollte als Sex, damit sie ihren Teil des Arrangements erfüllte.

Drei Sekunden, die ihr Leben verändert hatten, als sie im *Trendy* gegen ihn gerannt war. Ob die Veränderungen von negativer oder positiver Natur waren, musste sich noch herausstellen. Im Moment wusste sie es nicht.

Gordon stand in einer fließenden Bewegung auf und zog sie unnachgiebig auf die Füße. Diesmal lief ihr ein lustvolles Schaudern über die Kopfhaut, als sie an die schiere Kraft dachte, die in diesem fantastischen Körper steckte, die dem seines Willens in nichts nachstand. Er umfasste mit einer Hand ihren Nacken und führte genügend Druck aus, um die Geste zu verdeutlichen. Auf ihre Familie mochte sie liebevoll, wenn auch besitzergreifend wirken. Es war eine Warnung, die allein für Rebecca bestimmt war, dass sie den Bogen nicht überspannen sollte. Doch sie konnte nicht anders, als die Schnur mit einem Schnitt wild lachend durchzuschneiden.

Schnipp schnapp, geschafft!

Sie schlug ihm auf den Hintern, und zwar nicht sanft, sondern so hart, dass ihre Handfläche brannte. Seine Finger festigten ihren Griff und er beugte sich zu ihr runter, bis sein Mund neben ihrem Ohr war. Sein Atem verursachte winzig kleine Perlen, die ihr förmlich über den Leib stoben.

„Das, Wölfin, hättest du nicht tun sollen. Vor den Konsequenzen retten dich auch nicht deine zwei Gläser Wein. Vielleicht hast du das ja insgeheim gehofft." Die Klangfarbe seiner Stimme verwandelte die Perlen in Eis, bis sie den letzten Winkel ihrer Körperoberfläche erreichten. Er schob sie aus der Tür und marschierte schnurstracks auf die Treppe zu. „Ich nehme an, dein Zimmer ist oben."

„Lass mich los", zischte sie.

„Nein! Und an deiner Stelle würde ich keine Szene machen, oder soll ich deine Familie noch mehr schockieren? Mir macht das nichts aus, aber ich glaube, du möchtest diese Seite von mir lieber im Privaten erleben."

Ihr Herz musste Seilchen springen, nur so konnte sie sich den Takt erklären, denn es schien sich in dem Seil verfangen zu haben und versuchte verzweifelt sich zu sich befreien. Mühelos erreichte Gordon die erste Stufe, obwohl er sie förmlich mitschleifte. „Du bist jetzt brav, oder ich werfe dich über meine Schulter."

Als ob er dazu in der Lage wäre! Sie wog schließlich mehr als fünfzig Kilo! Eigentlich mehr als sechzig. Gordon stieß ein derart belustigtes Schnauben aus, dass er das schlimmste Verhalten in ihr weckte. Rebecca fühlte sich in die Zeit zurückversetzt, in der sie ein trotziger Teenager gewesen war, der unbedingt mit dem Kopf durch die Wand wollte, selbst wenn diese aus Beton war.

„Ich bin keiner von den Duschpuscheln, mit denen du es sonst zu tun hast. In der Army habe ich Kerle getragen, die mehr als ich gewogen haben." Inzwischen hatte er sie an den Schultern gepackt und hielt sie auf Armeslänge von sich. In seinen Augen brannten ein Feuer, eine Gier, ein Hunger und etwas derart Rohes, dass sie von ihm fortgerannt wäre, wenn sie es nur gekonnt hätte.

Duschpuschel! Nein, er war ein Waschhandschuh, gespickt mit Nadeln und Scherben.

„Meine Geduld hat das Ende erreicht."

„Welche Geduld?"

„Baby, du hast ja keine Ahnung, gegen was du im *Trendy* gerannt bist. Aber du wirst es herausfinden. Also, wie soll es sein, meine mutige Wölfin? Möchtest du bereits heute mit dem Leitwolf durch die Highlands rennen und meine wahrhaft animalische Seite erleben? Hier in diesem Haus? Oder zeigst du jetzt ein bisschen Verstand und Respekt und läufst auf deinen eigenen Beinen neben mir die Treppe hoch?"

In diesem Moment sah sie, dass James aus dem Esszimmer lief. Sie lächelte Gordon an, mit einem, wie sie hoffte, engelhaftem Lächeln. „Komm, Sexy. Ich zeig dir zuerst mein Zimmer."

James schüttelte den Kopf und marschierte Richtung Küche, unter dem Vorwand den Nachtisch zu holen. Ihr Bruder erledigte nie solche, seiner Meinung nach, niedrigen Tätigkeiten. Er hatte nur überprüfen wollen, was sie mit Gordon solange im Entree machte. Dann sollte er auch noch mehr zu sehen bekommen. Sie warf Gordon ihre Arme um den Hals und wollte ihn küssen. Doch er ließ sie nicht.

„Wirst du brav sein?"

Dieser Mistkerl.

„Ja, du Duschpuschel."

Er lächelte sie an und dieses echte Lächeln verwandelte ihre Beine in instabile muskellose Gliedmaßen. Und jetzt war er es, der sie küsste. Seine Lippen lagen zuerst nachgiebig auf ihren, doch dann fand seine Zunge ihre und er packte zudem noch in ihr Haar, nicht schmerzhaft, aber so unglaublich besitzergreifend, dass der Reiz sich mit dem seiner weichen Lippen vermischte. Er küsste sie nicht nur, es war ein dominantes Vorspiel und gab ihr eine Vorahnung, was sie in seinen Armen erwartete, sobald er ernst machte.

Ihr Geschlecht pulsierte erwartungsvoll und ihre Nippel waren geschwollen, als er sich von ihr löste, wortlos den Arm um ihre Schultern legte und sie gemeinsam die Treppe hinaufliefen.

„Welche Tür ist es?"

„Die vierte auf der rechten Seite."

Sekunden später schob er sie in den Raum, der ihr gleichzeitig als Schlaf- und Wohnzimmer diente. Er kickte die Tür mit dem Fuß zu, drehte sich um, schloss sie ab und steckte sich den Schlüssel in die Seitentasche seiner Jeans, wobei er eine absolut unlesbare Mimik zur Schau trug.

Oh! Sie versuchte ihre Sandalen davon zu überzeugen, dass sie mit Rüsseln ausgestattet waren, die sich an das Parkett saugten, damit sie nicht vor ihm zurückwich, denn genau das war Gordons Absicht, die ihr äußerst zusagte, in Anbetracht des Hungers in seinem Blick.

„Was soll das?" Sie wollte wenigstens den Anflug von Mut beweisen, auch wenn er ebenso wusste wie sie, dass er nur eine Attrappe war, die keine Chance besaß, ihm standzuhalten.

Er starrte ihr in die Augen und mit steigendem Entsetzen bemerkte sie, dass er die Schnalle seines Gürtels löste, jetzt fies grinste und das Leder aus den Schlaufen zog.

„Das … das … Gordon. Nicht. Bitte!"

Mit einem Satz war er bei ihr und ihr entwich ein ungewollter Schrei. Er wollte sie mit dem Gürtel verprügeln, in ihrem Elternhaus und sie würde sich dabei nicht einmal die Seele aus dem Leib schreien können, aus Angst ihre Brüder zu alarmieren. Sie fand sich mit dem Gesicht nach unten auf ihrem weißen Bettbezug wieder, und weil sie damit rechnete, dass er ihr den Arsch mit dem Leder versohlen wollte, überraschte er sie, da er ihre Handgelenke auf ihrem Rücken festzurrte, mit einer Gewandtheit, als hätte er diesen Handgriff bereits unzählige Male ausgeführt.

„Binde mich sofort los." Ihre zitternde Stimme war ein klarer Beweis ihres Zorns, aber auch ihrer Unsicherheit.

„Du bist jetzt still."

Das war das letzte Gramm auf seiner Waagschale. Er glaubte doch nicht ernsthaft, dass sie sich von ihm bestrafen lassen würde und als Gipfel der Unverschämtheiten ihr den Mund verbieten konnte.

Ihr!

Niemals!

Sie versuchte sich mit ihrer ganzen Kraft auf den Rücken zu rollen, allerdings presste er sein Knie auf ihre Lendenwirbel und das war alles, was nötig war, um ihre Hilflosigkeit zu vervollständigen. Wollte er ihr jetzt den Arsch versohlen, auf ihrem Bett? Sie holte tief Luft, um ihrem Missmut eine kreischende Stimme zu geben, ungeachtet, ob man sie bis in den Keller des Hauses hörte, da umfasste seine blöde große Hand ihren Nacken und drückte ihr Gesicht in die Bettdecke, nur kurz, aber die Warnung war überdeutlich. Ihr Unmut erstarb in ihrer Kehle. Er schob ihr Kleid nach oben, bis ihr Po frei lag. Mit den Fingerspitzen streichelte er den Bund ihres Höschens entlang und die Berührung brannte sich in ihre Haut. Langsam zog Gordon ihr den Slip aus, nahm sein Knie von ihr und sie nutzte die Gelegenheit, um sich umzudrehen. Er gestattete es ihr und diesmal würde es ihm nicht gelingen, sie am Sprechen zu hindern. Und überhaupt ließ sie sich von keinem Mann den Mund verbieten! Von so einem schmutzigen Monster schon gar nicht! Die Beleidigung lag ihr bereits auf der Zunge und seine Hand schnellte vor, presste ihr den Stoff ihres Höschens vor die Lippen, aber sie schlug ihn um eine Sekunde und biss vorher ihre Zähne aufeinander.

„Wölfin, nicht doch."

Das Schwein hielt ihr die Nase zu und Sekunden später stopfte er ihr den Slip in den Mund. Ihr Gehirn war noch dabei zu verarbeiten, was er getan hatte, dieser überheblich grienende Widerling, da zerrte er sie auf die Füße.

„Schon besser! Es tut dir mal ganz gut, für ein paar Minuten deine vorlaute Klappe zu halten." Er setzte sich auf die Bettkante, raubte ihr das Gleichgewicht und sie landete genau auf dem Ort, wo sie unter keinen Umständen sein wollte: quer über seinen harten unnachgiebigen Oberschenkeln. Sie schrie in den Knebel, doch es brachte nichts, außer dass er abermals lachte mit einer Genugtuung, die eine zornige Hitzewelle über ihren Körper jagte.

Er zog sie noch ein wenig nach rechts, sodass ihr Po an der Stelle war, die er anscheinend bevorzugte. Der hinterhältigste aller Duschpuschel wollte ihr den Arsch versohlen! Sie versuchte zu entkommen, irgendwie von seinen Knien zu springen, jedoch packte er ihre Handgelenke mit einer Kraft, die jegliche Gegenwehr im Keim erstickte.

„Ich gebe dir einen kleinen Vorgeschmack auf das, was dich nächstes Mal erwartet, sobald du in mein Haus kommst. Und du wirst auf meiner Schwelle erscheinen, wie es einer Sub würdig ist."

Nie, nie wieder würde sie einen Schritt in seinen Bau setzen und schon gar nicht als Sub, auch wenn sie nicht wusste, was das war.

„Ich erwarte dich pünktlich um 20 Uhr am Mittwoch, ordentlich gekleidet, rasiert und mit der richtigen Einstellung. Falls du nicht auftauchst …" Er platzierte seine Hand mitten auf ihr Gesäß und sie spürte sie mit einer Heftigkeit, als hätte er ihr bereits den ersten Schlag verpasst. Doch er knetete lediglich sanft ihre Pobacken. Die angenehme Empfindung schlich sich nicht nur in ihre Muskeln, sondern auch in ihr Bewusstsein. „… tauche ich auf deiner Arbeitsstelle auf, in einem Aufzug, der meinen heutigen weit in den Schatten stellt. Das versichere ich dir. Ich bekomme, was ich will – auf die eine oder andere Weise. Und da wäre ja noch die Geburtstagsparty, auf die ich dich begleiten soll."

Dieser selbstgerechte Primitivling!

Inzwischen streichelte er sie besänftigend, unglaublich zärtlich, sodass sie die Hoffnung hegte, dass er sie nur hatte erschrecken wollen.

Er würde sie nicht wirklich schlagen, das durfte er nicht. Sie mochte keine Schmerzen, nicht einmal ansatzweise.

„Ich weiß, dass dir bisher kein Mann den Arsch versohlt hat, mit dem Ziel dich zu erregen. Aber ich werde es tun."

Seine Hand landete auf ihrer rechten Pobacke und der Reiz war so ganz anders, als sie ihn sich vorgestellt hatte. Das leichte Brennen war weder grauenvoll noch grausam. Stattdessen spürte sie, wie sehr Gordons Handlungen sie anmachten, da alles in ihr in diesem Moment innehielt, als würde ihr Körper den Atem anhalten. Er setzte sich durch, kontrollierte, was sie empfand, und überwand irgendeine Barriere in ihr, die ihr nicht bewusst gewesen war.

„Schmerz kann eine wunderbare Erfahrung sein und ich habe das Wissen, das Geschick sowie das Fingerspitzengefühl, um dich Dinge spüren zu lassen, die dir bis jetzt unbekannt waren."

Wer war Gordon Maxwell?

Seine Handfläche prallte erneut auf ihren Po, diesmal etwas fester im Vergleich zum vorherigen Schlag. Synapsen erwachten in ihrem Körper, aber auch in ihrer Seele mit einer überraschenden Heftigkeit zum Leben, als die angenehme Wärme über ihre Haut floss. Dazu das Gefühl des Ausgeliefertseins!

„Du hörst auf gegen mich anzukämpfen und zeigst die ersten devoten Züge, Rebecca. Wunderschön … so verflucht heiß."

Devote Züge? Meinte er, dass sie unterwürfig war und er mit ihr machen durfte, was immer er wollte?

Doch die nächste Feuerzunge schnitt ihren Gedankenstrom ab und eine herrliche Leere erfasste ihren Verstand, als er seine Handfläche in schneller Reihenfolge auf ihren Hintern prasseln ließ, mit genau der richtigen Heftigkeit, um die Schmerzschwelle nicht zu überschreiten, stattdessen war die Pein auf eine perverse Weise unglaublich angenehm und wohltuend, dazu verflucht anregend.

„Wie brav du sein kannst", wisperte er und sie fühlte seinen harten Schwanz, der gegen ihren Bauch drückte.

Es erregte ihn sie zu schlagen, obwohl schlagen nicht das richtige Wort war für das, was er mit ihr anstellte. „Dir gefällt, wie ich mit dir umgehe und du wirst mir am Mittwoch deine Hingabe weiter beweisen."

Würde sie das? Wollte sie das hier?

Wenn er doch bloß aufhören würde, ihre heiße Haut zu streicheln, damit sie die Herrschaft über ihre Sinne zurückerlangen konnte. Aber er ließ ihr keinen Raum, sondern forderte weiterhin das Recht auf seine Beute ein.

„Es ist erstaunlich, was Schmerz auslösen kann. Ich werde jetzt ertasten, wie deine Reaktionen sind. Dein Verstand hat bestimmt beschlossen, dass er es nicht mag, von mir beherrscht zu werden. Dein Körper allerdings ..."

Rebecca bohrte sich ihre Fingernägel in die Handflächen in dem kläglichen Versuch, die durch ihren Leib strömende Lust zu unterbinden oder zumindest einzudämmen. Seine Hand rutschte zwischen ihre Schenkel und sie wusste genau, was er dort vorfand. Rebecca war nicht vorbereitet auf die Stärke der Stimulation durch seine geschickten Finger, die zielgerichtet ihre Lustperle fanden. Sobald er ihre Klit berührte, stöhnte sie in den Knebel, zuckte im ersten Moment zusammen, weil der Nervenknoten überempfindlich war.

„Du bist nicht nur feucht, Wölfin, du bist triefend nass." Er packte in ihr Haar und zog ihr den Kopf in den Nacken.

Musste er das tun? Sie erkannte, dass diese Handlung ihre Erregung steigerte, obwohl sie bereits unglaublich heiß auf ihn war. Normalerweise benötigte sie eine längere Zeit, um zum Orgasmus zu kommen, musste einen Mann gut kennen und auf ihn eingespielt sein, um sich ihm wirklich hinzugeben. Und manchmal schaffte sie es selbst mit einem Vibrator nicht, ihre Erfüllung zu erlangen. Doch im Moment hatte sie das Gefühl, dass Gordon ihre Klit nur ein bisschen zu reiben brauchte, um sie zum Höhepunkt zu bringen. Und genau das tat er. Er massierte die süßeste aller Stellen mit dem richtigen Druck und sie spürte das erste Pulsieren, ließ sich in den herrlichen Sinnesreiz fallen, doch da zog er seine Hand zurück.

NEIN!

„Wie ich dir vorhin gesagt habe, Rebecca, ist das hier nur ein Vorgeschmack auf die Ekstase, die ich dir geben kann, sofern ich es will und du sie dir verdient hast. Am Mittwoch bekommst du mehr davon, vorausgesetzt, dass du mir den zustehenden Respekt zollst. Bring das Notizbuch mit und vergiss nicht, deine Vergehen zu notieren." Er stupste sie auf die Nase. „Zu deinem verdammt großen Pech gehen ungehorsame Mädchen unbefriedigt ins Bett. Und du, kleine Wölfin, bist alles andere als brav. Das hatte ich dir letztes Mal bereits gesagt, aber einmal hat anscheinend nicht gereicht."

Das war nicht sein Ernst! Sie fühlte sich, als hätte sie mühsam einen Gipfel erklommen, dazu Stunden gebraucht und im nächsten Augenblick fand sie sich am Fuß des Gebirges wieder. Eiskalt hatte Gordon sie hinuntergeschubst!

Sie wünschte sich, dass sie ihn beißen könnte. Er löste den Gürtel von ihren Handgelenken, stand auf, ehe sie reagieren konnte, und nahm sie bei der Bewegung mit.

„Du erinnerst dich ... Schlüpferjäger." Mit diesem Grinsen, das ihre Haare zu Berge stehen ließ, zog er ihr den Slip aus dem Mund und stopfte ihn anschließend in die rückwärtige Tasche seiner Jeans. „Du solltest eine erfrischende Dusche nehmen, Rebecca, so erhitzt, wie du bist.

Wir sehen uns am Mittwoch, Kleines. Ich finde alleine heraus. Wilde Träume wünsche ich dir."

Er drehte sich um, lief mit festen Schritten zur Tür, fischte den Schlüssel aus seiner Hose und steckte ihn ins Schloss. Sie zitterte am ganzen Körper und er war die Ruhe selbst. Leider fand sie ihre Stimme erst wieder, als die Tür hinter ihm ins Schloss fiel.

„Du ARSCH!"

Wenn er glaubte, dass sie wie eine läufige Katze oder Wölfin am Mittwoch bei ihm auftauchte …

Doch tief in ihrem Inneren wusste sie, dass sie seinen Verführungskünsten ausgeliefert war. Dieses Intermezzo hatte eine ungeahnte Lust in ihr erweckt und sie würde diesem Drang nicht widerstehen können. Frustriert packte sie ihr Kopfkissen und warf es gegen die Tür.

Ihr war wirklich entsetzlich heiß und erst jetzt bemerkte sie, dass ihr das Kleid auf dem Rücken klebte. Und ihr erwärmter Po prickelte schrecklich verführerisch.

Obwohl sie eine Viertelstunde später lange und ausgiebig duschte, blieb die Erinnerung an Gordon auf ihrer Haut, in ihrer Seele und in ihrem Herzen.

Etwas war mit ihr geschehen in dieser verhängnisvollen halben Stunde, etwas, das nicht mehr rückgängig gemacht werden konnte. Rebecca legte sich nackt zwischen die kühlen Laken und zu ihrer Verwunderung war sie von einer Minute zur nächsten todmüde. Sie schlief auf der Stelle ein.

# Kapitel 5

Gordon konnte nicht anders als ständig auf die Uhr zu schielen, die sich gegen ihn zu verschwören schien, das blöde Ding. Obwohl er den ganzen Tag über vor Arbeit kaum Luft holen konnte, schlich die Zeit nicht nur träge dahin, sondern sie blieb sogar regelmäßig stehen. Er freute sich unglaublich auf Rebecca und war sich sicher, dass sie kommen würde. Schließlich sollte er sie am Samstag zum Barbecue ihrer Chefin begleiten und am darauffolgenden Freitag zum Geburtstag ihrer Freundin Mel. Er würde sich von seiner besten Seite zeigen, dazu setzte er allerdings voraus, dass sie sich ebenso von ihrer besten Seite zeigte und diese war devot – zumindest ein wenig. Sie reagierte unbewusst auf seine Dominanz, doch sobald sie ihr Verhalten bemerkte, wehrte sie es ab, denn es passte weder in ihre moderne Weltvorstellung noch zu ihrer angeblichen Unabhängigkeit, die sie sich so mühsam erkämpfen musste. Dabei war sie inzwischen eine Sklavin ihres eigenen Kampfes.

Er wollte ihr zeigen, wie erfüllend wahre Hingabe sein konnte, sofern der dominante Part erfahren genug war, um das nötige Fingerspitzengefühl zu beweisen, aber auch Härte, sollte sie angebracht sein. Rebecca war der festen Ansicht, dass sie alles aufgeben würde, falls sie es zuließ, dass jemand für sie die Zügel in die Hände nahm. Die Erinnerung ihres widerspenstigen und doch so erregten Körpers, der sich auf seinem Schwanz gewunden hatte, als sie über seinen Knien gelegen hatte, ließ ihn die Beengtheit seiner Shorts fühlen. Er merkte, dass er ins Nichts starrte, weil er den Anblick ihrer verflucht sexy Pobacken lebhaft vor Augen hatte, als sie sich von dem leichten Spanking zart röteten. Davon würde er nachher noch mehr bekommen. Er freute sich auf seine aufsässige Wölfin, die es aufregend fand, überwältigt zu werden, obwohl sie es unter keinen Umständen zugeben würde. Zum

Glück hatte er mittlerweile die Arbeit des Tages erledigt. Nächste Woche musste er sich unbedingt um eine Hilfe für die Werkstatt kümmern und um die Vermietung des Nebengebäudes.

Die Sullivans hatten es zu einem Freundschaftspreis renoviert und Keith und Sean hatten sich um die Gestaltung des Grundstücks gekümmert. Sie waren nicht nur die Inhaber des *Sadasia*, ihnen gehörte auch eine Gartenbaufirma. Es war gut Freunde zu haben, auf die man sich verlassen konnte. Und Gordon half ihnen, wo er nur konnte.

Kaum dachte er an Rebecca, wurde ihm bewusst, dass er diese Leere in sich nicht mehr spürte, sobald er sich mit ihr beschäftigte. Wenn er ehrlich war, tat er es andauernd.

Gordon legte den Schraubschlüssel zur Seite, schloss die Werkstatt ab und lief hinüber zum Haus. Noch vor der Tür zog er sich die Schuhe aus und schlüpfte aus dem schmutzigen Overall. Sally hatte ihm vorhin etwas zu essen gebracht: einen italienischen Kartoffelsalat, gefüllte Hackbällchen und eine Vanillecreme mit Karamell und Granatapfel. Zudem hatte er sie angestiftet, dass sie und die anderen süßen Monster unbedingt neuen Modeschmuck wollten. Mal sehen, wie Rebecca sich schlug, wenn sie auf die Sullivanfrauen sowie Hazel und Alexis traf. Er legte viel Wert auf ihre Meinung, besonders auf die von Sally, die mit ihrem ruhigen Wesen ein guter Ausgleich für die freche Viola und die stolze Kim war, die Dean Sullivan einen heißen Kampf geliefert hatte und zuerst partout nicht zugeben wollte, dass sie es brauchte, das Dean sie unterwarf. Er hatte sie wahrlich zähmen müssen, ehe sie sich ihm mit ganzem Herzen hingab, denn schließlich war sie *Indigo Blue* gewesen, die unter diesem Pseudonym in einem Internetradio über BDSM gewettert hatte wie niemand sonst. Und jetzt liebte sie Dean über alles und verzehrte sich nach seinen dominanten Zuwendungen. Wenn Dean Kim für sich gewinnen konnte, dann würde es ihm gelingen, bis in Rebecca vorzudringen, und das bezog er nicht nur auf das tatsächliche Eindringen in ihren sexy Körper, sondern auch auf das köstliche Erobern ihrer Seele, vielleicht sogar ihres Herzens.

War es das, was er wollte? Oder war er nur derart fasziniert von ihr, weil sie ganz anders war, als die Subs aus dem *Sadasia*? Seine Arbeit ließ ihm keine Zeit, um neue Bekanntschaften zu machen, und die Freizeit, die er hatte, verbrachte er am liebsten in dem BDSM-Club. Er spielte dort gerne mit den Subs, hatte viele Sessions erlebt, die bis zu einem gewissen Grad erfüllend gewesen waren, jedoch hatte immer das Besondere gefehlt, das was er zwischen Sean und Hazel, Keith und Alexis und bei den Sullivanbrüdern und ihren Frauen jedes Mal erfasste, dieses unglaubliche vertrauensvolle Zusammenspiel zwischen dem dominanten und dem devoten Part, das sich auch auf das Zusammenleben auswirkte. Er wusste zwar nicht, ob es jemals bei ihm und Rebecca so sein könnte, aber er hätte nichts dagegen, falls es so wäre. Da sie ihn bis aufs Äußerste reizte, er viel Mühe in sie hineinsteckte, warum sollte er dann nicht die besten Früchte ernten?

*Und wenn sie nicht auftaucht?*

*Das wird sie! Du lässt ihr bewusst keine Wahl und schließlich hat sie mehr als nur ein bisschen Zwang verdient, das süße interessante Monster. Du benimmst dich wie ein chauvinistisches Arschloch, weil es das ist, was nötig ist, um sie aus der Reserve zu locken.*

Amüsiert dachte er darüber nach, dass Rebecca ihn überhaupt nicht einschätzen konnte und er lachte laut, während er die Treppe hinauflief, denn seine eigenen Reaktionen ihr gegenüber waren für ihn eine Überraschung. Die Kleine erforderte ungewöhnliche Maßnahmen und er freute sich unglaublich auf sie. Stille begrüßt ihn in seinem Haus, und wenn er mehr Zeit hätte, würde er gerne einen Hund haben. Er liebte Giotto und auch Vino, der Hazel und Sean gehörte.

*Was willst du eigentlich noch alles haben?*

Gordon durchquerte sein Schlafzimmer. Er liebte diesen Raum mit dem dunklen Dielenfußboden. Und er wurde es nie leid, das Gemälde über dem Bett zu betrachten, das Viola für ihn gemalt hatte. In einem Fluss lag eine nackte Frau mit langen blonden Haaren. Die Kieselsteine glitzerten im glasklaren knietiefen Wasser und ihr verträumter Gesichtsausdruck berührte ihn. Um den Hals trug sie ein Lederhalsband. Nur ihre Lippen waren blutrot. Die ansonsten gedeckten Farben passten gut zu den weiß gestrichenen Wänden und der Decke. Das zwei Meter breite und zwei Meter zehn lange Boxspringbett würde mit Rebecca darin noch besser aussehen, einer nackten Rebecca mit einem durch seine Handflächen gefärbtem feurig roten Arsch. Sie würde fantastisch auf den dunkelblauen Laken wirken. Er schnitt weitere lüsterne Gedanken, die sich in diese Richtung bewegten, ab, ehe er nicht anders konnte, als sich in der Dusche einen Handjob zu verpassen. Doch das wäre, als würde er ein fade schmeckendes Instantdessert verschlingen, anstatt ein köstliches selbst zubereitetes langsam und genüsslich zu genießen. Er schlüpfte aus T-Shirt, Socken und Slip und warf alles in den bereitstehenden Wäschekorb. Gordon machte das Wasser an, wartete einen Moment, bis es warm war, und stellte sich unter die Regendusche. Er stützte sich mit den Händen an der blauen Mineralstoffwand ab und seufzte erleichtert auf, als die Hitze seine verkrampfte Nackenmuskulatur etwas entspannte, die ein Zeugnis seines angespannten Zustandes war. Kaum zu fassen, dass die kleine Sub, die keine sein wollte, ihm so sehr unter die Haut ging.

Zehn Minuten später lief er aus der Dusche, schlang sich ein Handtuch um die Hüften und rubbelte sich mit dem anderen das Haar trocken. Nachdem er sich nach einem Blick auf die Uhr, die auf dem Sideboard neben seinem Bett stand, vergewissert hatte, dass ihm eine Viertelstunde blieb, ehe Rebecca eintreffen sollte, putzte er sich die Zähne, sprühte etwas Deodorant auf und zog sich eine bequeme hellblaue Jeans an sowie ein weißes Longsleeve. Helle Kleidung für seine dunklen Absichten.

Barfuß lief er nach unten, steuerte den Esstisch in der Küche an, auf dem sein Smartphone lag, und strich sich durchs Haar. Sie hatte noch fünf Minuten Zeit. Er konnte sich nicht davon abhalten wie ein Tiger im Wohnzimmer auf und abzulaufen, während er das sehnsuchtsvolle Gefühl hinter seinem Brustbein zu ignorieren versuchte. Doch das stellte sich als unmöglich heraus, denn es wummerte und gebärdete sich wie ein Bach, auf den urplötzlich das Schmelzwasser von den höchsten Bergen niederging und er empfand sich zu klein, um den Emotionsstrudel zu bewältigen. Fühlte sich eine Sub auf diese aufgelöste Weise, wenn sie auf ihren Master wartete?

Ob sie es wirklich wagte, erneut zu spät zu kommen? Finster starrte er auf sein Smartphone. Ihre Zeit war abgelaufen und er nahm gerade einen tiefen Atemzug, als es an der Tür klingelte. Eine Minute über der Zeit, aber er würde nicht kleinlich sein. Gordon lief zur Tür und riss sie auf.

Rebecca sah ihn ungewohnt scheu an, gekleidet in einem roten Kleid aus einem seidigen Material, das ihr förmlich am Körper klebte. Er konnte nicht anders, als auf ihr Dekolleté zu starren, das verführerisch durch einen Ausschnitt in Szene gesetzt wurde. Zwei schmale Träger hielten die sündige Verführung an Ort und Stelle. Rebecca zitterte und er vermutete, dass es nicht allein an der kühlen Luft lag. Ihre Nippel waren hart und pressten gegen den Stoff. Sie trug keinen BH. Ob sie auch auf ein Höschen verzichtet hatte? Dieses Geheimnis würde nicht lange unentdeckt bleiben. Ihre Haare waren hochgesteckt und ihr Lippenstift passte perfekt in der Farbe zum Kleid.

„Du siehst bezaubernd aus, Rebecca." Nicht nur das, sie sah zum Anbeißen aus – *Lady in Red*. Der Song von Chris de Burgh fiel ihm auf einmal ein. Er beugte sich vor und küsste sie sanft auf den Mund. Sie roch nach Rosen und Frühling. „Komm rein."

In den Händen hielt sie eine Tasche, an der sie sich krampfhaft festhielt.

„Du hast doch nicht plötzlich Angst vor mir, süße Wölfin?"

„Ich weiß es nicht."

Sie trat herein und er schloss leise die Tür. Rebecca drehte sich ihm zu. Offensichtlich wollte sie ihn nicht in ihrem Rücken haben. Was schade war, denn er hätte gern ein wenig länger auf ihren Arsch gestarrt, der sich unter dem Kleid deutlich abmalte wie eine Einladung für eine harte Hand. Unsicher stand sie auf ihren hochhackigen Schuhen vor ihm. Gordon sah sie durchdringend an, ohne etwas zu tun. Sein Verhalten vergrößerte ihre Unruhe, genau wie er es beabsichtigte.

„Wirst du mir heute sehr wehtun?", platzte es aus ihr heraus.

„Wenn ich es muss." Er hatte nicht vor, Rebecca allzu großen Schmerz zuzufügen, aber sie im Ungewissen über ihr Schicksal zu lassen, steigerte den Reiz an diesem Spiel, nicht nur für ihn, sondern auch für sie.

Sie starrte erst an ihm vorbei, straffte sichtlich ihrer Schultern und sah ihn dann direkt an.

„Wirklich?"

Gordon gab den Kampf auf, sein Lächeln zu unterdrücken, angesichts der ängstlichen Erregung, die ihn aus großen samtigen Augen musterte.

„Schmerz ist nur eine Komponente, Schiava, um dich in eine Hingabe zu versetzen, die dir bisher unbekannt ist. Ich verspreche dir, dass du es nicht bereust, mir dein Vertrauen zu schenken." *Schiava*, er hatte das Wort aus dem *Federzirkel*, italienisch für Sklavin. Es war klangvoll und die Silben rollten ihm von der Zunge.

„Schiava?" sie runzelte die Stirn. „Was immer es auch bedeutet, dein schottischer Akzent ..." Sie errötete zuckersüß.

„Macht er dich an?" Er legte den Handrücken unter ihr Kinn und streichelte ihre seidenweiche Haut. Eine Gänsehaut perlte über ihren Körper, als er ihren Hals liebkoste. Wenn sie wüsste, was eine *Schiava* war, würde sie ihm mit Sicherheit einen giftgetränkten Blick zuwerfen. Später war genügend Zeit sie hinsichtlich der Bedeutung aufzuklären, sobald ihr die nötige Kraft fehlte, gegen ihn aufzubegehren. Oder vielleicht auch eher, falls es seinen Zwecken diente. Gordon wollte sie überall berühren, wollte, dass sie zitternd vor Begierde vor ihm lag, nicht mehr wusste, dass sie es hasste, vor ihm zu knien. Er umfasste ihren Nacken und küsste sie, diesmal nicht sanft, sondern gierig und dominierend. Die Anspannung wich aus ihrem Körper, als seine Zunge ihre traf und er sie ebenso schmeckte, wie sie ihn. Er fasste in ihr Haar, spreizte die Finger und packte zu, nicht grob, aber besitzergreifend. Sie schmolz förmlich in seinen Armen, mit Ausnahme ihrer rechten Hand, die die Tasche umklammerte. Gordon gab zu, dass nicht nur sie schmolz. Bei ihm war es genauso. Er löste seine Lippen von ihren und sie lächelte ihn zaghaft an. Die Emotion spiegelte sich in ihren Augen wieder, die in einem warmen Haselnussbraun glänzten.

„Gib mir deine Tasche."

„Wieso?"

„Weil du sie kaputtmachst, wenn du sie weiterhin so würgst."

Sie stieß ein beinahe hysterisches Lachen aus, ehe sie ihm das malträtierte Utensil mit einem verlegenen Grinsen reichte.

„Hast du das Notizbuch mitgebracht?"

„Ja." Eine widerwillige Antwort, die sich auch in ihrer Pose zeigte. Wäre sie ein Maulesel, hätte sie ihre vier Hufe in den Boden gestemmt und wäre keinen Schritt mehr gelaufen.

„Brav."

Sie stieß einen Bände sprechenden Atemzug aus. Gordon schenkte ihr einen Blick, einen, vor dem selbst Hazel strammstand. Rebecca versuchte vergeblich eine nonchalante Haltung anzunehmen, doch es misslang ihr gründlich. Sie war so nervös und aufgedreht, dass es ihn nicht gewundert hätte, wenn sie wie ein Gummiball auf und ab gesprungen wäre.

„Komm, Wölfin. Du frierst und im Wohnzimmer ist es wärmer." Sie wirkte, als ob sie aus der Haustür flüchten wollte und er schüttelte den Kopf. „Du wirst deinem Schicksal nicht entkommen. Ich habe viel vor mit dir und du wirst die Nacht hier verbringen."

„Das werde ich nicht."

„Vertrau mir, du wirst nachher zu erschöpft sein, um zu fahren."

Sie glaubte ihm nicht, wusste nicht, wie anstrengend es sein würde, sich ihm ganz und gar hinzugeben, nicht nur körperlich, sondern vor allem emotional. Er war nicht auf einen Fick aus, obwohl auch das manchmal ganz nett war. Allerdings fühlte er sich heute nicht nett.

Ihre Schuhe klackten auf dem Dielenboden, während sie ihm folgte und es verriet ganz deutlich, dass sie es nicht gewohnt war, auf hohen Schuhen zu laufen. Gordon blieb neben dem Esstisch stehen und legte ihre Handtasche auf die Oberfläche. Meistens aß er in der Küche, doch zu besonderen Gelegenheiten nutzte er diesen Tisch, auch wenn er viele Gäste hatte. Heute würde er ihn auf eine spezielle Weise einweihen und schmücken. Rebecca wusste nicht, wohin mit ihren Händen und verschlang vor ihrem Körper die Finger ineinander.

„Du hast ein sehr schönes Haus, Gordon, und planst nicht zufällig, es zu verkaufen?"

„Nein." Er umfasste ihre Taille. „Für Small Talk ist jetzt nicht der richtige Zeitpunkt."

„Aber …"

„Dieses Wort möchte ich erst wieder von dir hören, wenn wir später miteinander reden, nachdem ich mit dir fertig bin und du erfüllt in meinen Armen liegst. Und von nun an bist du still."

Sie öffnete den Mund.

„Kannst du nicht einmal einen einfachen Befehl befolgen? Ein wenig Selbstbeherrschung beweisen? Oder soll ich dir einen Knebel verpassen? Noch ein Wort von dir und ich tue es. Und diesmal wird es kein weiches Höschen sein, sondern ein Knebelball."

*Versuch es doch, du arroganter Highlander!*
Fassungslos starrte sie ihn an und tief in ihrem Inneren wusste sie, dass er es ernst meinte. Sie musste tun, was er verlangte. Das Wissen setzte einen Wirbelsturm an gegensätzlichen Gefühlen in ihr frei. Sie hasste nichts so sehr, wie einen Befehl zu befolgen und beinahe ihr Leben lang rebellierte sie gegen Autorität. So süffisant wie er sie musterte, ahnte Gordon nicht nur, was in ihr vorging, er war sich dessen absolut sicher. Schön, dass zumindest einer von ihnen sich über etwas im Klaren war. Auf Rebecca traf dies keineswegs zu. Denn sie empfand nicht nur Empörung, Rebellion und Trotz in sich aufsteigen. Irgendwie machte sie diese Situation an. Ihr war plötzlich heiß, ihr Herz schlug in einem derart wilden Takt, dass sie es bis in ihre Kehle spürte. Was stellte der Highlander nur mit ihr an, während er sie mit einer Mimik musterte, die nicht das Geringste preisgab? Rebecca war sich bewusst, dass er ihre Reaktionen auf seine Handlungen genau einzuschätzen vermochte, wogegen sie chancenlos im tiefen trüben Wasser fischte. Ob Gordon von ihr gleich verlangte, einen Striptease hinzulegen? Sie glaubte nicht, dass sie in der Lage war, sich bei ihrer Nervosität auf einen erotischen Tanz zu konzentrieren. Außerdem konnte sie das gar nicht.

Er leckte sich über die Unterlippe und umrundete sie anschließend. Bewegungslos versuchte sie zu verharren, obwohl sie das Gefühl hatte, dass selbst ihre Haut so stark vibrierte, dass er es sehen müsste. Gordon blieb hinter ihr stehen und streichelte mit den Fingerspitzen ihre auf einmal unglaublich empfindlichen Oberarme entlang.

„Ich ziehe dir jetzt das Kleid aus", flüsterte er an ihrem Ohr, ehe er mit seinen Lippen über die Seite ihres Halses strich, bis zu ihrer rechten Schulter hinunter. Der sinnliche Reiz ließ sie erschauern, was ihm ein dunkles Lachen entlockte und ein Indiz seiner finsteren lustvollen Absichten war. Würde er sie wahrhaftig in die Düsternis stoßen, und falls er es tat, wie würde sie darauf reagieren? Rebecca wusste es nicht, denn ihre heftigen Reaktionen auf ihn ließen keinen Raum für klare Gedanken. Seine langen Finger erreichten ihren Nacken und er löste die Schleife ihres Kleides, ließ anschließend seine Hände auf ihren Schultern ruhen, umfasste sie und noch nie war sie sich dermaßen zerbrechlich vorgekommen. Seine Handflächen waren trocken, im Gegensatz zu ihren, und sie waren etwas kühler als es ihr überhitzter Körper war. Die Bänder wisperten seidig über ihr Dekolleté, als sie nach unten glitten und das vordere Oberteil ihres Kleides nachgab, bis ihre Brüste entblößt waren.

Sie schloss die Lider und fühlte in diesem Moment die beinahe winterlich erscheinende Luft, die ihre harten Brustwarzen umschmeichelte. Das hatte sie noch nie so empfunden oder es nicht wissentlich registriert. Gordon presste sich an ihre Rückseite und sein erregtes Geschlecht ließ keinen Zweifel daran, wie sehr er dieses aufregende Spiel mit ihr genoss, obwohl *Spiel* nicht der richtige Ausdruck war, für das, was er mit ihr anstellte. Gordon schubste sie nicht leichtfertig hin und her, ohne den Ausgang zu kennen. Sie war sicher bei ihm, diese Erkenntnis wummerte in ihrem Kopf, ebenso ungestüm wie ihr Herzschlag. Er war ein Meister in der Kunst der Verführung und benutzte dazu Mittel, die vor ihm kein Mann bei ihr gewagt hatte. Gordon war all das, was sie bewunderte. Er war stark, nicht nur körperlich, sondern besonders emotional, er war zwar skrupellos, aber nicht leichtsinnig und er respektierte sie, nutzte nicht auf eine niedere Art aus, dass sie sich ihm hingab – ihm hingeben musste, weil er ein Zurückweichen von ihr nicht duldete. Ja, sie war ein Arrangement mit ihm eingegangen, was er auf eine gewisse Weise ausnutzte, doch es war nichts Böses, was er im Sinn hatte. In diesem Moment streichelten seine Handflächen über ihre Schlüsselbeine, weiter nach unten, bis er ihre Brüste umfasste, um sie zunächst sanft und anschließend fester zu kneten. Sie lehnte ihren Kopf gegen seine Schulter und dann kniff er unvermittelt in ihre Nippel. Der Lustschmerz jagte erst durch die zarten Spitzen, breitete sich aus und erreichte schließlich ihre verlangend pochende Klit.

„Sag, Rebecca, ist deine Pussy bereits triefendnass für mich?" Unerbittlich waren seine Fingerspitzen und auch seine Arme, die sie an Ort und Stelle hielten, sodass sie keine Möglichkeit bekam, etwas gegen die beunruhigende Pein auszurichten, die sie so unbeschreiblich anmachte. Aus ihren zusammengepressten Lippen entwich ein Stöhnen, was ihm wiederum ein zufriedenklingendes Schnauben entlockte. Ein unglaubliches Brennen erfasste ihre Brustwarzen, das dennoch eine verstörende Erregung verursachte und stetig an Heftigkeit zunahm.

„Bitte, aufhören", flehte sie ungewollt. Er ließ es ihr durchgehen, dass sie gegen sein Sprechverbot verstieß, denn er spürte offensichtlich, dass sie nicht absichtlich um Gnade bettelte.

Vielleicht mochte er es auch, wenn sie ihn anflehte, ihren Stolz vergaß und sich ihm auf eine Weise hingab, die sie jedem anderen Mann verweigert hätte.

Er lockerte den Halt, ging stattdessen dazu über, erneut ihre Brüste zu massieren, fester, als er es vorhin getan hatte. Wenn er sie nicht gehalten hätte, wäre sie getaumelt. Feurige Nadeln schienen noch immer in die pochenden Spitzen einzudringen und dennoch sehnte sie es herbei, dass Gordon es abermals tat.

Und schon tat er es! Unerbittlich zupfte er an den schrecklich brennenden Warzen, kniff sie, bis ihre Augen sich mit Tränen füllten, doch ehe sie ihre Wangen hinabtropfen konnten, löste er den Druck und rieb mit dem Daumen ganz sanft über ihre überempfindlichen Nippel, während er mit den Lippen an ihrem Hals entlangglitt.

Die Zärtlichkeit nach der wundervollen Tortur ließ sie leise seufzen.

„Du hast meine Frage nicht beantwortet, Schiava."

Wenn sie bloß wüsste, was dieses wunderschön klingende Wort bedeutete und von welcher Frage sprach er? Wann hatte er diese gestellt?

„Aber ich werde mich gleich selbst davon überzeugen, wie nass du bist, ob dir der Schmerz gefallen hat, den ich dir zugefügt habe." Mittlerweile hatte er ihre Schultern gepackt und trat etwas zurück. „Rühr dich nicht", sagte er in einem samtigen Tonfall, der gerade dadurch besonders gefährlich wirkte.

Er ließ sie erst los, als sie in der Lage war, aus eigener Kraft zu stehen, umrundete sie und trat erneut hinter sie. Sein Atem traf auf ihren Nacken und sie erschauerte zum wiederholten Male. Bedächtig öffnete er den rückwärtigen Reißverschluss ihres Kleids, der zwei Handbreit unterhalb ihrer Schulterblätter anfing, und wie er es tat, war eine Liebkosung. Noch nie hatte ein Mann sie auf diese Weise entkleidet, vielmehr entblättert, als wäre sie ein kostbares, lang erwartetes Geschenk. Seine Knöchel streiften den unteren Teil ihrer Wirbelsäule entlang, bis zum Ansatz ihres Pos, während seine andere Hand auf ihrem Bauch lag. Gordon presste seine Lippen auf die Seite ihres Halses, küsste sie liebevoll.

„Ich kann deinen rasenden Puls spüren. Du bist unglaublich aufgeregt, meine kleine Wölfin."

Rebecca stieß einen zitternden Atemzug aus, wartete gespannt, was er als nächstes tun würde. Auch er nahm einen Atemzug, atmete tief ein, als wollte er ihren Geruch absorbieren, sie mit seinen Sinnen auskosten. Anschließend trat er vor sie, sah ihr geradewegs in die Augen und ging vor ihr in die Hocke, sodass er ihr das Kleid bis zu den Knöcheln ziehen konnte. Er leckte über ihren Bauchnabel und umfasste ihre Pobacken, nachdrücklich und fordernd. Sie starrte auf ihn herunter, auf den wilden Highlander, der unbezwingbar erschien, und der es sich zum Ziel gemacht hatte, sie zu zähmen. Gordon sah zu ihr hoch und lächelte sie an. Ein warmes Gefühl breitete sich in ihr aus, eines, das nichts mit der Hitze ihres Körpers gemeinsam hatte, sondern einen ganz anderen Grund besaß. Es war unerwartet und sie war zu aufgewühlt, um sich jetzt damit zu befassen.

Nachdem er sich aufgerichtet hatte, nahm er ihre rechte Hand in seine, gab ihr somit den nötigen Halt, sodass sie aus dem Kleid steigen konnte.

Noch immer waren seine starken Finger mit ihren verschlungen, als er einen Schritt zurücktrat, um ihren Busen zu betrachten.

„Du hast wunderschöne Brüste und deine Nippel ..." Die blauen Untiefen seiner Augen verschlangen sie. „... sind steif, dunkelrot und eine Zierde deines Körpers. So mag ich sie am liebsten. Der durchlittene Lustschmerz steht dir gut, Rebecca. Äußerst gut." Und dann beugte er sich vor und saugte zärtlich erst an ihrer rechten Brustwarze, anschließend an ihrer linken. Ihre Nippel, die sich vor ihm nie so empfindlich gezeigt hatten, schienen noch weiter anzuschwellen, als sich seine weichen Lippen um die pulsierenden Warzen schlossen und der herrliche Reiz ihr den Halt raubte, sodass sie strauchelte. Sofort umspannten seine Hände ihre Hüften, um ihr die dringend benötigte Stütze zu geben. Seine Zunge umspielte die wunden Spitzen, und da sie weiterhin schmerzten, fühlte es sich doppelt gut an. Gordon küsste sie anschließend auf den Mund, mit der gleichen Intensität wie er es vorhin gemacht hatte. Es war kein zögerliches Vorantasten, sondern eine Eroberung. Automatisch legte sie die Arme um ihn und spürte seine harten Gesäßmuskeln unter ihren Händen. Viel zu schnell war der schwindelerregende Kuss vorüber und seine Augen funkelten belustigt auf sie herab.

„Deinen Slip behalte ich für meine Sammlung. Er bekommt einen Ehrenplatz."

Falls das so weiterging, musste sie sich neue kaufen. Der Drang zu sprechen wurde immer größer und sie hätte nie gedacht, dass es ihr so schwer fallen würde, ihre Meinung für sich zu behalten. Aber seine amüsierte und beinahe gelassen wirkende Haltung täuschte sie nicht. Sie ahnte, dass er weder amüsiert noch gelassen darauf reagieren würde, sollte sie seinen Befehl missachten. Obwohl es sie nicht nur eine Menge kostete, sondern sowohl ihren Stolz als auch ihre Eigensinnigkeit torpedierte, war sie in diesem Moment nicht mutig genug, um herauszufinden, wie es sein würde, wenn er ihr den Arsch ernsthaft versohlte, und zwar solange bis sie heulte. Sie zweifelte nicht daran, dass es Gordon unglaublich reizte, genau das zu tun. Also presste sie ihre Lippen aufeinander, ballte ihre Hände zu Fäusten und bohrte sich ihre Fingernägel in die Handflächen.

Er hakte die Finger unter den Bund ihres schwarzen durchsichtigen Slips, streifte das zarte Material langsam über ihre Hüften und blieb in der Hocke, um die Riemen ihrer roten Schuhe zu öffnen.

„Du hast dich rasiert. Braves Kätzchen."

Sie hatte sich nicht nur rasiert, sie hatte zum ersten Mal in ihrem Leben Wachsstreifen benutzt, zwar nicht überall aber das war eine Erfahrung gewesen, die sie nie wieder erleben wollte.

„Sogar seidenweich." Seine Fingerkuppen streichelten über ihren Venushügel, berührten sie aber nicht dort, wo sie es am meisten herbeisehnte. Frustriert biss sie die Zähne zusammen. Er glitt mit der Hand ihr rechtes Bein entlang, bis er ihren Knöchel erreichte, und umfasste ihn. Er half ihr aus den Schuhen und stand auf.

Er ging zur L-förmigen Couch hinüber und holte eines der schwarzen Kissen, blieb dann anschließend einen Meter vor ihr stehen. „Knie dich hin." Spöttisch verließen die Wörter seinen Mund, als wüsste er genau, dass ihr diese Handlung widerstrebte. Das war doch total blöd! Warum sollte sie so etwas Sinnloses tun? Damit er sich überlegen fühlte? Dazu brauchte sie nicht vor ihm zu kauern, wie eine Sklavin ohne Rechte und die immer tun musste, was ihr Herr von ihr verlangte. Sie wollte das nicht!

Gordons Blick traf sie wie eine Urgewalt und er verbarg seinen Unwillen über ihr Zögern nicht. Sein Gesicht war absolut regungslos und das machte ihn umso gefährlicher. So würde er in einer Schlacht aussehen, kurz bevor er seinem Gegner mit einem Breitschwert den Kopf mit einem Schlag von den Schultern trennte. Sein Gegenüber würde es nicht kommen sehen. Instinktiv setzte sie an, vor ihm zurückzuweichen.

„Wag es nicht!" Sein schottischer Akzent verstärkte sich unter seinem Missfallen, und blaue Augen konnten sich tatsächlich in Gletscherseen verwandeln, die voller Eissplitter waren, welche in diesem Augenblick auf sie einprasselten und ihren Widerstand einfroren. Aber sie weigerte sich wie ein Gummiboot auf den Eisberg zuzusteuern, obwohl sie wusste, dass, egal wohin sie steuerte, Gordon ihr den Weg abschneiden würde. Gekonnt und skrupellos.

Aber einen Teufel würde sie tun und es ihm leicht machen!

Seine zuvor starre Mimik bewegte sich. Seine Augenbrauen hoben sich, und wenn sie ihn nicht anglotzen würde, als wäre er ein vom Himmel schwebendes Einhorn, hätte sie weder das bemerkt, noch das kaum wahrnehmbare Zucken seiner Mundwinkel. Vielleicht hätte sie dann auch nicht erfasst, wie sich seine Schultern anspannten, als machte er sich bereit, sich jeden Moment auf sie zu stürzen.

„Weißt du eigentlich, was du als leichtsinnige Sub damit anrichtest, mich auf eine derartig unpassende Weise mit deinem Blick anzugiften? Du hast bestimmt in der Zwischenzeit begriffen, dass ich kein feuchter Traum, sondern wirklich dominant bin, oder?"

Sub! Inzwischen hatte sie aus dem Internet gelernt, dass er kein Fast Food damit meinte, stattdessen stammte das Kürzel von dem englischen Wort *submissive* ab und bedeutete unter anderem: unterwürfig, gehorsam, gefügig. Das war sie alles nicht! Oder doch?

„Du darfst mir antworten, Schiava. Und um dich aufzuklären, Schiava bedeutet nichts anderes als Sklavin. Und jetzt knie dich hin." Den letzten Satz wisperte er betont geduldig und sie wusste nicht warum, aber ihre gerade etwas abgeebbte Erregung kletterte auf ungeahnte Höhen. Musste ihre Klit dermaßen pochen? Wieso war sie so scharf auf ihn, obwohl er Dinge von ihr verlangte, die ihr widerstrebten?

Sklavin! So hatte er sich das also vorgestellt. Er wollte sie kriecherisch und kauernd haben.

Er starrte selbst im Stehen auf sie herab, doch sie versuchte sich davon nicht beeindrucken zu lassen. Zudem schien er im Geiste nicht von zehn rückwärts zu zählen, sondern von hundert.

„Du hast zwei Optionen, entweder kniest du dich freiwillig auf das Kissen und ich erkläre dir, warum ich diese Position von dir einfordere oder ich lege dir ein Halsband um, zwinge dich auf den harten Boden und du bekommst keine Erklärung, stattdessen eine Bestrafung, die deinen kindischen Trotz förmlich explodieren lässt, bis du mir den nötigen Respekt zollst."

Rebecca fand gerade heraus, dass man Ungeduld wahrhaftig auf der Haut spüren konnte und das dieser leise Tonfall sie nervöser machte, als wenn Gordon sie angeschrien hätte. Würde er es wirklich durchziehen, sie auf die Knie zwingen und sie züchtigen, weil sie ihm nicht gehorchte? Sein Wangenmuskel zuckte. Und ehe sie wusste, was sie tat, riss sie ihm das Kissen aus der Hand, ließ es vor sich auf die Dielen fallen und plumpste anschließend darauf.

„Du siehst aus wie ein Sack Kartoffeln. Nimm gefälligst Haltung an, Rücken durchgestreckt, Po auf die Fersen, Beine leicht gespreizt und leg die Handflächen auf deine Oberschenkel."

„Wie du es wünscht, Imperator."

Gordon ließ sich nicht zu einer Reaktion hinreißen, aber sie ahnte, dass auch diese Unverschämtheit seinen Weg in das Notizbuch finden würde. Sie nahm die geforderte Position ein. „Darf ich zu dir hochsehen?"

„Sir!"

Was?!

Missbilligend runzelte er die Stirn und er wirkte, als wäre er bei seinem inneren Runterzählen bei minus fünfzig angekommen. Das war doch noch alberner als vor ihm zu kauern. Aber sie kauerte ja nicht, eigentlich war es eine schöne Position, die ihr irgendwie gefiel.

„Darf ich zu dir hochsehen, Sir?" Sollte er doch daran ersticken, wenn er der Meinung war, dass er so ein albernes Wort für sein Ego brauchte.

„Ja." Er umrundete sie, langsam und lautlos. Rebecca konnte sich kaum davon abhalten, sich zu drehen und zu winden, sodass sie ihn nicht aus ihrem Blickfeld verlor. Doch das verging und allmählich spürte sie eine Ruhe, die sie ganz bedächtig erfasste, als würden Schneeflocken über ihr schweben und auf sie rieseln. Mittlerweile stand Gordon vor ihr.

„Hast du einen Mann noch nie einen geblasen, während du vor ihm gekniet hast?"

„Doch, aber ..."

Er räusperte sich.

„Ja, das habe ich, Sir."

Innerlich rollte sie mit den Augen.

„Schon besser."

Sie sah auf seine nackten Füße, die dicht vor ihr waren. Mit Absicht stand er so nah vor ihr, denn wenn sie ihm jetzt ins Gesicht sehen wollte, musste sie den Kopf weit in den Nacken legen.

„Und das hat dir nichts ausgemacht, nicht wahr? Aber vor mir zu knien, weil es mich erfreut und dich beruhigt, zudem uns beide stolz macht, widerstrebt dir." Es war keine Frage, vielmehr eine Feststellung.

Beruhigt und stolz waren die Wörter, die sie am meisten beschäftigten, da es stimmte, was er sagte.

„Du warst gerade sehr aufgeregt, Rebecca, hattest eine starke Angst davor, dass ich dich schlagen könnte, ohne dich auf mich vorzubereiten, aber seitdem du eine devote Haltung eingenommen hast, hat sich diese unbegründete Furcht nahezu aufgelöst. Ist dem nicht so?"

Nun sah sie doch zu ihm hoch und die ihr entgegenschlagende verständnisvolle Wärme trieb ihr überraschenderweise Tränen in die Augen. Es gab nur eine Antwort auf seine Frage und vom Lügen hatte sie wahrhaft genug für ihr restliches Leben.

„Du hast recht, Sir." Und irgendwie passte der Titel zu dem Satz, zu ihm und auch ... zu ihr in dieser Situation.

Er ging vor ihr in die Hocke und umfasste ihre Wangen mit beiden Händen. „Ich bitte dich nicht vor mir zu kauern, weil ich dich respektlos behandle, du sollst vor mir thronen, wie es sich für eine selbstbewusste Sub gehört. Ich stehle dir nicht deine Persönlichkeit, Rebecca."

Thronen wäre nicht das Wort ihrer Wahl gewesen, aber kauern war viel unpassender. Seine Hände waren unfassbar zärtlich und er hielt sie, als würde er sie über alles andere stellen.

„So ist es gut, meine tapfere Wölfin." Zuerst begriff sie nicht, was er meinte, doch als er mit den Daumen ihre Tränen wegwischte, die ihre Wangen hinabtropften, verstand sie es. Sie begann eine einzigartige Bindung zu ihm aufzubauen, die sie vor ihm nicht gekannt hatte. Sie fühlte sich unglaublich emotional, wurde förmlich von ihren Gefühlen überrollt.

„Du bist, ohne es zu wissen, ein wunderschöner Rohdiamant. Wenn du es mir erlaubst, bringe ich dich so zum Strahlen, wie du es nicht für möglich gehalten hättest, ehe du mich kennengelernt hast."

Sie konnte ihm seine Arroganz nicht zum Vorwurf machen, denn genau diese Selbstsicherheit war es, die sie magisch anzog, so sehr, dass sie sich unbewusst nach vorne lehnte.

„Vertrau mir, kleine Wölfin. Lass es zu, dass jemand anderes die Verantwortung für dich übernimmt. Du wirst feststellen, dass es erleichternd und befreiend ist."

Rebecca erkannte, dass er sie gehenlassen würde, falls sie jetzt darauf bestand und er würde sich dennoch an ihr Arrangement halten.

„Ich ..." Sie schluckte, während er sie hielt und sie so unglaublich liebevoll ansah. „Bitte tu mit mir, was du für richtig hältst, Si ... Master."

Sir wirkte auf einmal zu unpersönlich, im Gegensatz zu Master. Er schenkte ihr ein Lächeln, das ihre plötzliche Unsicherheit in Luft auflöste, weil sie ihn so genannt hatte.

„Dann soll es so sein. Bleib bitte knien und denke über meine Worte nach, dass du kostbar bist und auch wenn du mir deine demütige Natur zeigst, dennoch keine Fußmatte für mich bist."

Er war sich nicht zu schade, Bitte zu sagen, obwohl das Wort nur eine Ummantelung für seine Unerbittlichkeit darstellte.

„Ich hole mir ein paar Dinge, die ich heute gerne bei dir anwenden möchte."

Dinge?!

Die Wärme seiner Handflächen verblieb auf ihrer Haut, wenngleich er sich längst aufgerichtet und sich von ihr fortbewegt hatte. Er war irgendwo hinter ihr und sie hörte, dass er einen Schrank öffnete.

Was holte er? Jedes Geräusch, jedes Wort und jede Handlung von ihm setzten in ihr eine Kettenreaktion in Gang, die sowohl ihre Fantasie als auch ihren Körper anregte. Rebecca versuchte gleichmäßig zu atmen, in sich hineinzuhorchen, anstatt auf das was Gordon tat, aber es erschien zuerst unmöglich. Doch umso mehr Zeit er sich ließ, desto ruhiger wurde sie, genau, wie er es gesagt hatte. Ob er sie in diesem Moment ansah? Ihm zusagte, was er erspähte? Sie konnte nichts dagegen tun, dass sie sich auf einmal sexy fühlte, es ihr sogar gefiel, auf ihren Master ergeben zu warten. Ja, Gordon war ein Master und sie vermutete, dass er sehr erfahren auf diesem Gebiet war, im Gegensatz zu ihr. Warum hatte er sie nicht abgewiesen, wo er doch bestimmt Frauen haben konnte, die besser zu seinen Bedürfnissen passten, die auf Anhieb verstanden, was er von ihnen erwartete und die seine Order nicht infrage stellten?

Seine Fußsohlen wisperten über die Dielen und er lief an ihr vorbei und legte mehrere Sachen auf den Tisch. Ob auch ein Rohrstock darunter war? Sie konnte es nicht sehen und die kurz gefühlte Ruhe stob unter kreischendem Getöse davon.

Er stand inzwischen vor ihr und sie verspürte das unglaubliche Bedürfnis ihr Gesicht an sein Bein zu schmiegen, seine Hand auf ihrem Kopf zu fühlen und dass er ihr versicherte, dass sie keine Angst zu haben brauchte. Als könnte er diesen Gedanken wirklich erfassen, überbrückte er die wenigen Zentimeter, die sie von ihm trennten.

„Gib mir deine Hände, kleine Wölfin."

Fest, warm und tröstlich umschloss er sie mit seinen und gab ihr mit leichtem Druck zu verstehen, dass sie aufstehen sollte. Sie war so verkrampft, dass er sie förmlich auf die Füße ziehen musste. Kaum, dass sie vor ihm stand, umarmte er sie und küsste sie auf den Scheitel. „Wie gehorsam du sein kannst, wenn du dir ein wenig Mühe gibst. Und jetzt nimm das Kissen für deinen Kopf und lege dich auf den Tisch."

Eine makellos weiße Tischdecke zierte das Möbelstück und sie starrte auf die hellblauen Utensilien, die er dorthin gelegt hatte: einen Vibrator und zwei weitere Sextoys, von denen sie keine Ahnung hatte, was genau man damit machte. Das eine aus einem geriffelten Material und in der Mitte gebogen. Das andere war ein Dildo, allerdings mit zwei Enden, die man einführen konnte.

„Was hast du …" Sie verstummte unter der Wucht seines Blickes, bückte sich und hob das Kissen auf. Wortlos umfasste er sie an der Taille und hob sie auf die Platte.

„Zurücklegen." Er war es, der das Kissen unter ihren Kopf schob. „Ich werde dich jetzt untersuchen, Schiava und dafür sorgen, dass es dir sehr gefallen wird."

Erst jetzt war sie sich der Tatsache richtig bewusst, dass er vollkommen bekleidet war, im Gegensatz zu ihr.

Untersuchen?

„Du bist jetzt still, es sei denn, ich stelle dir eine Frage." Er lächelte sie an und es war ein warnendes Lächeln, eines, dem sie sich nicht zu widersetzen wagte. Ihre Beine baumelten von der Kante und ihr Herz schlug so stark, dass er es sehen musste. „Ich werde herausfinden, wie einfach du zum Orgasmus kommst, ob du mehrere Male hintereinanderkommen kannst, und wie du auf eine anale Stimulation reagierst, wie sehr es dich anmacht, wenn ich deine Schamlippen spreize, um dich ganz und gar für mich zu entblößen, sodass ich alles von dir erfassen kann."

Oh! Ein Kopfkino jagte das nächste.

Er beugte sich vor und stützte seine Hände neben ihrem Kopf ab, bekräftigte damit ihre absolut hilflose, unterlegene Position. Pures, animalisches Verlangen auf ihn raste durch ihren Körper, sammelte sich zwischen ihren Beinen, und wenn er sie auf der Stelle ficken wollte, würde er sie nass, bereit und überaus willig vorfinden. Jeder andere Mann, mit dem sie bis jetzt intim gewesen war, hätte genau das getan. Gordon jedoch trachtete danach, sie … zu untersuchen! Ihr Gehirn versuchte noch immer zu erfassen, was für lustvolle Szenarien er mit ihr vorhatte, die zugleich erschreckend erschienen. „Deine Augen sprechen Bände, Rebecca. Du bist verflucht erregt und doch … hast du Angst. Perfekt."

Perfekt?

Er richtete sich auf, sein Blick hielt ihren fest und sie war mit ihm verbunden, auf eine emotionale Weise, die so tief ging, dass es sie erschreckte.

„Spreiz deine Schenkel für mich, schön weit."

Oh Gott!

„Hier ist kein Raum für Zurückhaltung. Zeig mir, wie wundervoll du in deiner Hingabe bist."

Was würde er tun, wenn sie sich widersetzte?

*Finde das ein anderes Mal heraus. So entschlossen, wie er aussieht, wird er dich wie eine Weihnachtsgans zerpflücken und dich dann genüsslich verspeisen. Und er wird sich Zeit dabei lassen, besonders bei deinen Innereien.*

Sie befolgte seinen Befehl und schloss die Lider, als sie sich ihm darbot, spürte entsetzt, dass ihre Beine, ihr Bauch und ihre Hände zitterten.

„Sieh mich an, Rebecca."

Ihr Atemzug stockte ihr in der Brust, ehe er sich den Weg bahnte und sie der eigenartige Eindruck überwältigte, dass die Zeit für ein paar Sekundenbruchteile ebenso den Atem anhielt. Sie brauchte ihre ganze Willenskraft, um ihre Augen zu öffnen, nur um in seine zu starren, die sie mit einer Eindringlichkeit musterten, die ihr nicht nur die Hitze in die Wangen trieb, sondern in Körperstellen, die enthüllt vor ihm lagen. Sie war ein Geschenk – sein Geschenk und er gedachte es schonungslos auszupacken.

„Du bist wunderschön, Rebecca. Und so Pink, nicht nur im Gesicht."

Oh bitte! Im Moment waren es nicht ihre Wangen, denen er seine ungeteilte Aufmerksamkeit widmete. Sie presste ihre Handflächen neben sich auf die Tischdecke, um ein wenig dringend benötigten Halt zu finden. Allerdings fand sie keinen.

„Du scheinst mir äußerst nervös zu sein, wenn ich das Beben deines Körpers in Betracht ziehe." Er platzierte seine linke Hand flach auf ihrem Bauch und führte etwas Druck aus, sodass die Schwere seiner Berührung tiefer sickerte. „Du hast auch jeden Grund dazu, denn schließlich hast du mich oft genug gereizt, mit voller Absicht, nicht wahr?"

Hatte er ihr nicht vorhin verboten sich zu äußern? Konnte der verdammte Highlander sich nicht entscheiden, was er eigentlich wollte?

Seine Iriden nahmen dieses Gletscherblau an und sie fragte sich, wie er das machte.

„Wie ich bereits sagte, sollst du mir antworten, wenn ich dir eine Frage stelle, kleine Wölfin. Allerdings warne ich dich davor, mich anzulügen."

Sehr großzügig! Jedem anderen Kerl hätte sie eine unbedachte Äußerung an den Kopf geworfen, doch er stand so reglos vor ihr, demonstrierte eine Selbstbeherrschung, die nur ein Narr herausgefordert hätte. *Antworten, du musst antworten!*

Gordon trommelte inzwischen mit den Fingerspitzen auf ihren Venushügel, langsam und sanft und verflucht furchterregend.

„Es macht mir Spaß, dich zu reizen", sagte sie mit einer Stimme, die sie nicht von sich kannte, so zittrig war sie. „Master." Vielleicht konnte sie ihn ein wenig besänftigen.

„Ich weiß." Er grinste so breit, dass seine Zähne weiß blitzten.

„Aber ich wollte zuerst nicht wahrhaben, dass du ein Mann bist, der wirklich BDSM praktiziert. Doch geahnt habe ich es, von der Sekunde an, in der du mir das erste Mal in die Augen gesehen hast. Das wird mir allerdings erst jetzt klar."

„Solch einen Eindruck habe ich bei dir hinterlassen?"

Als ob er sich dessen nicht zu hundert Prozent sicher wäre, der arrogante unwiderstehliche unglaublich anziehende Highlander. Er rutschte mit der Hand tiefer, bis er ihre Klit erreichte und sie zunächst nur streifte. Hätte er sie nicht an Ort und Stelle gehalten, wäre sie hochgehüpft.

„Sachte, Wölfin. Für heute verzichte ich auf eine Fesselung, daher erwarte ich ein Mindestmaß an Beherrschung von dir." Er leckte sich über die Unterlippe. „Ich mag es, wenn meine Sub aus den richtigen Gründen vor mir erzittert, bebt, sich windet und weint, schreit. All das macht meinen Schwanz hart."

Was gedachte er zu tun, damit sie weinte und schrie? Doch sie konnte diese schaurig-schöne Fantasie nicht weiter verfolgen, da er mit zwei Fingern ihre Lustperle massierte, in kreisenden Bewegungen, die sie bis tief in ihr Geschlecht spürte.

„Du bist so nass, Schiava, ein Resultat auf den Zwang, den ich auf dich ausübe, damit du dich mir unterwirfst. Dein Unterbewusstsein genießt es ebenso wie deine Pussy und deine Nippel."

Ob er immer so viel redete? Oder tat er es nur, weil sie so unerfahren war? Sie tippte auf das Zweite.

„Du brauchst dich heute nicht zurückzuhalten, und solltest du es versuchen ..." Dieses Lächeln schmückte seine Mundwinkel. „... dann findest du schneller heraus als dir lieb ist, dass es nicht ratsam ist, mich zu erzürnen. Lass dich einfach fallen. Ich werde immer für dich da sein, um dich aufzufangen. Vielleicht nicht immer sanft, doch immer so, wie du es benötigst."

Seine Stimme verblasste in den Hintergrund, als ihr Leib auf seine Handlungen mit einer Heftigkeit reagierte, die sie auf die Knie gezwungen hätte, falls sie stehen würde. Er küsste die Innenseiten ihrer Oberschenkel, seine Lippen ein verführerisches Flattern auf ihrer Haut, seine Zunge eine heiße Versuchung und sie wollte sich lieber nicht ausmalen, wie es sich anfühlte, wenn er sie an einer weitaus intimeren Stelle leckte. Sie keuchte auf, sobald er einen Finger in ihre Spalte schob und ihr das Gefühl vermittelte, als wäre ihr Geschlecht ebenso geschwollen wie es ihre Brustwarzen waren, die weiterhin herrlich pochten, von der herrlichen Pein, die Gordon ihnen vorhin angetan hatte. Er schien ihre Reaktionen zu trinken, sie zu absorbieren, als würden sie ihn nähren. Das machte das Ganze weitaus durchdringender, als es ohnehin schon war – eine noch nie zuvor erfahrene Intimität, die Gordon von ihr einforderte und auch erhielt. Rebecca schaffte es nicht, sich zu sammeln, ihm die geringste Kleinigkeit entgegenzusetzen.

Sein Daumen presste auf ihre Klitoris und umkreiste sie zugleich, während er sie mit zwei Fingern ... fickte. Der Orgasmus baute sich unglaublich schnell auf und vielleicht hätte sie ihre Erfüllung ein wenig hinauszögern können, wenn er nicht in diesem Augenblick angefangen hätte, ihre wunden Nippel hart zu zwicken, sie herrlich zu zupfen, bis sich alle Sinnesreize miteinander vermischten, sowohl die körperlichen als auch die emotionalen. Seine Finger, die ihre Knospen herrlich marterten, gingen ein Bündnis mit ihrer Klit ein. Lustschmerz und pures Vergnügen verwandelten sich in eine Gier, die ihren menschlichen Verstand ausschaltete, bis sie einfach alles dafür tun würde, um ihre Erfüllung zu erlangen. Nur das zählte, dass das schreckliche Pochen in einem Orgasmus gipfelte. Es war ihr in diesem Moment egal, dass er sie anstarrte, jede Regung von ihr erfasste, weil es ihm Lust bereitete, wenn er sie beobachtete. Für ihn beschränkte sich der Sex nicht auf ein kurzes Vorspiel und auf den eigentlichen Akt. Gordon zelebrierte ihren Körper und ihre Erfüllung derart, dass sie einfach nachgab, da es die einzige Wahl war, die er ihr ließ. Sie hörte auf zu kämpfen, gegen ihn und vordergründlich gegen sich selbst, während ihr Höhepunkt, ausgehend von seinen Händen, aber auch seines Blickes, durch ihren Leib strömte. Sie konnte ihre Augen nicht mehr aufhalten, als sie unter seinen Stimulationen zuckte, sich aufbäumte und schrie, etwas, das ihr normalerweise nur ein Liebhaber entreißen konnte, den sie lange kannte. Gordon drängte sich an diesen Platz, mit einer süßen Gewalt, die ihr nicht nur buchstäblich die Sinne raubte.

Er gewährte ihr keinen Raum, um ihn auf Abstand zu halten und verstärkte diese verrückte Bindung, die sie im Nachhinein betrachtet, beinahe augenblicklich bei ihm gefühlt hatte. Richtig klar wurde es ihr in diesem Moment, als ihre Klitoris unter seinem Daumen zuckte, sich ihr Inneres um seine Finger zusammenzog und das köstlichste aller körperlich möglichen Empfindungen ihr Gehirn leer fegte, bis ein unglaubliches Glücksgefühl sie packte und schlussendlich langsam abebbte.

„Sieh mich an, Wölfin", befahl er ihr mit dieser sanften Tonlage, die diesmal allerdings einen rauen Unterton aufwies. Sie traf seinen wissenden Blick und Scham wollte sie unbedingt befallen, angesichts ihrer ungezügelten Reaktionen.

„Wunderschön, wie du gekommen bist, zudem ziemlich schnell. Das gefällt mir." Er zog seine Hände zurück und umfasste stattdessen ihre Knie. „Du rührst dich nicht von der Stelle, versuchst nicht, mir deine Ansicht zu verwehren. Wir sind längst nicht am Ende meiner ... Untersuchung angekommen."

Er nahm eine Flasche, die an der Seite des Tisches stand, und hob noch etwas anderes auf, das sie nicht erkennen konnte. Gordon kehrte zu ihr zurück, und als sie nach dem Wasser greifen wollte, sah er sie tadelnd an, sodass sie augenblicklich ihre Handflächen auf die Tischplatte presste. Er umfasste ihren Nacken, hob ihren Kopf genügend an, damit sie mithilfe des Strohhalms trinken konnte. Er ließ sie die Hälfte der Halbliterflasche austrinken, ehe er sie ihr fortnahm.

„Danke, Master", sagte sie unbewusst und sie meinte nicht nur die Erfrischung, die sie so dringend gebraucht hatte.

„Wenn du gefickt wirst, kommst du dann mehrere Male hintereinander?"

Rebecca musterte die weiße Zimmerdecke und er kniff ihr nachdrücklich in die Innenseite ihres rechten Oberschenkels.

Au!

„Ich ... ich bin froh, wenn ich es einmal schaffe. Und das hat mir bis jetzt auch immer gereicht."

„Das ist sehr schade. Doch aufgeschoben ist nicht aufgehoben." Er zeigte ihr, was er noch geholt hatte. Es war eine Plastikflasche mit einem Pumpverschluss. Was hatte er mit Flüssigseife vor?

„Das ist Gleitgel. Du bist zwar ungemein nass, aber das macht das Einführen der Sextoys einfacher."

Kaum hatte er es ausgesprochen, drückte er auf die Vorrichtung, bis eine ziemlich große Menge Gel auf seine Hand tropfte. Er wollte ihr doch nicht dieses lange flexible Ding in den Po schieben?

Er presste die Lippen aufeinander, als müsste er ein Lachen unterdrücken. Das Verlangen, ihre Schenkel aneinanderzupressen, um ihm sein Vorhaben zu verweigern, befiel sie, allerdings erstarrte sie in der Bewegung, als sie seinen Blick bemerkte, der sie förmlich in das Möbelstück stampfte.

„Nicht doch, Schiava. Du möchtest keinesfalls, dass ich eine Spreizstange und ein Paar Handgelenksmanschetten hole, um deine Kooperation sicherzustellen. Oder?"

Als Antwort spreizte sie die Beine weiter.

„Zuerst nur für deine Pussy", erklärte er ihr in dem Moment, als er das kühle Zeug, zuerst auf ihren Schamlippen und dann auf ihrer Klit verteilte. Sie schaffte es tatsächlich ihre Haltung beizubehalten, als er ihre überempfindliche Perle damit massierte, zwar nur leicht, aber es fühlte sich im Moment alles andere als angenehm an. Er konnte das mit den multiplen Orgasmen vergessen. Selbst er würde es nicht schaffen, dass sie seine Berührungen als lustvoll empfand. Seine Finger glitten mit Leichtigkeit in sie hinein, dehnten sie vorsichtig und eine Stelle in ihrem Inneren schien besonders sensibel zu sein. Er merkte es und grinste sie triumphierend an.

„Dein erregter Zustand hat deine Klitoris hübsch anschwellen lassen und das ist perfekt für den Spreizer, den ich jetzt in deine Vagina einführen werde."

Vagina!

Das Wort aus dem Mund eines Mannes zu hören war ungewohnt, aber bei ihm alles andere als unerotisch. Er griff nach dem Sextoy und sie hatte keine Ahnung, was genau er damit zu tun gedachte.

„Du brauchst keine Angst zu haben. All die Spielzeuge, die ich bei dir verwende, sind neu, aus medizinischem Silikon und sie können dich nicht verletzen. Zudem kann ich mit ihnen umgehen. Vertrau mir, Rebecca. Okay?"

Das Vertrauen war die Schnittstelle, die sie miteinander verband und sie ahnte, dass diese Empfindung die war, die für Gordon am wichtigsten war. Allerdings wollte er nicht, dass sie ihn anlog und etwas behauptete, das sie nicht fühlte.

„Ich vertrau dir, Master." So sehr.

Konnten Augen wie Sterne leuchten? Seine taten es, nachdem sie gesprochen hatte.

„Entspann dich, Rebecca."

„Tu mir bitte nicht weh."

„Keine Angst, Schmerz hebe ich mir für später auf, Wölfin. Ich verspreche dir, dass du, solange du heute auf meinem Tisch liegst, keine Qual verspüren wirst, sondern das Gegenteil."

Für später? Der Gedanke löste sich auf, obwohl ihr Verstand ihr befahl, sich ausgiebig mit ihm zu befassen, allerdings ließ Gordon ihr keine Zeit, sich in eine Panik zu steigern. Er sah ihr zuerst zwischen die Beine, ehe er sie ein wenig nach vorne zog, sodass er besseren Zugriff erhielt. Sie hatte damit gerechnet, dass er die beiden Enden in sie einführen würde, stattdessen schob er die gebogene Stelle in sie hinein, nicht allzu tief, genau bis zu dem Punkt, der so ein eigenartiges Gefühl in ihr auslöste, so als müsste sie nötig auf die Toilette, aber in diesem Fall war es durchaus angenehm. Und dann bog er die Enden auseinander. Erst jetzt wurde ihr bewusst, was er mit *Spreizen* gemeint hatte. Gordon konnte wirklich alles von ihr *dort unten* sehen, und wenn sie sein Minenspiel korrekt deutete, machte ihn der Anblick verdammt scharf, was wiederum ihre Erregung erneut anfachte.

„Sitzt das Toy an der richtigen Stelle? Törnt es dich an?"

„Ich glaube schon, dass es richtig sitzt." Sie spürte, wie eine unfassbare Hitze ihre Wangen entflammte, die allein seinem durchdringenden Blick geschuldet war.

„Die zweite Frage brauchst du nicht zu beantworten. Ich sehe dir deutlich an, dass das Spiel mit deiner Hemmschwelle dich sehr stark erregt. Zweifelslos!" Er lächelte sie unverschämt sexy an. „Du siehst unglaublich geil aus. Deine Hingabe steht dir, Rebecca." Er beugte sich vor, packte ihr Haar und hielt sie in einem eisernen Griff, bevor seine Lippen auf ihre krachten, er sie küsste, bis sie nur noch danach gierte, dass er sie jetzt fickte, hart und schonungslos. Sie musste es gemurmelt haben, nachdem er sich von ihr gelöst hatte. Amüsiert streichelte ihre Haare nach hinten, linderte somit das leichte Brennen, das er verursacht hatte.

„Ich bin noch lange nicht fertig mit deiner Untersuchung, und wenn ich dich später ficke, wirst du nicht mehr auf diesem Tisch liegen."

Die Doppeldeutigkeit seiner Worte jagte ein Flattern durch ihre Bauchmuskeln, das bis in ihr Geschlecht reichte. Bevor er sie mit seinem Schwanz nahm, wollte er sie bestrafen, sie züchtigen und er wollte, dass sie es wusste.

Oh, bitte!

Doch wieder einmal setzte ihr Gehirn aus, denn er richtete sich auf und nahm den hellblauen Vibrator in die Hand. Anscheinend mochte er auch bei seinen Spielzeugen keine zusammengewürfelten Farben. Er schaltete ihn ein und sie krallte ihre Finger in die Tischdecke, als er die Spitze auf ihre Klit presste. Durch ihre gespreizten Schamlippen lag diese ungeschützt vor ihm und das spürte Rebecca deutlich. Die starke Stimulation war unerträglich schön, beinahe schmerzhaft. Sie konnte nicht stillhalten, versuchte sich aufzubäumen. Gordon ermahnte sie, mit einer Stimme, die so autoritär war, dass sie trotz ihrer

Verzweiflung nun alles tat, um seinem Befehl nachzukommen.

„Wenn du dich nicht zügeln kannst, fessle ich dich. Möchtest du das?"

Am liebsten hätte sie ihn angebettelt, es zu tun. Doch sie litt manchmal an leichter Platzangst und noch mehr Reize, die sie verarbeiten müsste, erschienen ihr zu gewaltig. Sie war kaum in der Lage damit umzugehen, was er ihr im Moment antat. Alles von sich überließ sie ihm und seine gekonnten Verführungskünste verwandelten sie in seine Sklavin, in seine Schiava, die nur danach trachtete, dass er sie zum Orgasmus brachte. Ihr war es schlichtweg gleichgültig, was er dazu anwenden musste, um das gemeinsame Ziel zu erreichen. In diesem Augenblick wäre sie sogar auf dem Boden herumgekrochen, ohne jegliche Würde, wenn er sie nur von der entsetzlichen Gier befreite, die ihr vor einigen Minuten als unmöglich erschienen war. Zudem war es egal, ob ihr Master sie fesselte oder nicht, in beiden Fällen war sie seiner Gnade ausgeliefert und zum ersten Mal in ihrem Leben störte es Rebecca nicht, sondern es berauschte sie. Er hielt die Spitze des Sextoys ruhig auf ihrer Klit, führte keinen Druck aus, aber traf zielgerichtet auf den empfindlichsten Punkt, auf diesen übersensiblen Nervenknoten.

„Ich weiß, dass du gedacht hast, du könntest nicht erneut kommen. Das war ein Irrtum, nicht wahr?"

Das Gesprochene rauschte an ihr vorbei und er erwartete doch nicht ernsthaft, dass sie ihm antwortete! „Rebecca", knurrte er, wie der Wolf, der er war.

„Ja ... oh ... oh Gott ... Master."

Er lachte tatsächlich über ihren verzweifelten Ausbruch und es war kein Pulsieren, das sie diesmal überrollte, stattdessen ein ziehendes wunderbares Gefühl, das schlussendlich in einem Zucken endete. Und jetzt bäumte sie sich doch auf, packte seinen Unterarm mit einer Hand, und die schiere Kraft, über die er verfügte, strömte durch sie, genau, wie es die Sättigung tat. Erst als der Orgasmus der

Orgasmen abebbte, schaltete er das Toy aus. Vor Gordon hätte sie dieses Szenario für unmöglich gehalten, auch nicht, dass ein Vibrator derart intim und erfüllend sein könnte, denn was er gerade mit ihr machte, könnte nicht persönlicher sein.

Er legte das Toy zur Seite und stützte sich mit den Händen neben ihren Schultern ab. Sie war so müde, würde sich am liebsten auf die Couch legen und einschlafen, obwohl ihr Herzschlag weit davon entfernt war, ruhig und gleichmäßig zu schlagen.

„Du siehst etwas mitgenommen aus." Seine Augen funkelten und verhießen nichts Gutes. „Aber wir müssen noch herausfinden, wie du auf anale Stimulation reagierst. Hat dich schon mal ein Mann in den Arsch gefickt? Oder dir zumindest einen Finger in deinen Anus gesteckt, als er dich von hinten genommen hat?"

Nur *ER* konnte ihr derart unmögliche peinliche Fragen stellen, während sie kaum in der Lage war zu sprechen. Und er würde sich nicht mit ihrem Schweigen zufriedengeben. Sollte sie dennoch daran festhalten, würde er bestimmt eine Methode parat haben, um sie zum Reden zu zwingen.

„Ja. Einmal mit dem Finger. Es hat mir jedoch nicht gefallen." Es war ihr mehr als unangenehm gewesen.

„Warum hat es dir nicht gefallen?"

Was sollte sie darauf erwidern? Rebecca kannte die Antwort und auch Gordon, wenn sie seinen amüsierten Gesichtsausdruck richtig interpretierte. Weder lächelte er noch lachte er, aber das Funkeln in den blauen Abgründen seiner Augen verriet ihn. Es war der Hohn schlechthin – eine Lüge hatte sie in die Arme des Mannes getrieben, der keine Lügen tolerierte. Selbst ein innerliches Zurückweichen war zum Scheitern verurteilt, denn Gordon erreichte nicht nur ihren Körper mit seinen geschickten Verführungskünsten, er drang viel tiefer, ging gründlich dabei vor und erfasste jede Regung von ihr, sogar die, die sie zu spät oder gar nicht bemerkte. Er war wie ein Sensor, der sie vorsichtig und sorgfältig abtastete.

„Sag es mir, Rebecca. Auch wenn du jetzt schweigst, werde ich tun, was ich vorhatte. Mir entgeht keine erogene Zone an deinem Körper. Doch trotziges Verhalten von dir, bleibt nicht ohne Konsequenzen, ein Umstand, den du anscheinend nicht richtig begreifen willst."

Bei jedem anderen Mann wäre das Streicheln ihrer Schlüsselbeine beiläufig gewesen, eine Liebkosung ohne Bedeutung. Jedoch nicht bei ihm! Er berührte sie, um diese seltsame Verbindung, die er zu ihr aufgebaut hatte, zu verstärken, sie zu beruhigen, aber auch um sie daran zu erinnern, dass er der Master in diesem Arrangement war. Gordon beugte sich etwas tiefer, sodass sein Atem über ihr Gesicht fächelte und sein Blick sie in ein erneutes Gefühlschaos stürzte. Sie sollte sich bedrängt fühlen, allerdings schlug ihr Herz nicht wie verrückt, da sie sich unwohl fühlte. Nein, das Wummern demonstrierte ihr deutlich, wie sehr Gordon sie beeindruckte, reizte und erregte.

„Rebecca", ermahnte er sie in diesem schmelzenden Tonfall.

„Es war mir unangenehm, weil es ... es mich so angemacht hat. Und ich habe ihm nicht genug vertraut, um ein derart intimes Eindringen wirklich zu genießen."

„Aber mir vertraust du." Er formulierte es nicht als Frage und lächelte sie dabei an, auch das war schmelzend, nur auf eine ganz andere Weise. Seine Lippen streiften ihre, so unglaublich zärtlich. Dieser Highlander hatte ihren Verstand entführt und kein Lösegeld würde ihn dazu veranlassen, seine Geisel freizulassen. „Ich verspreche dir, dass es dir gefallen wird, vor allem da ich jetzt weiß, dass der Gedanke und das tatsächliche Empfinden einer analen Stimulation dich sehr erregt, aber auch beschämt." Erneut streiften seine Lippen ihre, sodass sie mehr davon wollte. „Und ich liebe es, wenn du dich schämst."

„Das Gegenteil hätte mich erstaunt", wisperte sie, in einem Anfall von Mut, der genauso lange anhielt, wie es dauerte, den Satz zu stammeln.

„Kleine Wölfin." Er zog mit seinem Mund eine prickelnde Spur über ihren Leib und alles, was er so schrecklich sanft berührte, verursachte ein Flattern in den jeweiligen Nervenenden. Als er ihren Venushügel erreichte, sah er sie an. „Lecken tu ich dich ein anderes Mal, und du wirst mich anflehen, dass ich es tue. Auf den Knien und in einer Haltung, die sich nicht nur auf deinen wunderschönen Körper beschränkt, sondern die bis in das Innerste zu dir vordringt und du es ehrlich meinst. Und das wirst du. Da bin ich mir ganz sicher."

Gordon ließ ihr keine Zeit, seine Worte zu kommentieren, sich mit ihnen zu beschäftigen, sie auseinanderzudröseln, bis sie sich selbst davon überzeugte, dass sie es niemals tun würde. Gordon griff nach dem letzten Sextoy, das wie ein seltsam gebogener Dildo mit zwei unterschiedlich dicken Enden aussah. Ihr Nacken schmerzte, weil sie ihren Kopf ständig anhob, um zu sehen, was er machte. Inzwischen wusste sie, dass das angedeutete Lächeln ein Zeichen auf ihre offensichtlichen Reaktionen war und dass seine Dominanz von ihrem Beben, Zittern, stoßweisem Atmen aufblühte. Er pumpte eine Menge Gel auf das dünnere Ende und jetzt ahnte sie, was er damit vorhatte.

„Gordon, bitte. Ich bin nicht bereit ..."

„Baby, ich habe selten eine bereitere Sub gesehen. Du brauchst keine Angst zu haben. Das Gleitmittel erleichtert das Eindringen, sodass du keinen Schmerz verspüren wirst. Außerdem ist das Ende für deinen Anus nicht besonders dick und es dringt auch nicht allzu weit vor."

Instinktiv wollte sie die Schenkel schließen, doch sein Körper hinderte sie daran. Das Gefühl des Ausgeliefertseins versetzte sie nicht in Panik, stattdessen berauschte es sie. Bei ihm war alles anders. Er brachte die beiden Enden in Position und führte sie vorsichtig ein. Gordon hatte nicht gelogen. Obwohl sie ihren Po anspannte, überwand das Toy mühelos ihren Schließmuskel und es tat wirklich nicht weh. Allerdings konnte sie sich nicht allein auf die Stimulation ihres Anus' konzentrieren, denn durch den Schamlippenspreizer war ihre Pussy viel enger. Als Gordon das dickere Ende hineinschob, presste es die Biegung des Spreizers genau gegen diesen Punkt in ihrem Geschlecht, sodass die Kombination an erogenen Reizen Rebecca förmlich überflutete.

Das Eindringen in ihren Po fühlte sich ähnlich der Stimulation ihrer Klit an und sie musste die Lider schließen, um wenigstens die visuelle Attraktivität von Gordon auszusperren, der sich leicht über sie beugte, damit er ihr ins Gesicht starren konnte, während er ihr unglaubliche Dinge antat. Er wartete einige Augenblicke und gewährte ihr ein paar Sekunden, um die Stimuli zu verarbeiten. Ihre Lustperle pochte, war überempfindlich durch die Orgasmen und es gab nichts Unangenehmes an dem sie sich hätte festhalten können, um der Lustwelle etwas entgegenzusetzen. Gordon zog an dem Toy und sie riss die Augen auf, traf seinen Blick und sie konnte die Erregung, die er fühlte, deutlich sehen.

Dieser Mann war ihr Untergang!

„Du wirst mich die ganze Zeit ansehen, während ich dich mit dem Spielzeug ficke. Falls du es wagst, meinen Befehl zu missachten, höre ich auf, wenn der Orgasmus dich erfasst. Und das …", blauer Stahl bohrte sich in ihre Seele, „… wird dich frustrieren, bis du glaubst, zu zerplatzen."

Vor ihm hätte sie eine derartige Äußerung für einen unglaublichen Bullshit gehalten. Doch inzwischen stellte sie nicht ein Wort infrage. Wenn er es darauf anlegte, würde Flehen eine völlig neue Bedeutung für sie erlangen, während sie vergaß, dass etwas wie Stolz überhaupt existierte. Gordon zog den Doppeldildo aus keinem ihrer Öffnungen ganz hinaus, sondern presste ihn kurz vorher wieder hinein.

„Den G-Punkt halten viele für ein Mysterium, doch wenn eine Frau sehr, sehr erregt ist, so wie du es gerade bist, kann man diese delikate Stelle durchaus aufspüren. Nicht bei jeder, aber du spürst ihn zurzeit überdeutlich."

Und wie sie ihn spürte! Inzwischen war es ihr nicht mehr peinlich, dass Gordon ihren Arsch erobert hatte, weil es sich einfach zu schön anfühlte. Rebecca war noch nie ohne klitorale Stimulation gekommen, doch irgendwie reizte das Toy dennoch ihren Kitzler. Nackte Gier starrte auf sie herab, als er sie mit dem Spielzeug vögelte und sie dabei unterwarf. Sie erlaubte es ihm, ihre Hingabe zu erzwingen und dieses Wissen breitete sich ebenso in ihr aus, wie das Pulsieren ihrer Pussy, das sich bis zu ihrem Hintereingang fortsetzte.

Oder war es andersherum? Sie brauchte ihre gesamte Willensanstrengung um ihn anzusehen, während sie nicht mehr denken konnte. Sie presste ihre Schulterblätter auf den Tisch, ihren Kopf auf das Kissen und es würde sie nicht wundern, wenn sie Löcher in die Tischdecke riss. Und so wie er sie ansah, wusste er ganz genau, wie viel es sie kostete, seine Order zu befolgen. Durch den Spreizer war ihr Geschlecht unheimlich eng und so fühlte sich der Dildo größer an, als er es eigentlich war.

Sie konnte das nicht mehr aushalten. Die Erfüllung breitete sich immer stärker in ihr aus, aber sie reichte nicht, um sie kommen zu lassen.

„Bitte, Master, bitte erlöse mich, bitte." Sie war noch nie so geil gewesen, noch nie so am Rande einer puren Ekstase, die sie vergessen ließ, wer sie war, wie in diesem Moment.

„Du bist so verflucht wunderschön in deiner Gier. Flehe mich an, Wölfin, bis ich dich deinen Höhepunkt erleben lasse."

Rebecca konnte nicht anders, als genau das zu tun, während er sie in den Arsch und gleichzeitig in die Pussy fickte. Bei ihm war es nicht distanziert, dass es ein Spielzeug war, dazu war er viel zu nah bei ihr, unglaublich dicht, intim und erleichternd, weil er sie zu der Sklavin, der Schiava, seines Willens machte.

„Brave Mädchen verlassen mich glücklich."

Für ihn war brav eine Gespielin, die sich wild zeigte, die Grenzen erreichte und übersprang, die sich in ihrer Lust verlor und genau das machte sie. Gordon legte den Daumen seiner linken Hand auf ihre Lustperle und massierte sie unerbittlich, während er die Dildos schneller und fester bewegte. Die einzelnen Zonen vermischten sich miteinander, sodass sie die Reize nicht mehr voneinander unterscheiden konnte.

Endlich!

Das Pochen, verwandelte sich in ein Zucken und es war nicht nur ihre Vagina, die um das Toy pulsierte, ihr Hintereingang tat es ebenso. Das pure Glücksgefühl überforderte ihre Synapsen beinahe und sie schwebte davon, gehalten von seinem Blick und dem, was er mit ihr tat. Sie hatte das Gefühl, dass es nicht nur ein Orgasmus war, sondern ein paar hintereinander, weil das Ziehen in ihren Muskeln und Nerven einfach nicht aufhören wollte, bis es dann doch erstarb. Gordon nahm seine Hand von ihrer Klit und legte sie mitten auf ihren Bauch, ganz sanft und fürsorglich.

„Jetzt darfst du die Augen schließen. Genieße den Nachklang, während ich dich von den Toys befreie."

Sie hatte auch nicht mehr die Kraft sich zu bewegen, sich auf etwas zu fokussieren. Es war unbeschreiblich, was sie gerade gefühlt hatte und noch immer durchlebte. Ihr Verstand war so leicht, ihr Leib dagegen unglaublich schwer und ermattet. Rebeccas Herz und Seele schienen losgelöst. Wärme packte zu, nicht die Hitze ihres schweißüberströmten Körpers, sondern eine, die allein für Gordon bestimmt war.

Er entfernte zuerst den Doppeldildo, zog ihn bedächtig heraus und sie hörte, dass er es in einen Behälter legte.

„Ganz ruhig, verkrampfe dich nicht. Ich bin vorsichtig."

Tränen brannten plötzlich hinter ihren Lidern und sie konnte sich kaum davon abhalten, loszuheulen wie ein Teenager. Er war so unglaublich liebevoll, erreichte Winkel in ihrem Herzen, die sie nicht öffnen wollte. Schließlich war ihr Arrangement zeitlich begrenzt und sie war sich sicher, dass er sich zufrieden zurücklehnen würde, nachdem er von ihr bekommen hatte, wonach es ihn gierte. Der Druck auf ihre Schamlippen verschwand und er zog anschließend den Spreizer heraus. Fast wünschte sie sich, dass es wehgetan hätte. Das hätte sie geerdet und aus den rosaroten Wolken katapultiert.

„Entspann deine Beine und bleib noch ein paar Augenblicke liegen, bis sich dein Kreislauf normalisiert." Gordon umfasste ihr Gesicht und streichelte ihr über die Wangen. Danach legte er ihr eine Hand unter den Nacken, um ihren Kopf anzuheben. Sie spürte den Strohhalm an ihren Lippen. Fest presste sie die Augen zu, weil sie ahnte, dass sie wirklich in Tränen ausbrechen würde, wenn sie ihn jetzt ansehen würde. Sie verfügte nicht über die Kraft, um sich in den Abgründen seiner Persönlichkeit zurechtzufinden. Ihr Ziel musste es sein, ihm die Herrschaft über ihre Sinne zu entreißen. Das Wasser floss lindernd ihre Kehle hinab und er forderte nichts von ihr, stieß sie nicht über die Linie, denn das hätte sie in ihrer jetzigen Verfassung überfordert, ein Umstand, über den er sich anscheinend im Klaren war.

Wie erfahren war Gordon als Master? Mit wie vielen Frauen hatte er …? Sie unterdrückte den Gedanken, konzentrierte sich nur auf das Trinken. Eifersucht würde bedeuten, dass sie einen Anspruch an ihn stellte, der ihr nicht zustand. Dieses Gebiet durfte sie keinesfalls betreten. Sie kannte ihn kaum und dennoch war er ihr schrecklich vertraut. Das musste daran liegen, dass er sie so unglaublich befriedigt hatte und sie einfach nur völlig konfus war. Schließlich wollte sie doch nichts so sehr wie ihre Freiheit und die würde sie durch das Eröffnen ihres eigenen Schmuckateliers endgültig erlangen, ohne einen lästigen Partner, ihre nervigen gierigen Brüder und Ehefrauen, die Rebecca als ein hinderliches Anhängsel betrachteten, die ihnen den Zugriff auf weitere Tausend Paar Schuhe verwehrte.

# Kapitel 6

Gordon musterte Rebecca, die beinahe leblos auf dem Tisch lag, völlig gesättigt und schläfrig, ein Zustand, den er zu ändern gedachte. Er ließ ihr die dringend benötigte Zeit, um sich zu sammeln, die Tränen zu vergessen, die sich nach den gefühlsbetonten Erlebnissen den Weg bahnen wollten. Allerdings war er nicht fertig mit ihr, denn schließlich hatte ihn das Vorspiel nicht gänzlich befriedigt. Er wollte zwar ihre Tränen, doch die sollten von einem heißen Arsch herrühren, in die sich dann auch diese emotionalen mischen würden. Sie jetzt weinen zu lassen, würde seine Wölfin überfordern. Ihr Stolz stand ihr im Weg, jedoch würde sie diesen später vernachlässigen. Ein roter Popo pulverisierte unangebrachten Hochmut. Wenn sie sich danach wieder beruhigt hatte, würde ihr Stolz ein schöner sein, der sie nicht mehr paralysierte. Rebecca hatte ihr ganzes Leben derart um ihre Unabhängigkeit gekämpft, dass sie vergessen hatte, worum es ihr eigentlich ursprünglich gegangen war.

Er nahm den Behälter mit den Spielzeugen und brachte ihn ins Gästebad, das sich neben dem Wohnzimmer befand. Als er zu ihr zurückkehrte, hatte sie sich nicht von der Stelle gerührt. Allerdings wich sie seinem Blick aus, als ihr Verstand sich zu klären begann.

„Du brauchst eine Dusche, ehe wir weitermachen." Er unterdrückte ein Lachen angesichts ihres Mienenspiels.

Weitermachen? Sie starrte ihn entsetzt an und er bemerkte genau den Moment, als seine Androhung eines Spankings an den Vordergrund ihres Gehirns sprang. Doch er gab ihr keine Gelegenheit sich in eine unangebrachte Panik zu flüchten. Er schob einen Arm unter ihre Kniekehlen und den anderen unter ihre Schulterblätter, um sie vom Tisch zu heben.

„Halte dich an mir fest."

Sie umschlang seinen Hals und er spürte die Hitze ihres Körpers, den Schweiß auf ihrer Haut. Er brachte sie ins Gästebad und stellte sie in die Dusche. Auch er brauchte eine Erfrischung, ehe er seine Begierden für den heutigen Abend an ihr sättigte. Rebecca würde diese für stockfinster halten, ihn währenddessen in die tiefste Hölle verwünschen, bis sie verstand, was es mit Lustschmerz auf sich hatte. Er umfasste ihren Po, der zwar warm war, aber kühl im Vergleich zu seinem späteren Zustand.

„Zieh mich aus, Rebecca."

Sie nahm einen zitternden Atemzug, ehe sie ihren weichen Körper an seinen presste. „Darf ich dir eine Frage stellen, Master?"

„Was immer du willst."

„Hast du die ganze Zeit über eine Erektion gehabt?"

„Ja."

„Und warum hast du mich nicht genommen? Du hast zwar gesagt, dass du mir den Arsch versohlen willst, aber das ist anscheinend nicht nötig, um dich zu erregen."

„Nein, ist es nicht."

„Aber, wieso …?"

„Ich hatte dir eine Frage erlaubt und dir zwei beantwortet. Vielleicht sollte ich deine Fähigkeit zu zählen, genauer erkunden."

Der Trotz blitzte in ihr auf und das würde das Spanking noch weitaus interessanter, erregender und befriedigender gestalten.

„Aber …"

Er packte in ihr Haar, zog ihr den Kopf in den Nacken und schenkte ihr diesen Blick, den Hazel mal als Highlandglut bezeichnet hatte. Sean hatte es gehört, und Gordon daraufhin erlaubt, sie zu bestrafen. Sein Schwanz zuckte bei der Vorstellung, wie gut sie sich über seinen Knien angefühlt hatte. Ein knackiger Arsch wie bei Rebecca hatte seine Vorzüge, aber Hazels plumper Po war auch nicht zu verachten.

Ehe sie noch eine unbedachte Bemerkung machen konnte, versiegelte er ihre Lippen mit seinen. Willig öffnete sie den Mund und er küsste sie, leckte über ihre Zunge, während sie in seinen Armen weich wurde. Leicht fiel es ihm nicht, der Versuchung zu widerstehen, sie einfach umzudrehen, um sie im Stehen zu ficken, so wie sein Schwanz es bereits die ganze Zeit wollte, seitdem sie an der Tür geklingelt hatte und vor ihm stand, in ihrer widerspenstigen Schönheit.

Sie nestelte an dem Knopf seiner Hose herum und öffnete erst ihn und dann den Reißverschluss. Gordon löste seinen Mund von ihrem, behielt aber seine Hand in ihrem Haar, bis sie ihm in die Augen sah, mutig und herausfordernd. Da sie kleiner war als er, musste sie sich auf die Zehenspitzen stellen und er ein wenig in die Knie gehen, damit sie ihm das Shirt über den Kopf ziehen konnte. Sie warf es hinter sich und schien es kaum abwarten zu können, ihm die Jeans von den Hüften zu streifen. Sie zerrte an dem Stoff und er rutschte nach unten. Gordon trat einen Schritt zurück, und diesmal war sie es, die jeden Zentimeter seines Körpers bewunderte.

„Darf ich deinen Schlüpfer behalten? Er ist sexy." Sie lachte glockenhell, ehe sie sich daran machte, ihm die weißen Shorts auszuziehen. Sie schickte sich dazu an, vor ihm auf die Knie zu sinken, doch er schüttelte den Kopf, ehe sie es tun konnte. Erst das Spanking, dann ihr Mund und ihre Pussy. In welcher Reihenfolge er sie schlussendlich nehmen würde, hatte er noch nicht festgelegt. Aber wie auch immer, ihr Arsch würde währenddessen vor Hitze leuchten.

Die Vorstellung allein jagte eine Armada von Impulsen durch seinen Körper, die sich in seinem Schwanz und seinen Hoden festsetzten. Er brauchte dringend eine Dusche, die etwas kühler ausfallen musste, als gewöhnlich.

„Du bist ganz schön mutig, kleine Wölfin."

„Und du ganz schön hart, großer Master."

Sie ging vor ihm in die Hocke und zog ihm die Shorts nach unten. Er hob abwechselnd die Füße an, damit sie die Kleidungsstücke abstreifen konnte. Rebecca warf sie zum Shirt und richtete sich auf. Ehe sie Zeit hatte zu flüchten, packte er ihre Hand und stellte das Wasser an. Eiskalt prasselte es für ein paar Sekunden auf sie, ehe es eine angenehme Temperatur erreichte. Sie quietschte zuckersüß und gab den Versuch auf, sich aus seinem Griff zu winden. Eng umschlungen standen sie für eine Weile unter der Regendusche, und er spürte, wie sich ihr aufgeregter Zustand normalisierte.

„Du hast auch dein Schamhaar abrasiert. Das sieht heiß aus, Master."

Und wie er es liebte, sie in den Armen zu halten! Sie wollte stark sein, dabei war sie unglaublich zerbrechlich. Gordon umfasste ihren Hinterkopf und vertrauensvoll ließ sie sich fallen, lehnte ihre Stirn an seinen Brustkorb und hielt ganz still. Es war, als würden die Wassertropfen sich verlangsamen, genau wie ihre Herzschläge. Ein besonderer Moment, an den er sich immer erinnern würde.

„Gordon, was machst du mit mir?"

„Ich verführe dich, Schiava."

„Ja, so wie kein anderer." Mit den Händen glitt sie bis zu seinem Po und seufzte zufrieden. „Du fühlst dich äußerst gut an."

„Tu ich das?"

Sie legte den Kopf in den Nacken, um ihn anzusehen, schloss dann allerdings lächelnd die Augen, da dies nicht der beste Einfall unter einer Dusche darstellte. „Als ob du das nicht wüsstest, Gordon Maxwell." Sie massierte seine Pobacken und rieb sich an seinem Schwanz. „Was hast du mit mir vor, Highlander?"

„Zunächst einmal …" Er drückte auf den Seifenspender. „… werden wir uns waschen."

„Und danach?"

„Werde ich mich an dir laben, Wölfin, an allem, was du zu bieten hast."

Ein aufgeregter Atemzug ihrerseits ließ ihn lächeln. Sie konnte sich nicht vorstellen, dass ein äußerst schmerzhaftes Spanking durchaus erregend sein konnte, wenn ihre mentalen Barrieren einstürzten, die sie errichtet hatte, weil ihr Verstand sie daran hinderte zuzugeben, dass es sie anmachte. Gordon hatte im *Sadasia* bereits oft gesehen, dass die Frauen, die sich innerlich vehement gegen ein Spanking wehrten, die waren, die es schlussendlich am meisten genossen. Das war natürlich nicht immer der Fall, doch als er Rebecca in ihrem Zimmer den Arsch zart erhitzt hatte, war es kein Entsetzen gewesen, das sie währenddessen gespürt hatte. Allerdings war sie noch weit davon entfernt, es sich selbst gegenüber vollständig einzugestehen.

Und ihm würde es eine verfickte Menge Spaß machen, sie auf dem Weg der Selbsterkenntnis nicht passiv zu begleiten, sondern aktiv, denn schließlich liebte er es, mit den Händen zu arbeiten. Rebecca drehte sich, um eine Portion Duschgel in ihre Handfläche zu träufeln. Sie fing bei seinem Hintern an und er liebte das Gefühl ihrer zarten Hände auf seiner Haut. Er konnte nicht anders, als sie erneut zu küssen, während das Wasser auf sie prasselte. Ihr Kichern erstarb, als er einen eingeseiften Finger in ihren Anus steckte und sie revanchierte sich damit, dass sie seinen Schwanz und seine Hoden wusch, mit Berührungen, die zwar sanft waren, ihn aber dennoch in seinem aufgeputschtem Zustand in den Wahnsinn trieben, ein Umstand, der ihr natürlich nicht verborgen blieb. Er stützte sich an der Wand ab, während sie seine Härte massierte und mit der anderen Hand über seinen Brustkorb und Bauch glitt.

Sie ließ kurz von ihm ab, damit er sich die Seife abspülen konnte, ehe sie die zärtliche Erkundung seines Körpers fortsetzte. Nachdem sie seine Unterschenkel gewaschen hatte, befahl er ihr sich umzudrehen. Das Gefühl, als er ihre Brüste wusch, sie dabei knetete und an ihren Nippeln zupfte, die bereitwillig und plump zwischen seinen Fingern lagen, steigerte seine ohnehin rasende Lust auf Rebecca. Er liebte es wirklich, ihren weichen Busen zu kneten, der sich genauso in seine Hände schmiegte, wie sie es unter seinen Liebkosungen tat. Sie war wie Wachs: formbar, heiß und schmiegsam – zumindest für den Moment. Aber ebenso unberechenbar war die Form, die sie annehmen würde, sobald sie abkühlte und zu Sinnen kam. Doch jetzt gab es keine Zweifel ihrerseits. Wie herrlich es sich anfühlte, dass sie sich an ihn presste, sich ganz der sinnlichen Massage ergab. Er beugte den Kopf, küsste die Seite ihres Halses, ehe er fest an ihrem nachgiebigen Fleisch saugte. Inzwischen atmete sie hektischer, stöhnte verflucht anregend und stellte sich auf die Zehenspitzen, damit sie ihre verteufelt geilen Arschbacken an seinem Schwanz reiben konnte. Er folgte der Rundung ihres Bauchs und umfasste ihre Pussy. Sie war noch immer überempfindlich von seiner *Untersuchung* und er wusste, dass sein Plan aufging. Er würde ihr den Po gleich kräftig versohlen können und sie danach zwingen, weitere Lust zu empfinden. Er nahm sich etwas Seife und wusch erst ihren Venushügel, ehe er mit der Hand zwischen ihre Beine schlüpfte. Es war allerdings nur ein kurzes Vergnügen, da er den Schaum abspülen musste, bevor er zu brennen anfing und Schaden anrichtete. Gordon griff nach der Handbrause, drückte auf den Knopf für die Wasserzufuhr und spülte das Duschgel gründlich ab, wobei er es sich nicht nehmen ließ, die prickelnden Strahlen genau auf ihre Klitoris zu halten. Sie zuckte zusammen und wand sich in seinen Armen. Oh ja, sie war für heute noch nicht am Ziel ihrer Reise angekommen.

Ein paar Minuten später stand sie in ein Badetuch gewickelt vor ihm und starrte ihn an, während er sich ein Badetuch um die Hüften schlang. Er gab ihr ein kleineres für die Haare, welches sie turbanartig um ihren Kopf drapierte. Amüsiert bemerkte er, wie sie nervös mehrmals das obere Ende des Frottees kontrollierte, das ihr bis zu den

Achseln reichte. Glaubte sie wirklich, dass der Fetzen Stoff ihr Sicherheit bot? Vor ihm?

„Bringen wir es hinter uns, Wölfin." Obwohl er zugeben musste, dass sie ihn wie eine Alphawölfin anfunkelte, als sie den Sinn seiner Worte begriff. Sie wagte es sogar, nicht nur einen Schritt nach hinten zu treten, sondern machte gleich vier.

Nicht doch! Auch eine Leitwölfin musste sich dem Leitwolf unterwerfen, und wenn er dazu kräftig Hand anlegen musste, umso besser.

„Gordon, bitte."

Der Stoff um ihren Kopf löste sich und das nasse Material fiel mit einem klatschenden Geräusch auf das Vinyllaminat. Sie wirkte, als ob sie ihm gleich folgen würde.

„Bitte, was?" Er verringerte die Entfernung zwischen ihnen um einen Meter und ließ seinen Blick auf sie prallen. Gordon wusste aus Erfahrung, was ein derartiger Angriff in einer Sub auslöste, vor allem wenn sie ängstlich, unbeugsam, uneinsichtig und ... wütend war. Die Vorstellung, dass er sie übers Knie legen wollte und es auch tun würde, behagte Rebecca ganz und gar nicht. Letztes Mal hatte er sie überrumpelt und sie dachte tatsächlich, dass ihm das nicht erneut gelingen würde.

Naive Sub!

Sie wirbelte herum und rannte ins Wohnzimmer, wobei ihre Füße auf dem Dielenboden in schneller Reihenfolge aufschlugen. Etwas panisch und kopflos, die Kleine. Gordon ließ sich nicht dazu hinreißen, die Geschwindigkeit, mit der er ihr folgte, zu beschleunigen. Er kostete die Jagd aus – mehr als er es sollte. Hinter dem Esstisch suchte sie Zuflucht und argwöhnisch beobachtete sie genau, was er tat. Er zwinkerte ihr zu, ging zum Sideboard, auf das er vorsorglich eine Gerte gelegt hatte, und hob sie hoch. Fies lächelnd drehte er sich ihr zu, wobei er das dunkelbraune Leder streichelte.

„Ich erwarte, dass du mir deinen Arsch hinhältst, Rebecca. Du hast dir eine Strafe mehr als verdient und du wirst sie durchleiden – für mich, weil ich es will, es ebenso brauche wie du. Dein trotziges kindisches Verhalten nimmt für den heutigen Abend ein Ende." Er sah betont interessiert auf die Gerte, bevor er Rebecca mit seinem Blick wie einen armen Schmetterling an die Wand pinnte.

So unerfahren und so unglaublich hinreißend war sie. Er hatte schon lange keine Sub mehr gesehen, die derart schnell die Farbe wechselte, wie ein talentiertes überaus sexy menschliches Chamäleon. Von Rot nach Weiß und wieder zurück. Gordon spürte, wie er auf ihre Angst vor dem Unbekannten reagierte – mit purer animalischer Lust, die heiß durch seine Adern rauschte und seinen Herzschlag beschleunigte. Rebecca sah es ihm an, denn ihr Brustkorb hob und senkte sich immer heftiger unter ihren unkontrollierten Atemzügen. Allerdings blieb ihm auch nicht die Gier verborgen, die sich in ihr ausbreitete. Sie hatte durchaus Gefallen an dieser Jagd gefunden, gerade weil sie wusste, dass sie ihm nicht entkommen konnte. Ein glühender Arsch ihrerseits war unausweichlich, egal, ob sie sich dagegen wehrte oder nicht.

Gordon verharrte absolut bewegungslos, wissend, dass dies Rebeccas Anspannung ins Unermessliche steigerte. Subs wussten stets, dass ein ruhiger Dom der gefährlichere war. Mit Stille erreichte man Dinge, die man mit Hektik oder Anschreien niemals erreichen würde. Ihr Körper war angespannt, bereit loszuschnellen, sollte er sich ihr weiter nähern. Die Sekunden rannen an ihnen vorbei und sie konnte sich kaum noch beherrschen. Verzweifelt suchte Rebecca nach einem Ausweg und ebenso verzweifelt erkannte sie, dass sein Vorgehen sie anmachte. Gordon war sich sicher, dass sie nass für ihn war.

Als er anfing zu sprechen, zuckte sie zusammen. Perfekt! Sie war ganz und gar auf ihn fixiert und dachte sicherlich nicht über ihre angeblich undevote Haltung nach. „Du entkommst deiner Strafe nicht."

Die trotzige Wölfin schluckte hart genug, dass er es sah.

„Ich lüge dich nicht an, Rebecca." Ihr Name rollte seidengleich von seiner Zunge. „Dein Arsch wird gleich höllisch brennen und du wirst mir deine Tränen sowie deinen Schmerz schenken. Allerdings …" Er wippte mit der Gerte auf seine Handfläche.

Ihr entwich ein Laut, den man nur als gurgelnd bezeichnen konnte.

„… erhältst du hiermit zehn Schläge, solltest du dich mir nicht freiwillig hingeben. Und du erleidest sie, nachdem ich deinen entzückenden Popo mit meiner Handfläche erhitzt habe."

„Gordon, bitte. Ich verspreche dir, dass ich … dass ich mich nicht mehr daneben benehmen werde."

„Tatsächlich? Ich glaube dir sogar, dass du in diesem Moment fest davon überzeugt bist. Meine Erfahrung hat mir jedoch nachdrücklich gezeigt, dass Reue nur wirksam ist, wenn sie erst über die Haut strömt, allmählich tiefer sickert, in das Fleisch dringt und sich dann in der Seele verankert. Und dass, Liebes …"

Sie packte sich einen der Äpfel, die in einer Schale auf der Fensterbank standen.

„… erreichen nicht nur Worte, sondern Sinnesempfindungen."

Sie warf das rotgelbe Geschoss in dem Moment nach ihm, als er nach vorne schnellte. Der Apfel verfehlte das Ziel und knallte an die Wand auf der gegenüberliegenden Seite, wo er aufgeplatzt liegen blieb. Halbherzig hatte sie nicht geworfen und er würde ihr auch nicht halbherzig den Arsch versohlen, stattdessen es mit all seinen Fasern auskosten. Sie achtete nicht mehr auf das, was er tat, sondern wirbelte panisch herum, etwas, das er ihr nicht verdenken konnte, verlor dabei ihr Handtuch und bemerkte daher nicht, dass er inzwischen den Tisch von der anderen Seite umrundete. Der Schrei, den sie ausstieß, sobald sie mit ihm kollidierte, entfachte seinen Sadismus um ein weiteres Level. Zuerst packte er sie an den Oberarmen, aber da sie versuchte, ihn zu treten, drehte er ihr den Arm auf den Rücken, wobei er genügend Druck ausführte, damit sie erkannte, dass er es ernst meinte.

„Du willst mich doch nicht wirklich mit einer Gerte schlagen, M ... Master?"

Nein, das wollte er nicht, jedoch konnte sie das nicht wissen.

„Du weißt, wie du das verhindern kannst? Präsentiere mir freiwillig deinen Arsch."

Sie bohrte ihren Blick in seinen. Allerdings erreichte sie damit nur, dass er *SIE* noch mehr genoss. Er hatte nicht gewusst, dass braune Augen derart angepisst aussehen konnten.

„Wieso willst du mich schlagen? Und findest du es nicht zu viel verlangt, dass ich mich aus freien Stücken dazu bereit erklären soll?"

„Bei unserem letzten Aufeinandertreffen habe ich dir einen Vorgeschmack von Lustschmerz geschenkt, der dich nass, unbefriedigt und neugierig zurückgelassen hat. Ist dem nicht so?"

Natürlich hätte sie diese Tatsache zu gern inbrünstig abgestritten. Doch sie tat es nicht.

„Das stimmt. Aber da hast du mich nicht überfordert."

„Das ist der einzige Grund für dein Misstrauen?"

Inzwischen hatte er ihren Arm losgelassen, dennoch machte sie keine Anstalten zu flüchten. Er ließ es zu, dass sie ihre Stirn gegen seinen Brustkorb lehnte. Das tat sie nicht nur wegen des Körperkontaktes, sondern da sie ihm nicht in die Augen sehen wollte, während sie zugab, was für sie das Allerschlimmste darstellte, weil sie ihre Persönlichkeit dadurch als gefährdet erachtete.

„Nein", wisperte sie.

„Ich habe nie behauptet, dass es einfach ist, zu sich selbst zu finden, Rebecca. Du hast die ersten Schritte gemacht, ohne dass deine Welt über dir zusammengebrochen ist." Er streichelte ihr über das nasse Haar. „Jetzt sei mutig genug, um noch ein paar weitere zu nehmen."

„Es hat mir gefallen, dass du mir Schmerzen zugefügt hast, weil du es genauso gemacht hast, dass ich Lust dabei empfunden habe. Das fühlt sich falsch an und darf mir nicht wirklich gefallen."

„Doch, das darf es."

„Okay." Sie schaute hoch und ihre Augen schwammen vor Tränen. „Du bist ein böses verführerisches Monster, Gordon Maxwell."

„Ich weiß." Er löste sich von ihr und war gespannt, was sie jetzt tun würde. Aber was immer es auch war, das Ergebnis war dasselbe. Er entschied sich in diesem Moment, seinen ursprünglichen Plan umzuwerfen.

Sie reichte ihm die Hand und er verschlang seine Finger mit ihren. Er brachte sie zur Rückseite der Couch. „Leg dich über die Lehne." So hatte er sie besser unter Kontrolle. Das nächste Spanking über seinem Schoß würde stattfinden, wenn sie ihn auf den Knien darum gebeten hatte. Und das würde sie – es war nur eine Frage der Zeit. Er half ihr nicht, als sie sich mit den Händen abstützte, mit einem unidentifizierbarem Geräusch hochhüpfte, und sich über die Lehne drapierte. So steif, wie sie dort hing, wunderte er sich, dass sie nicht waagerecht über dem Sofa schwebte. Gordon presste die Lippen aufeinander, um sein Schmunzeln zu unterdrücken. Er legte die Gerte neben ihr auf die Lehne und packte sie an den Hüften. Sie war so nervös, dass sie so stark zusammenzuckte, als hätte er mit dem braunen Leder ihren Arsch getroffen.

„Sachte, Wölfin." Er hob sie etwas an und positionierte sie so, dass ihre Füße in der Luft baumelten. Sie könnte sich nur von der Couch winden, falls sie ein Yogaguru war.

„Hast du es bequem?"

Ihre sonst weichen Pobacken ähnelten inzwischen Granit. Unerfahrene Subs versuchten das jedes Mal und verschlimmerten damit den Schmerz um ein Vielfaches. Er kniff ihr in die rechte Seite, hart genug um ihr ein erschrecktes Keuchen zu entlocken.

„Ich könnte hier Stunden verbringen, so toll fühle ich mich gerade."

„Glaubst du, dass du in der Position bist, um mir eine derart unflätige Antwort zu geben? Eine Entschuldigung wäre jetzt angebracht, Rebecca." Er presste seine Handfläche auf ihre Lendenwirbel und räusperte sich betont unheilvoll.

„Es tut mir leid, Master", sagte sie, ohne es ernst zu meinen. Allerdings war dies ein Umstand, den er innerhalb der nächsten Minuten ändern würde. Reue konnte ein verführerisches Gefühl sein und trug erheblich zu der Befriedigung von Bedürfnissen bei, die von devoter Natur waren. Und ihm eröffnete sie die Möglichkeit, mit Rebecca gemeinsam das Ziel zu erreichen, obwohl er zugeben musste, dass in diesem Fall das bei ihm empfundene Vergnügen höher war als bei ihr.

Köstlich!

Er streichelte zunächst mit den Fingerspitzen über ihren Arsch, dessen ohnehin sexy Ausstrahlung von dieser Position um einiges gesteigert wurde, da ihre Pobacken sich einladend wölbten – eine Einladung sie zu ficken. Ihre Haut schimmerte wie Seide und fühlte sich ebenso an – glatt, luxuriös und anschmiegsam. Eine Gänsehaut fächerte bis zu ihren Oberschenkeln hinunter. Gordon wusste, dass sie angespannt auf den ersten Schlag wartete und ihn innerlich verfluchte, weil er nicht einfach anfing. Sie war hin und hergerissen zwischen der angenehmen Empfindung, die ihr Leib gerade spürte, der herrlichen Angst, die ihren Verstand befiel, und dem Wissen, dass sie sich ihm unterwarf, da es etwas in ihr zum Klingen brachte, von dessen Existenz sie erst durch ihn erfahren hatte. Er dehnte das Streicheln auf ihre Schenkel aus, bis hinunter zu ihren Waden und sie schmolz unter seinen Zärtlichkeiten, seufzte leise und ihre Atmung beruhigte sich. Er beugte sich über sie und dieses Mal waren es seine Lippen, die ihren Körper erkundeten, sie zum Schnurren veranlassten, bis sie ihre Furcht zwar nicht vergaß, aber sie sich immer mehr in ein Gefühl der Gier verwandelte. Die Gewissheit, dass der Schmerz schlussendlich folgen würde, tat wunderschöne Dinge mit der Seele einer Sub, ebenso wie die Erkenntnis, dass es nichts gab, um dieses Schicksal abzuwenden. In ihrem Schlafzimmer hatte er ihren Appetit geweckt, den sie allerdings vehement mit einer Radikaldiät bekämpfte, es weiterhin unbewusst tat, doch er gedachte ihre Willensstärke auf die Probe zu stellen, sie für die heutige Feuernacht zu beenden. Morgen war ein neuer Tag und er wusste, dass sie ihre innere Kraft nochmals an sich reißen würde, auch, damit er sie ihr wieder abnehmen konnte.

Leicht biss er in die Rundung, saugte anschließend an dem nachgiebigen Fleisch und schlüpfte mit der Hand zwischen ihre Schenkel, die sie gierig spreizte. Selbst Rebecca konnte die Nässe ihrer Pussy nicht aufhalten, die ihm deutlich aufzeigte, wie es wirklich um ihr Seelenleben stand. „Du kleines geiles Miststück", raunte er. Sicherlich würde sie ihm zu gern eine nicht gerade schmeichelhafte Antwort um die Ohren knallen. Pech für sie, dass ihre Klit dermaßen geschwollen war und sich mit ihm gegen sie verbündete. „Du bist unglaublich empfänglich für alles, was ich mit dir mache. Ist es nicht so, Wölfin?"

Sie stöhnte laut, als er den Nervenknoten massierte.

„Ja, Master."

Wie gehorsam sie sein konnte! Seine Hoden fühlten sich schmerzhaft prall an und zerrten somit an seiner Selbstbeherrschung.

„Ich höre erst auf dich zu züchtigen, wenn du weinst und dich mir ganz und gar unterwirfst. Daher wird das Spanking so lange dauern, bis du diesen Zustand erreichst." Er schlüpfte mit zwei Fingern in ihre nasse Spalte, und das Versteifen ihres Körpers zeigte ihm deutlich, dass sie anderer Meinung war, fest entschlossen, ihm ihre Tränen nicht zu schenken. Allerdings hatte sie keine Ahnung, was Schmerz in ihr auslösen würde, auch nicht, wie gierig er darauf reagierte. „Ich werde jeden Schrei von dir verzehren, jede Träne von dir trinken und mich an deinem Leid nähren."

„Sehr poetisch, M…AHHHH." Sie kam nicht mehr dazu, Master zu sagen, weil er ihr fest mitten auf die linke Arschbacke schlug, noch während er seine Finger aus ihrer Vagina zog. Er liebte das Gefühl des nachgiebigen Fleisches und den Anblick des roten Abdrucks, der auf ihrer Haut verblieb. Das starke Brennen überraschte Rebecca anscheinend und sie versuchte instinktiv, sich mit den Händen abzustützen, sodass sie der nächsten Feuerzunge entkommen konnte.

*Das wird nicht geschehen, Baby!*

„Gordon! Au!"

„Au? Bereits nach dem ersten Hieb?"

Er presste eine Hand auf ihre Lendenwirbel, stellte sich seitlich von ihr, damit sie ihn nicht treten konnte, denn dass sie es probieren würde, stand außer Frage.

Sie murmelte etwas Unverständliches, was aber sicherlich nichts Freundliches war. Gordon bemerkte, dass er breit grinste, während er ihr Zeit gab, sich ein wenig mit der Pein auseinanderzusetzen, die im Augenblick hauptsächlich ihren Zorn entfachte. Er löste das seine Hüften umschlingende Handtuch und rieb seinen Schwanz an ihrem Po. Pure Hitze strömte durch sein Geschlecht und er war genauso bereit sie zu ficken, wie sie es gern in diesem Moment hätte.

*Noch nicht! Du kannst jetzt nicht nachgeben, denn dann wird sie jedes Mal denken, dass sie nur mit diesem runden prallen Arsch wackeln braucht, um dich rumzukriegen.*

Aber leicht fiel es ihm keinesfalls, die drängende Gier seiner Erregung in Schach zu halten, die seinen Verstand außer Kraft setzen wollte, um zu bekommen, was sie wollte. Gordon trat zur Seite und seine Handfläche knallte auf die andere Hälfte ihres entzückenden Hinterns. Hartnäckig verbiss Rebecca sich einen Schmerzenslaut und er bedauerte es, dass er ihr nicht ins Gesicht sehen konnte, um dieses unvergleichbare Mienenspiel in sich aufzusagen, das sie sicherlich zur Schau trug.

„Spürst du die Wärme, die in dein Fleisch kriecht und die gleich deinen Verstand erobern wird? Weine für mich, Wölfin. Umso eher du es tust, desto schneller ist deine Bestrafung vorbei." Er erwartete keine Antwort von ihr, denn sie war zu beschäftigt zu begreifen, wie höllisch sich bereits zwei Schläge anfühlen konnten, im Vergleich zu der viel höheren Anzahl, die er sie beim letzten Mal hatte genießen lassen. Er holte aus und traf auf der linken Seite die Unterseite ihres Pos, um einiges sanfter als die vorherigen Feuerzungen. Gordon wollte sie nicht nur unerbittlich züchtigen, er wollte sie mit Lustschmerz verführen, der sie nach und nach eroberte. Die Anfangsschläge waren nur eine Mahnung an sie gewesen. Gordon besaß zwar sadistische Tendenzen, aber er bevorzugte es, eine Bestrafung zunächst mit leichter Hand auszuteilen, wobei sich das Leid nach und nach aufbaute.

„Lass dich fallen, Rebecca." Er bedeckte ihren Arsch mit einer zarten Röte, fasste ihr zwischen die Schenkel und lockte ihre Begierde, die sie ihm überaus willig schenkte. Seidenweich überließ sie ihm ihren Körper und ihre Seele. Und dann intensivierte er das Brennen der Hiebe, schlug schneller und auch ein wenig fester zu. Gordon spürte und sah deutlich die einzelnen Phasen, die sie durchlitt. Der Schock der ersten beiden Feuerzungen, gefolgt von einer warmen Verführung, die den anfänglichen Schrecken verjagt hatte. Diese Küsse durch seine Handfläche hatte sie mit allen Sinnen genossen. Doch jetzt verwandelte sich die leichte Glut in ein Inferno, genau abgestimmt auf Rebeccas Leib und Schmerzempfinden. Einer Masochistin hätte das Spanking nicht einmal ein müdes Lächeln entlockt, bei ihr jedoch drang es bis in das Innerste vor. Zuerst atmete sie hektischer, verbiss sich allerdings, mit der ihrer eigenen Sturheit zunächst jeden Laut, der auf ihre Pein hindeutete. Seine Handfläche klatschte auf die Rückseite ihres linken Oberschenkels, direkt danach auf den rechten und sie belohnte ihn mit einem Keuchen. Er ließ seine Handfläche viermal hintereinander auf dieselbe Stelle mitten auf ihren Po schnellen und das verwandelte das Keuchen in Schmerzensschreie. Mittlerweile kämpfte sie gegen seinen Griff an, doch es brachte ihr nichts außer Frustration, der sie lautstark eine Stimme verlieh.

Grässlicher Highlander? Abartiger Schotte? Perverse Hochlandnelke?

„Ernsthaft, Rebecca? Dein Heulanfall ist nur noch Sekunden entfernt und du denkst tatsächlich, dass du mich verbal angreifen kannst." Jede Silbe akzentuierte er mit einem satten Klatschen und sie mit Schluchzern, die alsbald in ein leises Weinen übergingen, dass das Ziel ihrer heutigen Reise in die Welt des Lustschmerzes darstellte. Sie hing völlig fertig über der Couch und machte selbst dann keine Anstalten sich zu bewegen, als er das Möbelstück umrundete.

„Sieh mich an."

Sie schüttelte den Kopf, doch als er nach der Gerte griff, schaute sie zu ihm hoch. Eine Mischung aus Reue, Zorn, Verwirrtheit, Demut und Stolz schlug ihm entgegen. Die Tränen tropften ihr noch immer über die Wangen und sie wusste nicht, wie verflucht wunderschön sie war, in diesem Augenblick ganz besonders.

„Auf die Knie mit dir."

Wenn sie nicht gehorchte, hatte er kein Problem damit, diese Lektion zu wiederholen und er wusste, dass sie diese stählerne Entschlossenheit klar in seiner Mimik erkannte. Unerfahren mochte sie sein, aber ihre devote Veranlagung registrierte die Zeichen. Sie drückte sich hoch, glitt von der Rückenlehne und lief mit gesenktem Kopf auf ihn zu. Rebecca sank vor ihm auf den Boden und er umfasste ihr Gesicht, sah ihr lange und nachdrücklich in die Augen. Er erfasste die Bindung, die sie während des Spankings zu ihm aufgebaut hatte und die in diesem Moment stark war.

„Ich danke dir, Wölfin."

Sie hob die Arme und umschlang unvermittelt seine Oberschenkel. Instinktiv suchte sie nach Trost und Geborgenheit, nach körperlicher Nähe, die er ihr gewähren würde. Doch zuerst brauchte er die Befriedigung seiner Bedürfnisse. Allerdings würde er sie nicht zwingen, ihn mit dem Mund zu verwöhnen, falls sie dies nicht wollte. Das war ein Szenario, das ihn keinesfalls anmachte. Dass sie vor ihm kniete, war ein ausreichender Beweis ihrer Reue und ihres devoten Naturells. Er war gespannt, was sie jetzt tat. Sie nahm einen zitternden Atemzug. Mit den Daumen strich er über die nassen Spuren auf ihren Wangen, ehe er sie losließ. Dann überraschte Rebecca ihn.

„Darf ich, Master?"

„Was genau?"

„Ich möchte dich oral ... dir einen blasen."

Statt einer Antwort packte er seinen Schwanz und führte ihn an ihre Lippen. Sie öffnete ihren Mund und umfing langsam seine Eichel. Gordon schloss für einen Augenblick die Lider, als er ihre nasse Wärme spürte und das erste sanfte Saugen, das allerdings bis in seine Hoden reichte. Sie legte ihre Hände auf seinen Arsch und bewegte ihren Kopf bedächtig vor, ließ ihn den Reiz auskosten, bis sie sich zurückbewegte. Sie wiederholte die köstliche Folter und Gordon wurde es nicht leid dabei zuzusehen, wie ihre Lippen seine Härte umschlossen und sie ihn leidenschaftlich oral stimulierte. Dazu der Anblick ihres Busens, die dunkelroten Brustwarzen und die Tränenspuren, die er noch auf ihren Wangen erkennen konnte, all das besänftigte den Sadisten in ihm. Ihre Hingabe und Unterwerfung sättigte die Gier seiner sexuellen Dominanz und ihr saugender Mund trieb den Mann in ihm in eine Ekstase, die ihn auf die Zehenspitzen brachte. Für einen Moment löste sie sich von ihm, nur um an seiner Länge herunterzulecken und sich seinen Hoden zu widmen, die sie sanft mit ihrer Zunge bedachte. Sie umschloss seinen Schwanz mit einer Hand und behielt den langsamen Rhythmus bei, als sie ihn massierte. Rebecca überstürzte nichts. Gordon schloss die Lider und legte die Hände auf ihre Schultern, nicht um sie zu kontrollieren, sondern weil er sie berühren musste. Er spürte, dass sie den Mund weit öffnete und dann lutschte sie liebevoll an seinen Hoden. Zur selben Zeit schmerzte es und fühlte sich unglaublich geil an. Als er es kaum noch aushalten konnte, und sich sein Orgasmus immer weiter aufbaute, ließ sie von ihm ab. Er sah auf sie herab und sie legte den Kopf in den Nacken, um ihm in die Augen zu starren. Ein freches Lächeln umspielte ihre Mundwinkel, ehe sie seine Eichel leckte, dabei besonders die Unterseite mit ihrer Zunge bedachte, ehe sie seine Hitze mit nasser Wärme umschloss und sich vor und zurückbewegte, diesmal etwas schneller. Das Pulsieren in seinem Geschlecht wurde immer stärker und beinahe hätte er es zugelassen, dass sie es zu Ende brachte. Doch er wollte sie ganz auskosten.

„Rebecca, steh auf."

Er half ihr auf die Füße, zerrte das Handtuch von der Lehne, das er vorhin dorthin gelegt hatte, und warf es auf die Sitzfläche. Anschließend umfasste Gordon ihren Nacken und half ihr sich auf die Couch zu legen, mit einer Sanftheit, die ihn selbst erstaunte. Willig spreizte sie die Schenkel und er kniete sich dazwischen. Er nahm seine Erektion in eine Hand, führte die Eichel an ihr Geschlecht und sie war so erregt, dass er leicht eindringen konnte.

Verflucht war sie heiß und eng! Er musste innehalten, um sich zu kontrollieren, versank allerdings in ihren ausdrucksstarken Augen.

„Gordon, ich ..." Zutiefst verwirrt schnitt sie den Satz ab. Dann runzelte sie die Stirn und stemmte ihre Füße auf die Polster. Natürlich versuchte sie, die Reibung ihres wunden Popos zu verringern. Doch er ließ es nicht zu, schob seine Handflächen unter ihren Arsch und sie belohnte ihn mit einem Stöhnen. Er konnte es nicht lassen und erweckte das Brennen auf ihrem Fleisch zu neuem Leben, ehe er sich abstützte.

„Baby, ich mag es, wie du dich windest. Du wirst noch ein paar Tage an mich denken, jedes Mal, wenn dein Höschen über deine Haut scheuert, du dich hinsetzt oder duschst."

„Hmpf!" Doch sie war schlichtweg zu erschöpft, um ihrem Leid eine stärkere Stimme zu verleihen. Außerdem war er sich ganz sicher, dass es sie insgeheim anmachte, denn das Feuermeer auf ihrem entzückenden Arsch erinnerte sie deutlich daran, was er mit ihr angestellt hatte, auch wie sehr es ihr gefallen hatte und immer noch gefiel.

Er küsste sie auf die Stirn, legte anschließend seine Hand an ihre Wange und bewegte bedächtig seine Hüften. Ein schnelleres Tempo hätte das Vergnügen viel zu rasch beendet. Wie sie ihn ansah! Völlig offen und fantastisch verletzlich präsentierte sich Rebecca ihm in ihrem momentanen Zustand. Allerdings würde sie sich, sobald sie sich ausgeruht hatte, in die kämpferische Frau zurückverwandeln, die er überaus anziehend fand. Doch so wie jetzt war, berührte sie ihn unglaublich nachdrücklich. Er fühlte sich anders mit ihr – erfüllter, zufriedener und gleichzeitig wilder, aufgedrehter, als mit jeder anderen Sub vor ihr.

Lag es an einem einzelnen Wesenszug von ihr? Er beantwortete die Frage, kaum dass er sie zu Ende dachte. Es war das Gesamtpaket, was ihn so reizte.

„Fühlst du dich wohl, Wölfin, während ich in dir drin bin und alles an und in dir von den Nachklängen vibriert?"

„Es ist so schön wie noch nie, Master." Sie lächelte unglaublich süß und strahlte ein reines Glücksgefühl aus. Gordon merkte, wie sehr es ihn anmachte und auch die Leere in ihm endgültig besänftigte.

„Keine Schmerzen?"

Einer Frau wehzutun, während er sie vögelte, war nicht etwas, das er sexy fand.

Sie verstand, was er meinte. „Nur mein Po brennt, aber ansonsten …" Rebecca legte ihre Hände auf seine Taille.

„... kannst du es mir ruhig härter besorgen. Auch gern von hinten."

Von hinten mochte sie es also!

„Du bist ein lüsternes unersättliches kleines Ding, Rebecca Morgan." Er versiegelte ihre Lippen mit seinen und küsste sie mit der Wildheit, die in seinen Adern brodelte. Jeder Stoß in ihre heiße nasse Pussy jagte lustvoll, ausgehend von seinem Geschlecht, durch seinen Körper. Er stieß zwar nicht schneller zu, dafür aber tiefer und ihre Seufzer zeigten ihm, dass ihre Klit weiterhin geschwollen war und sie seinen Schwanz erregend spürte.

„Möchtest du noch einmal kommen, Rebecca?"

Sie starrte ihn mit aufgerissenen Augen an. „Wenn es nicht sein muss, verzichte ich."

„Ich könnte dich dazu zwingen."

„Das weiß ich."

Ihr innerer Zwiespalt war überdeutlich.

„Du scheinst nicht abgeneigt zu sein."

„Bitte, Master." Rebecca wusste anscheinend selbst nicht genau, worum sie ihn eigentlich anflehte. Doch für heute hatte er genug von ihr verlangt und es bekommen. Dieses Szenario speicherte er für ein anderes Mal ab. Er fesselte seinen Blick an ihren, während er sie fickte. Zärtlich hielt er ihre Wangen umfangen und spürte die lustvollen Wellen, die nicht nur seinen Körper packten, sondern auch seinen Verstand überschwemmten.

„Du willst Gnade, Wölfin?"

„Nur dieses eine Mal."

„Ah, ich werde dich bei Gelegenheit an diese Aussage erinnern - nachdrücklich und anhaltend." Und dann ließ Gordon sich treiben, ließ es zu, dass das schönste aller möglichen körperlichen Empfindungen ihn fortriss. Er bewegte sich schneller, spürte, wie sich seine Hoden zusammenzogen, die Muskeln seiner Beine sich verkrampften. Sein Blut fühlte sich heißer an, schien sich in seinem Schwanz zu sammeln und der Orgasmus packte zu – nachdrücklich und anhaltend. Als er ermattet und gesättigt innehielt und die Lider öffnete, lächelte Rebecca ihn an. Er schwor, dass es das Schönste war, was er jemals gesehen hatte. Es waren nicht nur ihre Mundwinkel, die Emotion spiegelte sich in den samtigen Tiefen ihrer Augen. Er küsste sie leicht auf die Lippen und strich ihr die Haare zurück, unwillig sich aus ihr zurückzuziehen.

„Bleib heute Nacht bei mir, Rebecca."

Sie nahm mehrere hektische Atemzüge. „Und wenn ich es nicht will, fesselst du mich dann an dein Bett?"

„Das wäre eine Überlegung wert."

Sie war viel zu erschöpft und müde, um nach Hause zu fahren, und es widerstrebte seinem Schutzbedürfnis, sie gehen zu lassen. Aber er würde sie nicht gegen ihren Willen festhalten.

„Ich bleibe sehr gerne bei dir, Gordon."

Erneut breitete sich dieses eigenartige warme Gefühl hinter seinem Brustbein aus, als sie es zart errötend hauchte. Sie legte die Hände auf seine Schultern.

„Ich fühle mich bei dir geborgen und sicher, obwohl mein Po wie verrückt wegen dir brennt." Ihre Augen füllten sich mit Tränen. „Und du bist der erste Mann, der mich mit Absicht zum Heulen gebracht hat, um mir damit etwas Gutes zu tun. Und ich weiß gar nicht, was mit mir los ist ..." Sie klammerte sich mittlerweile an ihm fest und drehte ihr Gesicht zur Seite, sichtlich bemüht, ihre übersprudelnden Emotionen zu kontrollieren. Allerdings war das von vornherein zum Scheitern verurteilt, da sie viel zu aufgewühlt war. Ihr Leib war dabei sich zu beruhigen, doch ihr Verstand war schlichtweg überfordert mit den ganzen Gefühlen, sowohl den körperlichen als auch den emotionalen, die sie durchlebt hatte und in diesem Moment durchlebte.

Gordon zog sich aus ihr zurück, legte einen Arm unter ihren Rücken, kniete sich hin und nahm sie bei der Bewegung mit. „Es gibt keinen Grund sich zu schämen. Weine ruhig, wenn es dir gut tut." Und sie tat genau das.

# Kapitel 7

Eine halbe Stunde später saß Rebecca, bekleidet in einem seiner Sweater und eingehüllt in eine kuschlige Decke, mit angezogenen Beinen, gemeinsam mit diesem fantastischen Mann, auf der Couch und starrte auf den Teller in ihren Händen.

„Muss ich dich zwangsernähren?"

„Wenn du solche Drohungen von dir gibst, weiß ich nicht, ob du es ernst meinst." Sie traute ihm alles zu, sobald er um ihr Wohlergehen besorgt oder der Meinung war, dass sie etwas brauchte, selbst wenn sie es nicht wollte.

Gordon spießte ein mit Fetakäse gefülltes Hackbällchen, verfeinert mit Petersilie, auf seine Gabel und steckte die Leckerei in seinen Mund, während er sie mit einem unergründlichen Blick fixierte, der sie nervös machte, obwohl sie sich mit aller Macht dagegen wehrte. Sobald sie bedachte, was er mit ihr in den letzten zwei Stunden angestellt hatte, sollte sie eine schnöde blaue Untiefe wirklich nicht beeindrucken. Doch ihr Körper war ganz anderer Meinung als ihr Verstand und wieder einmal veranstaltete ihr Herz einen wilden Tanz der rabenschwarzen Art.

Er kaute lange, sichtlich amüsiert und das zeigte ihr deutlich, dass er sich seiner Wirkung auf sie absolut bewusst war. Zudem konnte er ihre Reaktionen lesen, deuten und voraussehen, wie es kein Zweiter konnte.

„Dich zu fesseln und mit leckerem Essen zu füttern, würde mir durchaus gefallen." Das Amüsement in seiner Mimik verwandelte sich in etwas Unberechenbares, sodass sie sich schnell eine Gabel von dem italienischen Kartoffelsalat in den Mund steckte.

„Brave Wölfin", sagte er in einem derart neckenden Tonfall, dass sie kaum der Versuchung widerstehen konnte, ihn mit Hackbällchen zu bewerfen. Dass sie es nicht tat, war Zeugnis genug, welchen schwindelerregenden Effekt er auf sie ausübte. Nach dem ersten Bissen meldete sich ihr ausgehungerter Körper zu Wort und forderte sein Recht ein. Für ein paar Minuten aßen sie schweigend und das einzige Geräusch war das Knistern des Kamins, den er vorhin angezündet hatte, um ihr schreckliches Frieren zu beenden. „Du bist emotional und physisch ausgelaugt und dein Körper reagiert darauf." Er hatte sie so liebevoll dabei angesehen, so besorgt und trotzdem zufrieden, dass ihr bei der Erinnerung erneut Tränen hinter den Lidern stachen. Aber sie war nicht nur erschöpft, sondern fühlte sich unglaublich ausgeglichen, befreit und ebenso zufrieden wie er.

„Hast du das gekocht?"

„Nein, das war Sally Sullivan."

Im ersten Augenblick konnte sie den Namen nicht zuordnen, doch dann fiel es ihr wieder ein. „Die Köchin, die letztens bei uns war? Du kennst sie?"

„Ja, sehr gut sogar. Sie war auch an dem Abend im *Trendy*, als wir uns kennengelernt haben."

Daher war ihr Sally so bekannt vorgekommen. Allerdings hatte sie Sally nicht erkannt, so ganz ohne Make-up und in schlichter Kleidung, als sie das Abendessen für sie zubereitet hatte. Jetzt verstand sie die entgeisterten Blicke, die Sally Gordon zugeworfen hatte und das laute Lachen von ihr, als sie den Raum verlassen hatte.

„Du hast eine gute Show abgeliefert." Sie sah ihm ins Gesicht und er verschluckte sich prustend an dem Salat. „Meine Schwägerinnen und meine Brüder halten dich für die Reinkarnation eines Bad Boys. Wenn sie nur wüssten …"

„Vielleicht sind deine Brüder froh, wenn ich dich zähme."

„Das bezweifle ich." Oder?

Er streichelte ihr über die Wange und sie schmiegte sich unbewusst in die Berührung seiner warmen Hand, mit den Schwielen, die ihr so gut gefielen. Irgendwie waren seine Hände ein Spiegelbild seiner Persönlichkeit. Sie konnten unglaublich zärtlich sein, jedoch ebenso hart und unerbittlich, aber niemals grausam.

*Denk dran, Rebecca, das Arrangement ist auf sechs Monate beschränkt. Danach trennen sich eure Wege. Du darfst nicht mehr zulassen. Für ihn bist du mit Sicherheit nur eine Abwechslung, ein Projekt, nicht jemand, mit dem er sich auf längere Zeit herumschlagen möchte. Und auch du kannst eine derartige Dominanz nicht in deinem Leben gebrauchen. Jetzt findest du alles aufregend, aber als Dauerzustand?*

„Du hast mich gefragt, ob ich mein Haus verkaufe. Bist du auf der Suche nach einem neuen Domizil?"

„Ich habe jeden möglichen Cent gespart, um mir den Traum eines eigenen Schmuckateliers zu ermöglichen. Deswegen wohne ich bei meinen Brüdern. Inzwischen habe ich genug Geld zusammen. Allerdings fehlt mir noch das richtige Gebäude und dein Haus, die Lage, den Charme, den es ausstrahlt, genau so etwas suche ich. Ich möchte unter einem Dach wohnen und arbeiten." Ob er ihre Zukunftsträume für genauso bescheuert hielt wie ihre Familie?

Er trank ein paar Schlucke Wasser, schien über ihre Worte gründlich nachzudenken. „Das Leben ist zu kurz, um seine Träume nur zu träumen. Zeigst du mir nächstes Mal, wenn du zu mir kommst, einige deiner Schöpfungen? Und ich kenne drei Brüder, die dir bei der Haussuche behilflich sein könnten. Du hast sie auch im *Trendy* gesehen."

Er konnte nur diese beiden Respekt einflößenden Black-Irish Hotties meinen. Aber wer war der dritte? Die dunklen Verführungen hatten sie eingeschüchtert, mit ihrer gefestigten Aura, obwohl sie kein einziges Wort mit ihnen gewechselt hatte. Und seit wann verspürte sie *Angst* vor Männern? Vor Gordon hätte sie solche Gedanken nicht gehabt. War es überhaupt Furcht? Oder hatte Gordon recht mit seiner durchaus begründeten Meinung, dass sie durch und durch devot war und daher unbewusst auf Dominanz reagierte? Sie dachte zu viel nach, über Dinge, die sie jetzt nicht lösen konnte. Zudem war sie so müde wie noch nie in ihrem Leben, körperlich gesättigt und emotional ausgelaugt.

„Drei Brüder?"

„Der Dritte ist der Dunkelblonde gewesen, der neben Sally saß. Wenn du ihn siehst, wirst du ihn wiedererkennen. Du hattest an dem Abend andere Sorgen, als dir Gesichter zu merken. Allerdings merke ich, dass John und Dean einen bleibenden Eindruck bei dir hinterlassen haben. John ist der ältere der beiden." Die Erkenntnis erschien ihn zu erfreuen, denn er schaufelte sich höchst ungetrübt wirkend mehrere Gabeln des Kartoffelsalates in den Mund, wobei er es schaffte zu grinsen.

„Sind die Drei deine besten Freunde?"

„Sie auch. Aber am meisten verbindet mich mit Sean Carrigan und Keith Logan."

„Sind sie ...?" Durfte sie eine dermaßen intime Frage stellen? Schließlich erkundigte man sich nicht auf der Straße bei wildfremden Menschen, wie ihre sexuellen Ausrichtungen waren. Er ahnte, was sie hatte fragen wollen. Wenn er es wollte, glich seine Mimik einem aufgeschlagenen Buch, so wie in dieser Sekunde. Natürlich half er ihr nicht aus der Verlegenheit, stattdessen weidete er sich daran. Sie fühlte sich wie ein Zootier, dem keine Deckung gewährt wurde, um sich zu verstecken. „... so alt wie du?"

Gordon brach in ein ansteckendes lautstarkes Lachen aus, was seine Attraktivität steigerte. Dabei sabberte sie ihm bereits hinterher, in einer Stärke, die beschämend war. Aber dieses Lachen ...

„Ich werde sie dir demnächst persönlich vorstellen, damit du deine Neugierde in allen Aspekten befriedigen kannst." Ominös hing der Satz in der Luft.

Rebecca argwöhnte, dass er sie auf die Probe stellen wollte. Anstatt sich in ihr trotziges, und wie sie jetzt kleinlaut zugeben musste, auch manchmal aggressiv erscheinendes Gehabe zu retten, reagierte sie mit einer unverständlichen lüstern anmutenden Faszination auf seine Äußerung. Anscheinend hatte sie sich sehr verändert. Oder lag das nur daran, dass seine Bestrafung weiterhin lustvoll auf ihrem Arsch prickelte und sie von vernünftigen Gedanken ablenkte?

„Steht das Nebengebäude auf deinem Grundstück leer?"

„Ja, ich muss mich um einen Mieter kümmern. Die Renovierung ist seit vier Wochen abgeschlossen. Aber bis jetzt hatte ich noch keine Zeit. Und eigentlich suche ich auch eine Hilfe für meine Werkstatt und hege die Hoffnung, dass derjenige dort einziehen möchte."

Sie vergrub die Idee, ehe sie die verlockende Vorstellung zu Ende denken konnte. Das würde sowieso nicht gehen, wenn sich ihre Wege nach der vereinbarten Zeit trennten und sie in Sicherheit vor ihren Brüdern war.

„Kann ich mir das Haus einmal ansehen?", platzte es trotzdem aus ihr.

„Natürlich. Ich zeige es dir bei Gelegenheit. Fragst du aus einem besonderen Grund?"

Sie schüttelte den Kopf. „Nein, ich finde es nur bezaubernd." Wenn es von innen ebenso perfekt war wie von außen, war sie verloren. Es war dämlich, es zu besichtigen und dabei zu wissen, dass sie es sowieso nicht haben konnte. Hoffentlich hakte er nicht nach. Zu ihrer grenzenlosen Erleichterung nahm er ihr den Teller aus der Hand und reichte ihr ein gefülltes Dessertschälchen. „Vanillecreme mit Karamell und Granatapfel." Er griff nach einem Löffel, steckte ihn in die Creme und führte ihn an ihre Lippen. Sie öffnete den Mund und konnte sich das entzückte Seufzen nicht verkneifen, sobald sie die sahnige Versuchung kostete.

„Lecker?" Er wackelte mit den dunklen Augenbrauen und sah sie sonderbar an. Doch der Ausdruck verging genauso schnell, wie er aufgetreten war. Sie schluckte und wisperte anschließend ein *Ja*. Was tat dieser Mann, dieser Master, dieser Highlander nur mit ihr? Er hatte bereits jetzt ihr gewohntes Leben auf den Kopf gestellt, mit einer

Gründlichkeit, die sie ängstigen würde, wenn sie nur nicht so verflucht müde wäre.

Eine halbe Stunde später lagen sie nackt in seinem Bett und an Gordon gekuschelt schlief sie ein, mit einer Selbstverständlichkeit, als würde sie es jede Nacht tun. Es fühlte sich zu gut an und das ängstigte Rebecca zutiefst.

Obwohl sie wie der sprichwörtliche Stein geschlafen, Gordon sie rechtzeitig geweckt hatte, damit sie noch frühstücken und anschließend nach Hause fahren konnte, um sich für die Arbeit umzuziehen, stand sie um zehn Uhr im *Gemstone* mit dem Gefühl, dass sie frisch geplättet aus einer Heißmangel geflüchtet war. Ihr tat alles weh, allem voran ihr Po und das bekräftigte ihren Vergleich mit der Mangel. Er glühte, war überempfindlich und sie hatte sich daher für einen Rock und den seidigsten Slip, den sie besaß, entschieden. Dennoch spürte sie jede Bewegung und das erinnerte sie lebhaft daran, wie verflucht verstörend es sich angefühlt hatte, als Gordon ihr den Arsch versohlt hatte. Der Schmerz war unfassbar gewesen, nicht weil er grausam war, sondern das genaue Gegenteil. Seine harte Hand hatte sie angemacht, wie der leistungsstärkste Vibrator. Es war unglaublich persönlich gewesen und ihre Tränen waren ein intimes Geständnis an ihn, ein Geschenk, das er in Ehren gehalten hatte. Die erlittene Pein verband sie mit Gordon, auf eine einzigartige Weise, sodass sie sich ihm so nah fühlte, wie sie es vor ihm noch bei keinem Mann erlebt hatte.

Er hatte sie gezwungen zu weinen, mit voller Absicht und normalerweise wäre sie fluchend vor so einem Kerl davongerannt. Und jetzt sehnte sie sich danach, dass er es erneut tat. Vor ihm hatte sie Sex auch genossen, nichts vermisst, weil sie von der Existenz seiner Welt nichts gewusst hatte. Gab es nach ihm einen Weg zurück zum normalen Liebesspiel? Und was war überhaupt normal? Wenn sie nur jemanden hätte, mit dem sie darüber reden könnte. Aber die Vorstellung mit Mel und Antonia über derartige delikate Details zu diskutieren, stand außer Frage. Der Highlander beeindruckte sie nachdrücklich und sie musste all ihre Gefühle für sich behalten.

*Hör auf ständig an ihn zu denken!*

Sie streckte die Arme aus, um die Ringe zu sortieren und ihr BH scheuerte gegen ihre Nippel. Verflucht! Muskelkater plagte ihre Arme und Beine und sie sehnte bereits jetzt ein Bad herbei, gefolgt von zehn Stunden Schlaf. Zum Glück war es im Laden ruhig, allerdings hatte sie so noch mehr Zeit sich mit Gordon zu beschäftigen. In diesem Moment traten drei Frauen herein, die ihr bekannt vorkamen, obwohl es keine Stammkundinnen waren. Sie sahen sich nicht um, sondern liefen zielgerichtet auf Rebecca zu, die hinter der Theke stand.

Die kurvige Dunkelblonde sah sie an. „Hi, wir haben uns im *Trendy* gesehen. Ich bin Viola Sullivan und das sind Kim Sullivan und Hazel Carrigan." Sie grinste breit. „Und bevor du fragst, Gordon hat uns auf dich angesetzt. Wir sollen dich ausspionieren."

Rebecca wusste im ersten Moment nicht wie sie mit einer derartigen Invasion, die dazu furchtbar ehrlich daherkam, umgehen sollte.

Kim war rothaarig und langbeinig, hielt sich aber zurück, im Gegensatz zu Viola, denn sie lächelte entschuldigend.

Hazel war ebenso mit einem beneidenswerten Dekolleté bestückt wie Viola und auch sie lächelte Rebecca offen an. „Wir sterben vor Neugierde. Aua!"

Kim hatte Hazel auf den Arm geboxt. „Wir hatten den Auftrag, taktvoll Erkundigungen einzuholen. Und du fällst nicht nur mit der Tür ins Haus, sondern trittst gleich die ganze Wand ein und begräbst Rebecca darunter. Gordon wird nicht amüsiert sein."

„Aber was der Schotte nicht weiß, macht ihn nicht heiß", sagte Hazel. „Und Rebecca wird uns bestimmt nicht verpetzen, denn wir sind wertvolle Verbündete."

Verbündete?

Viola beugte sich verschwörerisch vor, da ein junges Pärchen inzwischen den Laden betreten hatte und sich gerade die Ketten ansah.

„Dominante Männer können wirklich eine Pest sein und wir können dir ein paar Tricks verraten, wie du immer bekommst, was du willst."

Kim rollte mit den Augen. „Klar, als ob dir das bei John immer mühelos gelingen würde. Soweit ich mich erinnern kann, konntest du in der letzten Woche an fünf Tagen auf keinem Stuhl sitzen."

„Öhm ..." Rebecca spürte, dass ihr Hitze in die Wangen stieg und sie nicht wusste, was sie darauf antworten sollte, oder ob sie überhaupt etwas sagen sollte.

„Wir wollten dich auf einen Mädelsabend einladen und würden uns freuen, wenn du kommst", sagte Hazel. „Und entschuldige unsere Offenheit. Wir hatten angenommen, dass Gordon ..."

Rebecca hob die Hände und sie musste sich dermaßen ungelenk bewegt haben, dass die Kundschafterinnen einvernehmlich schmunzelten.

Rebecca fällte einen Entschluss, denn sie fand die Drei überaus nett und mochte sie auf der Stelle. „Sehr gerne." Vielleicht konnte sie auch mehr über Gordon erfahren.

„Miss, können Sie uns helfen?", rief der junge Mann.

„Sofort. Einen Augenblick, bitte."

Viola reichte ihr eine Visitenkarte. „Nächste Woche Dienstag um 19 Uhr. Wir freuen uns."

„Wir sehen uns noch ein bisschen um. Hast du Silberschmuck mit Federn als Motiv?", fragte Kim.

„Hier im Laden nicht, aber in meiner eigenen Kollektion. Ich kann auch nach euren Wünschen Schmuck herstellen."

„Du bist eine Künstlerin?" Violas Augen leuchteten auf. „Bring doch ein paar Kreationen mit."

„Wirklich? Ich möchte mich nicht aufdrängen."

„Tust du nicht. Nur keine Hemmungen! Und um mit Gordon fertigzuwerden, darfst du keine Schwächen zeigen oder nur dann, wenn sie dir dienlich sind."

Kim und Hazel starrten Viola an, als flögen ihr gerade Schmetterlinge aus den langen Haaren.

„John klingeln bestimmt die Ohren", sagte Kim. „Und du weißt, dass er es spürt, wenn du ihn aus der Ferne herausforderst."

Rebecca ging zu dem Pärchen und versuchte sich auf das Verkaufsgespräch zu konzentrieren, nicht an Gordon zu denken, nicht darüber zu grübeln, dass er seine Freundinnen zu ihr geschickt hatte. Was bedeutete das? Waren das Hinweise, dass er sie nicht nach der vereinbarten Zeit zum Teufel jagen würde? Wollte sie das überhaupt?

„Gibt es die Kette auch mit blauen Steinen?", riss die Kundin sie aus ihren Überlegungen.

„Ja, ich hole sie." Sie schüttelte sich im Geiste selbst und nahm sich vor, das am Abend stattfindende lange heiße Schaumbad mit einem Fruchtpunsch zu versüßen, um sich zu entspannen und ein wenig Ordnung in das Chaos ihrer Gefühlswelt zu bringen, obwohl sie wusste, dass dieses Ansinnen von vornherein zum Scheitern verurteilt war. Gordon Maxwell ließ sich nicht so einfach vertreiben, er belagerte nicht ihre Burg, sondern hatte sie erobert, bis auch den letzten Winkel als sein Eigen bezeichnen konnte. Und er war sehr gründlich bei der Erkundung vorgegangen, ganz wie der Master, der er war.

Doch konnte sie mit seinen Freunden und Bekannten mithalten? Anscheinend fühlten sie sich wohl in der BDSM-Welt und stellten sich nicht so an wie sie. Allerdings jonglierte sie mit ungelegten Eiern, brach ihre Prinzipien, Regeln, Wertvorstellung, sogar ihre Rolle als Frau stellte sie inzwischen infrage. Auch, dass sie seit Kindesbeinen an verzweifelt um ihre Unabhängigkeit gekämpft hatte, erschien ihr plötzlich zweifelhaft. Wie konnte es sein, dass der Highlander Dinge von ihr verlangte und sie schlussendlich bekam, die sie vor ihm für einen Frevel an sich selbst gehalten hatte? Obendrein schien es Gordon nicht im Geringsten zu stören, dass sie eine blutige Anfängerin war und sich störrisch zeigte. Sie argwöhnte, dass es ihn anmachte.

Vier Stunden später fuhr sie die Einfahrt zu dem Haus entlang, indem sie ihr ganzes Leben verbracht hatte. Wenn sie nicht so verbissen an dem Ziel festhalten würde, sich als Künstlerin selbstständig zu machen, hätte sie sich längst eine andere Existenz aufgebaut. Irgendwie war es auch ein bequemes Dasein, was sie sich mit der Ausrede erschaffen hatte, dass sie ihre Unabhängigkeit wollte. Ihr war urplötzlich zum Heulen zumute, als alles, was ihr lieb und teuer gewesen war, plötzlich bedeutungslos erschien. Auf dem USB-Stick lief gerade *Make Believe*, von *The Burned* und die wehmütigen Klänge zerrten an ihrem Herzen. Who's to know my world ... Als hätte die Band den Song für sie geschrieben oder für unzählige andere Menschen, die auf einmal nicht mehr wussten, wohin sie gehörten. Dennoch schaltete sie das Lied nicht aus, manchmal brauchte man Resonanzen, die in einem widerhallten, ein Echo zurückwarfen, bis es wohltuend schmerzte, genau wie Gordons harte Hand und seine Sorgsamkeit es bei ihr erreicht hatten, denn auch er vibrierte noch immer durch sie hindurch.

Rebecca parkte das Auto und Charles lief gerade aus der Haustür. Scheiße! Sie war viel zu aufgewühlt, um sich mit ihm auseinanderzusetzen. Er runzelte die Stirn, sobald er sie entdeckte, und riss sogleich die Fahrertür auf.

„Warum weinst du, Rebecca?" Seine Stimme hörte sich eigenartig sanft an. „Hat dieser Gordon dir etwas angetan? Dich verprügelt?"

Völlig überrumpelt starrte sie ihren Bruder an, der inzwischen nach ihrem Arm gefasst hatte. Automatisch drückte sie auf den Schalter, um den Sicherheitsgurt zu lösen. Und was sollte sie Charles auf seine Fragen antworten?

*Ja, Gordon hat mich geschlagen und mich vorher zu schreienden Orgasmen gebracht. Ich kann es kaum erwarten, dass er es mir erneut den Arsch versohlt.*

Wie ging man mit diesem Thema um? Wenn er sie wirklich mit der Gerte geschlagen hätte, dann hätte sie bestimmt nicht nur einen heißen Po, sondern sichtbare Striemen, die man vor den Augen seiner Mitmenschen verborgen halten müsste, weil sie es nicht verstehen würden.

„Einer der Hunde im Tierheim musste eingeschläfert werden." Jetzt fing sie schon wieder mit dem Lügen an. Aber was sollte sie denn sonst tun? Vielleicht konnte sie Viola, Kim und Hazel fragen. Der Gedanke war eine Befreiung. Bei ihnen würde sie sich weder zurückzuhalten, noch etwas verstecken müssen, was ihr so gut gefallen hatte. Ja! Genauso war es. Sie stand darauf, dass ein Mann sie sexuell unterwarf und wenn er dazu handgreiflich werden musste, umso besser. Das Geständnis sich selbst gegenüber war eine unglaubliche Erleichterung.

„Du siehst gar nicht so aus, als wärst du im Tierheim gewesen."

„War ich auch nicht. Lizzy hat mich angerufen."

„Du hattest schon immer ein einfühlsames Herz. Hast als Kind jedes streunende Tier ins Haus geschleppt. Weißt du noch die Frösche? Mum ist ausgeflippt."

Sie konnte sich nicht daran erinnern, wann Charles das letzte Mal freundschaftlich oder eher brüderlich mit ihr geredet hatte. Und dann hob er die Hand und streichelte ihr über die Wange, ehe er ihr zunickte, in seine Limousine einstieg und davonfuhr. Sie schaute ihm nach, bis er in der Ferne verschwand. Heckte er irgendwas aus? War diese Freundlichkeit nur eine Farce und ein neuer Schachzug, um sie zu verunsichern? Am besten ging sie in ihr Miniatelier und arbeitete an einer Idee, dir ihr den ganzen Tag nicht mehr aus dem Kopf gegangen war. Kreativität war bei ihr immer das effektivste Mittel, um jeglichen Grübeleien ein Ende zu setzen. Rebecca hoffte, dass wenigstens ihr letztes Refugium standhielt. Sie lief nach oben, zog sich um und stieg anschließend die Stufen zum Dachboden hinauf, wo sie sich eine provisorische Werkstatt eingerichtet hatte, die von ihrer Familie stillschweigend belächelt wurde. Rebecca schloss die Tür hinter sich und augenblicklich erfasste die besondere Atmosphäre sie, der Drang schöpferisch zu sein und etwas Wunderschönes mit den Händen herzustellen. Sie konnte einfach nicht in einem Büro arbeiten. Früher oder später würde sie ersticken und immer unzufriedener werden. Und wenn sie ehrlich war, war sie auch niemand, der dauerhaft für jemand anderen tätig sein könnte, denn sie lehnte sich stets gegen Autorität auf. Vielleicht sogar krankhaft.

Durch die kleinen Dachfenster fiel zwar Licht herein, aber es war nicht so hell, wie sie es eigentlich brauchte. Sie war gespannt, ob John Sullivan sich bei ihr meldete und von außen hatte sie ihr Traumhaus bereits gefunden. Das Nebengebäude auf Gordons Grundstück hatte es ihr wirklich angetan.

Sie konnte es kaum abwarten, es von innen zu sehen, und geriet erneut ins Schwärmen, sobald sie an die großzügige Fensterfront an der Giebelseite dachte. Im selben Moment schlug sie sich mental auf die Finger, denn sich in das Haus zu verlieben wäre genauso fatal, wie sich in Gordon zu verlieben. Beides war außerhalb ihrer Reichweite. Aber jetzt hatte sie ein plastisches Beispiel, sodass John ihre Wünsche bildlich vor Augen hatte, wenn sie ihre Anforderungen an ein Haus, ihr Haus, beschrieb. Ein Gebäude, indem sie alt werden konnte und das ein richtiges Zuhause war.

Sie griff nach der Form, die sie bereits für Silberschmuck mit stilisierten Federn benutzt hatte. Rebecca rief sich Viola und Kim in Erinnerung und sah die Kettenanhänger vor ihrem inneren Auge. Violas Augen waren grün und Kims blau und sie hatte Edelsteine, die diese Farbtöne perfekt aufgreifen würden.

Sie nahm einen Schmelztiegel sowie einen Lötkolben und machte sich ans Werk und erst ihr knurrender Magen riss sie Stunden später aus ihrer herrlichen kreativen Welt.

# Kapitel 8

Rebecca schielte auf die Uhr und streckte sich wohlig unter der Decke aus. Sie hatte heute frei und die einzigen Termine waren im Tierheim und am Abend Mels Geburtstagsparty, zu der Gordon sie um 19 Uhr abholen wollte. Auf dem Barbecue ihrer Chefin hatte er sich von seiner charmantesten Seite präsentiert und sich wie ein *normaler* verliebter Verlobter benommen, der Rebecca auf Händen trug. Kein unangebrachtes dominantes Gehabe, das ihn als Macho klassifiziert hatte. Beinahe wünschte sie sich, dass er es getan hätte, denn dann hätte sie wenigstens etwas, das sie nicht an ihm mochte und sie abstieß, damit sie wieder zu Vernunft kam. Aber nein, der Highlander hatte alle anwesenden Damen bezaubert, allen voran Mrs Cambridge, ihre Chefin.

Sie konnte kaum glauben, wie sehr sie sich auf ihn freute und wie schrecklich sie ihn vermisste. Aber am allerschlimmsten war die Gier nach seiner Dominanz. Das führte sie direkt zum Notizbuch, in das sie gestern ein paar Dinge geschrieben hatte, mit dem Ziel ihn herauszufordern – sehr herauszufordern. Augenblicklich beschleunigte die bloße Vorstellung seiner sengenden Handfläche auf ihrem Po ihren Herzschlag und das aufgeregte Flattern in ihrem Bauch ließ sie von einer Sekunde zur nächsten hellwach werden. Sie benötigte keinen Fallschirmsprung um ihren Adrenalinpegel in die Höhe zu treiben, sie brauchte nur an den tonangebenden Highlander zu denken.

Lizzy hatte sie gestern angerufen und ihr von einem Neuzugang erzählt, einen acht Monate alten deutschen Schäferhund, dessen Besitzerin an einem Herzinfarkt gestorben war. Sie hatte sich eigenartig bedrückt am Telefon angehört, nicht nur wegen des Hundes. Irgendwas stimmte nicht! Vielleicht war es Zeit, die lockere Freundschaft, die sie miteinander hatten, zu vertiefen. Sie hüpfte kurz unter die Dusche, putzte sich die Zähne und band ihre Haare anschließend zu einem Zopf, schlüpfte in ein paar alte Jeans und einen dünnen Sweater.

Sie lief hinunter in die Küche und goss sich einen Orangensaft ein, froh, dass alle schliefen. Rebecca versuchte noch immer, das gestrige überraschende Verhalten von Charles zu analysieren und fand sich selbst schäbig, weil sie niedere Motive dahinter vermutete. Während sie das Glas leerte, schaute sie nach draußen. Ein wolkenverhangener Himmel begrüßte sie, das perfekte Wetter für einen entspannenden Spaziergang im Wald mit Hunden, der hoffentlich ihre Nervosität beseitigen würde, die sie angesichts der Geburtstagsparty verspürte. Ob Gordon sich wie ein dominanter Mistkerl aufführen würde? Was, wenn er sich daneben benahm oder etwas von ihr verlangte, das nicht gesellschaftsfähig war? Schließlich hatte sie ihn bei ihrem ersten Aufeinandertreffen darum gebeten, sich bei ihren Freundinnen genauso aufzuführen. Allerdings hatte sie damals die Konsequenzen seines Handelns nicht bedacht und auch nicht gewusst, dass er ein Master war und das Spiel viel zu perfekt beherrschte. Ihr war bewusst, dass sie sich selbst nicht entscheiden konnte, wie sie ihn gerne hätte.

*Mein Gott, Rebecca. Man könnte meinen, dass du ihn als einen psychopathischen Gewalttäter einstufst, um dir einzureden, dass er nicht der beste Liebhaber und interessanteste Mann ist, denn du jemals kennenlernen durftest, der unglaublich einfühlsam ist und dich die ganze Zeit überrascht. Er ist all das, wonach du dich immer gesehnt hast. Und er gibt dir die Möglichkeit all deine Träume zu erfüllen, ohne dass die Gefahr besteht, dass deine Brüder dich zwangsverheiraten.*

Sie war sich nicht sicher, ob ihre Befürchtungen übertrieben waren oder nicht. Aber ihre Brüder brauchten Geld. Sie hatten bei der letzten Immobilienblase auf die falschen Häuser gesetzt und viel Kapital verloren. Das restliche Erbe würde ihre Sorgen beseitigen und nur sie stand dem im Weg. Nachdem sie das Glas in die Spülmaschine gestellt hatte, schnappte sie sich ihre Regenjacke und stürmte nach draußen, fest entschlossen den Tag zu genießen, auch wenn sie nicht wusste, wie sie die endlosen Stunden überstehen sollte, bis Gordon sie in seine Arme schloss und über seine Knie legte.

Dreißig Minuten später parkte sie den Wagen am Tierheim und augenblicklich fingen die meisten Hunde an zu bellen. Genau aus diesem Grund lag das Heim einsam, denn der Lärm wäre keinen Nachbarn zuzumuten. Lizzy hatte ihren Vollzeitjob vor zwei Jahren aufgegeben und arbeitete jetzt Teilzeit, da die Tiere ihre gesamte Kraft brauchten. Allerdings lebte sie stets am Existenzlimit und ohne die Spenden würde sie die Einrichtung nicht halten können.

Rebecca lief zum Tor, öffnete es und betrat die Anlage. Sie war gespannt auf den Neuzugang, denn Schäferhunde waren ihre insgeheimen Lieblinge. Wenn sie doch nur ausreichend Zeit für einen eigenen Hund hätte. Aber auch das war kein aussichtsloser Traum. Sobald sie ihr Atelier eröffnete, würde sie genügend Platz und angemessene Puffer haben, um sich um das Tier zu kümmern. Allerdings wäre all das leichter mit einem Partner an ihrer Seite. Ob Gordon Hunde mochte? Ihrer Meinung nach war er ein Hundemensch und mit seiner ruhigen Art und der stets spürbaren Dominanz wäre er der geborene Rudelführer.

*Musst du bei allem immer an ihn denken? Du weißt, wie fatal das ist.*

Lizzy müsste zuhause sein, denn sie arbeitete nur am Wochenende und Mittwochsabends in einem Krankenhaus als Krankenschwester. Das renovierungsbedürftige Gebäude lag rechts von ihr und die Haustür war nur angelehnt. Rebecca klingelte mehrere Male, aber Lizzy meldete sich nicht. Sie stieß die Tür ganz auf.

„Lizzy?" Nicht einmal Lizzys Rotweilermischlinge kamen angerannt, um sie zu begrüßen. Seltsam! Und dann hörte sie ein leises Schluchzen, das aus der Küche kam.

Sie rief erneut nach ihr und beschloss nachzusehen, auch wenn sie damit die Privatsphäre der Freundin verletzte. Ja! Lizzy war eine Freundin und nicht nur eine Bekannte, das erkannte sie in diesem Moment.

Die Rothaarige saß zusammengesunken am Küchentisch und Key war bei ihr, nicht Toast und Beans. Der Wauzi hatte sein Haupt auf ihre Beine gelegt, sichtlich verunsichert über ihren Tränenausbruch. Er hob kurz den Kopf, wedelte einmal mit der Rute zur Begrüßung, ehe der Pudel seine Aufmerksamkeit ausschließlich seiner vorübergehenden Herrin widmete.

„Lizzy!" So hatte Rebecca die quirlige Mittdreißigerin noch nie gesehen, die stets jede Schwierigkeit besiegte und sich nie unterkriegen ließ. „Was ist passiert?"

So wie sie aussah, musste sie bereits seit längerer Zeit weinen. Rebecca griff nach der Lehne eines Stuhls, rückte ihn zurecht und setzte sich. Aus einem Impuls heraus nahm sie Lizzys Hand in ihre. Die Rothaarige senkte den Blick und atmete zitternd aus.

„Es tut mir leid, ich will dich nicht mit meinen Sorgen belasten. Du solltest mich nicht so schwach und voller Selbstmitleid sehen. Das ist peinlich."

„So ein Blödsinn. Wozu sind Freunde denn da?"

Lizzy protestierte nicht, als Rebecca sich als Freund bezeichnete.

„Mein Auto ist vorhin kaputtgegangen und ich habe kein Geld für die Reparatur. Ich bin total pleite, wünsche mir, dass ich nie das Tierheim eröffnet hätte, weil ich kein Privatleben habe, schrecklich einsam bin, und so wie es aussieht, werde ich es auch immer bleiben. Und wie kann ich nur so was Grässliches sagen, aber meine Kraft ist aufgebraucht."

Rebecca öffnete den Reißverschluss ihrer Jacke und holte das Paket Taschentücher heraus, reichte es Lizzy, die eines herauszog und sich sichtlich beschämt die Nase putzte. Wie egoistisch war sie gewesen, so beschäftigt mit den eigenen Problemen, dass sie keinen Gedanken daran verschwendet hatte, dass Lizzy nicht so unangreifbar war, wie sie immer erschien. Rebecca müsste doch am besten wissen, dass man allen anderen eine Lüge vorspielen konnte und sich niemand die Mühe machte, nachzuhaken, weil es schlichtweg bequemer war, sich keine fremden Sorgen aufzubürden. Was konnte sie tun, um ihr zu helfen?

Vielleicht sollte sie mit dem Auto anfangen. Ob Gordon helfen würde? Verlangte sie nicht zu viel von ihm, wenn sie ihn um eine Gefälligkeit bat? Es gab nur eine Möglichkeit es herauszufinden. Sie fischte ihr Smartphone aus der Tasche, wischte über die Oberfläche und tippte auf Gordons Namen.

Er meldete sich nach dem dritten Tuten.

„Rebecca, ist alles in Ordnung?"

Die Sorge in seiner Stimme verursachte in ihrem erschütterten Zustand einen Kloß in ihrem Hals. „Ich möchte dich um einen Gefallen bitten."

„Einen Gefallen?"

Sie rechnete damit, dass er jetzt eine Bemerkung machte, was er als Gegenleistung erwartete, doch er tat es nicht.

„Was ist los, Wölfin? Du hörst dich sehr aufgewühlt an, als wärst du den Tränen nahe."

Sie erzählte ihm kurz von dem Tierheim und der Notlage, in der sich Lizzy befand. „Du kannst auch ablehnen. Aber …"

„Kein Aber, selbstverständlich helfe ich. Ist der Wagen fahrtüchtig?" Sie gab die Frage an Lizzy weiter, die mit dem Kopf schüttelte.

„Gib mir die Adresse. Ich komme mit dem Abschleppwagen vorbei."

„Kannst du denn deine Werkstatt …"

„Schiava", sagte er mit diesem Weichmacher in der Stimme, der ihr den Halt aus den Beinen raubte. Sie nannte ihm die Adresse. „Ich bin in einer halben Stunde da, Honeypupps."

Ehe sie etwas erwidern konnte, unterbrach der Highlander die Verbindung und ließ sie mit einem wild klopfenden Herzen zurück. Honeypupps! Sie lächelte Lizzy zu. „Hilfe ist unterwegs und das andere bekommen wir auch in den Griff." Sie hatte zwar keine Ahnung wie, aber irgendwas würde ihr einfallen. „Ich mache dir erst einmal einen Kaffee."

Lizzy sah sie an und sagte halb lachend und heulend: „Vergiss es, die Kaffeemaschine hat bereits vor einer Woche ihren letzten knatternden Atemzug gehaucht."

„Dann einen Tee."

Jetzt brach Lizzy in ein hysterisches Gelächter aus. „Der Tee ist alle. Aber du kannst uns einen Kakao machen."

Lizzy erhitzte die Milch in der Mikrowelle, fügte das Kakaopulver hinzu und stellte die beiden Tassen auf den Tisch. Sie bedrängte Lizzy nicht mit weiteren Fragen, sondern ließ sie zur Ruhe kommen.

„Es tut mir leid, dass ich dir meine Sorgen aufgebürdet habe. Und du glaubst, dass Gordon mir einen Zahlungsaufschub gewährt?"

Wenn sie das nur wüsste. Aber falls nicht, würde sie in Vorleistung treten. Das brauchte Lizzy nicht zu wissen. „Da bin ich mir ganz sicher. Mach dir keinen Kopf."

Lizzy streichelte über Keys Rücken. „Ist Gordon mit dir verwandt?"

„Nein, er ist mein Verlobter."

„Ich wusste gar nicht, dass du verlobst, bist. Du hast ihn nie erwähnt." Sie strich sich den Pony aus der Stirn. „Warum gehst du nicht zu Shade, während ich mich ein wenig herrichte." Sie rang sich ein Lächeln ab. „Sorry wegen des Ausbruchs."

„Nein, mir tut es leid, dass ich nie gemerkt habe, wie schlecht es dir geht. Wir finden eine Lösung."

Lizzy sah nicht überzeugt aus. Aber für Rebecca war Gordon im richtigen Moment vom Himmel gefallen, da würden sie auch für Lizzys Probleme die passenden Antworten finden.

„Du kommst dann zur Wiese?" Sie hatten ein Stück abgezäunt, wo sie die Hunde ableinen konnten, die sie nicht gut kannten.

„Ich beeile mich."

Rebecca ging zu den Zwingern auf der rechten Seite und Shade war in der ersten Box untergebracht. Er saß hinten in der Ecke und starrte sie dermaßen traurig an, dass ihr augenblicklich das Herz überquoll. Honigbraune Augen, die bis in ihre Seele vordrangen und nur Hunde vermochten ihren Blick auf diese Art und Weise einzusetzen, sodass sie die seltsamsten Instinkte in einem freisetzten: Mitgefühl. Liebe. Hier, nimm mein Steak. Ich muss dich mit nach Hause nehmen. Ohne dich kann ich nicht mehr leben.

Seitdem sie auf Gordon getroffen war, hatte sie sich unglaublich verändert. Rebecca hatte zwar zu vielen Hunden eine innige Beziehung aufgebaut, aber diese auf einen professionellen Level reduziert, da sie sonst wie Lizzy enden würde. Sie war sich immer der Gefahr bewusst gewesen, dass sie nicht jeden Hund retten konnte, weil ihre persönlichen Umstände es nicht zuließen und sie es auch nicht wollte. Ihr Ziel war es gewesen, ihr Leiden zu mindern und ihnen all das zu geben, was sie konnte.

Doch Shade metzelte diese Barrikaden nieder und das innerhalb von drei Sekunden. Die zuerst vor Verunsicherung angelegten Ohren klappten nach vorne und das erhöhte seinen Niedlichkeitsfaktor um weitere hundert Punkte. Er musste noch in Ohren und Pfoten hineinwachsen. Sein schwarzes Gesicht intensivierte den Honigton der Augen und nur die Beine waren sandfarben. Für seine acht Monate war er bereits sehr groß. Sie ging in den Zwinger hinein, verblieb aber stumm und rührte sich nicht, wartete, bis er von sich aus auf sie zukam. Shades Zurückhaltung dauerte nicht einmal eine halbe Minute, ehe er auf sie zustürmte, sich gegen ihre Beine schmiegte und erfreut winselte. Rebecca ging in die Hocke, wehrte sein begeistertes Lecken ab und fühlte sein schnell schlagendes Herz. Mist, sie war verloren, das ahnte sie nicht nur, sie wusste es mit tödlicher Sicherheit. Sie kraulte ihn hinter den Ohren und sein unglaublich weiches Fell streifte ihre Haut wie puscheliger Samt „Du könntest ein Bad gebrauchen und ein paar Kilo auf den Rippen, aber vor allem brauchst du ein Zuhause." Seine ausdrucksstarken Augen lasen ihr einen ganzen Roman vor und es lag in ihren Händen, ob er ein Happy End bekam.

Sie klippte die Leine an sein ledernes Halsband, richtete sich auf und er lief freudig neben ihr her, beachtete weder seine bellenden Artgenossen, noch sein Umfeld. Er fixierte seine Aufmerksamkeit auf sie. Sobald sie das umzäunte Areal erreichten, machte sie ihn los, wo er zunächst die Umgebung beschnupperte, ehe er auf sie zurannte und sich vor sie hinsetzte. Rebecca probierte mehrere Befehle aus und er kannte die Grundkommandos. Seine verstorbene Besitzerin musste ihn sehr geliebt haben und er hatte keinen schlechten Erfahrungen mit Menschen gemacht. Das merkte man deutlich an seinem offenen Wesen.

„Du zeigst dich in deinem besten Licht, Shade."

„Das kannst du ebenfalls, wenn du es nur willst." Die tiefe Stimme von Gordon ließ sie herumwirbeln und Shade tat es ihr nach. Ohne zu zögern, betrat Gordon das Gehege und sein Effekt auf sie war besorgniserregend. Ihr Herz fühlte sich wärmer an, was nicht nur an dem außer Kontrolle geratenen Takt lag, in dem es schlug. Und dieses Lächeln, das sich sowohl in seinen Augen als auch in seiner Haltung widerspiegelte. Ob der Highlander genauso empfand wie sie? Völlig aus der Bahn geworfen? Sich danach verzehrend, den anderen zu spüren, zu schmecken und zu fühlen?

„Master", entwischte es ihren Lippen, ehe sie sich eines Besseren belehren konnte.

Shade stürmte auf ihn zu, als würde Gordon ihn wie ein Magnet anziehen und setzte sich artig vor ihn hin, ohne dass Gordon es ihm sagen musste. Das Tier wusste auf der Stelle seine ruhige Aura einzuschätzen, obendrein, dass Gordon der geborene Anführer war. Auch sie trat an ihn heran und er küsste sie leicht auf die Lippen, ehe er Shade über den Kopf streichelte, der sich in die Berührung schmiegte.

„Wölfin, du hast einen Freund gefunden. Er heißt Shade?"

„Ein sehr passender Name."

„Das finde ich auch. Er ist noch jung. Wie lange ist er bereits hier im Heim?"

„Seit gestern. Seine Besitzerin ist plötzlich verstorben." Sie wollte Shade unbedingt mitnehmen, doch ihre Umstände ließen es nicht zu.

„Rebecca." Er zog sie in die Arme und Shade drängte sich zwischen sie. „Was ist los?"

„Ich würde ihn gerne behalten. Aber ich habe nicht genügend Zeit, und bis ich endlich das richtige Haus gefunden habe, würde er unnötig leiden. Sobald ich von Zuhause aus arbeiten kann, mein Atelier ..." Sie kämpfte mit den Tränen.

„Er leidet im Tierheim? Versteht nicht, wo seine Besitzerin ist?"

Rebecca nickte nur, da der Kloß in ihrer Kehle es verhinderte, dass sie sprechen konnte.

„Ich nehme ihn solange."

„Aber ..." Sie verstummte unter seinem spöttischen Blick.

„Er kann heute Abend bei Hazel und Sean bleiben. Sie haben auch einen Hund, Vino, und wir holen ihn dann morgen früh zusammen ab und du verbringst das gesamte Wochenende bei mir und ..." Ernst sah er sie jetzt an.

„... Shade."

Damit hatte der Highlander sie, was er genauso wusste wie sie. Doch er tat es nicht, um sie auszunutzen, dazu hatte er sie bereits vorher in der Hand.

„Was sagst du?"

Ein Wochenende mit ihm? Allein die Vorstellung jagte ihr zugleich Furcht und heiße Schauder der Vorfreude über den Rücken. Sie würde ganz und gar unter seiner Gnade sein, ihn besser kennenlernen und mit ihm lachen, mit Sicherheit mehr als einmal über seinen Knien landen, wegen ihm wieder diese verstörend befreienden Tränen vergießen und Dinge spüren, von deren Existenz sie vor ihm nichts geahnt hatte.

Ehe sie zurückschrecken konnte, fällte sie eine Entscheidung, schob ihre Ängste hinsichtlich eines gebrochenen Herzens entschlossen zur Seite. „Das würdest du für mich tun?"

„Als dein Verlobter ..."

„Aber ..."

„Rebecca! Ich habe kein Problem damit, dich in meinen Abschleppwagen zu verfrachten, die nächstbeste einsame Stelle anzusteuern und dir ein für alle Mal dieses dämliche Wort auszutreiben."

„Musst du Hazel und Sean nicht zuerst fragen? Wir können auch den Geburtstag absagen."

„Sean ist mein bester Freund, genau wie Keith. Ich kann mitten in der Nacht anrufen und sie würden mir zur Hilfe eilen, egal, um was ich sie bitte. Auf Shade für eine Nacht aufzupassen, ist für sie eine Selbstverständlichkeit. Und Hazel wird den Hund verwöhnen, sodass er gar nicht weiß, wie ihm geschieht. Du brauchst dir keine unnötigen Sorgen zu machen. Außerdem hat Douglas sich vorhin bei mir gemeldet. Er hat genug vom Herumreisen und ich hole ihn am Mittwoch vom Flughafen ab. Also ist für Shades Wohlergehen bestens gesorgt. Zudem kokettiere ich bereits seit längerer Zeit mit dem Gedanken, mir einen Hund zuzulegen."

„Okay." *Jetzt fang nicht an zu weinen.*

„Hey, ihr zwei." Lizzys Stimme riss sie aus ihrer Verzückung. „Du musst Gordon sein." Sie starrte ihn unverhohlen an, etwas, das Rebecca ihr nicht verdenken konnte. Er sah in der verwaschenen Jeans und dem azurblauen Longsleeve zum Anbeißen aus. Als Lizzy bewusst wurde, was sie tat, senkte sie schnell den Blick. Doch ihre roten Wangen sprachen Bände. Gordon schüttelte Lizzys Hand.

„Zeig mir mal die treulose Tomate und wegen der Bezahlung brauchst du dich nicht zu sorgen, falls ich das Fahrzeug reparieren kann, geht es aufs Haus."

Wenn Rebecca nicht bereits vorher verliebt gewesen wäre, dann spätestens jetzt. Es machte keinen Sinn mehr, es zu leugnen.

„Aber …", stammelte Lizzy und verstand nicht, wieso Rebecca losprustete, als wäre sie vollkommen verrückt geworden.

„Sind irgendwelche Kosten für Shade entstanden? Für den Tierarzt oder so?"

„Nein, weshalb?"

„Da es dir offenkundig unangenehm ist, von mir als einem Fremden Hilfe anzunehmen, würde ich mich freuen, wenn du Rebecca und mir dafür Shade überlässt. Er wird es gut bei uns haben. Einverstanden?"

*Bei uns! Bei uns! Bei uns!*

Lizzy war sichtlich sprachlos und schaffte lediglich ein Nicken, bevor sie tief Luft holte, um danach so breit zu lächeln, dass Gordons Augen amüsiert funkelten. Er brachte es wirklich fertig, dass man tat, was er wollte, ohne dass es einem bewusst war.

„Du machst Shade transportfähig und ich schaue mir in der Zwischenzeit Lizzys Fahrzeug an."

Er legte den Arm um die Rothaarige, was ganz und gar brüderlich wirkte. „Für heute hast du genug geweint und was den desolaten Zustand des Heims betrifft, ich kenne da ein paar Kerle, die dir gerne an einem Wochenende aus der Patsche helfen und dann das allernötigste an Reparaturen durchführen werden."

Sie hörte nicht mehr, welcher Art seine weiteren Wörter waren, doch Lizzy folgte ihm wie ein Lämmchen, was auch besser für sie war, denn Rebecca wusste von den Zähnen, die hinter seiner Fassade steckten und die er mit Freuden bleckte, falls die Situation es erforderte. Er wollte

Lizzy helfen und würde es auch tun. Protestieren war sinnlos. Rebecca lief mit Shade in das Waldstück hinüber, damit er vor der Fahrt Nötiges erledigen konnte.

Als sie zurückkehrte, hatte Gordon Lizzys altersschwachen Renault auf den Abschleppwagen gezogen. „Ich sehe, du hast einen Hundegurt auf dem Rücksitz. Du folgst mir zum *Sadasia*. Hazel und Sean sind bereits informiert. Wir probieren aus, ob die Hunde sich mögen. Da Shade noch ein halber Welpe ist, und Vino äußerst verträglich, sollte es keine Probleme geben."

*Sadasia*? Ein seltsamer Name für einen Wohnsitz. Aber da Gordon ein sehr außergewöhnlicher Mann war, wunderte es sie nicht, dass seine Freunde es ebenso waren.

„Wer passt denn auf deine Werkstatt auf?" Sie hatte plötzlich ein schlechtes Gewissen, da sie einfach seine Arbeitszeit beanspruchte.

„Ich habe mir nach deinem Anruf freigenommen. Heute holt niemand ein repariertes Fahrzeug ab und ich erinnere mich nicht mehr daran, wann mein letzter Urlaub gewesen ist. Ein freier Nachmittag ist genau das, was ich brauche. Sollen wir?"

Er half ihr dabei Shade zu sichern, der sich problemlos festzurren ließ, dann küsste Gordon sie sanft auf die Lippen, wobei sie sich wünschte, dass er es ganz anders tun würde. Anschließend verabschiedete er sich noch von Lizzy und versprach ihr, dass sie ihr Auto bis spätestens Mittwoch zurückbekam.

Fünfunddreißig Minuten später hielten sie vor einem imposanten Landhaus, und sie betrachtete mit offenem Mund die verwunschene Fassade, die Statuen von Gargoyles, Engeln und wunderschönen dämonisch aussehenden Wesen, die den Rasen und die Einfahrt zierten. Die Haustür ging auf und jetzt starrte sie auf die beiden Männer, die lächelnd auf sie zuliefen.

Oh!

Sie liefen mit dieser raubtierhaften Grazie, die auch Gordon hatte, als würde nichts und niemand sie von ihrem Ziel abbringen, sobald sie es ins Auge fassten. Das mussten Sean und Keith sein. Der Dunkelhaarige hatte eine unglaublich kräftige Statur und sie wollte sich lieber nicht ausmalen, wie es sich anfühlen würde über seinen Knien zu liegen, während diese wahrhaft riesigen Hände auf ihren armen weiblichen Po prasselten. Der andere war so groß wie Gordon und er war es, der ihr die Hand reichte, um ihr aus dem Wagen zu helfen. Grünbraune Augen, die sie mit ihrer Intelligenz sowie ihrer Bestimmtheit verunsicherten. Er trug sein Haar so kurz, dass sie die Farbe nicht genau identifizieren konnte. Ihn vermochte sie sich mühelos bei den Special-Forces vorzustellen, als Leiter einer Gruppe, die eine Geisel befreite, die Keith mit links auf den Schultern schleppte, sollte diese verletzt sein.

„Rebecca, schön, dich endlich persönlich kennenzulernen. Ich bin Sean."

Erst jetzt wurde sie sich der Tatsache bewusst, dass Gordon seine Freunde hinsichtlich ihres Arrangements mit Sicherheit nicht belogen hatte.

Wie schrecklich peinlich!

In diesem Moment stürmte Hazel aus der Tür und rannte, mehr als das sie lief, auf sie zu, als wollte sie ihr zu Hilfe eilen. Neben ihr lief eine sehr hübsche kleine Dunkelhaarige.

Sean ließ endlich ihre Hand los, die sogleich Keith ergriff. Er küsste sie kurzerhand auf beide Wangen und sie mochte ihn auf der Stelle. Bei Sean war sie sich unsicher, da er sie aufs Höchste verunsicherte.

„Rebecca." Hazel tat es Keith gleich und stellte ihr anschließend Alexis vor. Gordon hatte mittlerweile Shade aus dem Fahrzeug befreit, sich etwas abseits gestellt, damit der Hund die fremden Menschen aus sicherer Entfernung betrachten konnte. Doch sein freundliches neugieriges Naturell setzte sich durch und winselnd machte er seinem Unmut Luft, dass er sich ausgeschlossen fühlte. Nacheinander begrüßte er seine neuen Freunde und Hazel bat sie, ihr nach hinten zu folgen, wo Vino auf sie wartete. Vino war offensichtlich ein Leonberger-Schäferhund-Mix und war nicht nur riesig, sondern auch sanftmütig und sehr gut erzogen. Gigantische Ohren, ein dunkles Fell und wache Augen. Er begrüßte Shade ruhig und zwei Minuten später tollten die Hunde über den Rasen, während Keith, Sean und Gordon ihre amüsierte Aufmerksamkeit Rebecca widmeten. Sie spürte, wie sie nach der anfänglichen Unsicherheit den Rücken durchstreckte, die Schultern straffte und sich bemühte, ihre Verunsicherung nicht zu zeigen, was kein leichtes Unterfangen war. Die beiden Männer waren Master, das wusste sie einfach, denn die verräterischen Anzeichen waren ihr von Gordon nur zu vertraut. Diese Ruhe und Selbstsicherheit, die sie ausstrahlten, sodass man sich zur selben Zeit bei ihnen geborgen fühlte, aber auch wusste, dass sie sich durchzusetzen wussten und beherzt zu den Mitteln griffen, die sie als richtig erachteten, um mit ihnen auf dem Vulkan zu tanzen. Doch sie weigerte sich stur, dem Verlangen nachzugeben, sich an Gordon zu schmiegen und wie ein Welpe bei ihm Schutz zu suchen, dem urplötzlich zwei ausgewachsene Dobermänner gegenüberstanden.

Sean blickte von ihr zu Gordon, und was immer er bemerkte, ließ ihn breit lächeln, sodass er nur noch halb so bedrohlich wirkte. „Ihr seid ein schönes Paar. Das Schicksal hat gut gewählt."

„Du großer Wahrsager sein bist", sagte Hazel in einer perfekten Yoda Imitation. Alexis kicherte unbeeindruckt von Seans Blick, den er erst seiner Frau und dann der Dunkelhaarigen zuwarf, der Rebecca allerdings einen Schauder über die Wirbelsäule jagte.

„Dich schreiend zu erleben, mein Herz aufs Wärmste erfreut, frecher sorgloser Padawan."

Mittlerweile hatte sein Lächeln etwas Skalpellhaftes an sich, das sich den Weg durch ihren Verstand bahnte. Rebecca konnte es nicht mehr aushalten und stellte sich dicht neben Gordon, der ihr sogleich den Arm um die Schultern legte und sie auf den Scheitel küsste.

„Viel zu lernen du noch hast, Dolcezza."

„Wenn du es sagst, übergroßer Yoda."

Sean sah Hazel dermaßen liebevoll an, dass Rebecca wusste, warum Hazel ihn offensichtlich über alles liebte, auch, dass es ihr eine Riesenfreude bereitete, ihn zur Weißglut zu treiben. Gerade das konnte sie bestens verstehen. Shade und Vino rannten auf sie zu und Keith schnappte sich einen Wurfball, den er mit der Präzision eines Hammerwerfers von sich schleuderte. Fröhlich bellend setzten die Pelzies dem Wurfgeschoss nach.

„Möchtet ihr was essen?", fragte Alexis. „Keith hat einen Salat gemacht."

„Danke für das Angebot, aber wir essen gleich was bei mir", platzte es beinahe panisch aus Gordon heraus.

„Keith hat Kochstunden bei Sally genommen", sagte Alexis. „Ich wusste gar nicht, dass dein Mut verloren gegangen ist, großer Highlander und dich Essen in die Flucht schlägt."

Keith boxte Gordon spielerisch auf den Oberarm. „Du bist ein Verräter, Gordon Maxwell. Nur weil mir die Pizza misslungen ist."

„Misslungen?" Gordon räusperte sich betont geräuschvoll. „Vino ist aus der Küche geflüchtet, als du ihm ein Stück davon in seinen Napf gelegt hast. Er steht noch immer unter Schock."

„Wozu braucht man Feinde, wenn man einen Schotten zum Freund hat?" Keith schlug Gordon auf den Rücken, und falls er das bei ihr getan hätte, wäre sie wie ein gefällter Baum mit der Nase im Rasen gelandet. Gordon lachte vergnügt, besonders weil Vino sich angeschlichen hatte und Keith in den Po zwickte.

Die Anspannung floss aus ihrem Körper und sie ahnte, dass sie Gordons Freunde ebenso ins Herz schließen könnte wie ihn. Aber das wäre dumm, da sie keine Ahnung hatte, wie es mit ihnen weitergehen sollte. Allerdings konnte man sich noch so gegen Gefühle und Zuneigung wehren, sie schlängelten sich doch an die Oberfläche.

„Ouchieee", kreischte Keith, mit einer so hellen Stimme, die Rebecca ein Kichern entlockte. Alexis kniff ihm in die andere Backe und rannte anschließend vor ihm davon, während sie quietschende Schreie ausstieß, begleitet von den Hunden, die fröhlich bellend um sie herumsprangen. Ihre Flucht dauerte nicht lange, da packte Keith sie um die Taille, hob sie an und küsste sie auf den Mund. „Das wirst du mir büßen, Cara."

„Das hoffe ich doch, Meister Wombat."

Wombat? Das niedliche langsame Tier passte so gar nicht zu dem hungrigen raubtierhaften Ausdruck, mit dem er die kleine Alexis bedachte.

„Kommt ihr übernächsten Samstag in den *Federzirkel*? Die Sullivans veranstalten ein Barbecue und ich soll dich und Rebecca einladen, falls ihr uns über den Weg lauft." Sean zwinkerte ihr zu und das tat er nur, um sie zu verunsichern.

„Hast du Lust, Rebecca?", fragte Gordon sie.

„*Federzirkel*? Ist das ein Lokal?"

„Nein, das ist der ... Wohnsitz der Sullivans", beantwortete Hazel ihre Frage. Rebecca wunderte sich über das kurze Zögern, aber das Haus würde sicherlich keinen Folterkeller beherbergen. Oder?

Sie sollte sich wirklich nicht mit seinen Freunden anfreunden, doch schon blubberte ihr ein *JA* über die Lippen. Und sie freute sich bereits jetzt auf das Treffen mit den Mädels am Dienstag.

Plötzlich kamen ihr Sean und Keith bekannt vor, das gleiche Gefühl wie bei den Sullivanbrüdern. Oder waren die beiden auch an dem verhängnisvollen Abend im *Trendy* gewesen und ihr Bauchgefühl spielte verrückt? Aber falls sie nur einem von *diesen Männern* vor ihrem Aufeinandertreffen mit Gordon begegnet wäre, hätte sie es niemals vergessen.

„Wir sehen uns morgen. Wir holen Shade so gegen elf Uhr ab, wenn es euch recht ist", sagte Gordon.

Seans Augenbrauen schossen förmlich nach oben. „Wir passen gut auf ihn auf und viel Spaß euch zwei." Und schon fand sie sich in seinen Armen wieder. Er küsste sie auf die Wangen. „Du passt perfekt zu Gordon, Kleines", wisperte er ihr zu. Vielleicht war er doch netter als er auf den ersten Blick wirkte und manchmal täuschte das Aussehen. Er war bestimmt nicht so streng.

*Euren Hund!* Weder Sean noch Keith stellten das Arrangement zwischen Gordon und ihr infrage und für sie war es anscheinend klar, dass es kein simpler Vertrag war, der sich auf sechs Monate beschränkte. Keith warf den Ball, um Shade abzulenken und ein paar Augenblicke später saß sie in ihrem Fahrzeug.

„Viel zum Anziehen brauchst du nicht mitbringen, du wirst sowieso die meiste Zeit nackt sein. Ich erwarte, dass du in spätestens neunzig Minuten bei mir bist. Falls du versagst, wirst du dich nicht auf den Geburtstag deiner Freundin konzentrieren können, weil dein Arsch wie die Hölle brennen wird." Dieses Grinsen zierte seine Mundwinkel, ehe er die Tür zuschlug, seinen knackigen Po Richtung Abschleppwagen bewegte und einstieg.

Rebecca startete den Motor. Sie hatte keine Sekunde zu verlieren.

# Kapitel 9

Jetzt hatte sich nicht nur eine faszinierende Frau in sein Leben geschlichen, nun besaß er auch noch einen Hund. Gordon schlüpfte in eine schwarze Hose und ein tailliertes anthrazitfarbenes Hemd und grübelte darüber nach, wie sehr sich sein Leben seit dem Aufeinanderprallen mit Rebecca verändert hatte. Fast jede Sekunde dachte er an sie, und sobald sie nicht bei ihm war, fehlte sie ihm dermaßen, dass es beinahe schmerzte. Vor ihr hätte er derartige Gefühle für unmöglich gehalten.

*Und wenn sie dir nach der vereinbarten Zeit einen Arschtritt verpasst? Sich fröhlich lächelnd Shade schnappt und in das Haus zieht, was die Sullivans früher oder später für sie finden werden?*

Allein die Vorstellung jagte Kälte durch seine Venen. Aber er konnte ihr kaum befehlen, bei ihm zu bleiben, falls sie es nicht wollte. Noch war das Spiel der Verführung und Bestrafung neu und aufregend für sie, doch nicht jede Frau ertrug einen dominanten Partner für eine längere Zeit oder gar ein ganzes Leben.

Ein ganzes Leben! Er verzog die Mundwinkel, als er in den Spiegel starrte, während er durch sein Haar kämmte. So weit im Voraus zu planen war wirklich dämlich. BDSM brachte auch Schwierigkeiten und Probleme mit sich, denn die Sessions konnten sichtbare Spuren hinterlassen, die auf viele Menschen verständlicherweise befremdlich wirkten. Er konnte sich noch gut an das erste Mal erinnern, als Striemen den Po seiner damaligen Spielpartnerin zierten oder verunstalteten, je nachdem wie man es betrachtete. Und er hatte sie hinterlassen. Sie war stolz darauf gewesen, aber für ihn war es nicht so einfach. Obwohl er wusste, dass dem nicht so war, hatte er sich lange gefühlt, als hätte er Bonny aufs Schlimmste misshandelt. Es war anders gewesen, im Vergleich zu einem Spanking mit der Hand, das er bis zu dem Zeitpunkt nie besonders hart ausgeführt hatte. Beinahe hätte er seine dominante sexuelle Orientierung aufgegeben, angeekelt von sich selbst. Doch dann war er auf Sean und Keith getroffen, eine zufällige Begegnung in einer Bar, wo sie Gordon zu Hilfe geeilt waren, als sich drei englische Hooligans auf ihn stürzen wollten, weil irgendeine Dorfmannschaft von einer schottischen besiegt worden war. Das Schicksal führte oft die richtigen Menschen zusammen.

Das Türklingeln riss ihn aus seinen Überlegungen. Die kleine Wölfin musste sich förmlich überschlagen haben, sie war sogar zehn Minuten zu früh.

Bedauerlich!

Und wie er sich auf Douglas freute. Er hoffte, dass er in das Nebengebäude ziehen würde und dass er seine begnadeten Hände Gordons Werkstatt zur Verfügung stellte. Damit wären fast all seine Sorgen aus der Welt geschafft.

Rebecca ...

Er lief nach unten, riss die Tür auf und atemlos stand sie vor ihm, bekleidet in einer hinreißenden durchsichtigen schwarzen langen Bluse. Darunter war ein azurblaues Top und ihr fantastischer Arsch steckte in Caprileggings. Um den Hals trug sie eine Silberkette mit einem runden Anhänger, dessen Steine genau den Ton des Tops trafen und bis zum Tal zwischen ihren Brüsten reichten. Das dazu passende Armband zierte ihr Handgelenk und der Ring an ihrem rechten Mittelfinger komplementierte das Ensemble. Er nahm ihre Hand in seine, um den Ring zu betrachten.

„Der Schmuck ist zweifelsohne von dir. Du bist eine begnadete Künstlerin, mit sehr talentierten Händen und einem guten Auge für Details. Du siehst wunderschön aus, Rebecca, genau genommen zum Anbeißen."

Ihre hochgesteckten Haare betonten ihre Wangenknochen und er liebte ihren Hals, der so zerbrechlich und zart war. Eine leichte Röte erfasste ihr Gesicht, angesichts seiner Komplimente, die ihr ein Strahlen entlockten.

„Der Schmuck gefällt dir. Vielen Dank. Das bedeutet mir sehr viel."

Er kannte dieses Verhalten von Viola, die trotz ihres Erfolges, bei jedem Gemälde haderte, ob es wirklich gut war. Rebeccas rosarote Lippen lockten ihn und er küsste sie, weitaus züchtiger als er es wollte. Doch sie hatte sich viel Mühe gegeben, um sich zurechtzumachen und er wollte das Kunstwerk nicht zerstören. Er griff nach dem kleinen neben ihr stehenden Rollkoffer und sie folgte ihm hinein.

„Mel und Antonia werden vor Neid grün anlaufen, wenn du mit mir auf der Party auftauchst. Du siehst sexy aus, Master." Sie hauchte den Titel überaus sinnlich und er musste sich zwingen, sie nicht in sein Schlafzimmer zu verschleppen, um ihr dort schlimme Dinge anzutun.

„Freuen sich deine Freundinnen nicht für dich?"

„Ich bin mir da nicht immer sicher."

Gordon hatte von Anfang an Bedenken hinsichtlich Mel und Antonia gehegt, denn wenn Rebecca wirklich Vertrauen zu ihnen hätte, und sie vertrauenswürdig wären, dann hätte sie die beiden niemals belogen. Freunde waren nicht immer das, was man in ihnen sah. Aber Gordon wusste, dass Rebecca ihm vertraute und das löste das ihm jetzt bekannte wohlige Gefühl hinter seinem Brustbein aus, das von der Anwesenheit, einem Gedanken, einem Lächeln oder einem angepissten Blick der süßesten aller Subs herrührte.

„Möchtest du was trinken oder essen?" Er selbst hatte einen Bärenhunger – auf Nahrung und auf Rebecca.

„Eigentlich können wir bald losfahren. Die Gartenparty beginnt bereits um 16 Uhr." Ein freches Lächeln erhellte ihr Gesicht. „Umso schneller können wir wieder nach Hause."

Nach Hause? Er hätte nichts dagegen, wenn sein Heim für sie ein Zuhause wäre.

„Ich meine in dein Haus. Das ist mir so rausgerutscht. Aber wir hätten noch Zeit, um das Nebengebäude zu besichtigen." Verlegen betrachtete sie den Dielenboden. Er kommentierte ihre Bemerkung nicht weiter – für den Moment.

„Dann komm." Er schnappte sich den Schlüssel, legte den Arm um sie und führte sie zum ehemaligen Dienstbotenhaus. Und wenn Douglas nicht dort einziehen wollte, könnte er es doch an Rebecca vermieten, falls es ihr von innen ebenso gut gefiel wie von außen. Aber das wäre höchst dämlich. Bei der Vorstellung eines Lovers von ihr sträubten sich ihm nicht nur die Nackenhaare. Nein, wenn sie nach der festgelegten Zeit das Arrangement beenden wollte, dann würde er es nicht ertragen, sie jeden Tag zu sehen und sie nicht haben zu können.

Gordon schloss die Haustür auf, öffnete sie und bat Rebecca hinein. Sobald sie in dem großzügigen Entree stand, leuchtete sie wie ein Stern. Die Sullivans hatten ganze Arbeit geleistet und aus den vielen kleinen Zimmern vier geräumige gezaubert, die man erreichte, wenn man die drei Stufen hochlief. Heutzutage nannte man das Split-Level. Das Entree war mehr ein Raum als ein Flur und das einfallende Licht durch die großen Fenster flutete ihn mit Helligkeit.

„Gordon, das ist traumhaft. Genauso habe ich mir mein Wunschhaus immer vorgestellt, mit einem Dielenboden, weißen Wänden und Decken und nicht auf einer Ebene."

Sie sprang die Stufen hinauf und nahm die erste Tür auf der rechten Seite, die in das offene Wohnzimmer mit der Küche führte, die man, genau wie im Haupthaus, mit Schiebetüren abtrennen konnte.

„Oh mein Gott! Die Küche ist so schön." Bewundernd glitt sie mit der Handfläche über die Arbeitsplatte aus hellem Mineralstein und öffnete die Tür eines der weißen Lackschränke mit den runden Griffen, die zum Boden passten. Nachdem sie das Badezimmer mit dem hinter Glas angebrachten Blumenwiesenmotiv gesehen hatte, wirkte sie, als ob sie gleich ihre Sachen packen wollte, um einzuziehen. Die Idee sollte ihm aus verständlichen Gründen nicht zusagen, doch er musste die Lippen aufeinanderpressen, um sich davon abzuhalten, ihr genau diesen Vorschlag zu machen - Douglas hin oder her

„Ob die Sullivans für mich genauso ein Haus finden?"
Die größere Seite in ihm hoffte nicht. Aber da war auch noch Douglas, und selbst wenn er das Wagnis entgegen jeder Vernunft auf sich nehmen würde, ihr das Haus anzubieten, sein Bruder hatte Vorrang.

„Du hast den Dachboden noch nicht gesehen." Er konnte nicht anders, als sie in die Arme zu ziehen und sie dermaßen ausgiebig zu küssen, dass sie keinen Lippenstift mehr auf den Lippen hatte, als er sich von ihr löste. Ob ihre Pussy ebenso pochte wie sein Schwanz? Falls er die Gier in ihrem Blick richtig deutete, stellte sich diese Frage nicht.

„Ich zeige ihn dir." Er nahm ihre Hand und brachte sie an den Fuß der Treppe. „Subbies zuerst." Er wollte sich die Ansicht ihres Arschs nicht entgehen lassen und sie enttäuschte ihn nicht. Die knackigen Pobacken zeichneten sich deutlich unter der Leggings und des eng anliegenden Tops ab, aber lieber wäre ihm ihr nackter Körper.

*Geduld, Gordon! Wenn sie es wäre, würden wir nicht auf der Party erscheinen.*

Rebecca schwang ihre Hüften stärker als es nötig wäre und er schlug ihr auf den Po, sobald sie oben angekommen waren.

„Mhmm. Gibt es davon später noch mehr, Master?"

„Das hängt von deinem Benehmen ab."

Sie legte ihre kleinen Hände auf seinen Brustkorb und sah zu ihm hoch, mit Augen, die in diesem Moment mokkafarben waren – unergründlich und wunderschön. „Mein Benehmen? Was muss ich tun, um mit einem heißen Popo belohnt zu werden? Soll ich brav oder frech sein?" Sie glitt mit ihren Fingern unter sein Hemd und zog mit einer Fingerspitze Kreise um seine Brustwarze. „Oder bevorzugst du eine Mischung aus beidem, Master?"

„Das musst du schon selbst herausfinden, Wölfin. Du erhältst keinen Tipp von mir." Gordon mochte innovative Subs und Rebecca stellte ihn in dieser Hinsicht mehr als zufrieden.

„Dann sollst du exakt das bekommen, wonach du verlangst, Highlander." Ihr Augenaufschlag konnte Polarkappen schmelzen und ihr Lächeln stand dem von Viola Sullivan oder Hazel Carrigan in nichts nach, wenn sie etwas absichtlich taten, um ihren Maestro oder Master auf die Palme zu bringen.

„Vorsichtig, kleine Sub, sonst bekommst du genau das, wonach du nicht verlangt hast." Er schob seine Hand in ihre Leggings, tastete sich unter ihren Spitzenslip und fand sie mehr als nass und willig vor. Leicht massierte er ihre Klit und ihr aufgeregtes Keuchen war nicht das einzige Indiz ihrer unglaublichen Erregung. Ihre Perle lag geschwollen unter seinen Fingerkuppen, und als er mit seinem Zeigefinger in ihr Geschlecht eindrang, stöhnte sie ungezügelt.

„Was bist du nur für ein ungezogenes geiles Biest." Er zog seine Hand zurück und die Röte auf ihren Wangen gefiel ihm ausgesprochen gut, auch, dass sie sich an seinem Hemd festklammerte. Er drängte sie auf den Dachboden, der diese Bezeichnung in seinem weißen offenen Zustand und den vielen Fenstern nicht mehr verdiente. Aus diesem Raum konnte man alles machen. Er schob sie auf einen der Fenstersitzplätze zu, befahl ihr sich umzudrehen und sich mit den Händen auf dem beigeweiß gestreiften Polster abzustützen. Ein Muster, das ihm gut auf ihrem Arsch gefallen würde, allerdings in rotweiß. Sie befolgte seinen Befehl äußerst willig. Mit einem Ruck, der ihr einen deutlich hörbaren Atemzug entriss, zerrte er ihr die Leggings zusammen mit dem Spitzenhöschen bis zu den Knöcheln. Mit ein bisschen Nachdruck, gelang es ihm, die Sachen über ihre Schuhe zu ziehen.

„Beine auseinander, Rebecca!" Er trat von ihr zurück, um den Anblick zu genießen, der sich ihm anbot. Ihr praller Arsch reckte sich ihm entgegen und auch ihr Anus entzog sich ihm nicht. Ihr rosafarbenes Geschlecht glitzerte nass. Ihre Beine waren schön, mit schmalen Fesseln und man sah, dass sie viel herumlief. Die Muskeln waren zwar nicht sichtbar aber zu erahnen.

Perfekt!

Ob sie wusste, wie geil ihr Hintern in Verbindung mit ihrer Taille wirkte? Er löste den Knopf seiner Hose, öffnete den Reißverschluss und zog sie zusammen mit seinen Shorts genügend herunter, sodass er sie ficken konnte. Ihr aufgeregtes Atmen war nicht nur an dem Heben und Senken ihres Brustkorbs zu sehen, sondern auch zu hören. Er fasste ihr zwischen die Schenkel, streichelte mit den Fingern zuerst über ihren blanken Venushügel, ehe er sich mit ihrem Kitzler beschäftigte.

„Du hast dich brav rasiert. Das gefällt mir." Er brachte sie bis an den Rand eines Orgasmus, was ehrlich gesagt unverschämt schnell ging und der Sadist in ihm entzog ihr die Stimulation, als das erste verräterische Zucken einsetzte.

Sie hatte sich kein bisschen unter Kontrolle und ihr frustriertes Seufzen war ein Protest, der seinen Schwanz noch weiter anschwellen ließ. Manchmal war ein Quickie genau das richtige Mittel der Wahl.

„Hast du mir was zu sagen, Wölfin?", flüsterte er, in einem, wie er wusste, verflucht bedrohlichem Tonfall.

„Nein, Master", würgte sie förmlich hervor.

„Auf die Zehenspitzen mit dir und auf deinen unangebrachten Tonfall komme ich später zurück – lange und schmerzhaft."

Er brachte seinen Phallus in Position, benetzte die Eichel mit ihren Säften und drang ein paar Zentimeter in ihre enge Wärme ein.

„Das weißt du, nicht wahr, Rebecca?"

Sie wimmerte und rang nach Atem, um ihm zu antworten. „Ja, Master." Kurz und knapp, jedoch aussagekräftig durch die Betonung, die so deutlich ihre devote Seite, aber auch ihren Frust widerspiegelte, dass sie wusste, dass ihr Schicksal von ihm abhing. Er war der Hüter ihres Schmerzes, ihrer Lust, ihres Leids, ihres Genusses und der

Erfüllung ihrer Bedürfnisse. Er konnte ihr alles versagen oder nur einen Teil davon, genau wie jetzt.

Er drang tiefer ein, bis sein Becken ihren Po berührte, hielt einen Moment inne, um das köstliche Gefühl ihrer Unterwerfung bis aufs Äußerste auszureizen. In sie einzudringen, sie zu nehmen, zu ficken, zu benutzen, weil Rebecca es ihm gestattete, es mochte, auch dass sie momentan litt, reizte sein Verlangen auf sie.

„Bitte, Master. Lass mich kommen. Bitte", flehte sie unglaublich sexy.

„Nein. Das heben wir uns für nach der Party auf, Schiava." Da sie mindestens zwanzig Zentimeter kleiner als er war, musste er leicht die Knie beugen, obwohl sie auf den Zehenspitzen stand.

Gordon packte ihren Arsch, grub seine Finger in das weiche Fleisch und er vögelte sie mit harten kurzen Stößen, die ihn innerhalb von wenigen Minuten zum Höhepunkt brachten. Hitze brandete über seinen Körper, sammelte sich in seinen Hoden und er kam heftig und lange, während das reine Glücksgefühl sich in ihm ausbreitete, ihn sättigte, bis das Pulsieren in seinem Schwanz abebbte.

Scheiße! Er konnte kaum noch stehen, nachdem er sich aus Rebecca zurückgezogen hatte. Gordon klapste sie auf den Po, allein aus dem Grund, um sie zu ärgern, was nicht seine Wirkung verfehlte, angesichts des angespannten Zustandes ihrer Wirbelsäule.

„Etwas frustriert, Wölfin? Vielleicht sogar verärgert?" An dem Anspannen ihrer Muskeln sah er, dass sie sich aufrichten wollte. Die Position war für sie auf Dauer nicht bequem, aber das sollte sie auch nicht sein. „Du kannst dich auf die Fußsohlen stellen, ansonsten bleibst du genau dort, wo du bist." Seine Handfläche klatschte auf ihren linken Oberschenkel und sie verstand die Ermahnung.

„Ich könnte platzen. Es tut weh, dass ich nicht kommen durfte."

„Ich weiß." Diesmal küsste er sie auf den Po, zog eine federleichte Spur mit den Lippen über die herrliche Rundung. „Aber ich verspreche dir, dass sich das Warten lohnt. Jetzt darfst du dich aufrichten und dich anziehen. Allerdings behalte ich deinen Slip. Du weißt schon, für meine Sammlung."

Eine trainierte Sub hätte sich nie gewagt, ihm DIESEN Blick zuzuwerfen, nachdem sie sich ihm zugedreht hatte, doch Rebecca verspürte keinerlei Hemmungen ihn zu erdolchen, ihm die Haut abzuziehen und ihn obendrein zu pulverisieren. Wie er das mochte!

Stolz stand sie vor ihm und auch das liebte er.

*Und liebst du nicht noch weitaus mehr?*

Er vergrub den Gedanken, dem er sich in diesem Moment nicht stellen wollte. Gordon wusste, dass sein Grinsen, während er seine Shorts und Hose hochzog, ihren Zorn weiter anfachte. Er streckte die Hand aus, nachdem er sowohl den Reißverschluss, als auch den Knopf geschlossen hatte. „Schlüpfer!"

„Du bist ein Monster, Gordon Maxwell."

„Genau wie du es magst, Rebecca Morgan."

Sie bückte sich, trennte das seidige knappe Gebilde von den Leggings und reichte es ihm. Er stopfte es in seine Hosentasche und sah ihr dabei zu, wie sie die Leggings über ihren schönen Körper zog, dem man den versagten Orgasmus ansah.

# Kapitel 10

Eine Stunde später erreichten sie die Gartenparty und Rebecca hatte anscheinend noch nicht festgelegt, wie sie sich fühlte. Sie haderte mit sich, ob ihr unbefriedigter Zustand es wert war, eine Reaktion aus ihm hervorzulocken, von der sie keine Ahnung hatte, wie diese ausfallen könnte. Dass er während der Fahrt in ihre Leggings gegriffen hatte, um sie wiederholt zu stimulieren, trug erheblich zu ihrer Anspannung bei. All diese Rückschlüsse schenkte sie ihm durch ihre Körperhaltung sowie ihr Mienenspiel.

„Arme unerfüllte Sub", flüsterte er in ihr Ohr, als sie gemeinsam durch den Garten liefen. „Es war mir ein großes Vergnügen, dich zu ficken und dich zu quälen, dir den finalen Genuss zu versagen."

„Gordon!" Sie drehte sich ihm zu und ihre roten Wangen ließen ihn lächeln. „Am liebsten würde ich Mel das Geschenk in die Hand drücken, mir anschließend Häppchen in den Mund stopfen und die Party danach verlassen. In meinem ganzen Leben bin ich noch nie so heiß auf einen Kerl gewesen wie auf dich, Highlander. Ich will, dass du mir den Arsch versohlst und mich dann nimmst, während ich weine."

Ein paar weiterer solcher Worte und er war bereit, sie über seine Schulter zu werfen und ihr genau das zu geben, wonach sie so unbedarft verlangt hatte. Er verschlang seine Finger mit ihren, wobei sie ihn mit ihrem Blick verschlang, sodass er sich wie ein knuspriges Hähnchen fühlte.

„Ich kann kaum glauben, dass ich das ausgesprochen habe und dass ich es ehrlich meine. Gordon, was stellst du nur mit mir an? Dieses Arrangement …"

Leider kreuzte Antonia ausgerechnet jetzt ihren Weg und so blieb der Satz unvollendet. Die Freundinnen fielen sich um den Hals und er küsste anschließend die rassige Dunkelhaarige auf beide Wangen, die ihn anstarrte als wäre

Luzifer persönlich aus dem Boden vor ihr hochgepoppt. Er ließ es sich nicht nehmen, Rebecca auf den Hintern zu schlagen und dabei anzüglich zu grienen. Antonia lachte verlegen, murmelte irgendwas davon, dass sie noch einen Salat umrühren musste, und flog fort, wobei sie in ihrer Hast über eine Unebenheit im Rasen stolperte.

Rebecca schüttelte erst den Kopf und ein glucksendes Lachen blubberte anschließend aus ihrem Mund. „Ich glaube, dein Ruf eilt dir voraus und ich kann nicht behaupten, dass es mir missfällt. Dahinten ist Mel."

Die blonde Grazie drehte sich ihnen zu, sobald Rebecca ihren Namen sagte. „Happy Birthday, Liebes." Sie fielen sich um den Hals. Allerdings presste sie sich ein wenig zu dicht an ihn, als er sie begrüßte, was an ihrem offensichtlichen Alkoholpegel liegen könnte.

„Wo sollen wir die Geschenke hintun?", fragte Rebecca.

„Auf das Sideboard im Wohnzimmer. Darin ist auch eine Vase für die Blumen. Gordon kann mir ja so lange Gesellschaft leisten." Sie zwinkerte ihm zu. „Vielleicht möchte er dem Geburtstagskind den Popo versohlen." Den Worten folgte ein albernes Kichern.

Rebecca erstarrte förmlich neben ihm. Er legte den Arm um ihre Schultern. „Ich mach das schon, mein Engel." Er küsste sie sanft auf den Mund und nahm ihr das Päckchen aus den Händen. „Was möchtest du trinken?"

„Einen Cocktail?" Es war eine Frage und keine Forderung.

„In der Küche steht Rumpunsch mit ganz vielen Früchten", antwortete Mel, unwissend, dass die kleine Sub ihn gemeint hatte.

„Einer klingt gut." Er streichelte Rebecca über die Wange und versank für ein paar Sekunden in ihren Augen, ehe er sich loszureißen vermochte. Während er durch den Garten lief, spürte er die Aufmerksamkeit der Anwesenden wie Nadelstiche auf der Haut. Wahrscheinlich hatte Mel allen Gästen im Vorfeld erzählt, dass ein böser fieser Dom der neue Lover ihrer *besten Freundin* war, der sich daran aufgeilte, wehrlose Frauen zu schlagen. Ob sie sich nach den sexuellen Vorlieben ihrer anderen Gäste erkundigt hatte und überall rumposaunte, dass Ms Miller jede Nacht unbefriedigt einschlief, weil ihr Mann den Sinn ihrer Klitoris auch nach zehn Jahren nicht begreifen wollte, dass Jack und Jill auf Analsex standen? Aber einer devoten Frau mit Lust den Arsch zu versohlen, war in ihren Augen pervers, und der Gedanke an BDSM verwandelte so manchen Erwachsenen in einen pubertierenden Teenager, der das erste Mal das andere Geschlecht nackt sah, da er ein Loch in die Wand der Umkleidekabine des Schwimmbads gebohrt hatte.

Gordon lief bewusst schleichend, um ihnen eine gute Show zu liefern. Im *Federzirkel* oder *Sadasia* war er, verglichen mit den Sullivans, Sean und Keith nicht groß, aber hier stach er heraus wie eine Kiefer in einem Maisfeld. Er fragte eine süße Brünette, wo die Küche war, und sie klappte tatsächlichen den Mund mehrere Male auf und zu, ehe sie es schaffte, ihm zu antworten. Vielleicht hätte er sich ein paar Hörner auf den Kopf stecken und einen Teufelsschwanz umhängen sollen. In der Küche standen das Büfett, der Punsch und eine platinblonde Gazelle mit den unglaublichsten blauen Augen, die ihn unverhohlen musterte. Innerlich seufzend packte er sich die Kelle, die neben dem Punsch lag, und klatschte sich damit mehrmals auf die Handfläche. Sie brach in ein ansteckendes grölendes Gelächter aus, sodass die Flüssigkeit in ihrem Glas überschwappte. Sie stellte das Glas auf die Ablagefläche und er gab ihr ein Geschirrtuch.

„Es tut mir leid, das habe ich wirklich verdient." Sie holte tief Luft und streckte ihm ihre Hand entgegen. „Brianna Cavanah. Und Sie müssen Gordon der Schreckliche sein."

„Gordon reicht."

„Mel hat Sie angekündigt, als würde ein gefallener Engel, ausgerüstet mit einer Peitsche, auf ihrer Party auftauchen." Ihr Händedruck war fest.

„Das dachte ich mir, so wie mich alle anglotzen."

„Nochmals sorry. Und wenn Sie mich fragen, sollte Rebecca sich lieber neue Freunde suchen, die diesen Begriff auch verdienen und sich freuen, dass sie einen derart heißen Fang gemacht hat." Sie zwinkerte ihm noch zu, schnappte sich ein Mixgetränk aus der Wanne, die mit unzähligen Eiswürfeln gefüllt war, und lief graziös in den Garten. Eine interessante Frau.

Er füllte ein Glas, nippte daran und der Alkoholgehalt war nicht zu stark. Für sich selbst nahm er einen Softdrink, ehe er sich auf die Suche nach Rebecca machte. Er fand sie verloren aussehend am Rand der Terrasse, doch sobald sie ihn erspähte, änderte sich ihre Haltung, ihre Ausstrahlung, und sie strahlte über das ganze Gesicht, sodass er sich fühlte, als würde sein Herz strahlen. Gordon reichte ihr den Punsch.

„Amüsierst du dich nicht?" Es war offensichtlich, aber er wollte, dass sie es aussprach.

„Nein." Sie runzelte die Stirn und trank einen großen Schluck. „Außerdem starren uns alle an. Oder bilde ich mir das nur ein? Und das liegt bestimmt nicht daran, dass du unglaublich gut aussiehst, wie eine lebendig gewordene Fantasie von einem dieser Nackenbeißercover." Rebecca lächelte verlegen und stürzte den Inhalt des Glases in einem Zug hinunter, wobei mehrere Früchte auf ihrer Nase landeten. Sie fischte sie unzeremoniell herunter, stopfte sich die Beeren in den Mund und blickte kämpferisch in die Runde.

„Was hältst du davon, wenn wir uns etwas amüsieren, das verliebte Paar mimen, eine Kleinigkeit essen, tanzen und anschließend nach Hause fahren?"

*Verliebtes Paar mimen? Du brauchst nichts zu spielen, was Rebecca angeht.*

Für einen Augenblick wirkte sie verletzt durch das Wort *mimen*, dennoch nickte sie. „Sehr gerne."

„Dann soll es so sein." Gemeinsam schlenderten sie in die Küche, füllten sich ihre Teller mit diversen Leckereien und suchten sich anschließend eine ruhige Ecke, um sie zu verspeisen.

Eine halbe Stunde später hielt er sie in den Armen, während sie sich zu der langsamen Musik wiegten, die keine komplizierten Schritte erforderte. Warm, weich und nachgiebig schmiegte sie sich an ihn. Ihr Haar duftete nach Aprikosen und er wollte den ganzen Sommer mit ihr verbringen, mit ihr und Shade im Herbst durch den Wald toben und im Winter vorm Kamin sitzen.

„Rebecca", sagte er sanft.

Sie legte den Kopf in den Nacken, um ihn anzusehen.

„Ich spiele mittlerweile gar nichts mehr, was dich betrifft." Er rutschte mit den Händen tiefer und umfasste ihre delikaten Arschbacken, die fest und saftig unter seinen Handflächen lagen, sich im Takt bewegten und er sich auf etwas anderes konzentrieren musste, damit in seinen Shorts keine Rushhour ausbrach.

„Mir geht es genauso."

Sie blieben abrupt stehen und er küsste sie auf die Lippen, wagte es aber nicht den Kuss zu vertiefen, denn hier war weder der Ort noch das richtige Publikum. Er zog seine eigenen vier Wände vor und genau dort brachte er sie hin.

Sobald sie aus dem Auto stiegen, veränderte sich ihr Benehmen ihm gegenüber. Nervosität vor dem Unbekannten hielt sie in ihrem Griff, etwas, das ihm gefiel. Rebecca nestelte an ihrer Kette herum, hüpfte von einem Bein auf das andere und sie fror vor Aufregung. Nachdem sie reingegangen waren, befahl er ihr zu duschen und danach nackt ins Wohnzimmer zu kommen. Eine gemeinsame Dusche würde ihn nur ablenken, zudem brauchte er die Zeit um sich zu erden und sich auf ihr besonderes Liebesspiel zu konzentrieren. Er vergaß keinesfalls, dass sie eine Anfängerin war und wollte nichts tun, was ihr schaden oder sie negativ erschrecken könnte. Gordon durfte sich nicht von der Lust davonzerren lassen, solange er seinen Sadismus an ihr nährte.

Nachdem er geduscht hatte, zog er nur bequeme Trainingspants über und lief hinunter ins Wohnzimmer, wo er ein paar Kerzen anzündete, zwei Lampen anmachte, die indirekt und schwach leuchteten, und zog anschließend die Gardinen zu. Vielleicht sollte er sie erstmal genüsslich übers Knie legen und nicht allzu viel von ihr einfordern, ehe er den Abend etwas ernster gestaltete.

Minuten später hörte er, dass sie aus dem Gästebad kam, trotz ihre nackten Sohlen, die fast lautlos auf den Dielen waren. Sie kam ins Wohnzimmer und er sah ihr glasklar an, dass sie nicht wusste, was sie tun sollte.

Angst und Erregung in Perfektion, die sie deutlich zeigte und ein Kribbeln in seiner Magengegend verursachten. Und da war noch was anderes, etwas, das er vor Rebecca niemals gefühlt hatte. Liebe? Oder war es nur starke Zuneigung?

*Du bist ein Idiot und bist nur zu feige um zuzugeben, dass es dich erwischt hat, mit der Heftigkeit eines Vorschlaghammers.*

Ja, er hatte vor ihr zugegeben, dass es kein Spiel mehr auf seiner Seite war, was sie angelangte. Doch gleich mit einer Liebeserklärung über sie herzufallen, schien ihm zu riskant. Das könnte sie genauso überfordern wie ihn. Er rettete sich in Routine.

„Knie dich auf den Läufer, in der Position, die du bereits kennst."

*Muss das sein?,* schrie ihm ihre Haltung entgegen.

Er erlaubte sich ein leichtes Augenbrauenhochziehen, das reichte, um sie in Aktionismus zu versetzen. Die Vorstellung eines Spanking verführte ihre Sinne, aber sie wusste auch, dass es schmerzhaft war, sie die Pein fürchtete, obwohl es dieses dunkle Verlangen in ihr sättigte, sie es brauchte, nachdem sie einmal davon gekostet hatte. Dennoch warf sie ihm einen Blick zu, den er nur als kampfeslustig deuten konnte und es auch tat. Ein heißer Po war ihr gewiss, doch wie tief die Glut schlussendlich in ihr

Fleisch sickern würde, hing von ihrem Benehmen ab. Anmutig lief sie zu dem weißen flauschigen Läufer und sank auf die Unterlage. Leicht spreizte sie die Beine, legte die Handflächen auf ihre Oberschenkel und drückte den Rücken durch. Dann senkte sie den Kopf. Gordon betrachtete sie, ließ erst Sekunden, anschließend Minuten an ihnen vorbeifließen, bis sie sich fasste, die ruhige Stimmung des Raums sie packte und ihre Atmung abflachte.

Vollendet!

Er schlich auf sie zu, verharrte so dicht vor ihr, dass sie nur seine Hosenbeine sehen konnte und legte ihr die Hand auf das Haar, ganz leicht, doch sie spürte die Berührung überdeutlich, da war er sich sicher.

„Bitte mich um eine Bestrafung, Wölfin."

Falls ihr blondes Haar zu Berge stehen könnte, dann hätte es genau das getan. Wenn sie über seine Knie wollte, musste sie auch was dafür tun.

„Nein?", fragte er in einem zuckrigen Tonfall, der der blanke Hohn war und sie erfasste die darin mitschwingende Warnung. Hatte er jemals angespanntere Schultern gesehen?

„Bitte, bestrafe mich, Master", sagte sie in einem monotonen Tonfall, der der blanke Hohn war und er erfasste die darin mitschwingende Erregung. Sie reizte ihn mit voller Absicht – schon wieder.

„Vielleicht sollte ich dir eine Kleinigkeit in deinen frechen Mund stopfen. Etwas, das dir nicht gefällt."

Sie schluckte so hart, dass er es hörte. Die Vorstellung eines Knebelballs zwischen ihren Zähnen gefiel ihr nicht, und falls er sie damit ausstattete, würde die Realität ihre Fantasie bei Weitem übersteigen. Der Speichel, der ihr dabei über das Kinn floss, würde ihr nicht gefallen und ihr als starke Demütigung erscheinen.

„Zieh mir die Hose aus und an deiner Stelle würde ich mir sehr viel Mühe geben, während du meinen Schwanz lutschst." Er trat einen Schritt zurück und sie hob die Arme, löste die Schleife des Bandes an dem Bund und zog ihm die Pants bis zu den Knien herunter. Hart und fordernd stand seine Erektion von seinem Körper ab, und er wollte gerade die Augen schließen, als er ihren Blick bemerkte, der so ganz und gar nicht devot war. Und schon öffnete sie den Mund, aber nicht etwa um an seiner Eichel zu saugen, sondern sie schrie in einer perfekten Minionimitation: *BANAAANAAAA!*

Das hatte sie nicht wirklich getan!

Gordon biss sich auf die Hand, um nicht lauthals loszulachen, doch es misslang ihm. Wenn sie das im *Sadasia* gemacht hätte! Dann hätte er sie auf den nächstbesten Spankingstuhl gebunden und ihren Arsch für die nächste Stunde zur freien Spankingzone erklärt. Aber nun musste er alleine mit diesem Frevel klarkommen.

„Du!"

Sie bebte vor Lachen am ganzen Körper und er betrachtete sein einst stolzes Ross, das in der Zwischenzeit einem krummbeinigen Pony entsprach, das gerade durch einen eisigen See geschwommen war. Indigniert zog er seine Hose hoch.

„Ich?", prustete sie.

*Na warte!*


Rebecca versuchte mit ganzer Kraft sich zusammenzureißen, aber es ging einfach nicht. Wie der Highlander sie anglotzte! Anders konnte man es nicht bezeichnen. Mit abrupten Bewegungen machte er eine Schleife aus den beiden Enden des Bands, die aus den Ösen der Pants heraushingen.

Apropos hängen!

Oh Gott, sie sollte jetzt wirklich aufhören sich so hysterisch aufzuführen, seine Wade umklammern und ihn weinend um Erbarmen anflehen, vielleicht ihm dabei auch noch die Füße küssen. Er stand mit leicht gegrätschten Beinen vor ihr und funkelte nicht auf sie herab, nein, er torpedierte sie mit einem Feuerwerk. Sie ahnte, dass sich

ihr armer Popo bestimmt in ein paar Minuten anfühlen würde, als hätte er eines auf ihrer Haut entzündet.
*Flehe ihn endlich um Gnade an!*
Doch ehe die erste Silbe aus ihrer plötzlich zugeschnürten Kehle entkommen konnte, wisperte er donnernd: „Sei still."
Er wirbelte nicht herum, stattdessen tat er es bedächtig und stampfte anschließend zum Sideboard, wobei sein Oberkörper ihn verriet. Bei jedem dritten Schritt bebte er und prustete los. Allerdings hörte dies auf, sobald er das Möbelstück erreichte und die oberste Schublade aufzog, die viel zu geräumig für ihren Geschmack war. Denn er bewahrte dort allerlei fiese Utensilien auf. Ob sie sich im Badezimmer einschließen sollte? Unter dem Bett verstecken?
Gebannt starrte sie auf das, was der Highlander tat. Aufstehen erschien unmöglich und laufen oder gar rennen utopisch. Allerdings sah sie noch immer seinen fassungslosen Gesichtsausdruck vor Augen, als hätte sie ihn auf einem Foto festgehalten. Sein geöffneter Mund, die nach oben schießenden Augenbrauen und der unfassbare Blick, der ihr auch in diesem Moment ein Kichern entlockte. Er drehte sich ihr zu und hielt eine Peitsche in der Hand, grinste diabolisch und sie konnte nicht mehr wegsehen. Das Kichern verflüchtigte sich aus ihrer Kehle. Er wollte sie doch nicht wirklich mit diesem grässlichen Ding bestrafen! Gordon umfasste den dunkelbraunen Griff beinahe liebevoll und schüttelte die Peitschenschnur aus, sodass Rebecca sie in ihrer ganzen schrecklichen Pracht bewundern konnte. Die Frage, ob Gordon mit ihr umzugehen wusste, erübrigte sich in diesem Moment, da er ausholte und das Leder gekonnt durch die Luft zischte. Die bloße Vorstellung, dass es sich in ihre Haut fraß, ließ sie zittern. Der Highlander bemerkte ihre Reaktion, denn das Vergnügen darüber stand ihm ins Gesicht geschrieben. Er legte sie zur Seite und kramte erneut in seinem

Möbelstück *des Grauens* herum. Diesmal war es ein garstig aussehender Rohrstock, den er hervorholte.

Abwägend musterte erst den Stock, dann sie, als stellte er sich vor, wie er auf ihren Po einhieb, bis sie bereute, was sie getan hatte. Er legte ihn neben die Peitsche. Das nächste Utensil erweckte in ihr den Wunsch, sich auf den Rücken zu legen, ihren Hintern am besten mit den Dielen zu verbinden, damit er keinen Zugriff auf ihn bekam. Falls er wirklich vorhatte, ihr dieses riesige Teil in den Arsch zu schieben, würde sie bestimmt bei dem Versuch sterben, wenigstens ein bisschen. Er schlug sich mit dem schwarzen Buttplug mehrere Male auf die Handfläche und nickte anerkennend.

Oh Gott!

Er stellte ihn wie eine Trophäe auf den Schrank, runzelte die Stirn und wandte sich erneut seinem Schatzkästchen zu. Ein ekliger roter Knebelball baumelte von seinen Fingern. Vielleicht war es auch besser, wenn er ihr dieses Ding zwischen die Zähne schob, denn sie würde sicherlich die ganze Nachbarschaft zusammenschreien, während er sie auspeitschte. Und dann stockte ihr das Herz in der Brust, als er ein Paar Latexhandschuhe überzog und das Gummi mit einem fröhlichen *Schnapp* um seine Handgelenke schnalzen ließ. Aber er war noch lange nicht fertig mit ihr. Den Zug um seine Lippen konnte man nicht als ein Schmunzeln bezeichnen, ein Lächeln war es erst recht nicht, und es als ein Grinsen zu beschreiben, wäre ebenso unpassend. Es war ein sadistisch geprägtes Hochziehen seiner Mundwinkel, wegen des Spaßes, den er mit ihr haben würde, vor allem weil das Spaßempfinden auf ihrer Seite bereits jetzt im Minusbereich lag, angesichts der garstigen Dinge, die er offensichtlich mit ihr tun wollte.

„Das hier brauchen wir auch unbedingt, findest du nicht, Rebecca?"

Er zeigte ihr eine große Spritze, bei der allerdings eine Nadel fehlte. Wofür zum Teufel brauchte er sie? Gordon hielt ihren Blick gefangen, während die Erkenntnis langsam in ihren Verstand sickerte, was er damit tun konnte.

*NOOOOOOOOOOOOOO!*

Der schottische Hobgoblin leckte sich über die Lippen, ehe er seine Sammlung auf dem Sideboard vervollständigte.

„Ahhhh! Hier habt ihr euch versteckt." Es waren Nippelklemmen und er ließ sie mehrere Male auf und zuschnappen. „Steh auf und geh in mein Badezimmer, dort stützt du dich mit den Handflächen am Badewannenrand ab, die Beine so weit gespreizt, wie du es schaffst. Und wag es ja nicht mich anzusehen, dich umzudrehen oder zu sprechen, bis ich es dir erlaube. Solltest du diese Order missachten, Wölfin, dann wirst du es bitter bereuen." Sein schottischer Akzent war besonders stark ausgeprägt und das verhieß nichts Gutes. Rebecca rappelte sich auf die Füße und lief aus dem Raum. Sie hörte, dass er noch etwas aus der Schublade nahm, ehe er ihr folgte.

Mit welchem Schreckensinstrument würde er gleich über sie herfallen? Oder gelüstete es ihn danach sich mit allem an ihr auszutoben, für diesen Frevel, der ihr einfach aus dem Mund geblubbert war, ohne dass sie darüber nachgedacht hatte? Er holte sie auf der Treppe ein und sie wusste, dass er ihr auf den Po starrte. Wahrscheinlich stellte er sich vor, mit welchem Muster er ihn versehen wollte. Jeder Atemzug, jede Bewegung und jeder Herzschlag war ihr überdeutlich bewusst, während sie das Holz unter ihren Füßen spürte, genau wie seinen Blick auf ihrem Hinterteil. Sie hätte es gern hinausgezögert, indem sie langsamer lief, doch seine ominösen festen Schritte erinnerten sie daran, dass er dicht hinter ihr herschlich und sie ihm nicht entkommen konnte, selbst, wenn sie es versuchte. Ein verrückter Teil in ihr ergötzte sich an dieser Furcht, ihrer Erregung, die sie kontinuierlich packte und mit jedem zurückgelegten Zentimeter anstieg. Egal, was er mit ihr zu tun gedachte, sie vertraute diesem Mann, der auch ihr Master war. Dennoch …

Wie weit würde er gehen? Wie würde der Schmerz sein, den er austeilte und wie sehr würde sie leiden, ehe er sie erlöste? War es nicht leichtsinnig von ihr, Gordon dermaßen zu vertrauen? War sie blind vor ... Liebe? Das Wort segelte urplötzlich durch ihren Verstand und sie ließ es ziehen, ohne es zu hinterfragen. Jetzt war nicht der richtige Zeitpunkt dafür. Viel zu schnell gelangte sie an das Ende der Treppe und irrwitzigerweise fiel ihr zum ersten Mal das schöne schmiedeeiserne Treppengeländer auf. Nach wenigen Metern erreichte sie seine Schlafzimmertür und sie bekämpfte den Drang, sich umzudrehen. Obendrein unterdrückte sie den Wortschwall, der sich unaufhaltsam in ihrer Kehle aufbaute. Warum wollte man unbedingt tun, was man nicht durfte? Und weshalb erlaubte sie es überhaupt, dass ein Mann sie derart beherrschte? Wieso gestattete sie Gordon all diese Dinge, die mit ihrer Persönlichkeit kollidierten?

*Ist er nicht in Wahrheit im Einklang mit dir, weil er dich ausbalanciert? Du dich so wohl und vollkommen fühlst wie noch nie zuvor? Du ein ganz neues Lebensgefühl hast, seitdem er das erste Mal deinen Po mit seiner Hand erhitzt hat und du die berauschende Wirkung von Schmerz und Unterwerfung gekostet hast, die so köstlich ist, wie nichts anderes?*

Aber ein Einlauf!!!

Mit so einem Vorgehen hatte sie nicht gerechnet. Sie stieß die Schlafzimmertür auf, lief durch den Raum und erreichte das Bad. Rebecca hatte bereits davon geträumt, gemeinsam mit Gordon in der freistehenden Badewanne zu liegen, im Kerzenschein, während prasselnder Regen an das bodentiefe Fenster schlug. Doch dieses entsetzliche Szenario entsprach in keinster Weise ihren rosaroten Fantasien, denn die Absichten des Highlanders waren so tiefschwarz wie das Wasser im Loch Ness. Und er war auch nicht weniger Furcht erregend als das darin hausende Monster.

„Stütz dich auf der Mitte der Badewanne ab und sieh zu, dass du mir deinen Arsch hübsch entgegenstreckst." Er erlaubte sich ein gemein klingendes Lachen. „Umso weniger du dich wehrst, desto schneller ist es vorbei, Wölfin."

Rebecca befolgte seinen Befehl und die Keramik fühlte sich kühl im Vergleich zu ihrer überhitzten Haut an, die ein deutliches Zeichen ihrer Nervosität war. Zudem waren ihre Handflächen schweißnass, sodass sie ihr keinen Halt boten. Sie setzte ihre Füße schulterbreit auseinander.

„Das kannst du besser, oder soll ich eine Spreizstange holen?" Gordon stand inzwischen hinter ihr, und dass sie nicht wusste, was er tun würde, was er in den Händen hielt, machte sie schier wahnsinnig. Sie gehorchte ihm, trotz des Drangs ihre Schenkel aneinanderzupressen, um ihm jeglichen Zugriff zu verwehren. Doch nun lag ihr Anus, ihr Geschlecht offen vor ihm.

„Hast du Angst vor mir? Vor dem, was ich mir dir tun könnte? Dass du mich lässt, obwohl du nicht weißt, ob du tatsächlich möchtest, dass ich dir einen Einlauf verpasse, dich mit dem Buttplug versehe und dich dann mit der Peitsche züchtige, nur um dich anschließend in den Arsch zu ficken", gurrte er beinahe.

„Ja, Master. Ich habe Angst." Seit wann glich ihre Stimme einer piepsigen Maus? Wollte er all das wirklich mit ihr machen? Und wieso fand sie einen perversen Gefallen an seinen Drohungen?

Er beugte sich über sie und die Wärme seines Körpers war wie eine stumme Warnung. „Hätte ich auch an deiner Stelle." Sein Atem fächerte ihre Schulterblätter entlang, ehe er sie auf die feinfühlige Stelle dazwischen küsste. Wenn sie nur ein wenig Abscheu empfinden könnte, doch sie war so außer sich, dass sie nicht in der Lage war, auch nur ein Gefühl zu steuern.

„Wir versuchen es jetzt erneut. Flehe mich um eine angemessene Bestrafung an."

Natürlich musste er darauf bestehen und er hatte sie mehr als nur am Haken. Sie war in sein Netz eingewickelt, aus dem es kein Entkommen für sie gab.

„Bitte bestrafe mich, Master." Die Wörter klangen in ihr nach und die Bedeutung in ihrer Komplexität suchte sich seinen Raum in ihrem Verstand. Ihn darum zu bitten, war ihr vorhin albern vorgekommen, doch jetzt begriff sie es. Sie überreichte ihm ihr Wohlergehen und ihre Lust auf die intimste Weise, die sie sich vorstellen konnte. Zweisamkeit auf einer Ebene, die sie vor Gordon nicht gekannt hatte, die sie für unmöglich gehalten hatte.

„Wenn du es dir aussuchen dürftest, welchen Wunsch würdest du äußern?"

„Ich würde gerne über deinen Knien liegen und deine Hand spüren."

„Das wäre eine zu leichte Strafe, findest du nicht?"

Resigniert ließ sie den Kopf hängen. „Ja, das wäre es."

„Sehr einsichtig." Er streichelte mit den Fingerkuppen ihren Po, ihre Wirbelsäule hinauf und packte dann ihren Nacken. Erst jetzt realisierte sie, dass er die Latexhandschuhe nicht mehr trug. Vor Erleichterung knickten ihr fast die Beine weg und ihre Hände rutschten auf dem Wannenrand aus. Gordon umfasste sie mit einem Arm und zog sie in eine stehende Position. „Ich kann dich nicht davonkommen lassen. Zuerst spanke ich dich über meinen Knien und danach … zeichne ich deinen Körper mit einem Instrument meiner Wahl. Setz die Füße enger, Rebecca, du scheinst mir mehr als nur ein wenig instabil zu sein."

Sie wusste einfach, dass er jetzt breit grinste. Hart und fest presste sich sein Schwanz gegen ihren Po. Gordon hielt sie ein paar Sekunden so, ehe er sie auch mit dem linken Arm stützte. Raue Handflächen glitten über ihre Taille, ihre Rippen entlang und erreichten ihre Brüste. Er hob diese an und die Hitze seiner Berührung ließ sie seufzen, der Kontrast seiner starken männlichen Statur und ihrer weichen Form war sprichwörtlich atemberaubend. Sanft knetete er ihren Busen und zeitgleich biss er ihr in den Nacken und zupfte hart an ihren Nippeln, sodass die Pein blitzartig durch ihren Körper raste. Nicht nur ihre

Brustwarzen waren geschwollen, es fühlte sich an, als würden ihre Brüste ebenso anschwellen. Er leckte über den Schmerz und saugte an der brennenden Stelle.

„Als du dich mir gerade dargeboten hast, kleine Wölfin, warst du erregt für mich, obwohl du dachtest, ich würde dir etwas antun, das dir nicht gefallen wird. Ist dem nicht so?"

Warum stellte er ihr andauernd Fragen, bei denen er die Antwort kannte, lange bevor sie sie enträtselte.

*Weil er will, dass du es dir eingestehst.*

„Ja."

„Ja, was?"

„Ja, Master, du hast recht." Hatte sie genervt geklungen?

„Anscheinend ist deine Stellung in unserem Arrangement immer noch nicht richtig zu dir durchgedrungen. Aber ich bin mir bei dem Folgendem sicher: Erst wird die Hitze meiner Handfläche weit unter die Haut deines deliziösen Arschs dringen, und dieses Feuer wird dich erleuchten, bis du die Bedeutung endgültig verinnerlichst."

Wusste er eigentlich, wie verflucht schwierig es war, sich auf seine Stimme zu konzentrieren, während ihre Nippel unter seinen Zuwendungen pulsierten und ihre Klit im Rhythmus ihres Herzschlages pochte? Wie zutiefst sie sich nach diesem Schmerz sehnte, den nur er ihr geben konnte?

„Gordon, bitte, bitte bestrafe mich. Ich will es und … und ich brauche es so sehr." Wenn er es jetzt von ihr verlangte, würde sie sich sogar flach auf den Boden legen und ihn von dort aus anflehen.

Er fasste sie an den Schultern und drehte sie um. Sein Blick traf sie unvorbereitet mit dieser rohen Eindringlichkeit, die direkt in ihre Seele wanderte, um sich anschließend in ihrem Herz, Verstand, einfach überall an den Stellen nachhaltig auszubreiten, die sie mit ihm verbanden.

„Geh ins Schlafzimmer und nimm eine Position ein, die du für angemessen hältst."

*Okay!*

Er ließ sie los und augenblicklich sehnte sie seine Berührung zurück, sogar da sie wusste, dass sie das nächste Mal schmerzhaft sein würde. Gordon folgte ihr nicht sofort, sondern ließ sie allein die paar Meter zurücklegen. Nachdem sie sich hingekniet hatte, erschien es ihr nicht mehr genug, sodass sie sich automatisch nach vorne lehnte, bis ihre Stirn die harten Dielen berührte und ihre Arme gestreckt vor ihr waren. Stolz erfüllte sie und diese herrliche Ruhe, obwohl sie auch unglaublich nervös war, während sie auf ihren Master wartete. Sie konnte ihn nicht sehen, allerdings hörte sie Gordons leise auftretende Fußsohlen. Aber in ihrem aufgeputschten Zustand spürte und erfasste sie alles überdeutlich. Der Duft seines herben Aftershaves hing in der Luft und die Dielen rochen nach frisch geschlagenem Holz. Im Raum war es angenehm kühl und durch das offenstehende Fenster fächerte eine Brise über ihre erhitzte Haut, sodass ihr ein Schauder den Körper entlangkroch.

„Du frierst." Gordon machte das Fenster zu, ehe sein Schatten auf sie fiel. „Du siehst wunderschön aus, Rebecca. Stolz, anmutig, eine Zierde für diesen Raum." Das Bett knarrte leicht unter seinem Gewicht, als er sich auf die Matratze setzte. „Komm zu mir, Schiava. Empfange deine Strafe."

Sie richtete sich auf und zu ihrem Verdruss gelang es ihr nicht elegant aufzustehen, da ihre Beine irgendwie ihre Stabilität verloren hatten. Gordon ließ ihre Tollpatschigkeit unkommentiert, wofür sie ihm dankbar war. Er hatte die Deckenbeleuchtung eingeschaltet, doch sie musste über einen Dimmer verfügen. Sanftes Licht schuf eine intime Atmosphäre, allerdings war ihr die Umgebung in diesem Moment egal. Alles, was zählte, war Gordon, der sie derart hungrig anstarrte, als sie die wenigen Schritte auf ihn zulief, dass ihr diesmal ein heißer Schauder über den Rücken lief. Er war so groß, so unglaublich schön. Ja, er war ein schöner Mann, ein Highlander, mit dem Körperbau um es zu beweisen. Kein hübscher Junge, sondern ein richtiger Mann mit Kanten und Ecken, der sie nur anzusehen brauchte, um einen unkontrollierbaren Sturm in ihr zu entfachen, der eingehend in ihr nachwütete, selbst wenn er längst weitergezogen war. Zurück blieb der Geruch nach starkem Regen und frischer Luft, als wäre jeglicher Staub, alles was sie belastete, von ihr gefegt worden.

Vor ihm hatte sie nicht gewusst, auf wie viele unterschiedliche Arten jemand lächeln konnte. Seine leicht nach oben gezogenen Mundwinkel zeigten eindeutig, dass er bereits jetzt ein unglaubliches Vergnügen an ihrer Unterwerfung verspürte, und dass es ihm eine sadistische Freude bereitete, mit ihrer Angst zu spielen, die ihr mit Sicherheit deutlich anzusehen war.

Rebecca hatte ihn darum gebeten, ihr Schmerzen zuzufügen, die auf eine rätselhafte Weise erotisch waren. Vielleicht, weil es sie mit ihm auf die ultimative Weise verband, weil sie weder etwas vor ihm verbergen noch ihm etwas vormachen konnte, während die Pein sich durch ihr Bewusstsein schlängelte. Die Feuerbrunst verblieb dabei nicht nur auf der Haut, sondern durchfuhr sie bis in die letzte Zelle ihres Seins und ihres Körpers. Das verschaffte eine Nähe, die ein Vanillafick bei ihr nicht erreicht hatte. Rebecca blieb vor Gordon stehen und er sah sie mit einer ruhigen Wärme an, in der allerdings ein Hauch seiner Dominanz schwang. Das Wissen, wozu er imstande war, was er alles mit ihr machen konnte, da sie ihn ließ, beschleunigte ihre Atmung und schnürte ihr den Hals zu, nicht vor Furcht, sondern weil sie in diesem Moment wirklich erkannte, dass sie Gordon Maxwell liebte.

Er fasste nach ihren Händen und hielt sie, als wäre sie kostbar und würde ihm die Welt bedeuten.

Wenn es doch nur so wäre!

Erst jetzt bemerkte sie die Gerte, die auf dem Bett lag. Es war also keine leere Drohung gewesen. Ihr Master wollte sie zeichnen! Sie nachdrücklich daran erinnern, dass sie ihm in den Feuernächten gehörte – und darüber hinaus.

„Zuerst der Genuss, Rebecca. Leg dich über meine Knie. Biete mir deinen köstlichen Arsch an, übergib mir deine Seele und schenke mir deine Tränen. Ich verlange nicht weniger als dich, mit allem, was dich ausmacht, als unabhängige Frau und als meine devote Schiava. Meine stolze kämpferische Wölfin."

*Meine devote Schiava!*

Wie eine Liebeserklärung klangen die Worte in ihr nach. Er löste seine rechte Hand, hielt aber ihre in einem festen Griff, der ihr den nötigen Halt gab. Langsam senkte sie den Oberkörper und drapierte sich über seinen Schoß, wie ein sorgfältig ausgesuchtes Präsent für ihn allein. Zuerst würde er vorsichtig die Schleife lösen, danach das Geschenkpapier, um das Innere Schicht für Schicht freizulegen, sie aus ihrem Karton und ihrer Hülle zu befreien, die sie wie eine Rüstung um sich schlang, in dem verzweifelten Bestreben unabhängig zu sein, niemanden an sich heranzulassen, der ihr sagte, was sie tun sollte, weil sie es als grauenvoll angesehen hatte. Doch das war vor dem Highlander gewesen!

Jetzt wusste sie, wie erleichternd es war, einem Mann und Master zu vertrauen, sich ihm ganz und gar hinzugeben. Rebecca wollte das nicht nur in einer Session, sie wollte es für ihr Leben. Sie wollte ihre Sorgen teilen, sich an einer starken Schulter anlehnen und es musste seine Schulter sein.

Ein harter Griff um ihren Nacken katapultierte sie aus den Gedanken.

„Mir scheint, du bist nicht richtig bei der Sache. Noch nicht." Seine Stimme war ein unheilvolles Wispern, das über ihren Leib flüsterte, wie eine kaum wahrnehmbare Brise und dennoch verursachte es eine Gänsehaut, die ihre Haut entlanghuschte gleich einem geisterhaften Echo. Woher wusste er, dass sie gegrübelt hatte? Sie schwor, dass dieser Mann zehn Sinne besaß.

„Ich werde dir wehtun, Rebecca. Eindringlicher, als du es in diesem Augenblick für möglich hältst."

Keine abschweifenden Gedanken mehr! Jede Silbe jagte in ihren Verstand und hakte sich dort fest. Seine Beine fühlten sich so unnachgiebig an und es gab nichts Weiches an ihm in diesem Moment. Seine langen Finger umschlossen die Rückseite ihres Halses, und falls er es darauf anlegte, könnte er ihr unglaubliche Schmerzen zufügen. Doch auf diese Sorte von Pein zielte er nicht ab. Seine Absichten waren erotischer Natur. Schließlich wusste er, dass sie keine Masochistin war, die allein durch Qualen in Ekstase geriet. Ihr Master würde geschickt vorgehen, sodass die Folter sie herausforderte, aber keinesfalls überforderte und währenddessen stellte er sicher, dass sie Lust empfand, besonders für den Fall, sollte sie diese nicht mehr wollen. Zu ihrem Entsetzen spürte sie nicht einen leichten Schlag, als er ihren Hintern das erste Mal berührte, nein, er rieb fest ihren Po und leider auch über ihre Oberschenkel, ein weiteres Indiz, dass er es verflucht ernst meinte.

Instinktiv verkrampfte sie sich, was ihm sogleich ein amüsiertes Schnauben entlockte. „Du weißt es besser, kleine hilflose Subbie."

Sie war nicht hilflos! Normalerweise! Jetzt allerdings war sie es. Seine rauen Hände glitten über ihre Haut, die ihm genauso wenig etwas entgegenzusetzen hatte wie sie. Wärme breitete sich aus, die keinen Schmerz mit sich brachte, doch das würde sich ändern. Es war nur eine Frage von Minuten ... Sekunden ... Herzschlägen.

Noch immer lagen seine Finger um ihren Nacken und sie war froh für diese Wohltat. Sie hätte nie gedacht, dass eine derartige Berührung sie dermaßen erden könnte. Inzwischen prickelten ihre Oberschenkel und ihr Hintern. Gordon war anscheinend inzwischen zufrieden mit seinem Werk, denn er setzte sich etwas aufrechter hin, was sie deutlich an seinen Oberschenkelmuskeln bemerkte, die sich unter ihr bewegten. Sie konnte förmlich sehen, wie er den Arm hob, die Finger spreizte und ihr den ersten Schlag versetzte, der sogleich die linke Pobacke traf.

Was für ein herrliches Gefühl war dieses kaum wahrnehmbare Brennen der frischen Treffer. Rebecca verinnerlichte die angenehme Empfindung, die ihren Körper durchströmte und doch wusste sie, dass es nicht so bleiben würde. Diese spannende Furcht beschleunigte ihre Atmung, bis die erste festere Feuerzunge auf ihren Po prallte.

„Atme durch die Pein, Rebecca", sagte er so unglaublich zärtlich.

Sie hatte nicht bemerkt, dass sie vor Schreck die Luft angehalten hatte. Er gewährte ihr ein paar Sekunden, streichelte mit den Fingerspitzen über ihren Hals, ehe er mit ihrer Bestrafung weitermachte, die in diesem Augenblick nicht wie eine anmutete. Rebecca fühlte sich geborgen, geliebt und umsorgt. Vor Gordon hätte sie mit Unverständnis auf ihre eigenen Empfindungen reagiert, sich selbst als Lügnerin tituliert.

Die nächste Feuerzunge drang dermaßen tief, dass sie laut schrie, obwohl sie es nicht gewollte hatte. Vier solcher Treffer entflammten die Haut auf ihrem Po und sie griff mit den Händen nach seiner Sweatpants, um sich daran festzuhalten. Fest kniff sie beide Lider zu, doch nichts half, um die Qual abzumildern, bis er zwischen ihre Schenkel fasste und seine cleveren Finger ihre Lustperle auf Anhieb fanden, um sie sanft zu massieren und ihr auf der Stelle zu demonstrieren, dass sie sehr wohl erregt war, auch wenn sie das Gegenteil angenommen hatte.

„Du bist so sexy, so verflucht sexy, Rebecca." Er brachte sie innerhalb kürzester Zeit an den Rand eines Orgasmus, aber natürlich ließ der sadistische Highlander sie nicht kommen, denn er hatte gerade erst mit ihrer Züchtigung begonnen. Das hier würde nicht schnell gehen und er würde sicherstellen, dass sie wahrhaft bereute, was sie getan hatte. Und sie bereute es bereits jetzt. Er entzog ihr die Reizung und schon prallte seine grauenvolle Handfläche abwechselnd auf die Rückseite ihrer Oberschenkel und auf ihren Arsch, der inzwischen so glühte, als hätte er ihn angezündet. Längst weinte sie, schrie, flehte ihn an, dass er aufhören sollte. Doch er ließ sich nicht davon beirren, auch nicht, dass sie mittlerweile ernsthaft versuchte, von seinen Knien zu entkommen. Er lachte hinsichtlich ihrer kläglichen Versuche, hakte einen Unterschenkel über ihre, und sein Griff verließ ihren Nacken nur um sich in ihrem Haar zu vergraben, sich Strähnen um die Hand zu wickeln, um sie somit vollständig zu kontrollieren.

„Falls du es wagst, mich zu kneifen, Rebecca, oder mich zu beißen, dann wirst du es bitterlich bereuen. Es gibt noch weitaus Schlimmeres als das hier."

*Du spinnst doch!*

Als Warnung spreizte er mit den Fingern ihre Pobacken und lachte wahrhaft fies, ehe er sein schreckliches Tun fortsetzte, bis alles um sie herum verschwamm, sie aufhörte, Rebecca zu sein und irgendwie über sich selbst schwebte. Er zerbrach sie, keinesfalls ihre Seele, aber den Panzer, der sie davon abhielt, zu sich zu finden.

„Schhh", hörte sie ihn aus weiter Ferne. Leicht streichelte er die geschundene Haut und sie konnte einfach nicht aufhören zu weinen, ihr Gesicht an sein Bein zu pressen. Irgendwann musste er ihr Haar losgelassen haben, denn mit der freien Hand strich er ihr die nassen Strähnen aus der Stirn. „Alles ist gut, Rebecca. Lass dich fallen. Ich halte dich und werde dich niemals loslassen."

Wie durch einen dicken Nebel sickerte die Bedeutung der Worte zu ihr durch ... niemals loslassen!

*Bitte lasse mich niemals los!*

Er stand auf und es bereitete ihm keine Mühe, sie einfach auf die Füße zu stellen. Instinktiv sah sie auf den Boden, während er sie an den Schultern hielt. „Sieh mich an!" Die Autorität in seiner Stimme war zu ausgeprägt, um sie zu ignorieren.

Rebecca blinzelte, dennoch sah sie für ein paar Augenblicke alles verschwommen, ehe sich ihre Sicht und auch ihr Kopf klärten. Irgendwie beschlich sie das Gefühl, als ob das Brennen erneut an Heftigkeit zunahm, sodass sie sich den zuckerwatteähnlichen Zustand zurücksehnte. Ihr Po und ihre Oberschenkel brannten nicht nur, sie pulsierten förmlich vor Pein, nicht nur an der Oberfläche, sondern auch das darunterliegende Fleisch. Aber das war nicht das Einige, was sich unglaublich lebendig anfühlte. Ihr ganzer Körper vibrierte, ihre Seele vibrierte, ihr Herz vibrierte. Gordon zog sie in seine Umarmung, hielt sie und eine Leere in ihr starb, um etwas Besonderem Platz zu machen, und wenn er sie zurückstieß, würde diese Stelle in ihr erneut erkalten und diesmal für immer. Sie hörte seinen Herzschlag, der genauso ruhig und kräftig schlug, wie er es war. Dass sie so fühlte, war nicht geplant gewesen und hilflos bemerkte sie, dass das Gefühlschaos über sie hinwegfegte und deutliche Spuren hinterließ.

„Wir sind noch nicht am Ziel angekommen, Wölfin. Jedoch gebe ich dir einen Schlüssel in die Hand, mit dem du mein weiteres Vorgehen auf der Stelle stoppen kannst. Ohne Wenn und Aber. Und es hat nur die Konsequenz, dass wir darüber reden, warum ich aufhören sollte."

Sie verstand nicht, was er ihr sagte und dieser Umstand musste sich deutlich auf ihrem Gesicht zeigen, denn mit dem Handrücken streichelte er sanft über ihre Wangen, wischte die Tränen weg, die noch immer aus ihren Augen quollen. Ihr Ursprung lag nicht mehr im Schmerz, stattdessen waren sie der Innigkeit geschuldet, die sie zu Gordon verspürte. Diese Emotion war zu groß, zu nachdrücklich und zu tief gehend, um sie in ihrer Gänze zu begreifen.

„Rot ist dein Safeword, und wenn du es sagst, ungeachtet der Lautstärke, höre ich auf mit dem, was ich dir gerade antue. Verstehst du das, Rebecca?"

„Ja, Master."

„Gelb ist dein Wort, falls du etwas brauchst, sei es ein wenig Ruhe, um deine Sinnesempfindungen zu verarbeiten, egal, ob es körperliche oder seelische sind, du etwas zu trinken brauchst, oder eine Berührung durch meine Hand, die ich dir dann nach meinem Ermessen gewähren werde oder auch nicht. Beides sind Wörter, die ich mit Respekt behandle und dies ebenso von dir erwarte."

„Ich begreife, was du mir sagst, Master. Ich werde dich nicht enttäuschen."

„Das hast du noch nie und wirst es nicht." Er küsste sie sanft auf die Lippen. „Ich möchte dich gerne fesseln, damit du der Gerte nicht ausweichen kannst."

Es brachte nichts ihre Platzangst vor ihm zu verheimlichen, die vielleicht stärker war, als sie sich das hatte eingestehen wollen. So aufmerksam, wie Gordon war, würde er es sofort bemerken und sie brauchte auch keine Angst zu haben, dass er diese Furcht jemals gegen sie verwenden würde. Das lag nicht in seiner Persönlichkeit.

„Ich kann es nicht ertragen, wenn ich mich nicht bewegen kann."

„Auf einer Skala von eins bis zehn?"

„Acht."

„Und falls ich nur deine Handgelenke fixiere, nicht allzu stramm, sondern so, dass du deine Arme bewegen kannst?"

„Sechs."

„Okay, Kleines. An dieser Urangst arbeiten wir ein anderes Mal. Allerdings wäre es für dich leichter, die Gertenschläge gefesselt zu ertragen. Unfixiert musst du sehr viel mehr Selbstbeherrschung beweisen."

Wenn er darauf bestand, würde sie es versuchen. Doch er griff nicht nach den Manschetten, die ebenso wie die Gerte auf dem Bett lagen. Sie waren ihr vorhin nicht aufgefallen, weil sie hinter ihm gelegen hatten.

„Leg dich aufs Bett, Rebecca. Mit dem Bauch nach unten."

Sie tat, was er verlangte, und ihre Hände zitterten dermaßen stark, dass sie die Bettdecke packte, sobald sie auf ihr lag.

„Wie lauten deine Wörter?"

„Rot und gelb, Master."

„Sehr schön. Du bekommst von mir vier Striemen. Wir stehen das gemeinsam durch und vielleicht gefällt dir der Schmerz mehr, als du es dir zu diesem Zeitpunkt vorstellen kannst."

Er nahm die Gerte vom Bett und sie wünschte sich, dass die Matratze sie verschlingen würde. Erschreckt schrie sie auf, als er sie an den Fußknöcheln packte und etwas Richtung Fußende zog.

„Streck deine Arme nach oben. Es ist zu riskant, wenn deine Hände neben dir liegen. Du könntest versuchen, deinen sehr roten Hintern mit ihnen zu bedecken." Jetzt lächelte er, das hörte sie deutlich. „Dein Arsch sieht unglaublich heiß aus, Rebecca. Überhaupt machst du dich gut auf meinen blauen Laken, mit deinen Tränen, deiner nassen Pussy und einem Popo, der bereits meine Spuren trägt."

Geduldig wartete er, bis sie es schaffte zu gehorchen.

*Vier Schläge! Das hältst du aus, für ihn und für dich.*

„Nach der Tortur werde ich dich belohnen und du wirst so hart kommen wie nie zuvor, das verspreche ich dir."

Das mit der nassen Pussy stimmte. So schmerzhaft das Spanking auch gewesen und momentan war, das Brennen war erotisch, die Position über seinen Knien unglaublich anregend gewesen, und sich ihm freiwillig darzubieten, nachdem sie ihn angefleht hatte, sie zu bestrafen, war eine wichtige Essenz in diesem Cocktail. Jetzt wartete sie darauf, dass er sie mit einer Gerte züchtigte. Wie der Schmerz sein würde? Konnte sie ihn aushalten oder würde sie aus voller Kehle ROT schreien, noch ehe die bestimmt schneidende Pein sie erfasste?

Ihre Arme fühlten sich wie zwei steife Stöcke an, die ihr nur mit Mühe gehorchten. Inzwischen bereute sie es, dass sie auf die Fesselung verzichtet hatte. Sie hätte auf ihren Master hören sollen, der im Gegensatz zu ihr, Erfahrung auf diesem Gebiet hatte.

„Vertraust du mir?"

„Mit meinem Leben, Gordon."

„Ich vertraue dir auch, Rebecca. Du brauchst mir nicht zu geben, was du nicht kannst." Er beugte sich herunter und seine weichen Lippen berührten ihren glühenden Po, wanderten hinauf zu ihren Schulterblättern, um sie auf ihren schweißnassen Nacken zu küssen, so unglaublich zärtlich.

„Ich gebe dir genug Zeit, jeden Hieb zu verarbeiten, ehe der nächste kommt. Okay?"

Was tat dieser Mann nur mit ihr? Warum musste er so verunsichernd liebevoll sein, bevor er sie mit einer Gerte schlug? Er richtete sich auf und sie kniff die Lider zu, verkrampfte abermals ihre Hände in die Bettdecke, und ehe ihr Herz einen weiteren Schlag nehmen konnte, traf sie der scharfe Schmerz mitten auf ihre Pobacken.

OUCH!

Sie konnte sich gerade noch davon abhalten, sich zur Seite zu drehen, als die Qual geradewegs durch ihre Haut schoss und sich in ihr Fleisch fraß.

„Wehre dich nicht dagegen, Rebecca. Akzeptiere alles, was die Pein in dir auslöst." Er schob seine Hand unter ihren Hals und hielt sie auf diese unglaublich liebevolle Weise. Die widersprüchlichsten Empfindungen wüteten in ihr, ebenso wie das Flammenmeer auf ihrem Körper. Lust, Tortur, Liebe, Vertrauen. „So ist es gut." Wenn er weiter mit ihr in diesem beinahe schnurrenden Tonfall sprach, würde sie zerschmelzen.

Er achtete sein Versprechen und wartete geduldig, bis sie bereit war, den nächsten Kuss der Gerte zu empfangen. Gordon beobachtete sie genau und schätzte ihre Reaktionen richtig ein. Sobald sie ihre Hände entkrampfte, der Schock nachließ, streichelte er ihr über den Kopf, so unglaublich zärtlich. Doch sie wusste, dass die Berührung nur ein Vorbote des unmittelbar bevorstehenden Hiebes war. Gordon platzierte ihn unterhalb seines letzten Treffers. Das Brennen war ... exquisit, fordernd und auf seine eigene Weise wunderschön, obwohl es ebenso furchtbar war. Sie fühlte sich Gordon noch enger verbunden und ihr schossen bei dieser Erkenntnis weitere Tränen in die Augen, die allerdings ihre Wurzeln nicht in dem erlittenen Leid fanden, der sie so bittersüß durchströmte. Gordon spielte eine Symphonie mit ihrem Körper und ihren Gedanken, bis alles perfekt aufeinander abgestimmt war. Die Gerte war durch den fehlenden Körperkontakt nicht so intim wie das vorherige Spanking über seinen Knien. Jedoch waren die Hiebe mit der Gerte auf einer anderen Ebene innig, weil die Tortur sie eindringlich daran erinnerte, dass ihr Wohlbefinden allein in seinen Händen lag, obwohl sie es mit einem Wort jederzeit stoppen könnte. Allerdings wollte sie nicht, dass Gordon aufhörte. Der nächste Schlag traf sie auf ihre Oberschenkel. Sie hatte zwar damit gerechnet und doch war es wie ein Blitz, der urplötzlich auf sie einschlug. Der Schmerz war auf den Beinen um einiges heftiger als auf ihrem Po.

„Ertrage noch einen Hieb, Wölfin. Kannst du das für mich tun?" Gordon untermalte das Gesagte mit federleichten Berührungen seiner Fingerspitzen, die auf ihrer geschundenen Haut eine nachdrückliche Spur hinterließen, trotz der Sanftheit, mit der ihr Master vorging.

„Nicht nur einen Schlag, Master. Ich möchte zwei."

*Bist du verrückt geworden? Deine Rückseite schmerzt bereits jetzt höllisch.*

Aber sie gierte danach, ihm mehr von sich in dieser Feuernacht zu überlassen, sie wollte diese tiefe Verbundenheit mit ihm ausreizen, diese Erlösung von all ihren Bürden genießen, bis es nicht weiterging.

Der ultimative Kick!

Er packte in ihr Haar und sah ihr mit dieser Eindringlichkeit in die Augen, die sie vor ihm nicht gekannt hatte. Gordon lächelte nicht, sondern er betrachtete sie still und sie fühlte sich dabei, als würde sie nach einer schrecklichen Dürre in einen saphirblauen Bergsee eintauchen.

„Dann soll es so sein. Allerdings lasse ich dir diesmal keine Pause. Okay?"

„Ja, Master."

Vorsichtig löste er seine Finger aus ihren Haaren und nicht einmal einen Herzschlag später, erwischte er mit der Feuerzunge erst ihren Hintern und danach ihre Oberschenkel. Die Pein wütete auf ihrer Haut und ließ auch nicht nach.

„Dreh dich um, Rebecca."

Alles, nur das nicht. Die Vorstellung mit ihrem wunden Fleisch auf dem Laken zu liegen, war das Gegenteil von reizvoll.

„Falls ich es tun muss, wird es dir nicht gefallen." Wie schaffte er es nur, mit einem derart ruhigen Tonfall einen eisigen Schauder über ihren furchtbar erhitzten Leib zu scheuchen?

Rebecca drehte sich auf den Rücken und die Realität des Stoffes auf ihrem Körper war weitaus schlimmer, als in ihrer Vorstellung. Gordon hielt noch immer die Gerte, während er sie nicht ansah, sondern vielmehr anstarrte, als zielte er darauf ab, ihren Anblick für die Ewigkeit zu verinnerlichen. Unverfälschte maskuline dominante Gier taxierte sie und bahnte sich seinen Weg bis tief in ihr Bewusstsein.

„Verschränk deine Hände über deinem Kopf und spreiz deine Beine."

Es gab kein Zögern, weder auf seiner Seite und schon gar nicht auf ihrer. Gordon stand vor dem Bett und seine Mimik blieb regungslos, während sie seiner Order nachkam. Sie hatte gedacht, dass sie keine Lust empfinden könnte, weil der Schmerz unfassbar auf ihrem Leib loderte. Doch niemand konnte unter so einem Blick unbeteiligt bleiben. Kühle Luft traf ihre überhitzte Scham und verdeutlichte ihr, wie sehr sie sich bezüglich des Grads ihrer Erregung geirrt hatte. Er ließ sich Zeit, um sie visuell zu verschlingen, sodass sie jeden Millimeter, den er ansah, wirklich spürte. Langsam wanderte seine Aufmerksamkeit nach unten, folgte dem Tal zwischen ihren Brüsten, landete auf ihrem Bauch und dann auf ihrem Geschlecht. Ihr Busen fühlte sich geschwollen an, ihre Bauchmuskeln flatterten und ihre Klit bettelte förmlich um seine Zuwendung, wie auch immer sie ausfallen würde. Gordon beugte sich vor und ihr blieb beinahe das Herz stehen, als er mit der Spitze der Gerte all die prickelnden Punkte nachzeichnete, und genau auf ihrer Lustperle verweilte. Sie zuckte sichtbar zusammen und jetzt erlaubte er sich ein wölfisches Lächeln, das sich mit der Gier in seinen Iriden bestens vermischte und die köstliche Angst ihre Erregung steigerte. Leicht wippte er mit der ledernen Gertenspitze auf ihre empfindlichste Stelle.

„Schließe die Augen, Rebecca."
NOOOOOOO!
Und wenn er sie dorthin fester als vorher schlug? Würde er es wirklich tun?
„Vertrauen, Wölfin. Mehr verlange ich nicht von dir."
Vertrauen!
Damit überließ sie ihm alles und sie tat es. Ihre Lider flatterten zu und die Gerte berührte sie nicht mehr. Oh Gott! Was tat er? Holte er aus? Zielte er vielleicht auf eine andere Körperstelle? Sie spürte, dass die Matratze unter seinem Gewicht nachgab. Im nächsten Moment fächelte sein Atem über ihren Venushügel und ihre Schamlippen. Ehe sie den Gedanken zu Ende bringen konnte, was er jetzt vorhatte, lagen seine Handflächen auf den Innenseiten ihrer schrecklich bebenden Oberschenkel. Und dann leckte er mit der Zunge die Spitze ihres Kitzlers – warm, feucht und unglaublich stimulierend.

„Wehe, wenn du die Augen aufmachst oder kommst, Rebecca. Du kommst erst nach meiner Erlaubnis." Sie hörte, dass er lächelte. „Und ich werde dir alles abverlangen und dennoch wirst du mir standhalten, weil ich es von dir einfordere."

„Und wenn ich es nicht schaffe?"
„Dann findest du heraus, dass es ganz unterschiedliche Arten von Bestrafungen gibt, die dir nicht gefallen werden."

Musste er so etwas sagen? Anstatt, dass seine Androhung sie ängstigte, machte sie Rebecca an. Aber ihre Gedanken verflüchtigten sich, sobald er sie gekonnt und gleichmäßig leckte. Der Highlander wusste, wie er sie in die höchste Entzückung versetzen konnte, um von der ersten Sekunde an, ihre Beherrschung zu torpedieren, bis diese durchlöchert war. Er umkreiste mit der Zungenspitze die pochende Knospe, leckte mit ihr darüber und sie hatte keinen Anker, an dem sie sich hätte klammern können. Sie presste den Kopf auf das Kissen, während Lust sie ebenso packte, wie Gordon an sich – gleichermaßen als Mann und Master.

Sie hatte den Kampf bereits verloren, seitdem sie im *Trendy* gegen ihn geprallt war, das Schicksal sie zueinander geführt hatte und von der ersten Sekunde ihre Leben miteinander verwob. Seine Zunge war zur selben Zeit weich aber auch fest, und seine Bartstoppeln erhöhten die Sinnesreize. Dazu noch ihr in Flammen stehender Arsch, der sie bei jeder Bewegung daran erinnerte, dass er sie gründlich gezüchtigt hatte. Die Qual bildete einen unglaublichen Kontrast zu dem, was sein Mund mit ihr anstellte. Wie eine Spirale strömte die Stimulation durch ihren Körper.

„Master, bitte!"

Weder erteilte er ihr die Erlaubnis zu kommen, noch ließ der Highlander von ihr ab. Stattdessen umfassten seine Hände ihre Brüste und er fing an ihre Nippel zu necken, zuerst nur leicht, doch dann kniff er das erste Mal zu.

„MASTER, BITTE!"

Es waren keine einzelnen Reize, die sie immer mehr auf den verbotenen Höhepunkt zujagten, sondern eine Invasion. Seine Dominanz und Unerbittlichkeit waren genauso erregend wie der Lustschmerz, den er ihren Nippeln antat. Sie verkrampfte ihre Finger ineinander, versuchte wirklich nicht zu kommen, aber der fiese Highlander saugte in diesem Moment an ihrer Klit, nicht sanft, sondern hart.

„Du ... OHHHHH!"

Konnte man an Ekstase sterben? Nannten die Franzosen den Orgasmus nicht den *kleinen Tod*? Eine unglaubliche Welle riss sie fort und sie konnte nichts anderes tun, als sich dem ziehenden Gefühl von reiner Wonne zu ergeben, bis ihr Kitzler umfangen von seinen herrlichen Lippen zuckte, pulsierte und sich auf ihr ganzes Geschlecht ausbreitete. Ihr kleiner Tod war nicht von kurzer Dauer, sondern hielt an, derweil ihr willensstarker Master genau das bekam, worauf er von Anfang an abgezielt hatte. Er wollte, dass sie versagte, damit er ihr Dinge antun konnte, die seinen Sadismus und seine Dominanz nährten, aber auch ihre devote Veranlagung auf ungeahnte Höhen trieb. Angst vor ihm in einer seltsamen Form, die unglaublich stimulierend war, und nichts mit einer Angst im herkömmlichen Sinne gemeinsam hatte.

Sie drückte den Rücken durch, während das lustvolle Pulsieren sie geradewegs auf einen neuen Gipfel katapultierte. Ihre Muskeln verkrampften sich und Gordon ließ sie den Orgasmus im wahrsten Sinne des Wortes ausreiten, bis das letzte Zucken aufhörte. Er küsste sie auf den Bauchnabel und sie hatte noch immer die Augen geschlossen, weil sie genau wusste, wie triumphierend er sie ansah.

„Sieh mich an, Wölfin!"

Rebecca hörte die Freude in seiner Stimme, wie sehr es ihn danach gierte, sie zu bestrafen, für ihr köstliches Vergehen. Sie spürte, dass er sich weiter nach vorne beugte, und als sie sich endlich traute ihre Lider zu öffnen, war seine Nasenspitze nur wenige Zentimeter von ihrer entfernt. Entgegen ihrer Annahme, dass er sie überlegen angrinsen würde, verzog er seine Mundwinkel nicht einmal zu einem angedeuteten Lächeln. Ihr staubtrockener Mund schaffte es dennoch ein: „Es tut mir leid, Master", rauszuwürgen.

„Tut es das?"

Eigentlich tat es das nicht, denn zu intensiv war die auch jetzt noch deutlich spürbare Erfüllung.

„Und dir hat einer nicht gereicht, du bist zweimal gekommen, nicht wahr, Rebecca?"

„Es ist unhöflich, Suggestivfragen zu stellen, Master."

„Ist es das?", hauchte er wie ein Eisprinz oder eher wie ein Eisdämon.

*Warum kannst du nicht deine Meinung für dich behalten, wenn es angebracht ist? Der Highlander sieht aus, als plante er, dir die durchgekochte Haut auf deinem rot gespankten Arsch bei lebendigem Leibe abzuziehen. Und es wird ihn überaus erregen, diese Aufgabe zu erledigen.*

Dennoch konnte sie es nicht unterlassen, ihn anzufunkeln.

„Dreh dich um, auf die Knie mit dir."

Oh!!!

Inzwischen stand er und sein Schatten fiel auf sie, ebenso wie sein Wille. Sie beeilte sich seinen Befehl zu befolgen, mit kraftlosen Gliedmaßen und einem Körper, der sich immer noch gierig zeigte.

„Einen hübschen roten Arsch hast du. Und die Striemen sehen dermaßen entzückend aus, dass wir das Muster ausarbeiten sollten, findest du nicht?"

Hin und hergerissen fühlte sie sich, doch er sprach weiter, ehe sie die Chance bekam, etwas zu antworten, das sie nur tiefer in sein Netz getrieben hätte.

„Stütz dich auf einer Schulter ab und zieh deine Pobacken hübsch auseinander, sodass ich ungehinderten Zugriff auf deinen schüchternen Anus bekomme, der im Laufe der nächsten Stunde viel von seiner Schüchternheit verlieren wird."

Rebecca fasste es nicht, doch sie tat genau das, wonach er verlangt hatte. Er bückte sich und hob etwas auf. Dieses Schwein! Was immer er in der Hand hielt, er hatte es dort deponiert, weil er mit tödlicher Sicherheit gewusst hatte, dass sie seiner geschickten Stimulation hilflos ausgeliefert war.

„Falls du dich gerade fragst, was ich nun mit dir machen werde …" Das ominös ertönende Geräusch war ein klares

Indiz, dass er sich Gleitgel auf die Handfläche schmierte. „… ich werde dich jetzt mit einem Buttplug versehen, der sehr viel größer ist, als der letzte. Und ich erwarte von dir, dass du dich nicht wehrst, während ich ihn dir in dein süßes kleines enges Arschloch schiebe, bis er an seinem Platz sitzt. Wir wollen schließlich all deine Sinne stimulieren."

Er lief um das Bett herum und blieb neben ihrem Kopf stehen, sodass sie instinktiv die Lider schließen wollte, so als würde sich das Ding in seiner Hand in Luft auflösen, sofern sie es nur nicht sehen konnte. Doch stattdessen starrte sie gebannt auf das schwarze Ungetüm.

Das war nicht sein Ernst!

„Bedenken, Schiava? Keine Sorge, das passt schon." Er tätschelte ihren Hintern, als wäre sie ein Pferd, dem man gleich ein grausiges Brandzeichen verpassen wollte. „Du weißt, womit du mich aufhalten kannst." Er bewegte die Hand, sodass der Plug hin und her wackelte, ebenso wie das Wort Rot vor ihrem inneren Auge. Aber sie blinzelte, bis es verschwand. Ein Teil von ihr gierte danach, dass er sie mit dem Plug schmückte, war begierig darauf zu erfahren, wie es sich anfühlte.

Gordon sog den Anblick der widerwilligen Sub in sich auf, besonders ihre zusammengepressten Lippen. Doch auch der Rest von ihr war verflucht sehenswert. Ihre geröteten Wangen, die allerdings keine Konkurrenz zu ihrem tiefroten Arsch darstellten. Und die fünf Striemen, die sie noch ein paar Tage schmücken würden, waren der Sahnetupfer auf dem ohnehin üppigen Dessert.

„Möchtest du etwas sagen, Wölfin?"

Natürlich wütete der Drang in ihr, ihm einen Schwall von unflätigen Worten an den Kopf zu knallen. Doch ihr Safeword lag Rebecca nicht auf den Lippen.

*BANANA!*

Die bloße Erinnerung daran torpedierte sein Masterantlitz, sodass er sich zurück ans Bettende verzog, wo er sich in die Hand biss, um nicht loszuprusten. Unbemerkt von Rebecca tauschte er den Plug, den er aus dem alleinigen Grund gekauft hatte, um eine Sub in die höchste Alarmbereitschaft zu versetzen, mit einem kleineren, passenderen Model aus, das er großzügig mit dem Gleitgel einschmierte. Dann setzte er die Spitze an ihren Anus. Ihre Finger zitterten deutlich, doch sie hielt durch und spreizte ihren Po für ihn.

Sehr gehorsam!

Um es ihr zu erleichtern, fasste er mit einer Hand um sie herum und massierte ihren Kitzler und ihr beinahe verzweifeltes Stöhnen war ein anschauliches Indiz ihrer Erregung.

„Lass locker, Baby", sagte er, um sie zu ärgern und ihr stocksteifer Rücken belohnte ihn für seine Bemühungen. Gordon schob das Sextoy vorsichtig an seinen Platz und bekämpfte den Drang, sie auf der Stelle zu ficken.

„Dreh dich zu mir, Rebecca." Gordon zerrte sich die Pants herunter und sein geschwollenes Glied sehnte ihre weichen Lippen herbei. Zögerlich bewegte sie sich und er wusste, dass sie den Plug mochte, so wie die meisten Frauen, wenn sie sich dazu überwinden konnten, einen zu benutzen.

„Fühlt es sich gut an?"

„Ja, Master. Es ist ein unglaublich geiles Gefühl."

„Du wirst den Plug noch stärker spüren, während ich dich ficke." Er umfasste ihre Wangen und küsste sie auf die Lippen, packte anschließend in ihr Haar und sie nahm ohne zu zögern seinen pochenden Schwanz in ihren Mund. Ihre Lippen waren weich und dennoch fest, ihre Mundhöhle warm und feucht. Rebecca war devot und feurig zugleich, und diese Mischung machte ihn unglaublich an. Jetzt hatte er sein eigenes freches Monster. Obwohl er sie an den Haaren hielt, bestimmte er nicht die Tiefe, mit der sie ihn aufnahm. Sie auf diese Weise zu unterwerfen, war nicht nach seinem Geschmack. Es gab Doms und Subs, die Würgespiele schätzten. Für ihn jedoch waren sie zu riskant. Für ihn war es ein Hardlimit, eines, das er nie brechen würde. Das Gleiche galt für Schläge ins Gesicht, die zudem sowohl im *Sadasia* als auch im *Federzirkel* verboten waren. Er sah auf sie herab, auf ihren rausgestreckten Arsch, die schmale Taille und das hübsche Werk, das er auf ihrer Haut hinterlassen hatte. Gordon liebte das Wissen, dass sie erst in ein paar Tagen verblassen würden.

Rebecca saugte sanft an seiner Eichel und umkreiste sie mit der Zunge. Was für ein herrliches Gefühl, von dem er nie genug bekommen konnte. Der ziehende Reiz strömte durch sein Geschlecht, erreichte seine Hoden und er ließ sich treiben, badete in der Stimulation, die Rebecca ihm schenkte. Sie leckte an seiner pochenden Länge entlang und massierte sie mit einer Hand, ehe sie ihn so tief aufnahm, wie es ihr möglich war. Rebecca lockerte die Lippen ein wenig, öffnete dem Mund etwas weiter, um zu verhindern, dass sie ihn mit ihren Zähnen verletzte. Gleichmäßig und langsam lutschte sie seinen Schwanz und Gordon hätte beinahe seiner Lust nachgegeben, doch in letzter Sekunde festigte er seinen Griff in ihrem Haar und hielt sie ebenso zurück, wie sich selbst. Mit sanftem Druck zwang er sie hoch, bis sie aufrecht vor ihm kniete. Er küsste sie lange und leidenschaftlich, bis sie seidenweich in seinen Armen lag. Erst dann löste er seine Lippen von ihren.

„Umdrehen. Ich will dich von hinten, und zwar hart. Wenn es dir zu viel wird, zu wild, sagst du Gelb. Okay?"

Sie nickte und lächelte ihn an. „Ja, Gordon."

Sobald sie vor ihm kniete, nahm er seinen Schwanz in die Hand, führte ihn an ihr heißes, nasses Geschlecht und drang vorsichtig in sie ein.

Sie stöhnte, als er ganz in ihr drin war und sie sich der Fülle gänzlich bewusst wurde. Das Toy war zwar nicht riesig, aber groß genug, dass sie es deutlich fühlte, es sie bei jeder Bewegung, die er machte, stimulierte. Der Anus war eine sehr erogene Zone und die Nervenenden mit der

Klit verbunden. Er vermutete, dass sie keine weitere Reizung ihrer Lustperle brauchte, um zu kommen, wenn er den Plug bewegte. Auch für ihn war es ein geiles Gefühl, weil sie sich enger anfühlte. Ihr lief eine Gänsehaut über den Körper und er beugte sich vor, um sie auf den Rücken zu küssen.

„Sag mir, was du fühlst, Rebecca." Er umfasste ihre Hüfte mit einer Hand und nahm einen bedächtigen Rhythmus auf, wobei er mit der anderen Hand das Sextoy ein wenig rauszog und wieder in sie einführte.

„Ohhhhh. Ich fühle beides, deinen Schwanz und … ohhhh … das Spielzeug. Beides erscheint mir unglaublich groß und irgendwie reizt der Plug meine Klit, Master."

Perfekt!

Er würde dafür sorgen, dass sie zuerst kam, ehe er seinen Orgasmus erlangte. Oder vielleicht gemeinsam mit ihr. Gemeinsam! Das Wort und seine Bedeutung hatten viel Potenzial.

„Stimuliere deine Klit, Rebecca. Ich will, dass du noch einmal kommst."

Dadurch, dass er sie ungewohnten Reizen aussetzte, reagierte ihr eigentlich gesättigter Körper mit neu erwachter Lust. Er war bereit sich in ihr zu vergießen, doch mit eiserner Selbstbeherrschung drängte er den Höhepunkt zurück. Die Erfüllung hinauszuzögern besaß ihren eigenen Kitzel. Jedes Mal wenn sein Becken gegen ihren Po klatschte, erweckte er das Brennen auf ihrer Haut. Er zog den Plug beinahe raus, nur um ihn erneut in ihr zu versenken. Sie keuchte, stöhnte und er merkte genau, als sie kam. Für ein paar Sekunden versteifte sich ihr ganzer Körper und dann spürte er das verräterische Zucken um seinen Schwanz. Er ließ los, ließ sich von dem Strudel der Lust fortreißen, der seinen Leib mit einer Urgewalt packte, während er sie fickte – hart und unerbittlich, bis das Pulsieren bei ihm abebbte, sein Herzschlag jenseits von schnell war und das Blut durch seine Adern rauschte. Der Orgasmus war nicht nur physisch, er erfasste ihn bis in die letzte Zelle seines Bewusstseins. Eine vollkommene Hingabe, die er ihr schenkte, ohne dass er etwas dagegen tun konnte.

Rebecca hatte ihn in mehr als nur einer Hinsicht erobert und ja, er hatte vor ihr auch erfüllenden Sex gehabt, aber erst mit ihr war das Bild vollkommen, als hätte eine Lasur gefehlt, die die Farben wirklich zum Strahlen brachte. Gordon wollte sich noch nicht aus ihr zurückziehen, sondern beugte sich vor und umarmte sie. Sie ächzte übertrieben unter seinem Gewicht, seufzte dann allerdings zufrieden.

Die Worte: *Ich liebe dich*, lagen ihm bereits auf der Zunge, aber er traute sich nicht, sie zu äußern, nicht, wo sie beide so dermaßen aufgewühlt waren, weit entfernt davon einen vernünftigen Gedanken zu fassen. Solche schwerwiegenden Dinge brauchten einen klaren Kopf. Mit ihr war es, als würde er alles intensiver kosten, alles schmecken, spüren, riechen, fühlen, wie er es nie zuvor getan hatte. Und bei Gott, er war bestimmt kein Kostverächter gewesen. Doch allenfalls hatte er probiert und nicht die Speise verschlungen. Er wollte Rebecca nicht nur verschlingen, er gierte danach anschließend noch das Porzellan abzulecken.

„Geht es dir gut, Rebecca?"

Sie war zu still und nahm einen hörbaren Atemzug. „Mehr als das. Ich … ich glaube ich … nein, ich weiß es. Ich liebe dich, Gordon." Sie zuckte zusammen, als würde das Gesagte auf sie einprasseln.

Shit!

„Es tut mir leid, ich wollte dich nicht überfallen, aber ich bin so durcheinander. Vergiss es einfach."

Er konnte ihr im Moment nicht ins Gesicht sehen, einschätzen, ob sie es ernst meinte, genauso fühlen würde, wenn sie zur Ruhe kam, sie noch tagelang spürte, was er ihr angetan hatte. Ob sie nach der Hitze auch in der Kühle damit leben konnte, dass sie seine Zeichnungen auf ihrem verführerischen Leib trug? Ob sie mit seiner Dominanz klarkam, die sich manchmal auf das Zusammenleben auswirkte? Ob sie erkannte, dass sie dennoch nicht aufhörte, Rebecca zu sein, obwohl sie sich seit ihrem ersten Aufeinandertreffen sehr verändert hatte, weil dieses zwanghafte Kämpfen für ihre Freiheit, zwar nicht auf der Stelle aufgehört hatte, jedoch bereits abebbte und irgendwann ein akzeptables Maß erreichen würde, mit dem sie beide leben konnten.

Gordon zog sich aus ihrer Wärme zurück und drehte sie um, sodass sie auf dem Rücken lag. Zutiefst schockiert starrte die kleine Sub ihn an, ein klares Indiz, dass der Liebesschwur nicht bedeutungslos war. „Nein, ich werde es nicht vergessen, aber ich frage dich in ein paar Tagen noch einmal, ob du immer noch so fühlst, und erst dann sage ich dir ob ich dich liebe."

Er nahm ihre rechte Hand in seine und küsste sie auf die Fingerknöchel. „Ich gehe nicht auf diese Weise vor, um dir wehzutun, sondern weil du zunächst wesentliche Dinge über mich erfahren musst, ehe du eine Entscheidung triffst, mein Engel. Wenn wir morgen bei Sean, Hazel, Keith und Alexis sind, zeige ich dir einen Aspekt, der ein wichtiger Teil meines Lebens ist."

Wie würde sie reagieren, wenn er ihr den *Dungeon* im *Sadasia* zeigte? Ihr sagte, dass er es liebte, eine Sub, und in ihrem Fall, wäre sie dann seine Partnerin, Geliebte und auch Sub, vor Publikum in Ekstase zu treiben? Wenn sie Subs traf, mit denen er zwar gespielt hatte, die aber niemals sein Herz berührt hatten? All das war keine leichte Kost.

„Nach allem, was du mit mir gemacht hast, mein Highlander, glaubst du wirklich, dass mich noch irgendwas erschrecken könnte?"

„Ja, Rebecca, das glaube ich." Er griff nach einer der beiden Wasserflaschen, die neben dem Bett standen, drehte den Verschluss auf und reichte sie ihr. „Trink, du hast dich sehr angestrengt und solltest auch etwas essen."

Er nahm sich die zweite Flasche und trank genauso gierig wie sie, ehe ihr ein bereitgelegtes Stück Schokolade in den Mund schob. Sie leckte seinen Finger, wobei sie ihn stur ansah. „Ich ändere meine Meinung über dich nicht, und ich ziehe das, was ich gestammelt habe, nicht zurück. Ich meine es todernst, und dass ich dich liebe, ist mir zwar rausgerutscht, aber es ist ehrlich gemeint. Warum kannst du nicht …?"

„Weil ich kein einfacher Mann bin. Gedulde dich bis morgen, okay?"

Sie nickte, ehe sie ihm die Arme um den Hals warf, um sich ganz dicht an ihn zu pressen.

Und er? Er wollte sie nie mehr loslassen.

# Kapitel 11

Rebecca konnte kaum ihre Aufregung zügeln, während der Fahrt zum *Sadasia*. Gordon hatte sich gestern geweigert, ihr irgendwelche Fragen diesbezüglich zu beantworten. Wahrscheinlich vertrat er wieder einmal die Meinung, dass Worte und Fantasien nicht mit der Realität mithalten konnten. Was ein Spanking anbelangte, gab sie ihm inzwischen recht. Ihr Po brannte immer noch und die Striemen waren eine eindringliche Erinnerung an die letzte Nacht. Sie verdrängte energisch den Gedanken daran, was sie tun sollte, wenn Gordon sie nur hinhielt. Er sich nicht in sie verlieben wollte und ihr Arrangement trotz ihrer gegenseitigen starken Zuneigung nach den restlichen Wochen als beendet betrachtete. Vielleicht wollte er keine Partnerin, mit der er eine längere Zeit zusammen war, und suchte nur nach irgendwelchen Ausflüchten, um sie möglichst elegant loszuwerden.

*Hörst du dir eigentlich selbst zu?*

*Gordon ist einer der aufrichtigsten Menschen, die du bis jetzt getroffen hast. Du, als Lügenbaronin, solltest deine Verfehlungen nicht für andere verwenden. Er hat seine Gründe und er würde dir niemals emotional mit Absicht wehtun.*

„Bist du nervös, Rebecca?"

„Ja, sehr. Man könnte meinen, dass deine Freunde Mitglieder eines Geheimbundes sind oder einen Folterkeller in ihrem Haus versteckt haben."

„Vielleicht haben sie das." Er legte seine Hand auf ihr Bein und drückte ihr Knie. Trotz der Jeans war es, als läge sie auf ihrer nackten Haut. Wieso spürte sie ihn immer dermaßen überdeutlich, vor allem wenn er diesen Tonfall benutzte, der einem Schnurren glich? Natürlich musste er sie weiter verunsichern, der fiese Sadist, denn schließlich befriedigten auch ominöse Äußerungen sein dominantes Wesen. Gordon hielt vor dem schmiedeeisernen Tor an, betätigte den Schalter, der das Fenster herunterließ, und drückte anschließend auf den Knopf der Gegensprechanlage. Da der Zugang videoüberwacht war, öffnete sich das Tor ohne, dass Gordon etwas sagen musste. Erneut bewunderte sie den parkähnlichen Garten, als sie die Einfahrt mit den Birken entlangfuhren. Hazel, Sean, Shade und Vino warteten vor der Haustür auf sie. Gordon parkte den Wagen und sie stiegen aus. Beide Hunde rannten erst los, nachdem Sean ihnen erlaubte, aufzustehen und die Pelzies begrüßten sie, als wären sie bereits jahrelange Freunde.

„Shade war sehr brav", sagte Hazel grinsend, ehe sie Rebecca umarmte. „Wir haben euch alles zusammengestellt, damit ihr heute nicht mehr in den Tierladen fahren müsst. Halsbänder, ein Hundebett, Futter und Spielzeug. Vino ist aus den Sachen herausgewachsen und er hat so viele Stofftiere und Wurfbälle, da wird er den Verlust von ein paar gar nicht bemerken."

Danach fand sie sich in Seans Armen wieder und sie versuchte nicht zu zeigen, wie einschüchternd sie ihn fand. Allerdings fürchtete sie, dass er es dennoch bemerkte.

„Keine Sorge, Rebecca, ich plane nicht, dich zum Brunch zu verspeisen. Kleine Subs esse ich nur dienstags", sagte er augenzwinkernd, wobei er ihr tief in die Augen sah, sodass sie nichts gegen das Blut tun konnte, dass ihr in die Wangen strömte.

„Sean!" Hazel piekste ihm mit einem Finger in die Seite. „Hör auf Rebecca zu ärgern."

Auf der Stelle wandte er seine ungeteilte Aufmerksamkeit seiner Frau zu. Erleichtert ging Rebecca in die Hocke und streichelte Shade, der sich glücklich an sie presste.

„Kommt rein, ihr seid bestimmt ausgehungert. Rebecca sieht ... mitgenommen aus." Sean legte den Arm um Hazel und Gordon tat das Gleiche mit Rebecca. Vino und Shade stürmten vor ihnen die drei Stufen der weiten Steintreppe hinauf und stürzten ins Innere des Hauses. Rebecca hoffte, dass Gordon zuerst sein Geheimnis lüften würde, denn ansonsten könnte sie trotz ihres Hungers wahrscheinlich nichts essen.

„Wir sehen euch gleich. Kommt einfach in die Küche, wenn ihr fertig seid." Diesmal lag keine Belustigung in Seans Stimme.

Rebecca argwöhnte, dass sie keine Leichen im Keller oder Skelette in den Schränken vorfinden würde, aber etwas anderes, das sie auf eine andere Weise schockieren oder ängstigen könnte. Ein kurzer Pfiff und die Hunde rannten hinter Sean her.

„Kann Shade nicht mit uns kommen?"

„Nein, Tiere sind in den Räumlichkeiten nicht erlaubt, es sei denn, es sind menschliche, die sich als Kätzchen tarnen."

Was meinte er damit?

Er brachte sie durch das Foyer und sie durchquerten eine Flügeltür, die sie in einen Eingangsbereich führte, der Rebecca an eine Empfangslounge erinnerte. War das *Sadasia* ein Hotel? Hatte Gordon sie nur verunsichern wollen? Aber hier war es totenstill und keine Menschenseele in Sicht. Gordon blieb mit ihr vor einer weiteren dunklen Flügeltür stehen. Sie bewunderte die exquisite Handarbeit. Der Künstler hatte Flogger, Peitschen und Augenbinden in das Holz geschnitzt.

„Willkommen im *Sadasia*, mein Engel", sagte Gordon, ehe er nach einem der kupferfarbenen Türgriffe fasste, sie nach unten drückte und aufzog. „Komm." Er nahm ihre Hand und zog sie in den Raum.

Zuerst fielen ihr die vielen bodentiefen Fenster ins Auge, die alle auf der Rückseite des Hauses angebracht waren, sodass man in den Garten mit den Statuen sehen konnte. Dunkle Holzdielen, weiße Wände und überall Fackeln, die wie echte aussahen. Ihre Augen sahen zwar die Einrichtung, doch ihr Verstand brauchte eine gefühlte Ewigkeit, bis er begriff, was dieser Raum war. Sie erfasste Andreaskreuze, Ketten, Peitschen, Gerten, Tische, Bänke - ein stilvoll ausstaffierter Folterkeller. Alles war tadellos sauber, gepflegt und mit Liebe zum Detail eingerichtet. Dieser Eindruck hielt auch stand, als Gordon sie tiefer in den großen Raum hineinführte und vor einem der edlen Kreuze aus Holz stehenblieb.

„Das *Sadasia* ist ebenso wie der *Federzirkel* ein BDSM-Club."

„Und du bist hier Mitglied?"

Ja, sie hatte inzwischen gründlich begriffen, dass Gordon ein Master war, doch sie hatte ihn sich nie in einem derartigen Etablissement vorgestellt. Sie streckte die Hand aus, um über das glatte Holz zu streicheln, als die Fantasie sie anfiel, nackt daran fixiert zu sein, während der Raum voller Menschen war. Wahrscheinlich würde ihre letzte Sorge in diesem Fall der Fesselung dienen. Sie konnte sich das beim besten Willen nicht vorstellen. Es war nicht einfach für sie, sich Gordon devot darzubieten, auch da sie mittlerweile verstand, warum er darauf bestand, dass sie vor ihm kniete, ohne zu kauern, ihn anflehte ihr wehzutun, ohne dass er Gewalt anwendete, und dass es ihn genauso anmachte wie sie, wenn sie ihm Respekt durch submissive Handlungen erwies.

Aber das an diesem Ort zu tun, während Sean und Keith ihnen dabei zusahen, wie Gordon sie zum Weinen brachte, sie stimulierte, bis sie kam, die intimen Momente, die sie mit Gordon verbanden, mit Fremden zu teilen, das war jenseits ihrer Vorstellungskraft.

„Ja, ich bin Mitglied." Tief drang sein Blick in sie ein.

„Und dir macht es Spaß ..." Die bloße Vorstellung, dass er eine Devote so wie sie berührte, verknotete ihren Magen.

„Ich war vor dir kein Heiliger, Rebecca. Und meine Erfahrung in der Welt der Dominanz und Unterwerfung habe ich nicht aus Büchern. Diesbezüglich habe ich nie etwas Gegenteiliges behauptet."

„Und du warst auch hier, während du mit mir ..."

Er umfasste ihre Wangen. „Seitdem ich mit dir das Arrangement getroffen habe, habe ich keine andere Frau als dich angerührt und sogar vor dir habe ich das *Sadasia* seit einer geraumen Zeit nur als Aufpasser besucht. Du hast alles verändert."

„Aber das *Sadasia* ist ein wichtiger Teil in deinem Leben, und wenn ich verlange, dass du darauf verzichten sollst, wäre es, als würdest du mir verbieten, kreativ zu sein."

Nun verstand sie sein Zögern, seine Befürchtung, dass sie vor ihm zurückschreckte, sobald er ihr seine Welt zeigte, wie tief gehend er BDSM lebte, dass es für ihn mehr als nur ein Spiel war.

„Ich muss zugeben, dass dieser Raum mich ängstigt, aber ich weiß, dass du mich nicht überfordern wirst, Master." Erst jetzt deutete sie diesen seltsamen Glanz in seinen Augen richtig. Er hatte Angst, dass sie ihn abweisen könnte. „Ich liebe dich, Gordon."

Eigentlich war alles ganz einfach.

Er nahm einen hörbaren Atemzug, ehe er sie in seine Arme zog und sie dermaßen fest drückte, dass sie kaum noch Luft bekam. „Ich liebe dich, Rebecca."

Mist! Sie wusste nicht wieso, aber sie brach in Tränen aus.

Gordon merkte erst jetzt, wie angespannt er war und ihre Tränen spiegelten seinen emotionalen Zustand. Er hielt sie, bis sie sich beruhigte, kostbare Minuten, die er ebenso dringend brauchte wie Rebecca. Sie presste ihre Nase an sein T-Shirt und sah beschämt zu ihm hoch. „Was sollen deine Freunde nur von mir denken, wenn ich so verheult bin?"

„Sie werden es verstehen und dich nicht verurteilen. Keith und Sean mögen Ehrlichkeit genauso gern wie ich. Hazel und Alexis scheuen ebenfalls nicht vor Tränen zurück."

„Aber verabscheuen sie mich nicht wegen meiner Lüge, dass ich dich quasi erfunden habe und zu feige bin, meiner Familie die Stirn zu bieten?"

„Nein, das tun sie nicht. Sie verstehen, dass manche Umstände einen Menschen zu verzweifelten Taten zwingen können. Als Unbeteiligter ist es immer einfach, über andere zu richten und zu behaupten, dass man selbst niemals auf diese Weise gehandelt hätte."

„Aber ich schäme mich unglaublich und jetzt begreife ich nicht mehr, wieso ich mich dazu habe hinreißen lassen."

„Ah, Wölfin, aber dann hätten wir nie zueinandergefunden. Vergangene Taten zu bereuen ist meistens eine Sackgasse. Du musst dich den daraus resultierenden Folgen stellen." Er küsste sie sanft auf die Lippen, so sanft, wie es ihm möglich war. „Und in deinem Fall bin ich das Resultat, mit dem du dich herumplagen musst, viel länger als zunächst angenommen. Ich bin nicht mehr bereit, das Arrangement nach der vereinbarten Zeit zu lösen." Die Farbe ihrer Iriden erinnerte ihn an Karamell. Das taten sie jedes Mal, wenn etwas ihr Inneres erreichte, den Punkt in ihrem Herzen, den sie nicht mehr verbergen konnte, seitdem er ihn rücksichtslos erobert hatte. Gordon ahnte, dass nur ihm es möglich war, an diesen Ort zu gelangen und dass sie es wusste, es das war, was sie am meisten ängstigte, weitaus stärker als das *Sadasia*.

Der Club schüchterte sie zwar ein, doch er bemerkte das gierige Funkeln, als sie das Kreuz betrachtete, sich lebhaft vorstellte, wie es sein würde, wenn er sie daran fixierte.

„Sean hat mir angeboten, dass wir den Raum an einem Morgen nutzen können, wir beide allein, sodass du nicht den gesamten Kuchen auf einmal verspeisen musst. Du darfst ihn Stückchen für Stückchen genussvoll verspeisen und ich lecke danach die Reste auf."

„Aber dann wissen sie ganz genau, was wir treiben."

„Wölfin, während ich mich hier mit dir ausgiebig beschäftige, werden das die geringsten deiner Sorgen sein, das versichere ich dir." Er umfasste ihren Arsch und ihr Zusammenzucken jagte auf direktem Weg in seinen Schwanz. „Mir scheint, dein Popo ist etwas überempfindlich." Ehe sie registrieren konnte, was er tat, hatte er bereits den Knopf gelöst und den Reißverschluss geöffnet, um anschließend mit den Handflächen über ihre heiße wunde Haut zu reiben. „Wenn ich es wollte, könnte ich dich hier und jetzt mit Lust und Schmerz in ein Hoch treiben, dass du die Anwesenheit der beiden Master nicht bemerken würdest, falls sie den Raum betreten und Zeugnis deiner Lust werden."

Ihr war überdeutlich anzumerken, dass sie das Gegenteil behaupten wollte, doch im letzten Moment besann sie sich eines Besseren, denn schließlich beschritt sie einen gefährlichen Weg. Es war dumm, einen Master auf diese Weise herauszufordern.

„Wann?", wisperte sie und stöhnte leise, weil er eine Strieme mit der Fingerspitze nachzeichnete.

„Am Donnerstag. Douglas kann auf die Werkstatt und auf Shade aufpassen." Er sollte wirklich seine Hände zurückziehen, ehe Sean ihn dabei erwischte, wie er Rebecca über den nächstbesten Tisch drapierte, um sie von hinten zu ficken. „Ich erwarte, dass du Dessous anziehst, die schönsten, die du besitzt. Schuhe sind unnötig."

Er ließ sie los, schmunzelte, weil ihre hochroten Wangen ein klares Zeugnis ihrer Erregung waren. „Vielleicht solltest du deine Hose schließen, ehe wir in die Küche gehen." Er zwinkerte ihr zu. „Und es macht dir doch nichts aus, unterm Tisch zu sitzen, neben Hazel und Alexis. Sie nehmen dort immer ihr Essen ein. Sean hat extra Schüsseln mit ihren Namen bedrucken lassen."

Das war die Strafe für ihre BANANA-Attacke und sie glaubte ihm jedes Wort. Das Blut wich aus ihrem Gesicht und sie brauchte mehrere Anläufe, bis es ihr gelang, den Knopf durch das Knopfloch zu pressen.

Er umfasste ihren Nacken, hart genug, um sie daran zu erinnern, dass sie die Sub war und sie hielt tatsächlich den Mund. Gordon konnte sich beherrschen, bis sie die Küche erreichten und Hazel gerade mit einer Gabel auf die Hand von Keith stach, der ihr ein Radieschen von ihrem

Teller stibitzen wollte. Natürlich saßen sie auf gepolsterten cremefarbenen Stühlen.

„Ich habe dir das wirklich geglaubt, du hinterhältiger Schotte."

Er schlug ihr hart genug auf den Arsch, dass sie den Treffer deutlich durch den Stoff spürte und das brachte ihr die Aufmerksamkeit der vier Anwesenden ein. Ein erster Vorgeschmack auf ein Spanking vor Zeugen und sie reagierte auf Sean und Keith genau, wie es sich für eine Sub gehörte, und zwar mit purer Unsicherheit. Noch vor einigen Wochen hätte sie sich wie ein in die Ecke gedrängter Terrier verhalten, und verbal um sich geschnappt. Doch jetzt presste sie sich eng an ihn und das blieb seinen Freunden nicht verborgen. Hazel klopfte auf den freien Platz neben sich. Aber da wollte er Rebecca nicht haben. „Netter Versuch, Subbie." Er zog den leeren Stuhl zurück, der sich zwischen Sean und Keith befand und Rebecca warf ihm einem glühenden Blick zu, ehe sie sich hinsetzte und dabei nicht kaschieren konnte, dass ihr armer Arsch wie die sprichwörtliche Hölle brannte und darüber hinaus. Rebecca starrte auf ihren Teller, drehte sich zur Seite, um Keith zu mustern und stieß einen hörbaren Atemzug aus. „Jetzt weiß ich endlich, wieso ihr und die Sullivanbrüder mir so bekannt vorkommen. Lizzy hat, nachdem sie das Plakat entdeckt hat, wochenlang davon geträumt euch zu buchen, damit ihr nackt ..."

Alexis packte sich eine Serviette und presste sie vor ihren Mund, da sie ansonsten den Schluck Tee quer über den Tisch gespukt hätte. Hazel versuchte eine Sekunde lang, sich zu beherrschen und es nutzte auch nichts, dass Sean sie ansah, als wollte er sie filetieren. Sie schüttete sich aus vor Lachen. Keith versuchte sich in überlegener Zurückhaltung zu üben, doch seine Mundwinkel zuckten, ehe er ebenso laut lachte wie Hazel.

Rebecca wirkte schockiert angesichts dessen, was sie beinahe gesagt hätte und sie konnte den Heiterkeitsausbruch nicht verstehen, der seinen Ursprung in dem Streich der fünf Subs hatte und nicht nur ein wenig aus dem Ruder gelaufen war. Das Plakat, was sie gemeinsam entworfen hatten, wobei ausgerechnet Alexis eine tragende Rolle bei der Herstellung übernommen hatte. Sie hatte ein Stockfoto von einer Strippergruppe mit den Konterfeis ihrer Master und Maestros versehen, das Ganze mit einem Baustellenhintergrund ausstaffiert und das Plakat auf der Baustelle des Landhauses aufstellen lassen, auf der die Sullivans und die Gartenbaufirma von Sean und Keith gerade arbeiteten. Leider hatte die Plakatfirma ein Subunternehmen beauftragt und sie hatten es nicht wie verabredet im rückwärtigen Garten aufgestellt, sondern auf dem Rasen, der an die Straße grenzte. Dazu hatten sie die Telefonnummer von Johns Mobiltelefon aufdrucken lassen und das Drama nahm seinen Lauf, als diverse Damen den Trupp für Junggesellinnenabschiede oder für Nacktputzjobs buchen wollten. Er erklärte Rebecca kurz das Schlamassel und sie prustete ebenso los wie er.

„Und wie lange konntet ihr danach nicht mehr sitzen?", fragte Rebecca mutig, errötete aber sichtlich.

„Wochenlang", antwortete Hazel. „Nach jedem Anruf haben sie die Strafe erneuert."

„Bedient euch", sagte Alexis, offensichtlich darum bemüht das Thema auf unverfängliches Terrain zu lenken.

Gordon verstand ihr Bestreben, wenn er bedachte, wie kalkulierend ihre Master die beiden betrachteten. Er schenkte Rebecca Orangensaft ein und sie nahm sogleich einen großen Schluck.

„Wart ihr schon im neuen Minionfilm?", fragte Hazel und Rebecca schaffte es nicht, sich eine Serviette vor den Mund zu halten.

# Kapitel 12

Die Wärme von Gordon wirkte nach, als hätte ihr Körper nach einem endlosen Winter ohne Sonne die ersten Frühlingsstrahlen absorbiert. Das Wochenende mit Gordon war ein Traum gewesen, der sie weiterhin verzückte. Der Highlander wusste, wie man eine Frau verführte, nicht nur mit Leidenschaft, Zärtlichkeit, Geduld, sondern auch mit Dominanz, die er nach seinem Ermessen einsetzte, um all das bei ihr zu erreichen, das sie für unmöglich gehalten hatte. Doch sie akzeptierte mittlerweile ihre devote Seite nicht nur, stattdessen genoss sie diese in vollen Zügen. Ihr Po brannte noch immer von seiner Bestrafung und sie betrachtete die Striemen im Ganzkörperspiegel, der neben ihrem Bett hing. Wie genau er die Gerte gesetzt hatte! Die Abstände sahen gleich aus. Mit den Fingerspitzen zeichnete sie gerade die Schlimmste nach, die ihren Po zierte, als ihre Zimmertür gegen die Wand polterte.

Verdammte Scheiße!

„Was fällt dir ein! Kannst du nicht anklopfen?", fuhr sie Charles an, dessen zerrupfter Anblick glasklar demonstrierte, dass er getrunken hatte und das nicht zu wenig. Sie griff den auf dem Bett liegenden Morgenmantel und hielt ihn vor ihren Körper.

„Hat das Schwein dich geschlagen?", lallte ihr Bruder, wobei er ihren Arm packte. Leider konnte er ihre Rückseite nur zu deutlich im Spiegel sehen, was ihr erst in diesem Moment bewusst wurde. „Rebecca, was hat er dir angetan?"

„Nichts." Sie schüttelte seine Hand ab und zog sich das Kleidungsstück über.

„Becca." Ihr Bruder wirkte sichtlich schockiert, und dass er sie Becca nannte, verunsicherte sie hochgradig. Das hatte er seit Jahren nicht mehr getan.

„Du bist betrunken und das am frühen Abend."

„Nicht so betrunken, dass ich die Verletzungen missinterpretierten könnte", sagte er und klang plötzlich ernüchtert.

„Wie ich schon sagte, es ist nichts und geht dich einen Scheißdreck an."

Er hob die Hand und streichelte ihr eine Haarsträhne aus dem Gesicht. „Hasst du uns so sehr, dass du dich von einem Arschloch verprügeln lässt, anstatt einen angemessenen Mann zu heiraten, der dich auf Händen trägt, dich finanziell unterstützt und zu unserer Familie passt?"

Sie konnte Charles nicht erklären, was sie und Gordon im Bett machten und wollte es auch nicht. Aber sie verstand, wie verstörend die Striemen und Rötungen auf ihn wirken mussten. Allerdings hatte er ihr all die Jahre keine brüderliche Zuneigung gezeigt und jetzt brauchte er nicht damit anzufangen. Sie hatte sich einst nach der Liebe ihrer Familie gesehnt, diese jedoch weitaus erfüllender bei Gordon gefunden.

„So wie die ganzen Freunde und Bekannten von euch, die ihr für mich ausgesucht habt und die in keinster Weise zu mir passen?" Sie schielte zur Uhr. „Charles, es tut mir leid, aber ich bin verabredet und wir können diese Diskussion morgen fortsetzen, wenn du nüchtern bist. Doch ich schwöre dir, dass Gordon mich nicht im konventionellen Sinne schlägt." Wie sonst sollte sie es ausdrücken?

Charles sah sie durchdringend an, als wollte er sie der Lüge enttarnen.

„Ich liebe Gordon und das ist alles, was wichtig ist. Außerdem bin ich alt genug, um selbst zu entscheiden, wer gut für mich ist."

„Deine Familie anscheinend nicht." Pure Enttäuschung huschte über sein Antlitz, ehe er sich umdrehte und die Tür hinter sich zuknallte.

Rebecca setzte sich auf die Bettkante und merkte erst jetzt, dass sie zitterte. Ihre Gefühlswelt war wirklich außer Kontrolle geraten und die lange unterdrückte Einsamkeit fiel sie mit Klauen und gebleckten Zähnen an. Sie hatte sich selbst eingeredet, dass ihre Brüder ihr egal wären. Aber das war eine von ihr kreierte Illusion. Charles' Besorgnis tat weh, sehr weh, weil sie ihr klar zeigte, dass sie ihre Brüder liebte. Vielleicht würde sich doch alles zum Guten wenden. Allerdings war ihr gezeichneter Körper ein denkbar ungeeignetes Mittel um Charles, Hugh und James für Gordon zu gewinnen. Sie stand auf, schlüpfte in die bereitliegende Unterwäsche, Caprijeans und saphirfarbene taillierte Bluse, ehe sie ihr Make-up überprüfte. Dann schnappte sie sich noch ihren Koffer mit den Schmuckstücken, und stürmte aus ihrem Zimmer. Fast rechnete sie damit, dass Charles ihr auflauern würde, aber erleichtert startete sie Minuten später unbehelligt den Motor. Sie fuhr erst auf die Straße, ehe sie anhielt, um die Adresse der Sullivans einzugeben. Aus einem Impuls heraus versuchte sie Gordon zu erreichen, obwohl sie wusste, dass er Douglas von Flughafen abholte. Seine Stimme würde sie beruhigen. Doch es meldete sich nur die Mailbox und sie unterbrach die Verbindung, ohne eine Nachricht zu hinterlassen.

Eine halbe Stunde später stand sie vor dem Tor des *Federzirkels*. Das Herz klopfte ihr bis zum Hals, weil sie sich vorstellte, wie es wäre, aus dem alleinigen Grund hier zu stehen, um den Club zu besuchen. Das Szenario wirkte zu bizarr auf sie.

Ehe sie auf die Klingel drücken konnte, schwang das schmiedeeiserne Tor nach innen und sie bewunderte die filigrane Handarbeit der Federn. Beinahe wäre ihr der Wagen abgesoffen und sie atmete hörbar aus. Doch ihre Nervosität verflog, als sie Viola und Hazel erblickte, die grinsend auf sie warteten. Sie wusste nicht warum, aber die Frauen fühlten sich wie Freundinnen an. Nachdem sie geparkt hatte, riss Viola die Fahrertür auf und begrüßte Rebecca ebenso herzlich wie Hazel.

„Wir gehen in die Küche. Sally hat ein paar Snacks zubereitet und hat es geschafft, eine ausreichende Anzahl vor

Dean, John und Miles zu retten. Ich schwöre dir, sie essen Mengen wie Dinosaurier", sagte Viola.

„Keith werden Raptoren kaum schlagen, was den Hunger angeht." Hazel kicherte. „Shrek hat immer Appetit."

Sie nannte Keith Shrek? Ob er und Sean das wussten? Kalkulierend starrte sie auf Hazels Po und das wurde ihr erst bewusst, als Viola schallend lachte. „Du bist bei uns herzlich willkommen, Rebecca."

Sie betraten das lichtdurchflutete Landhaus und ihr blieb vor künstlerischer Ehrfurcht beinahe das Herz stehen, als sie die Gemälde erfasste, die perfekt zu dem edlen hellen Interieur passten.

„Mein Gott, Viola. Du bist eine begnadete Malerin. Ich wusste ja, dass du das Bild in Gordons Haus gemalt hast, aber das hier ..." Fasziniert betrachtete sie die wunderschöne Frau, die vor ihrem Master kniete und sich ihm darbot. Viola hatte das Licht so geschickt gesetzt, dass das Augenmerk nicht auf der Nacktheit der Brünetten lag. Mittlerweile verstand sie vollkommen, warum Gordon es so mochte, wenn sie diese Pose einnahm. So wundervoll, anmutig, ergeben und respektvoll war es, zudem natürlich und ungekünstelt, eine Vorbereitung auf das, was folgte.

„Ich zeig dir später das Haus. Jetzt komm. Sally, Alexis und Kim warten schon ungeduldig auf dich und deine Schmuckkollektion. Und ich habe eine Idee, die ich dir gerne unterbreiten würde. Aber dazu nachher mehr."

Viola vibrierte vor Leben und John musste sie wirklich über alles lieben. Ob er sie im *Federzirkel* kennengelernt hatte? Hatte die kurvige Honigblonde so wie sie vor dem Tor gestanden und sich beinahe ins Höschen gemacht, nur dass es bei Viola nicht nur ein: Was wäre wenn?, gewesen war. Ob sie John direkt in die Arme gelaufen war? Es gab noch viel für sie in der Welt der Dominanz und Unterwerfung zu lernen. Sie liefen durch das Foyer und betraten eine große helle Küche im Landhausstil. Nach der Begrüßung fand sie sich zwischen Alexis und Sally wieder, die beide anscheinend von dem Fruchtpunsch getrunken hatten, der in der Mitte des Tisches stand. Kim nippte gerade an ihrem Glas und seufzte zufrieden.

„Es gibt nichts Besseres, als einen anstrengenden Tag unter Freunden zu beenden. Ich liebe mein Romantikhotel, doch so manche Gäste sind alles andere als romantisch." Sie atmete tief ein und jagte danach eine Erdbeere in ihrem Glas, ehe sie es schaffte, sie mit dem Pikser aufzuspießen.

„Du hast ein Hotel? Das stelle ich mir sehr aufregend und erfüllend vor."

„Ohne Sally wäre es nur halb so schön. Sie hilft mir und ist für die Verpflegung der Gäste zuständig. Wir bieten Frühstück und Snacks an, auf Vorbestellung auch Candle-Light-Dinners. Das Hotel hat nur zehn Zimmer, doch die fühlen sich manchmal wie hundert an."

„Möchtest du auch Punsch?", fragte Alexis. „Ich kann mich heute dem Alkohol hingeben. Sean und Keith holen uns nachher ab."

„Einen trinke ich gerne."

„Cheers", sagte Hazel und sie tranken alle einvernehmlich einen Schluck.

Köstlich! Frische Pfirsiche, Erdbeeren und Himbeeren rundeten den Saft ab, der nach Mango und Ananas mit einem Hauch Rum schmeckte.

„Greift zu." Sally deutete auf das Fingerfood und steckte sich im selben Moment einen gefüllten Champignon in den Mund.

„Und wie kommst du mit Gordon zurecht? Ihr seht fantastisch zusammen aus", sagte Hazel. „Ihr liebt euch."

„Du musst uns entschuldigen, wenn wir dir zu sehr mit der Tür ins Haus fallen", sagte Kim. „Aber du reihst dich perfekt bei uns ein. Wir alle fanden unsere Maestros auf ungewöhnliche Weisen."

Eigentlich sollte es ihr peinlich sein, dass die Frauen genau wussten, dass eine schlimme Lüge sie zu Gordon gebracht hatte, doch es war eine Erleichterung, dass sie die Wahrheit kannten.

„Ihr findet das okay, was ich getan habe?"

„Das Schicksal macht manchmal die unglaublichsten Dinge, um die richtigen Liebenden zusammenzubringen", sagte Viola. „Und es ist immer einfach, mit dem Finger auf andere Menschen zu zeigen. Verzweifelte Faktoren ziehen verzweifelte Taten nach sich. Außerdem wissen wir nicht alles, nur dass du Gordon angefleht hast, sich als deinen Verlobten auszugeben. Die näheren Umstände gehen uns nichts an, es sei denn, du willst sie uns erzählen. Aber wenn du magst, erzähle ich dir, wie ich John kennengelernt habe und da ist nichts Gewöhnliches dran." Viola biss herzhaft in eine Scheibe Brot, die mit Lachs belegt war, kaute verzückt, gefangen in der Erinnerung. „Und auch ansonsten kannst du jedes Thema anschneiden, ohne das es dir peinlich sein muss."

Rebecca nahm sich vom Tomate-Mozzarella-Mango-Salat und überlegte währenddessen, wie intim ihre Fragen sein durften. Und ob es respektlos gegenüber Gordon war, wenn sie ihr außergewöhnliches Liebesspiel mit seinen Freunden teilte.

*Für sie ist es nichts Außergewöhnliches!*

„Du brauchst keine privaten Details mit uns zu teilen und kannst deine Fragen auf das Wesentliche beschränken", sagte Kim. „Gordon hat uns nicht nur ins *Gemstone* geschickt, damit wir dich aushorchen. Er weiß, dass du viele Fragen hast, die nur eine Sub beantworten kann. Du denkst, dass dein Master dich völlig durchschaut, und stets weiß, was in dir vorgeht. Dem ist keinesfalls so. Ja, unsere Maestros sind geübt, was Körpersprache angeht und sie nehmen selbst die subtilste unserer Reaktionen wahr, doch sie sind dominant und wissen nur vom Zusehen und Ausführen, was der Schmerz und die Unterwerfung in uns auslösen. Aber ganz begreifen können sie es nicht, genauso wenig wie wir, was sie dabei empfinden, wenn sie uns zum Weinen bringen und damit meine ich nicht ihre Erregung, sondern die tiefe emotionale Befriedigung."

So hatte sie das noch nie betrachtet. Und wie sehr Gordon auf sie achtgab, schnürte ihr für einen Augenblick die Kehle zu.

„Du liebst Gordon!" Hazel strahlte sie an und die Frauen hoben ihre Gläser. „Auf Rebecca und Gordon." Sie lachte wie eine Märchenhexe. „Und darauf, was der Highlander unterm Kilt versteckt."

Rebecca fühlte sich äußerst wohl, doch sie war im Moment nicht bereit, ihr Seelenleben zu teilen. Allerdings wusste sie, dass sie Verbündete hatte, falls sie welche brauchte. Freundinnen, die sie nicht anzulügen brauchte, sollte sie die Beziehung zu ihnen vertiefen. Und sie waren herrlich undevot, nicht wie sie sich früher devote Frauen ausgemalt hatte. Sie konnte sich beim besten Willen nicht vorstellen, dass Hazel oder Sally unter einem Tisch kauerten, und sich nicht trauten, ihre Meinungen zu sagen. Dass Kim alles tat, was Dean von ihr verlangte oder das Keith Alexis vorschrieb, was sie essen durfte. Und Viola! Ihr Maestro war bestimmt an sieben Tagen in der Woche damit beschäftigt, sie zu zügeln und doch würde es ihm nie gelingen. Wahrscheinlich wollte John das auch nicht.

Nach dem Essen zeigte sie den kichernden und mittlerweile ziemlich angetrunkenen Mädels ihren Schmuck. Viola und Kim rissen ihr die Ketten mit den silbernen Federn beinahe aus den Händen und Sally tröstete sich mit einem Armband, das Rebecca mit einem keltischen Muster versehen hatte.

„Ich habe eine grandiose Idee", sagte Viola. „Ich plane im Winter eine gemeinsame Ausstellung mit Ricardo Costa, der exquisite Statuen herstellt und dein Schmuck würde das krönende i-Tüpfelchen sein. Hättest du Lust, vorausgesetzt Ricardo stimmt zu? Und das wird er, sobald er deine fantastischen Arbeiten sieht."

„Ob ich Lust habe?" Auf eine derartige Chance hatte sie schon immer gewartet. „Es wäre mir eine Ehre."

„Die Ausstellung heißt *Seduced by Winter* und beginnt Mitte Dezember in der *Gallery of Art* in London."

Sie brauchte unbedingt bis dahin ihr eigenes Domizil und eine Werkstatt, die den Namen verdiente. Unter ihrem fertigen Schmuck befand sich eine Anzahl von Stücken, die das Winterthema treffen würden, doch sie hatte Saphire, eisblaue Steine, Silber, aber auch Rubine im Sinn, die zu *Seduced by Winter* in Vollendung passen würden.

„Ich kenne diesen Blick von Viola. Sie sieht immer so aus, wenn sie sich in die Welt ihrer Gemälde zurückzieht und ihre Werke plant", sagte Sally, ehe ihr glockenhelles Lachen durch die Küche schallte. „Ich werde nie den Anblick von Gordon vergessen, als er diese Show bei dir Zuhause abgezogen hat. Im Foyer bin ich fast erstickt vor Lachen. Deine Familie findet ihn bestimmt schrecklich und wer könnte ihnen das verdenken."

Die Erinnerung an den Gesichtsausdruck ihres Bruders, als er vorhin ihre Striemen gesehen hatte, jagte ihr einen Schauder über den Rücken. Wie sollte sie ihm das jemals erklären?

Doch sie schob den Gedanken zur Seite. Damit würde sie sich zur gegebenen Zeit auseinandersetzen.

# Kapitel 13

Gordon trommelte mit den Fingern gegen seinen Oberschenkel und der Krach im Terminal des Birmingham Airports, wo er auf Douglas wartete, zerrte an seinen Nerven. Der Flug hatte eine halbe Stunde Verspätung und er hoffte, dass Shade in der Zwischenzeit nicht sein Wohnzimmer auseinandernahm. Gestern hatte er sich ein Sofakissen geschnappt und Gordon hatte bis zu diesem Zeitpunkt nicht gewusst, wie sehr man eine Füllung in seine molekularen Bestandteile zerlegen konnte. Jedoch hatte der Hund in kürzester Zeit sein Herz gewonnen, und bei ihm hatte er keine inneren Bedenken, es auf der Stelle zuzugeben. Bei Rebecca war es nicht so leicht gewesen, seine starken Gefühle ohne Wenn und Aber einzugestehen.
Allerdings vermochte er sich ein Leben ohne sie nicht mehr vorzustellen. Er vermisste sie in jeder Sekunde, an der sie nicht bei ihm war. Es wäre einfacher, wenn sie zu ihm ziehen würde, doch er wollte sie nicht mit einem derartigen Vorschlag überfallen. Beinahe wünschte er sich, dass die Sullivans kein passendes Haus für sie finden würden, und schämte sich im selben Moment für seinen Egoismus. Er hatte Rebecca schon genug zugemutet und ihre Wertvorstellungen gehörig umgekrempelt.

Ein kreischendes Kind riss ihn aus den Gedanken. Wie lange braucht das verfluchte Flugzeug, bis die Passagiere endlich aussteigen durften? Und dann erspähte er seinen Bruder, den er seit drei Jahren nur über Skype gesehen hatte. Er stach allein durch seine Größe aus der Menge heraus und lief wie der Highlander, der er war. Braun gebrannt, die Haare trug er so kurz wie Sean, und seine blauen Augen leuchteten förmlich wegen seines dunkleren Teints. Die Damenwelt warf ihm den einen oder anderen Blick zu und manche verweilten auch länger, weitaus gieriger auf ihm. Gekleidet in hellen Jeans und einem eng sitzenden weißen T-Shirt schritt er breit lächelnd auf

Gordon zu, während er einen Rollkoffer hinter sich herzog. Gordon spürte eine unglaubliche Erleichterung, als er endlich seinen *kleinen* Bruder in die Arme schließen konnte.

„Lass uns nach Hause fahren", sagte Gordon. „Wir werden schon sehnlichst erwartet."

„Jetzt sag nicht, dass du endlich die Frau fürs Leben gefunden hast."

„Sie auch." Es auszusprechen machte es realer, als würde man das erste Mal über Samt streicheln, nachdem man ihn stundenlang angestarrt hatte. „Aber das Lebewesen, das auf uns wartet, schnarcht und schmatzt im Schlaf, ist völlig unrasiert und hat keine Hemmungen, dir quer übers Gesicht zu schlecken, wenn du es nicht verhinderst."

„Moment." Douglas blieb abrupt stehen. „Du jubelst mir einfach in einem belanglosen Satz unter, dass du verliebt bist?"

„Verlobt."

Sein Bruder warf ihm einen Seitenblick zu, als würde Gordon plötzlich chinesisch sprechen.

„Was? Wissen Mum und Dad davon?"

„Nein, wissen sie nicht. Ich erkläre dir während der Fahrt, was es mit Rebecca Morgan auf sich hat."

„Rebecca." Die Silben rollten von Douglas' Lippen, als würde er einen guten Whiskey kosten. „Wirst du sie mir vorstellen?"

„Natürlich. Sie kommt morgen zum Abendessen."

„Du willst sie mit der ganzen Familie auf einmal überfallen! Dann muss es wirklich um dich geschehen sein."

Morgen kamen seine Eltern zu Besuch und sie würden über Nacht bleiben. Bis jetzt hatte er ihnen nur in seinen Teenagerzeiten seine Liebschaften vorgestellt, es danach gelassen, da es nie ernste Beziehungen waren.

„Rebecca ist von der ersten Sekunde an, nachdem wir aufeinandergeprallt sind, etwas ganz Besonderes für mich." Sie liefen aus dem Terminal und erreichten nach zehn Minuten das Parkdeck, auf dem sein roter SUV stand.

„Du siehst gut aus, Bruder", sagte Douglas. „Aber auch müde."

„Das nimmt jetzt hoffentlich ein Ende. Ich hatte gehofft, dass du in meiner Werkstatt als Partner einsteigst und in das Nebengebäude einziehst. Dich hat der Himmel geschickt. Hilfe kann ich wirklich gebrauchen." Gordon öffnete den Kofferraum und Douglas wuchtete seinen Koffer hinein. Falls sein Bruder das Angebot ablehnte, würde er sich doch um eine Hilfe bemühen müssen.

„Ich nehme dein Angebot sehr gerne an. Meine Auszeit war toll, aber jetzt bin ich froh, an einem Ort zu bleiben und Wurzeln zu schlagen. Ein Nebengebäude sagst du?"

„Vollständig renoviert."

„Hört sich gut an."

Sie stiegen ein und schwiegen die nächsten Minuten, bis sie die M6 erreichten und an der Mautstation anhielten. Manchmal gab es so viele Neuigkeiten, dass man nicht wusste, wo man anfangen sollte.

„Und Rebecca akzeptiert deinen Kink? Hast du sie im *Sadasia* getroffen?"

„Sie ist die widerwilligste Devote, die ich bis jetzt über meine Knie gelegt habe, aber ja, mittlerweile akzeptiert sie einen glühenden Arsch." Er erzählte Douglas, wie er Rebecca kennengelernt hatte und sein Bruder lachte lauthals.

„Das kann auch nur dir passieren. Ein derartiger Vertrag ... Bruder, du bist zutiefst verdorben. Du sollst der Jungfrau in Nöten helfen und ihr nicht lüstern den Arsch versohlen, ehe du sie fickst, bis sie nicht mehr klar denken kann." Während er das sagte, wirkte er selbst höchst lüstern, wie Gordon bemerkte, als er kurz zu ihm sah, ehe er seine Aufmerksamkeit wieder auf den Motorway richtete.

„Als ob du nicht jede Gelegenheit nutzen würdest, um eine Frau ins Bett zu bekommen."

„Die Zeiten sind vorbei", sagte er ungewohnt ernst. „Ich habe keinen Bock mehr auf Fickbekanntschaften. Vor meiner Auszeit war ich, wie du sehr wohl weißt, kein Kostverächter. Aber mittlerweile habe ich mehr gegessen, als meine Seele verträgt. Die nächste Frau, die ich verführe, muss erst mein Herz erobern, bevor sie meinen Schwanz anfassen darf."

Douglas meinte es todernst, zudem erschien er viel erwachsener und nicht mehr so glattpoliert wie ein Kieselstein. Er hatte jetzt Ecken und Kanten wie ein Felsbrocken aus dem Black Rock Gorge in Easter Ross.

„Aber ich gebe gern zu, dass ich mich auf das *Sadasia* freue. Meine Handfläche hat schon lange keinen Popo mehr zum Brennen gebracht. Was machen Sean und Keith? Ich bin sehr gespannt, Hazel und Alexis kennenzulernen. Hazel hat es bestimmt nicht leicht mit Sean."

Gordon konnte nicht anders als loszuprusten. „Nein, Douglas. Sean hat es nicht leicht mit Hazel. Sie hat es faustdick hinter ihren entzückenden Ohren. Aber du kannst dir ein eigenes Bild über die unterwürfige Hazel machen, sobald du sie triffst."

„Du meinst, dass sie den finstersten aller Master gezähmt hat?"

„Nicht nur das. Sie lieben sich sehr." Jetzt konnte er es äußern, ohne dass ein grün gefärbtes Messer auf sein Brustbein einstach mit unerwünschter und höchst ungewollter Eifersucht im Schlepptau.

„Keith und Sean haben die große Liebe beide genauso verdient wie du, Bruder. Und einen Hund hast du auch noch. Wie heißt er?"

„Shade, ein acht Monate alter Schäferhund."

„Mir scheint, Rebecca ist nicht die einzige, die einen Platz in deinem Herzen erobert hat. Wollt ihr zusammenziehen?"

„Das steht in den Sternen."

„Und was ist mit ihren Brüdern und diesem höchst seltsamen Testament? Hast du mit ihrer Familie über diese Klausel geredet?"

Gordon seufzte innerlich. „Das ist längst überfällig. Aber du weißt doch, wie das ist. Man kümmert sich zuerst um die Dinge, die einem wichtiger sind. Allerdings hast du recht, ich sollte reinen Tisch mit Charles, Hugh und James machen."

„Hältst du sie für so hinterhältig wie Rebecca es angedeutet hat?"

„Ich bin mir da unsicher. Auf der einen Seite wollen sie natürlich das gesamte Erbe bekommen. Sie können das Geld gut gebrauchen und viele Menschen sind zu allem fähig, sobald der Geldbeutel im Spiel ist. Doch so einfach ist das Ganze nicht. Sie lieben ihre Schwester. Rebecca übersieht all die kleinen Gesten, weil sie ihr Leben lang gegen alles und jeden angekämpft hat."

„Und wenn du sie heiratest?"

Die Idee war so verrückt, aber sie sagte Gordon mehr zu, als es die Vernunft erlaubte. „Ich weiß nicht."

„Du weißt es sehr wohl, Brüderchen. Mir kannst du nicht die Wahrheit vorenthalten. Und das hat sich in den letzten drei Jahren nicht geändert. Mit einer Heirat wären alle Probleme aus der Welt geschafft."

Die Lösung war ... perfekt. Allerdings müsste er vorher in Erfahrung bringen, ob die Klausel ihn als Ehemann akzeptierte. Auch wusste er nicht, was Rebecca von diesem Hirngespinst halten würde. Ja, sie liebte ihn, aber eine Trauung würde sie vielleicht in ihren anfänglichen Zustand zurückversetzen. Seine Wölfin brauchte ihre Freiheit. Er könnte verstehen, sollte sie seinen Vorschlag mit Inbrunst ablehnen, doch falls er sie nicht fragte, würde er nie wissen welcher Art ihre Reaktion war, denn all seinen Überlegungen waren nur Vermutungen.

*Und wenn du sie mit dieser Verrücktheit verjagst?*

*Dann fessele ich sie mit einer Hand ans Bett und tue ihr Dinge an, die sie ihren Fluchtinstinkt vergessen lassen.*

„Ich habe Staffordshire vermisst." Douglas blickte aus dem Beifahrerfenster auf die sanften grünen Hügel und strich sich über das dunkelbraune Haar. „Egal, wie aufregend es woanders ist, zuhause ist es am schönsten."

„Du willst nicht zurück in die Highlands?"

Dort hatten sie noch einen Familienwohnsitz. Aber auch seine Eltern lebten fast das ganze Jahr über in England.

„Nein. Ich will meine Familie genießen, meinen Bruder, bis du mich nicht mehr erträgst und Mum sich weigert, mir noch eine Ladung Shortbread zu backen und mir die Tür vor der Nase zuschlägt."

„Als ob Mum deinem Dackelblick jemals widerstehen könnte." Gordon betätigte den Blinker und fuhr von der M6 auf die Landstraße.

„Ich behaupte, dass dein Blick dackliger ist als meiner."

Es war gut, Douglas neben sich zu haben.

„Und dein Blog läuft noch gut?"

„Ja, aber ich werde ihn in absehbarer Zeit schließen. Das Kapitel meines Lebens ist abgeschlossen."

Douglas wirkte müde, strahlte allerdings eine Ruhe aus, die er vor seinen Reisen nicht hatte. Anscheinend war er genau dort angekommen, wo er sein wollte.

„Hast du Hunger? Ich könnte uns ein paar Bratkartoffeln in die Pfanne schmeißen und einen Salat dazu machen."

„Salat geht immer. Und für deine Bratkartoffeln lasse ich jedes Steak auf dem Teller liegen."

Gordon bog von der Landstraße ab und folgte der Straße, die zu seinem Heim führte.

„Ich bin sehr gespannt auf dein Domizil. Ich kenne es ja nur von ein paar Fotos. Und die Werkstatt läuft gut?"

„Fast zu gut. Aber das ist mein Luxusproblem. Allerdings könnte ich wirklich ein paar Tage Urlaub gebrauchen."

„Buche doch gleich einen Honeymoon auf Jersey."

„Jetzt hör auf. Du hast Rebecca nicht einmal gesehen und siehst sie schon als deine Traumschwägerin."

„Hast du in letzter Zeit in den Spiegel geglotzt? Du leuchtest wie eine Tausendwattbirne. Ich habe dich noch nie so glücklich gesehen. Du gibst diese speziellen Vibes ab, die nur Menschen haben, die auf ihren Seelenpartner getroffen sind. Scheiße! Du bist wie Mum und Dad, wenn sie einander ansehen."

Gordon verlangsamte und aktivierte den Schalter, der das Rolltor zu seinem Grundstück öffnete, ehe er in den Carport fuhr. Bevor sich das Tor schließen konnte, folgte ihm ein Auto mit quietschenden Reifen und machte eine Vollbremsung.

„Erwartest du unangenehmen Besuch?", fragte Douglas und verwandelte sich innerhalb einer Sekunde von einem Reiseblogger in einen Policeofficer, der er vor seiner Auszeit gewesen war. Sie beide stiegen aus und stellten sich nebeneinander.

Das waren doch Rebeccas Brüder, die aus dem BMW sprangen, als hätte sie jemand rausgeschleudert. Was zur Hölle war in sie gefahren?

„Du miese Sau", lallte Charles. „Du hast unsere Schwester verprügelt."

„Das ist die Familie deiner Liebsten." Douglas formulierte es nicht als Frage.

„Stimmt das?", fragte James, der im Gegensatz zu seinem Bruder nüchtern war.

„Wovon redet ihr?" Gordon hob die Hände und schritt gemeinsam mit Douglas auf sie zu. Sein Bruder lief dabei ein wenig nach rechts, sodass sie beide Platz hatten, sollten die Morgans irgendwas Dämliches versuchen.

„Sie hat Striemen auf den Oberschenkeln und auf dem Arsch."

Shit!

*Es ist nicht das, wonach es aussieht, Jungs!*

„Wenn du sie noch einmal anrührst, du Stück Abschaum, schwöre ich dir, dass du mich kennenlernen wirst." Hugh wirkte, als wollte er ihm die Faust ins Gesicht rammen. Doch Gordon bezweifelte, dass er überhaupt treffen würde. Er boxte regelmäßig mit den Sullivans und Sean und Keith hatten ihn in Selbstverteidigung unterrichtet, kein Karatescheiß, sondern fiese Techniken, die einen Gegner schnellstmöglich außer Kraft setzten und das anhaltend, wenn man es wollte. Allerdings waren die Brüder wirklich um das Wohlergehen von Rebecca besorgt. Hätte er eine jüngere Schwester, wüsste nichts von der BDSM-Welt, hätte er der vermeintlichen Ratte erst die Faust in die Visage gerammt und danach gesagt, was er zu sagen hatte. Anscheinend liebten sie Rebecca mehr, als es sich diese eingestehen wollte.

„Habt ihr Rebecca dazu befragt?" Aus den Augenwinkeln bemerkte er, dass Douglas sein Gewicht verlagerte, bereit nach vorne zu schnellen, sollte es erforderlich sein.

„Damit sie behauptet, sie wäre die Treppe heruntergefallen?", zischte James und er sah Gordon dabei an, als wäre er es nicht wert, dass er ihn mit dem Schuh zerquetschte.

„Manchmal ist nicht alles so, wie es auf den ersten Blick erscheint."

Hugh trat dicht an Gordon heran, ein blöder Schachzug, da er jetzt zu ihm aufblicken musste, um ihm in die Augen zu sehen. Er hatte mehr Schneid, als Gordon ihm zugestanden hätte. „Ich verstehe ja durchaus, dass sich unsere kleine Schwester zu so einer Underdogkakerlake hingezogen fühlt …"

„Underdog?", fragte Douglas, in einer Stimme, die mehr einem eisigen Hauch glich, sodass die Morgans ihm allesamt einen nervösen Blick zuwarfen. „Wissen die, wer du bist?"

„Lass gut sein." Gordon reagierte nicht auf Hughs Beleidigung, doch das bedeutete nicht, dass er alles schluckte. Er wollte die Situation nicht eskalieren lassen, schließlich standen seine Schwäger in spe vor ihm. „Redet mit eurer Schwester. Was wir auch gerne gemeinsam tun können."

James legte Hugh eine Hand auf den Arm und sein Bruder trat widerwillig einen Schritt zurück. „Halte dich von ihr fern, Arschloch. Das ist unsere Warnung an dich. Solltest du ihr auch nur ein Haar krümmen, wirst du sehen, was wir in Staffordshire mit Kellerasseln anstellen."

Charles spukte auf den Boden vor Douglas' Füßen und zum Glück saß das Deeskalationstraining noch, denn Douglas blieb gelassen.

„In was für einen Mist hast du dich da reingeritten? Striemen? Rebecca hat sie ihren Brüdern gezeigt?"

Das konnte Gordon sich nicht vorstellen und er war nicht bereit Rückschlüsse zu ziehen, ehe er mit ihr gesprochen hatte. „Ich rufe sie gleich an. Ich will hören, was sie dazu zu sagen hat, bevor ich beschließe, was ich mache."

Er beobachtete reglos, wie der BMW davonfuhr. Ihm verblieb nur zu hoffen, dass ein klärendes Gespräch die Sachlage bereinigte. Aber ihre Brüder waren Vanilla und sie würden es nie verstehen, dass Lustschmerz etwas Wunderschönes war, wenn beide Partner es wollten.

Shade bellte wie verrückt im Haus und er beeilte sich das Tor zu schließen, um den Hund gleich beruhigen zu können.

„Sie haben was?" Rebecca versuchte zwar ihre Stimme neutral zu halten, doch es misslang ihr, denn sie hatte augenblicklich nicht nur die Aufmerksamkeit der fünf Frauen, sondern dazu noch die der Sullivanbrüder und von Sean, die gerade ihren Schmuck bewunderten. Sie spürte, dass sie geradezu zusammensank, als hätte man sie zu heiß gewaschen.

„Einen Moment, Gordon." Sie wandte sich Viola zu. „Kann ich irgendwo …?"

„Natürlich. Nebenan ist ein Arbeitszimmer."

Rebecca versuchte, ihr Hinausgehen nicht wie eine Flucht erscheinen zu lassen. Mein Gott! Ein Gordon war schon schlimm genug, aber eine ganze Ansammlung … war mehr als einschüchternd.

Ihren zitternden Fingern wäre beinahe das Smartphone aus der Hand gefallen. Wie konnten ihre Brüder sie nur dermaßen blamieren! Sie presste das Telefon an ihr Ohr. „Charles ist vorhin in mein Schlafzimmer gestürmt, als ich mich gerade anziehen wollte. Dabei hat er die Striemen gesehen."

„Ich verstehe. Das hat ihn schockiert." Gordon hörte sich weder wütend noch besonders beunruhigt an, im Gegensatz zu ihr. „Wir sollten gemeinsam mit ihnen reden."

Mit ihren Brüdern über Sex sprechen, ihnen erklären, dass sie es mochte, wenn Gordon ihr den Po versohlte, sie unterwarf und sie freiwillig vor ihm kniete, allein die Vorstellung jagte ihr eine ganze Armada von Tausendfüßlern mit eisigen Füßen über den Rücken. „Das kann ich nicht, nein, das will ich nicht."

„Sie denken, dass ich dich misshandeln würde. Ich verstehe, dass du nicht mit deiner Familie deine sexuelle Ausrichtung diskutieren möchtest. Ich übernehme das Gespräch, okay? Aber es ist unausweichlich."

Gordon hatte recht und sie nahm einen langen Atemzug.

„Wir schaffen das zusammen, Rebecca. Du brauchst dich nicht alleine durchzukämpfen, so wie du es sonst immer tust. Versprich mir, dass du meine Hilfe annimmst."

Sie war nicht mehr alleine. Das warme Gefühl in ihr verdrängte den hilflosen Zorn, den sie empfand. „Haben sie dich bedroht?"

„Was sollen sie mir schon antun? Ich bin ein großer Junge, der um einiges stärker ist als deine Brüder. Außerdem ist Douglas bei mir."

Sie war dennoch beunruhigt. Ihre Familie war zu vielem fähig.

„Rebecca, deine Brüder lieben dich und wir sollten das Gespräch auch dazu nutzen, um dieses ganze Testamentsdesaster zu bereinigen."

Endlose Sekunden flossen wie Sirup an ihr vorbei, während er geduldig auf ihre Reaktion wartete. Gordon hatte kein Problem damit, sie in Grund und Boden zu schweigen. „Meinst du das ernst?"

„Ja, Kleines."

Manchmal war es gut sich klein und hilflos zu fühlen.

„Verbring die Nacht bei mir. Douglas brennt darauf, dich kennenzulernen."

„Und was hat er zu dem ganzen Mist gesagt? Weiß er, dass du ein ... ein Master bist?"

„Ja, Wölfin."

„Und er schaut deswegen nicht auf dich herab?"

„Nein."

Mehr gab er ihr in diesem Moment nicht. Er wollte, dass sie Douglas unvoreingenommen gegenübertrat.

„Wir sehen uns gleich. Ist Sean noch da?"

„Ja, wieso?"

„Gibst du ihn mir bitte? Ich möchte nur kurz was mit ihm besprechen."

„Einen Moment. Ich muss zurück in die Küche gehen."

„Verunsichert Sean dich?"

Was war das denn für eine blöde Frage!

„Um ehrlich zu sein, kann ich mich nicht zwischen ihm, John und Dean entscheiden. Sie wirken allesamt einschüchternd auf mich. Keith und Miles sind auch nicht viel besser."

Er lachte. „Nicht die üblichen Anzugträger, die du mit einem deiner Zementblicke auf Abstand hältst, nicht wahr?"

„Das mit den Suggestivfragen hatten wir doch bereits."

„An deine Bestrafung wegen dieser Bemerkung kannst du dich sicherlich erinnern? Muss ich deine Erinnerung auffrischen? Vielleicht vor Douglas?"

Das war nur ein fieser Scherz von ihrem fiesen Highlander, oder? Sie sparte sich eine Antwort darauf, aber sie musste erschreckt in das Phone geschnauft haben, denn Gordon lachte abermals. Allerdings färbte Dominanz dieses Lachen, sodass sich prompt ihr Herzschlag beschleunigte. Sie streckte dem Telefon die Zunge heraus und äffte ihn stumm nach, ehe sie zurück in die Küche ging. Sean hatte den Arm um Hazel gelegt und grinste über irgendwas.

„Sean, Gordon möchte dich kurz sprechen." Sie reichte ihm das Phone. Und während er sprach, würde sie sich überlegen, ob sie lieber ihrer Familie gegenübertrat oder herausfand, ob Gordon sie nur hatte verunsichern wollen. Seans Augen waren grünbraun, und wenn sie sich Gordon gut im Kilt mit einem Breitschwert in der Hand vorstellen konnte, dann war es bei Sean schwarze Tarnkleidung und ein Bowie Messer. Er schlich sich an seine Gegner heran, die ihn erst bemerkten, wenn es längst zu spät war, um auch nur einen Millimeter von ihren Schicksalen abzuwenden. Leider konnte sie ihn überhaupt nicht deuten und außer einem: ja, ich verstehe, natürlich, sagte er nichts weiter, ehe er die Verbindung unterbrach und ihr das Telefon reichte.

„Ist es dir recht, wenn wir in einer Stunde losfahren?" Wieso sah er sie dabei an und nicht Hazel oder Alexis?

„Rebecca?"

„Ich verstehe nicht", sagte sie, obwohl sie ahnte, warum Sean sie meinte.

„Du verstehst sehr wohl. Ich fahre dich gleich zu Gordon und Keith folgt uns mit seinem Wagen. Dein Master hegt den Verdacht, dass du dich aus der Affäre ziehen möchtest, um dich aus einer verdienten Bestrafung zu winden. Das wird nicht passieren."

„Wird es nicht?"

*Du bist doch sonst nicht auf den Mund gefallen. Warum sagst du ihm nicht, dass er sich in den Ogerwald zurückziehen soll, aus dem er stammt?*

*Weil ich die Haut auf meinem Po liebe, sehr sogar. Und ich will wirklich nicht herausfinden, was Sean tun wird, wenn ich mich weigere.*

„Ich kann selbst fahren."

„Natürlich, dennoch fahre ich dich." Seine Mundwinkel zuckten verdächtig.

Irgendwie starrten die Frauen alle auf den Tisch, während die Männer ihre verfluchte Aufmerksamkeit auf sie richteten. Huh! Zum Glück wählten Giotto und Vino diesen Moment, um aus ihrem Tiefschlaf aufzuwachen und zu ihr zu laufen, als wollten sie ihren Beistand durch wedelnde Ruten und das Betteln um Streicheleinheiten demonstrieren.

„Kommst du am Montagabend noch mal zu uns?", fragte Viola und Rebecca hätte beinahe vor Erleichterung geseufzt. „Dann besprechen wir die Details der Ausstellung und ich zeige dir meine Gemälde, die ich bereits fertiggestellt habe. Bei der Gelegenheit holen wir die Tour des Hauses nach."

„Gerne." Irgendwie waren sie heute nicht dazu gekommen.

Fünfzig Minuten später fand sie sich allein mit Sean in ihrem Wagen wieder und amüsiert hob er ihre Kuschelgiraffe Herbert vom Beifahrersitz auf, drückte sie ihr in die Hände, nachdem sie eingestiegen war. Zu ihrer grenzenlosen Erleichterung brach er nach einigen Momenten das Schweigen, mit einem Thema, bei dem sie sich wohlfühlte.

„Hazel liebt Rosen über alles und ich suche schon lange einen Ring mit einer stilisierten Rose und einer dazu passenden Kette. Kannst du mir so etwas anfertigen?"

Wenn dieser Mann Arbeiten von ihr wollte, dann musste er von ihr als Künstlerin überzeugt sein. Sie konnte nicht anders, als ihn anzustrahlen, wobei sie Herbert umklammerte.

„Klar. Ich erstelle erst ein paar Entwürfe und du kannst dir aussuchen, was dir und Hazel gefällt."

Sean fuhr ruhig und sicher und ihre Nervosität verflüchtigte sich.

„Gordon hat meine E-Mail-Adresse. Ich bin sehr gespannt auf deine Vorschläge."

Da der Himmel klar war, leuchtete der Vollmond hell. Als Kind hatte sie sich immer vorgestellt, dass ihr Dad vom Mond auf sie herabsah. Und auch heute rettete sie sich gerne in diese Vorstellung. Vielleicht sollte sie ihre Mum dazu packen und endlich ihren Frieden mit ihr schließen.

„Du liebst Gordon sehr. Ich bin glücklich, dass er dich gefunden hat. Willkommen in unserer Familie." Wenn er es wollte, konnte der Master eine Wärme in seine Stimme legen, die ihr deutlich aufzeigte, dass er viele Facetten besaß, und sie nur zeigte, sofern er es für angebracht hielt. Kein Wunder, dass Hazel ihm verfallen war. Auf einmal war sie froh, dass sie nicht alleine im Auto saß.

„Und du findest mich nicht verlogen?", platzte es aus ihr heraus.

„Du machst dir Sorgen, was wir über dich denken könnten, weil du nicht unbefleckt in unser Leben getreten bist?"

Unbefleckt war nicht das Wort, das sie gewählt hätte, jedoch passte es. „Irgendwie schon."

„Gordon muss deine Handlungen akzeptieren und sie verstehen. Uns, als seinen Freunden, steht es nicht zu, dich abzulehnen. Es gibt viele Gründe für Taten, die einem im Nachhinein als unverständlich erscheinen. Mit Abstand ist es immer leicht, sich selbst zu verurteilen. Du hattest deine Beweggründe für dein Vorgehen, Rebecca. Für mich zählt nur, wie du Gordon jetzt behandelst und ob du ihn anlügst. Das hätte Konsequenzen für dich, besonders falls das im *Sadasia* geschehen sollte. Du stehst dort unter meinem Schutz und dem von Keith. Aber am selbstlosesten ..." Er schaute kurz zu ihr und seine Augen funkelten vor Vergnügen. „... haben dich Hazel und Viola adoptiert. Die beiden besitzen ein großes Herz, also verletze sie nicht."

Das hatte ihr gerade noch gefehlt! Jetzt hatte sie nicht nur eine Familie, sondern gleich zwei, die an ihrer Unabhängigkeit sägten. Nein, das war falsch. Die neue unterstützte sie, damit sie so frei sein konnte wie nie zuvor.

„Ich danke dir, Sean."

„Gern geschehen, kleine Sklavin."

Das hatte er nur gesagt, um sie zu provozieren. Sie spürte förmlich, dass er auf eine Reaktion von ihr wartete, denn den Titel hatte er in einem besonders neckenden Tonfall *gehaucht*.

„Für Gordon bin ich das gerne." Als sie darüber grübelte, revidierte sie ihren ersten Gedanken. Sean hatte sie zwar provoziert, jedoch war es nicht seine alleinige Absicht sie zu ärgern. Er wollte, dass sie sich ihm anvertraute und irgendwie verspürte sie jetzt das Bedürfnis, genau das zu tun. „Vor Gordon hätte ich dich mit eisiger Stimme gebeten, links ranzufahren und wäre lieber in der Dunkelheit nach Hause marschiert, anstatt noch eine Sekunde länger neben dir zu sitzen." Sean zeigte sich nicht überrascht über das Gesagte und wartete geduldig, dass sie weitersprach. „Gordon hat meine Ansichten gründlich geändert. Du meinst es nicht als Beleidigung, sondern als Liebkosung, als einen Titel, den du nicht leichtfertig vergibst."

„Es ist erleichternd mal mit dem Strom zu schwimmen, damit aufzuhören, hartnäckig dagegen anzukämpfen, Rebecca. Nicht wahr?"

„Du hast recht. Ich habe gar nicht gemerkt wie verbissen und ungerecht ich war, wie müde und … einsam." Was war nur los mit ihr? Er schaffte es, dass sie ihre Seele freiwillig entblößte, und dass sie sich gut dabei fühlte.

Sean fasste nach ihrer Hand und drückte sie freundschaftlich. „Menschen haben meistens mehr Facetten, als man auf den ersten Blick hin erkennt. Allerdings geben sich die Wenigsten die Mühe genauer hinzusehen."

Den Schuh der Oberflächlichkeit konnte sie sich getrost anziehen. Aber sie hatte sich geändert und änderte man sich nicht das gesamte Leben?

„Und auch Menschen, die wir zu kennen wissen, sind oft ganz anders, weil wir ihnen leichtfertig einen Stempel aufdrücken. Das ist der einfachste Weg und allzu menschlich."

„Hat Gordon dir von meinen Brüdern erzählt?"

„Ja, das hat er."

„Das wird kein problemloses Gespräch mit ihnen."

„Nein, das wird es nicht. Was du ihnen preisgibst, ist allerdings allein deine Sache oder viel mehr eure Sache. Schließlich willst du Gordon behalten, nicht wahr?"

„Ich kann mir nicht vorstellen, ohne ihn zu sein."

„Der wahren Liebe erster Kuss."

Rebecca konnte nicht anders als loszulachen. Sean war es definitiv wert, dass sie ihn genauer betrachtete. Die Fantasie, dass er sie im *Sadasia* einer gründlichen Prüfung mit diesen grünbraunen Iriden unterzog, jagte ein eigenartiges Gefühl durch ihren Körper, das sie nicht näher zu bestimmen vermochte. Allerdings war sie froh, dass Gordon sie langsam an den Club heranführen wollte und prompt vervierfachte sich die Geschwindigkeit ihres Herzschlages, bei der Vorstellung, was er nächste Woche dort mit ihr tun würde, bei ihrem ganz privaten Rendezvous im *Sadasia*, auch, dass Sean und Keith wussten, was der Highlander dort mit ihr vorhatte.

In diesem Moment bog Sean auf Gordons Grundstück ab und Keith parkte seinen Wagen Sekunden nach ihnen. Ehe sie es schaffte auszusteigen, war Gordon an der Beifahrertür riss sie auf und drei Herzschläge später drückte er sie an sich.

„Ich habe dich vermisst, Wölfin. Und wie ich erleichtert feststelle, hat Sean dich entgegen deiner Befürchtungen nicht gefressen oder dich übers Knie gelegt." Belustigt schaute er auf sie herunter und sie stellte fest, dass ihr Inneres Luftsprünge machte.

„Wenn du für ein paar Sekunden deine Hände von ihr nehmen kannst, würde ich Rebecca auch gerne begrüßen." Ein schottischer Akzent färbte die tiefe Stimme.

Douglas!

Sie drehte sich ihm zu.

Oh!

„Hör auf ihn anzustarren, als wäre er eine Schüssel mit Schokonüssen, die du so leidenschaftlich vertilgst."

„Aber das ist er doch."

Das brachte ihr einen schmerzhaften Schlag auf den Po von ihrem Master ein. Douglas konnte nicht verleugnen, dass er Gordons Bruder war. Die gleichen energischen Gesichtszüge, mit den breiten Wangenknochen, der vollen Unterlippe, und sie waren gleich groß, stellte sie fest, als er sie unverblümt an sich drückte und sie danach kurz auf die überraschten Lippen küsste. Er roch gut und sie identifizierte den herben Duft als Gordons Duschgel. „Du bist bezaubernd, Rebecca. Herzlich willkommen in der Familie."

Sie war zu verdutzt, um etwas zu antworten. Douglas begrüßte anschließend Alexis, Hazel, Keith und Sean.

„Wollt ihr noch mit reinkommen?", fragte Gordon.

„Nimm es uns nicht übel, aber es war ein langer Tag. Aber wir sehen uns zum Barbecue bei den Sullivans. Douglas ist herzlich eingeladen, lassen sie ausrichten."

„Ich hoffe, Sean hat dich nicht zu sehr eingeschüchtert. Er kann sehr verunsichernd sein, wenn er es will. Und er will oft", flüsterte ihr Alexis ins Ohr, als sie sich erneut von ihr verabschiedete.

Nachdem er das Tor geschlossen hatte, legte Gordon Rebecca den Arm um die Schultern und führte sie ins Haus. Shade schoss auf sie zu und begrüßte sie dermaßen freudig, dass sie sich fühlte, als würde sie nach Hause kommen, an den Ort, an dem die Liebe ihres Lebens wohnte.

„Der Vorfall mit meinen Brüdern tut mir sehr leid", sagte sie, sobald Shade mit seinem Begeisterungsansturm aufhörte.

„Das ist unnötig. Dich trifft keine Schuld. Aber wir müssen ihre Vorurteile aus dem Weg räumen."

„Ich weiß." Sie griff nach seiner Hand und er verschlang seine Finger mit ihren. „Ich habe einiges nachzuholen bei ihnen."

„Diese Klausel in dem Testament deiner Mutter, wie genau definiert sie eigentlich, wen du heiraten darfst, damit deine Brüder das restliche Geld bekommen?"

„Ich habe eine Kopie davon in meinem E-Mail-Account. Kann ich dir nachher schicken. Wieso?"

„Ich möchte sie mir anschauen. Und jetzt komm. Wir quatschen noch ein wenig mit Douglas und gehen dann zu Bett."

# Kapitel 14

Rebecca sah zu Gordon hinüber, der tief und fest schlief. Er brauchte ebenso wie sie erst in einer Stunde aufzustehen. Doch das Blut schien ungewöhnlich schnell durch ihre Adern zu rasen, sich auszudehnen, sodass sich ihre Haut anfühlte, als würde sie gleich bersten. Shade schlummerte bei Douglas in seinem Hundebett. Sie lauschte angespannt, allerdings war es still, wenn man von dem Vogelkonzert absah und dem Rauschen der Blätter, der alten Bäume. Hier könnte sie jeden Tag aufwachen und sie spielte mit der Idee, ihre Habseligkeiten zu packen und bei Gordon einzuziehen. Sie hatten sich gestern noch gemeinsam mit Douglas IHR Haus angesehen und natürlich wollte er dort einziehen, hatte sie dabei jedoch eigenartig gemustert, als er es sagte.

Ob Gordon etwas dagegen hatte, wenn sie öfters bei ihm blieb? Aber zuerst musste sie dieses Desaster mit ihren Brüdern in Ordnung bringen. Gordon war zwar nicht glücklich mit ihrer Bitte, doch sie wollte zunächst alleine mit ihren Brüdern sprechen, und nur falls das ergebnislos verlief, sollte Gordon sich einschalten. Außerdem hatte sie eine Menge mit ihrer Familie zu bereden, denn das hatten sie in den letzten Jahren gründlich versäumt.

Obwohl sie todmüde war, gab sie es auf im Bett zu bleiben, an Schlaf war nicht mehr zu denken. Ein Eimer Milchkaffee und eine erfrischende Dusche sollten ihren Kopf klären. Rebecca schlug die Decke zurück, drehte sich zur Seite und setzte sich auf, um sich aus dem Bett zu schwingen, als ein stahlharter Arm sich um ihre Körpermitte schlang und sie unzeremoniell auf den Rücken beförderte. „Wohin des Weges? Hatte ich dir erlaubt aufzustehen?"

Im Geiste wiederholte sie stumm diese Frechheit und traf seinen belustigten Blick. Bei solchen Äußerungen wusste sie nie, ob er es ernst meinte oder nicht. Zu ihrem Entsetzen wich das Amüsement aus seinen Augen und eisiges Blau starrte auf sie herab. „Ich glaube, dafür ist eine Bestrafung angebracht, eine mitleidlose, die dich daran erinnert, dass ich dein Master bin."

*Du spinnst doch!* Allerdings war sie zu verblüfft, um sofort zu reagieren. Schon spürte sie seine Hände auf ihrer Haut, die sich fest um ihre Taille legten und sie kitzelten.

„Gordon!", schrie sie, während sie hilflos nach Luft schnappte und er jede Gegenwehr unterband, indem seine unbarmherzige Attacke sie abwechselnd kreischen und lachen ließ, bis ihr beinahe die Tränen kamen.

„Das genügt offensichtlich", sagte er, ehe er sie kurzerhand auf den Bauch drehte und sie spielerisch auf den Po klapste. „In zwei Tagen sollten die Striemen verblasst sein und dann bist du bereit für unsere Session im *Sadasia*." Leicht zog er die Spuren mit der Fingerspitze nach und erweckte auf der Stelle ein Kribbeln und ein Flattern in ihrer Magengegend. Vergessen war jede Müdigkeit, erst recht, als er seine Handflächen unter sie schob und begann, ihre Brüste zu kneten und ihre Nippel zu necken.

„Bist du nass für mich, Wölfin?"

„Schon wieder eine Suggestivfrage, Master."

Das Kitzeln hatte sie eigenartigerweise sehr erregt, wahrscheinlich, weil sie mit aller Kraft versucht hatte, seinen Halt zu brechen, es ihr aber misslungen war.

„Auf die Knie mit dir", sagte er mit rauer Stimme und sie tat auf der Stelle, was er verlangte. Nachdem er sich hinter sie gekniet hatte, drang er mit einem Ruck in sie ein, fasste zwischen ihre Schenkel und massierte mit einem nassen Finger ihren Kitzler. Ihre Lust auf ihn, auf seinen harten Schwanz packte sie wie ein Steppenbrand, fegte über sie hinweg und in seinem Schatten verblieb eine pochende Hitze, die nach Erfüllung gierte. Wenn er sie nicht kommen lassen würde, von ihr verlangte, dass sie bis zu ihrem Wiedersehen warten musste, würde sie sterben. Doch anscheinend wollte ihr Master nicht weniger als ihren Orgasmus, denn seine geschickten Finger spielten nicht mit ihrer Klit, sie machten ernst, umkreisten das pulsierend Nervenknäuel unerbittlich, während er langsam und tief in sie hineinstieß, bis sie zuckend kam. Erst dann packt er ihre Hüften, vergrub seine Fingerkuppen so fest in ihrem Fleisch, dass sie wusste, dass sichtbare Male verbleiben würden. Gordon fickte sie schneller und Sekunden später hielt er kurz inne, stöhnte laut und vergoss sich in ihr. Wenn es nach ihr ging, könnte jeder Morgen so beginnen. Er zog sich aus ihr zurück und sie ließ sich mit einem Ächzen auf die Matratze plumpsen, ehe sie sich umdrehte. Zärtlich sah er sie an und küsste sie auf die Stirn.

„Du kannst ruhig öfters bei mir übernachten. Was hältst du davon?"

„Lass mich zuerst mit meinen Brüdern reden und dann planen wir unsere Zukunft."

„Wir haben eine Menge zu besprechen, Kleines."

Sehr viel und es machte ihr ein bisschen Angst. Falls sie all das tat, was ihr Herz wollte, würde sie die Unabhängigkeit verlieren, die sie vor Kurzen so unerbittlich verfolgt hatte.

„Wir gehen es langsam an, Rebecca. Du hörst nicht auf, du selbst zu sein, sogar wenn du dich an meine starke Schulter anlehnst."

*Auch nicht, wenn ich vor dir auf die Knie falle.*

Aber diese Erkenntnis würde sie für sich behalten.

Der Tag im *Gemstone* war lang gewesen und manche Kunden dachten wirklich, dass Verkäuferinnen ihre persönlichen Fußabtreter waren, auf denen man herumtrampeln durfte, wann immer man Lust dazu hatte. Und jetzt stand das Gespräch mit ihren Brüdern an. Sie hatte vorhin mit James telefoniert und erinnerte sich daran, was Gordon gesagt hatte:

„Deine Brüder lieben dich und sie machen sich Sorgen um dich. Also beiß sie nicht wie eine Schnappschildkröte, sondern höre dir ihre Sicht der Dinge an, ehe du ihnen sagst, was dich beschäftigt."

Seitdem sie Gordon kennengelernt hatte, dachte sie oft über ihre Familie nach und sie liebte ihre Brüder mehr, als sie es sich eingestehen wollte. Sie war nur zu belastet damit gewesen, gegen alles anzuschwimmen, dass sie es nie bemerkt hatte oder es sich eingestehen wollte. Nähe bedeutete auch Verletzlichkeit und dass man sich angreifbar machte. Doch Gordon hatte ihr gezeigt, wie leer ihr Dasein gewesen war und jetzt konnte sie ohne diesen Reichtum an Emotionen nicht mehr existieren. Sie würde eingehen wie eine Blume, der man die Sonne, das Wasser und die Erde entzog. Ob Gordon wusste, was er in ihr angerichtet hatte?

*Natürlich weiß er das. Mit weniger gibt er sich nicht zufrieden.*

Rebecca hielt vor ihrem Elternhaus und betrachtete stirnrunzelnd den Mercedes, der davor stand. War das nicht der Wagen von Mortimer Hanson? Er war der Anwalt der Familie und ihre Brüder hatten hartnäckig versucht, sie mit ihm zu verkuppeln. Doch Mortimer reizte sie genauso viel wie ein Kaktus – nämlich gar nicht. Und seine Kopfform erinnerte sie auch an einen Saguaro Kaktus. Der Vergleich war zwar gemein aber passend. Wieso war er hier? Eine Vorahnung beschlich sie, dass es kein Zufall war, dass Mortimer ausgerechnet heute ihre Brüder besuchte. Das klärende Gespräch löste sich in Luft auf. Am liebsten hätte sie auf der Stelle gewendet und wäre zu Gordon gefahren.

*Du hast es ihm versprochen! Und du schiebst es schon Jahre vor dir her. Damit ist jetzt Schluss.*

Nachdem sie den Motor abgestellt hatte, blieb sie einen Moment sitzen und überlegte zum tausendsten Mal, wie sie ihren Brüdern beibringen sollte, dass sie darauf stand, dass Gordon sie spankte – ausgiebig, hart und sogar bis sie weinte. Auch diesmal fiel ihr keine zufriedenstellende Lösung ein, wie sie ihren Brüdern das Szenario derart schmackhaft präsentierte, dass sie es ohne zu murren schluckten und sie obendrein ihre Würde bewahrte, ausschließlich eines hingelegten Seelenstriptease auf ihrer

Seite. Sie stieg aus dem Wagen, lief zur Haustür hinüber und wollte gerade den Schlüssel ins Schloss stecken, da wurde sie von Charles aufgerissen. Zu ihrem Erstaunen zog er sie in die Arme und küsste sie auf die Stirn.

„Das bist du ja, Rebecca. Wir warten im Wohnzimmer auf dich und hegten bereits die Befürchtung, dass du nicht kommen würdest." Während er das sagte, musterte er sie eindringlich.

„Es gab viel im Laden zu tun. Ich konnte nicht pünktlich Feierabend machen."

Charles blieb hinter ihr, als sie durch das Foyer lief und ihr wurde richtig bewusst, wie dringend das Gebäude eine Renovierung brauchte. Jetzt, da sie den *Federzirkel*, das *Sadasia* und Gordons liebevoll restaurierte Häuser gesehen hatte, fielen ihr all die Kleinigkeiten auf, denen sie früher keine Beachtung geschenkt hatte. Charles kam ihr wie ein Hütehund vor, der das Schaf in eine bestimmte Richtung dirigierte. Sie seufzte hörbar, schließlich war sie fest entschlossen, sich ihrer Familie zu stellen. Sie blieb auf der Schwelle zum Wohnzimmer stehen, denn es waren nicht nur Hugh und James, die auf sie warteten, sondern ebenfalls ihre Schwägerinnen, Mortimer und, verfluchte Scheiße, der Pfarrer ihrer Gemeinde, den sie seit Jahren nicht mehr gesehen hatte.

Charles war so dicht hinter ihr, dass er sie beinahe ins Zimmer stieß. Alle lächelten Rebecca milde an, als wäre sie des Alkoholismus überführt.

„Was soll das hier werden? Eine Intervention wie in einer amerikanischen Sitcom?"

„Wir wollen dir nur helfen", sagte Lena, die tatsächlich Tränen in den Augen hatte.

„Wobei wollt ihr mir helfen?" Sie hatten einen verfluchten Sitzkreis aufgestellt, der noch zwei leere Plätze hatte. Mortimer sah sie schmachtend an und sie wäre am liebsten aus dem Raum gestürmt. „Ich wollte mich eigentlich mit meinen Brüdern aussprechen und nicht an einer Inquisition teilnehmen, bei der der Dorfpfaffe mir den Teufel austreiben soll."

„Rebecca!" Gabrielle schlug sich die Hände vor den Mund. „Pfarrer Cambridge will dir nur helfen." Sie sah Rebecca an, als könnte sie sie mit ihrem Blick dazu bewegen sich zu entschuldigen. Aber um beim Thema zu bleiben, einen Teufel würde sie tun.

„Kind, du brauchst wirklich Hilfe. Keine Frau sollte sich von einem Mann schlagen lassen." Pfarrer Cambridge stand auf und blieb vor ihr stehen. Er legte ihr eine Hand auf die Schulter. „Wir können erreichen, dass es aufhört."

„Aufhört! Spinnt ihr?" Sie senkte ihre Stimme zu einem Flüstern, um sich davon abzuhalten, zu schreien. „Was hat man Ihnen erzählt? Gordon schlägt mich nicht, auf jeden Fall nicht so, wie Sie es meinen." Es gab keine schonende Art es ihnen zu erklären. Der Pfarrer zog seine Hand zurück, als hätte er sich verbrannt.

„Ich stehe darauf, dass mein Liebster mich über seine Knie legt und mir den Arsch versohlt, bis ich weine und mich danach vögelt, wie es vor ihm noch kein anderer getan hat. Und das alles ist einvernehmlich, verflucht anregend und überaus erfüllend." Sie richtete ihren Blick auf ihre Schwägerinnen, die allesamt zusammenzuckten. „Und euch würde das vielleicht auch mal guttun. Schreiend durchlebte Orgasmen rücken vieles in die richtige Perspektive. Und was will er überhaupt hier?" Sie zeigte mit dem Finger auf Mortimer. „Ich werde den Kaktus nicht heiraten, nur damit ihr an das dämliche Erbe herankommt."

„Rebecca, es ist nicht wahr, dass das unsere Absicht ist." James hörte sich sehr verletzt an, aber sie war zu wütend, um jetzt darauf einzugehen.

„Ich werde gehen, zu dem Mann, der mich wirklich liebt, mich auf Händen trägt und mir all das gibt, was ich brauche. Und wenn ihr bereit seid, mit mir alleine zu reden, dann könnt ihr mich gerne anrufen." Tränen kochten in ihr hoch, die sie verzweifelt unterdrückte.

*Diese Genugtuung gibst du ihnen nicht, oder ich versohle dir selbst den Arsch, so fies, wie Gordon es nie tun würde!*

„Geh mir aus dem Weg." Charles blockierte die Tür und er erbleichte, als sie ihren Blick in ihn rammte, auf eine Weise, die sogar Sean nicht besser hinbekommen würde.

„Becca, bitte."

„Ihr habt es versaut. Ich wollte alles mit euch ins Reine bringen und ihr …" Zornig wischte sie die Träne weg, die aus ihrem Augenwinkel tropfte. Zu ihrer grenzenlosen Erleichterung ging Charles zur Seite. Sie hätte nicht ohne Gordon in ihr Elternhaus fahren sollen. Aber wie hätte sie voraussehen können, dass ihre Brüder nicht alleine mit ihr reden würden? Und war es Gordon überhaupt recht, wenn sie sich bei ihm einquartierte? Ja, er hatte es ihr quasi angeboten, aber wie ernst war es ihm damit gewesen? Es gab nur eine Möglichkeit, um es herauszufinden. Sie rannte nach oben, zerrte den großen Koffer vom Kleiderschrank und stopfte alles an Kleidung hinein, bis sie ihn kaum zubekam.

Minuten später fuhr sie zu Gordon und ihr verblieb nur zu hoffen, dass er sie nicht abwies, doch ihre Sorge war eine unbegründete, denn kaum stand sie auf seinem Grundstück, eilte er aus der Werkstatt zu ihr hinüber, warf nur einen Blick auf sie und sagte, nachdem er die Fahrertür geöffnet hatte: „Ist scheiße gelaufen, wie ich sehe." Er beugte sich herunter, löste den Sicherheitsgurt und zog sie in seine Arme. Auch diesmal verfehlte seine Präsenz nicht ihre Wirkung. Die Welt schien sich um sie zu verlangsamen, bis sie nur noch seinen Herzschlag spürte, die Sicherheit seines starken Körpers und die seines Wesens.

„Du hast geweint, Wölfin. Und es waren keine guten Tränen. Geh rein, nimm eine Dusche und ich bringe dir gleich deinen Koffer. Douglas kocht und das Essen ist in vierzig Minuten soweit."

Er gab ihr Zeit, um sich zu sammeln und durchlöcherte sie nicht auf der Stelle mit Fragen. Gordon sah müde aus.

„Du arbeitest heute lange. Und ich komme einfach hier angestürmt."

„Ich wäre sauer, wenn du es nicht getan hättest." Er umfasste ihre Wangen und sah ihr direkt in die Augen. „Ein Notfall. Der Kunde braucht den Wagen morgen. Aber ich bin fertig, räume kurz auf und bin in spätestens einer Viertelstunde bei dir. Shade ist bei Douglas in der Küche und ich glaube, Douglas hat Ausversehen die Hälfte unseres Abendessens auf den Boden fallen lassen." Dann lächelte er sie an, so wie nur er das konnte. „Ich bin froh, dass du nach Hause gekommen bist." Gordon zwinkerte ihr zu und küsste sie leicht auf die Lippen.

Nach Hause!

„Du bist dir sicher?"

„Du stellst mich infrage?" Auf einmal nahm seine Stimme einen ganz anderen Tonfall an, einen, der ihr wie Wärme über die zuvor eiskalte Haut prickelte, dabei nachhaltig verblieb.

„Das würde ich nie wagen, Master."

„Schwindelst du mich etwa an?"

„Nur genug, damit du einen Grund hast, um mich zu bestrafen."

„Hmmm. Was macht eigentlich dein Notizbuch? Hast du brav all deine Verfehlungen reingeschrieben? Ich möchte es mir gerne ansehen, ehe wir ins Sadasia fahren."

Das Notizbuch! Wenn sie nur daran dachte, was sie hineingeschrieben hatte … „Das ist keine gute Idee, Master."

„Oh, kleine Sub, ich finde sie vortrefflich. Und jetzt ab unter die Dusche mit dir. Sie wird dir guttun."

„Soll ich meine Sachen im Gästezimmer einräumen?"

„Nein, dort ist Douglas. Er zieht morgen ins Nebenhaus. Aber unabhängig davon ist mein Schlafzimmer der Ort deiner Wahl."

Er bemerkte ihre unangebrachte Enttäuschung wegen des Hauses und streichelte ihr mit dem Handrücken über die Wange. „Douglas hatte vorhin eine Idee und sie wird dir gefallen."

„Gute Nachrichten kann ich heute wirklich gebrauchen."
„Du erzählst mir gleich alles. Die Haustür ist offen."
Sie spürte, dass er ihr nachsah, während sie hineinlief, und gab der Versuchung nach, sich umzudrehen. Oh Hilfe. Sie liebte diesen Mann so sehr, dass es schmerzte.

Als sie in ein Handtuch gewickelt aus dem Badezimmer kam, brachte Gordon gerade ihren Koffer rein und stellte ihn an das Ende des Betts. Ihre Verzweiflung wegen ihrer Familie tat ihm weh, denn er wusste, welche Hoffnungen sie in das Gespräch gesetzt hatte. Er hätte sie nicht alleine lassen sollen. „Du kannst erst mal die rechte Seite im Kleiderschrank haben und deine Sachen einräumen, während ich dusche. Schieb meine Klamotten einfach zur Seite."

Ihr Blick war klarer und sie wirkte nicht mehr so angespannt.

„Ich beeile mich, mein Engel." Im Moment sah sie auch wie einer aus, mit ihren geröteten Wangen, zerzausten Haaren und der Schwermut in ihren wunderschönen Karamellaugen.

Zehn Minuten später stand sie gekleidet in einem seiner Longsleeves am Fenster und sah in die Dunkelheit hinaus. Er stellte sich hinter sie und zog sie gegen sich. „Was ist passiert, Rebecca?"

„Es war wie eine Falle." Sie erzählte ihm von dem Pfarrer, dem Anwalt und dass sie sich wie eine Leprakranke gefühlt hatte. Alles, was sie mit ihren Brüdern hatte besprechen wollen, blieb ungesagt.

„Sie rufen dich bestimmt an und erkennen hoffentlich, dass sie überreagiert haben."

„Ich weiß nicht. Den Pfarrer zu holen!" Ihre Schultern verspannten sich.

„Das haben sie nur getan, weil sie dich lieben und sich um dich sorgen. Sichtbare Striemen sind schwer zu verdauen. Du verlangst zu viel von ihnen."

„Ich verstehe nicht, wieso du so ruhig bleiben kannst. Schließlich haben sie dich bedroht."

„Ich war zu keiner Zeit in Gefahr, Rebecca. Deine Brüder haben sich bestimmt noch nie geprügelt, im Gegensatz zu mir. Du wirst dich mit ihnen aussöhnen. Wir führen gemeinsam das klärende Gespräch."

„Sie halten dich für pervers und mich auch. Obwohl ich zugeben muss, dass die Mundwinkel des Pfarrers leicht gezuckt haben. Anscheinend hat er mit etwas völlig anderem gerechnet."

„Alles wird gut." Er hatte auch Neuigkeiten für sie, aber die würde er ihr im *Sadasia* mitteilen, und zwar bevor er ihre Sinne eroberte.

„Da du meistens recht hast, glaube ich an deine Prophezeiung."

„Meistens, Sklavin?"

Sie kicherte und lag jetzt seidenweich in seinen Armen.

Eng umschlungen liefen sie wenig später nach unten, und ehe Rebecca dazu kam Douglas zu begrüßen, musste sie erst Shade ausgiebig knuddeln. Sein Bruder hatte sich morgens um die Werkstatt gekümmert, sodass Gordon einen langen Spaziergang im Wald mit ihm gemacht hatte und dabei war ihm klar geworden, wohin die Reise in ihrer Beziehung gehen sollte.

„Rebecca." Douglas strahlte sie an und küsste sie freundschaftlich auf beide Wangen. „Ich hoffe, du magst Minestrone. Setzt euch. Ich hole das Brot aus dem Backofen."

„Du kannst Brot backen?"

„Nein, ich habe es nur aufgeknuspert. Aber die Suppe ist von mir."

„Wenn sie so gut schmeckt, wie sie riecht, will ich einen Nachschlag."

Ehe Gordon nach oben gelaufen war, hatte er Douglas darüber informiert, dass das Gespräch mit Rebeccas Verwandten in die Hose gegangen war und dass sie bei ihm wohnen würde.

Zunächst aßen sie schweigend und die friedliche Stimmung legte sich wie Balsam auf ihn. Er war lange genug alleine gewesen.

„Wollten eure Eltern nicht zu Besuch kommen?"

„Mum hat einen schrecklichen Magen-Darm-Virus und sie kommen, wenn es ihr wieder besser geht", sagte Douglas.

„Schade, ich hätte sie gerne kennengelernt."

„Das wirst du. Dad kann es kaum erwarten, dich zu treffen und Mum fühlt genauso. Wahrscheinlich reisen sie nächste Woche an." Gordon fasste nach ihrer Hand und drückte sie.

„Gordon hat mir erzählt, dass du dich in das Nebengebäude verliebt hast und am liebsten sofort einziehen würdest."

„Ja. Es hat alles, was ich mir erträumt habe."

„Was hältst du davon, wenn ich dir das große Entree überlasse und du dort deine Werkstatt und ein kleines Geschäft eröffnest, bis du was anderes findest?"

Genau genommen würde sie nichts anderes finden, sondern sie hatten noch mehr geplant. Aber das würde er ihr erst im *Sadasia* erzählen.

„Das … das kann ich nicht annehmen."

„Wieso? Wenn ich es nicht ehrlich meinen würde, hätte ich es dir nicht angeboten. Dahinter befinden sich keine Fallstricke. Nimm es an, Sch … schöne Rebecca."

Gordon hätte ihm fast gegen das Schienbein getreten, da Douglas sich beinahe verplappert hätte.

Sie drehte sich Gordon zu. „Und du hast nichts dagegen?"

„Nein, ganz und gar nicht." Er würde alles dafür tun, um sie so glücklich zu sehen, dass ihre Augen leuchteten und diesmal waren es Tränen der guten Art, die darin glänzten.

„Ich rufe morgen John an und die Sullivans können dir bei der Inneneinrichtung behilflich sein."

„Das würden sie tun?"

„Ja. Und jetzt iss deine Suppe auf. Du brauchst deine Kraft."

Ihr Gesichtsausdruck war einer Sub würdig.

# Kapitel 15

Gordon führte sie in denselben Raum im *Sadasia*, in dem sie auch letztes Mal gewesen waren. Doch momentan wirkte er um einiges unheimlicher, weil die samtenen Vorhänge zugezogen waren und die elektrischen Fackeln flackernde Schatten gegen die Wände warfen. Viele Ecken verblieben im Dunklen und die hohen Wände erschienen endlos. Die Dielen fühlten sich eigenartig angenehm unter ihren nackten Füßen mit ihren geschliffenen Oberflächen an. Der Duft nach Leder und Orange traf ihre überempfindliche Nase und die vermeintlich kühle Luft ließ sie erschaudern in dem Negligé aus einem durchsichtigen schwarzen Stoff, das sie anhatte. Lediglich Schleifen an ihren Schultern bewahrten das oberschenkellange Nichts davor, von ihrem Körper zu rutschen. Das sündige Kleidungsstück war ein Geschenk von ihrem Master, der ganz in schwarz gekleidet hinter ihr stand. Das taillierte Hemd und die eleganten Hosen waren das passende Outfit für diesen stylischen Raum, der so furchterregend romantisch daher kam.

„Ist dir kalt, Wölfin?", wisperte er an ihrem Nacken und das intensivierte die Gänsehaut, die wie Perlen stetig über ihren Leib rollte und sich nicht aufhalten ließ.

„Ich bin nervös, Master." Ihn anzulügen war sowieso sinnlos und wer wusste schon, was er ihr dann antun würde. Er wirkte bereits jetzt hoch motiviert, als er sie mit starken Händen an Andreaskreuzen, Tischen, Bänken, und Stühlen vorbeiführte, die ihre Fantasie überforderten, sodass alles wie ein Rauschen erschien, das an ihr vorüber raste, ehe sie die Bilder erfassen konnte. Das war seltsam, angesichts der Tatsache, dass sie langsam lief, so langsam, wie der Master hinter ihr es erlaubte.

War das ein Thron, auf den er zulief?

„Du hast auch jeden Grund nervös zu sein, Angst vor mir zu haben, denn schließlich habe ich bereits ein paar

Textpassagen in deinem Notizbuch angestrichen, die meine sadistische Kreativität reizen."

Wenigstens brauchte sie nicht zu befürchten, dass sie sich ins Höschen machte, weil der Schlüpferjäger erneut zugeschlagen hatte. Den Gedanken behielt sie aber vorsorglich für sich.

„Ich bin mir sicher, dass dein Erschaudern sich in ein Beben verwandeln wird, das meine Sinne erfreut, sie reizt und mir bestätigt, dass ich den richtigen Weg beschreite, um dich zu unterwerfen, meine überaus freche aufmüpfige und unbelehrbare Sklavin."

Der Highlander blieb tatsächlich mit ihr vor dem opulent gestalteten Stuhl aus dunklem Holz und mit rotem Samt bezogenen Polstern stehen, der auf einer kleinen Empore stand. Auch hier flackerten Fackeln, jeweils eine die rechts und links vom Thron angebracht waren. „Hinknien", sagte er und die Belustigung in seiner Stimme täuschte sie nicht. Falls sie nicht gehorchte, würde sie seine daraus resultierenden Taten alles andere als lustig empfinden.

Sie sank auf den verflucht harten Boden und warf seiner muskulösen Form einen renitenten Blick zu, als er die Stufe erklomm und anschließend wie ein König auf dem sicherlich bequemen Thron Platz nahm. Erst jetzt entdeckte sie das blöde Buch, das auf der rechten Armlehne lag. Gordon griff danach, setzte die Füße auseinander und beugte sich leicht nach vorne. In dem Licht wirkten seine Iriden beinahe schwarz, so schwarz wie seine Absichten. Wenn sie sich vorstellte, sie wäre nicht allein mit ihm und unzählige Zuschauer würden sie anstarren, sich daran aufheizen, was der Master ihr antat, ließ dieses Szenario selbst ihre Kopfhaut prickeln. Leider konnte sie das Gefühl nicht einordnen, weil sich schlichtweg nicht einzuschätzen vermochte, ob nicht doch eine Exhibitionistin in ihr schlummerte, die nur darauf wartete, dass Gordon sie aus ihrem Dornröschenschlaf weckte. Allerdings würde er es sanft machen. Sie liebte diesen Mann, sogar jetzt, als die Dielen unter ihren Knien sekündlich an Härte zunahmen, und er es schaffte, das Buch dermaßen ominös aufzuschlagen, dass sie bei dem schnappenden Geräusch zusammenzuckte.

Dieses süffisante selbstgerechte Grinsen!

Er räusperte sich, was völlig unnötig war, weil er ihre ungeteilte Aufmerksamkeit bereits hatte. Wahrscheinlich würde sie selbst dann nicht wegsehen, wenn Vlad Tepes urplötzlich von der Decke segelte. Gordon war unheimlich, so wie er da saß, als ob er genau auf diesen Thron gehörte und sie wirklich seine in Ungnade gefallene Leibeigene war.

Schluck!

Er stützte sich mit den Ellbogen auf seinen Oberschenkeln ab und seine langen Finger hielten ihr Machwerk, von dem sie in diesem Augenblick jedes Wort bereute, denn sie hatte natürlich nicht seine Order befolgt und es mit devotem Geschreibsel gefüllt. Als hätte er nicht schon jede Silbe davon verinnerlicht! Aber nein ... mit gerunzelter Stirn und Lippen die einen unerbittlichem Stock ähnelten, weil er sie so fest aufeinanderpresste, blätterte er die Seiten um, während sie abwechselnd fror und schwitzte, kaum die Hände stillhalten konnte, obwohl sie diese auf ihre Schenkel presste, so hart, dass die Knöchel hervortraten.

„Ah!"

Er wartete, bis ihr Herz dreimal geschlagen hatte.

„Master mag es nicht, wenn ich ihn Imperator nenne, sogar, da er einem zu hundert Prozent entspricht mit seinem arroganten Gehabe, den hochgezogenen Augenbrauen und der düsteren Aura, die ihn umschwebt wie eine Nebelwolke des Grauens."

Er wartete, bis ihr Herz viermal geschlagen hatte.

„Master hat keinen Humor und vielleicht sollte ich lieber mit Keith in den Minionfilm gehen. Master fesselt und knebelt bestimmt jedes Kind während der Vorstellung, das wagt zu lachen, zu kichern oder ... zu atmen."

Er wartete, bis ihr Herz fünfmal geschlagen hatte. Allerdings schaffte es der Muskel schneller, als er es bei den drei Schlägen getan hatte und wesentlich lauter.

„Master sollte selbst auf dem Boden knien, damit er weiß, wie unbequem das ist. Dabei würde er auch einiges von dieser unheilvollen Energie loswerden."

Ihr Herz schlug so unkontrolliert, dass es unmöglich war, zu zählen.

Er klappte das Buch zu, und sie schwor, dass das Echo von den Wänden widerhallte. Und dann richtete er seinen Blick auf sie.

Schluck!

„Das ist nicht das, womit ich gerechnet habe, Wölfin", wisperte er kaum hörbar.

Ihre Ohren dröhnten trotzdem und passten somit zu ihrem pochenden Brustkorb. „Ich bin immer für eine Überraschung gut."

*Rebecca! Du bist ganz und gar wahnsinnig, weißt nie, wann es ratsam ist, den Mund zu halten und in seinem Falle solltest du in den nächsten zwei Stunden besser keinen Ton mehr von dir geben, außer den gellenden Schreien, die bestimmt gleich von den Wänden des Sadasia schallen, bis sie in einem Wimmern enden.*

Betont langsam legte er das Buch auf die Lehne und starrte sie eine gefühlte Ewigkeit an, bis sie bereit war, sich flach auf den Boden zu quetschen, ihm um Gnade anzuflehen, die er ihr jedoch versagen würde.

„Ich glaube, ich war zu nachsichtig mit dir, zu sanft, zu inkonsequent. Du stimmst mir sicherlich zu, Sklavin!"

Eigentlich nicht, sobald sie an das Feuer dachte, das des Öfteren ihren Po entflammt hatte.

„Nein?" Er stand auf und glitt die Stufe hinab, bis er über ihr aufragte, sie seinen Schatten wie ein Gewicht auf ihrem Körper spürte.

„Wäre möglich."

Seine Hand schnellte vor und er packte in ihr hochgestecktes Haar, zog sie daran nach vorne, bis ihre Wange gegen sein hartes Bein presste. „Es ist Zeit, meinen Fehler zu korrigieren. Steh auf und stell dich dorthin." Er zeigte nach rechts und sie sah, dass an der Wand mehrere Ringe eingelassen waren. „Mit dem Gesicht zum Raum gerichtet."

Er ließ ihr Haar los und wartete, bis sie aufstand, was sich als schwierig erwies, bei ihren verkrampften Muskeln und den instabilen Beinen. Mit verschränkten Armen stand er da und er schenkte ihr nicht die kleinste Andeutung eines Lächelns.

War er wirklich wütend auf sie?

Sie stakste mehr als das sie verführerisch zur Wand lief und drehte sich anschließend um. Gordon lauerte inzwischen nicht mehr an derselben Stelle, sondern holte etwas aus einer Schublade, das ihr den Atem stocken ließ, sobald sie die ledernen Manschetten erfasste und den Rohrstock, den er in den Händen hielt. Rebecca konnte nicht anders, als sich mit der Rückseite gegen den Stein zu drücken. Der Highlander war viel zu schnell bei ihr und sie musterte gebannt seine polierten Schuhe.

„Streck mir deine Arme entgegen", sagte er höflich – zu höflich.

Er wollte sie fesseln! Doch sie gehorchte, denn seine Präsenz zerstampfte ihren Trotz, noch ehe er erblühen konnte. Sie tat es und warm umfasste seine Hand ihr rechtes Handgelenk, ehe er die schwarze Manschette darum befestigte. Er zog sie nicht fest zu, sodass das unterfütterte Material locker saß, sie sogar glaubte, dass sie sich daraus befreien könnte, wenn sie es wollte. Er tat das Gleiche mit ihrem zweiten Arm und legte anschließend seine Handflächen gegen ihre Wangen. „Nenn mir eine Zahl."

Rebecca brauchte ein paar Augenblicke, ehe ihr Verstand begriff, was er verlangte. Sein Blick fesselte sie an ihn und sie sah keine Wut in seinem Antlitz. „Drei, Master."

„Das ist tolerierbar. Rebecca?"

„Ja."

„Du kennst noch deine Wörter, mit denen du unsere Szene beenden oder verlangsamen kannst."

„Ja, Rot und Gelb."

„Sehr schön. Ich werde dich jetzt an einen der Ringe fesseln, die Ketten allerdings so locker lassen, dass du dich sogar umdrehen könntest. Okay?"

„Ja, Master."

„Wie fühlt sich das Leder an?"

„Es ist weich und anschmiegsam."

„Und weiter?"

„Es verbindet mich mit dir und es gibt mir Sicherheit, anstatt mich zu beunruhigen. Das hätte ich nicht für möglich gehalten."

Er küsste sie und diesmal weder sanft noch züchtig, sondern genauso fordernd, wie er als Liebhaber und Master war. Seine Zunge leckte über ihre und er ließ erst von ihr ab, als sie keuchend atmete und ihr Geschlecht sehnsuchtsvoll und gierig pochte.

„Dreh dich um und hebe deine Arme über den Kopf, Handflächen an die Wand."

Oh Gott!

„Atme ruhig ein und aus, Rebecca. Du bist sicher bei mir. Ich weiß, was ich dir antun darf, um dich in eine vor Gier schreiende Sklavin zu verwandeln und du genau das von mir bekommst, was du brauchst, sogar wenn du es nicht willst."

*Vergiss dirty Talk!*

Die weiß gestrichene Wand verschwamm vor ihren Augen, als sie ihre Arme anhob. Gleich darauf hörte sie ein leises Klirren, als Gordon eine Kette um einen der silbernen Ringe legte, die über ihrem Kopf in der Wand eingelassen waren. Er befestigte die Enden nacheinander mit Karabinerhaken an ihren Manschetten.

„Eine Zahl, Rebecca."

Sie bewegte ihre Arme und stellte fest, dass sie sich bewegen konnte, sie die Fixierung dennoch anmachte, es ihr gefiel, sich Gordon auf diese Weise auszuliefern.

„Zwei, Master."

„Sehr schön. Und jetzt beginnen wir mit deiner Bestrafung, Wölfin." Gordon stand zwar hinter ihr, doch nicht dicht genug, dass sie ihn spürte.

Noch nicht!

Er schob seine Hände unter den zarten Stoff und umfasste ihre Brüste. Seine Handflächen waren so heiß und er knetete ihren Busen, zuerst sanft und dann fester, untermauerte damit seinen Besitzanspruch. Die Massage war beinahe schmerzhaft, bis er das erste Mal an ihren Nippeln zupfte, die geschwollen waren und unglaublich kribbelten, noch ehe er sie berührte. Pure Lust schoss von den Brustwarzen direkt zu ihrer Klit und sie vergaß, wo sie war, dachte nicht mehr an den Rohrstock, den er vorhin auf den Boden gelegt hatte.

„Du bist jetzt still und erträgst meine Zuwendungen, ohne einen Laut von dir zu geben."

Das würde sie schaffen!

Das musste sie schaffen!

Das konnte sie unmöglich schaffen!

Es waren nicht nur seine geschickten Hände, die sie liebkosten. Seine weichen warmen Lippen zogen verführerische Spuren über ihre Schultern, ihren Nacken und ihren Hals, so unendlich zärtlich. Der Kontrast zu dem Schmerz, der sie gleich erwartete, erhöhte die Empfindlichkeit, mit der ihre Haut auf ihn reagierte. Die düster-romantische Atmosphäre, die im *Sadasia* herrschte, war wie ein visuelles Vorspiel, sodass all ihre Sinne auf Hochtouren liefen. Wie musste es erst sein, wenn der Raum akustisch vibrierte, durch die Schreie, das Stöhnen, das Seufzen und von Handflächen, Gerten oder Floggern, die auf nackter ungeschützter Haut aufschlugen? Zeuge davon zu werden, wie ein Master seine Sub in die ultimative Lust trieb, und diese sich genauso köstlich hilflos fühlte, wie sie es jetzt tat? Wenn Sean oder Keith dabei zusahen, wie Gordon sie unterwarf, bis sie diese herrliche Nähe zu ihm spürte, sodass nur er das Einzige war, was zählte?

Hart zwickte er ihre schrecklich pochenden Nippel und sie spürte ihre Erregung nicht nur durch ihre geschwollene Klit. Nässe benetzte ihr Geschlecht, so sehr, dass sie es an den Innenseiten ihrer Oberschenkel fühlte.

„Was soll ich nur mit einer derart ungezogenen Wölfin anstellen?"

„Mich lieb haben, Master?"

Er machte ein Geräusch, das sich wie ein unterdrücktes Prusten anhörte. „Später vielleicht. Doch zuerst ..." Er umfasste mit einer Hand ihre Kehle und ihr Hals war ihr noch nie so zerbrechlich vorgekommen. Allerdings führte er keinen Druck aus, hielt sie nur auf eine sehr besitzergreifende Weise, die ihren Pulsschlag weiter beschleunigte. Es war unglaublich anregend und steigerte das Vertrauensverhältnis zwischen ihnen, da er sprichwörtlich ihr Leben in seiner Hand hielt. Leicht streichelte er mit dem Daumen die Seite ihres Halses. „Wie aufgeregt du bist, meine hilflose Beute." Er löste die erste Schleife an ihrer Schulter und dann die zweite. Das hauchzarte Material flatterte zu Boden und überdeutlich spürte sie die kühl erscheinende Luft auf ihrer nun nackten Haut, als würde diese sie liebkosen. „Ich habe Erkundigungen eingeholt, Rebecca. Über die Klausel in dem Testament deiner Mutter."

Warum brachte er ausgerechnet jetzt die Sprache auf dieses unerfreuliche Thema? Er presste seinen Körper gegen ihre Rückseite, untermalte damit seinen überlegenen Status. „Ich erfülle die Bedingungen."

Was!? Ihr Gehirn versuchte zu begreifen, was er gesagt hatte, da drehte er sie um. Die Ketten verkreuzten sich und sofort fesselte er seinen Blick an ihren.

„Gordon, du kannst doch nicht ..." Sie verstummte für einen Augenblick. „Während ich nackt und gefesselt ..."

Oh Gott!

„Die Schwere deiner Bestrafung hängt von deiner Antwort ab." Sein gerade noch todernster Gesichtsausdruck verwandelte sich in pure Liebe, die ihr aus seinen Augen entgegenstrahlte. „Rebecca Morgan, du hast mein Herz erobert, mein Leben umgekrempelt, bist mir unter die Haut gekrochen und ich frage dich, ob du meine Frau, meine Partnerin, meine Geliebte, meine Sub und wenn es uns gefällt, auch des Öfteren meine Sklavin sein möchtest?"

Sie öffnete den Mund, doch kein Ton kam hinaus.

Er streichelte ihr über die Wange. „Antworte mir erst, wenn du den Rest gehört hast. Wir haben zwei Möglichkeiten: Die erste wäre eine Verbindung aus Liebe, geschaffen für die Ewigkeit. Die zweite Möglichkeit wäre ein Arrangement, das deiner Familie Zugriff auf das Erbe gibt, und wir …"

„Sei still!"

Er verstummt tatsächlich. Sie sah ihn von oben bis unten an, saugte jeden Millimeter seiner Gestalt in sich auf, die Stärke seiner Statur, die Wärme in seinem Blick und es gab nur eine mögliche Antwort für sie, so leichtsinnig das auch auf eine dritte Person erscheinen mochte.

„Die zweite Option kommt nicht infrage, Highlander. Dein Heiratsantrag ist genauso verrückt, wie es unser Kennenlernen war." Rebecca holte tief Luft. „Ich will … und wie ich will, so sehr, wie noch nie etwas zuvor, und zwar bis in die Ewigkeit. Mindestens."

Waren das etwa Tränen, die sie in den blauen Tiefen erspähte? Ihr rannen auf jeden Fall welche die Wangen hinunter. Er küsste sie auf die Lippen und beließ es bei einer Liebkosung. „Genau die Antwort, die ich hören wollte. Du machst mich zu einem sehr glücklichen Mann." Und dann schenkte er ihr das unwiderstehlichste Lächeln.

Aber wie konnte er die Anforderungen ihrer Mum erfüllen?

„Die Details erkläre ich dir später, Rebecca. Zuerst muss ich mich um eine sehr sehr freche, äußerst nasse Subbie kümmern, die mal wieder mehr abgebissen hat, als sie essen kann. Du stimmst mir doch sicherlich zu?"

Und schon verwandelte sich das strahlende Lächeln in eines, das ihr aus einem anderen Grund den Boden unter ihren instabilen Beinen wegzog – pure männliche Arroganz, Dominanz und sein ganz eigener Sadismus.

Schluck!

Offensichtlich erwartete er keine Erwiderung, aber was hätte sie auch sagen sollen? Ihr Schicksal war in mehr als nur einer Hinsicht besiegelt und das nicht nur für den Moment, sondern für die Unendlichkeit.

*Er will mich heiraten!*

„Dreh dich um und streck mir deinen Arsch entgegen", sagte er in dem seidigsten Tonfall, und dieser war wie eine scharfe Klinge für ihre Sinne. „Setz deine Füße so weit auseinander, dass du diese Position für einen längeren Zeitraum halten kannst.

Sie befolgte seinen Befehl und wunderte sich erneut darüber, wie heftig es sie anmachte sich ihm darzubieten, wie schön, verletzlich aber auch stark sie sich fühlte, wie begehrenswert und kostbar. All diese Empfindungen löste Gordon in ihr aus. Und wie sehr sie den Schmerz herbeisehnte, den sie zugleich fürchtete. *Hells Bells*, das gleichnamige Lied von AC/DC kam ihr in den Sinn, denn genauso war ihr Herzschlag – hart, schnell, sodass er in ihrem Leib nachwirkte, bis sie ihn selbst in den Fingerspitzen fühlte.

*Er will mich heiraten!*

Sie hörte, dass er sich ein paar Schritte von ihr fortbewegte, sodass sie der Drang befiel zu sehen, was er machte. Er musste es an ihrer Körperhaltung gesehen haben, da die Ermahnung auf dem Fuß folgte. „Wage es nicht, Wölfin. Du wirst schön die Wand betrachten, dich nicht rühren. Ich brauche keine Drohung hinterherzuschicken, weil du die Konsequenzen vielleicht noch nicht kennst, sie jedoch zumindest erahnst."

*Er will mich heiraten!*

Also würde er wohl nicht sofort den Rohrstock benutzen, sich den fiesen Schmerz für später aufbewahren. Sie hatte im Internet nachgelesen, dass viele Subs die Pein durch ihn als besonders schrecklich empfanden, dass selbst leichte Hiebe entsetzlich brannten. Aber es gab auch Stimmen, die ihn liebten. Seine festen Schritte deuteten an, dass er inzwischen hinter ihr stand und etwas auf den Boden legte. Danach stellte er sich dicht hinter sie, zu dicht, um sie zu schlagen. Dennoch konnte sie nicht anders als vor Schreck aufzuschreien, als urplötzlich etwas Kaltes ihre Schulter berührte, eine schaurige Spur über ihren Rücken zog, sich dabei ausfächerte, und dass sie nicht wusste, mit was er ihre Haut zum Leben erweckte, ließ *Hells Bells* als eine Ballade erscheinen. Die kühlen Enden erreichten ihren Po und instinktiv spannte sie die Backen an, wenngleich sie bereits gelernt hatte, dass dieser Reflex fatal war, sie nicht vor dem Schmerz bewahrte, sondern ihn vervielfältigte. Er trat zwar ein wenig von ihr zurück, doch Hitze folgte nicht, stattdessen streifte er mit dem Utensil über ihren Po und die Berührungen drangen tiefer in ihr Fleisch, obwohl sie zärtlich waren. Die metallenen Enden streichelten ihre zitternden Beine, bis hinunter zu ihren Waden und anschließend hinauf zu ihrer rechten Schulter. Die Strippen fielen nach vorne und sie starrte entsetzt auf sie. Es hatte sich nicht nur angefühlt wie Metall, sie waren aus Metall.

„Master", wisperte sie. Mehr kam nicht aus ihrer zugeschnürten Kehle. Er wollte sie doch nicht mit diesem grässlichen Ding schlagen! Das durfte er nicht!

„Schhh. Ruhig, mein Engel. Ich tue dir nichts an, was dir schadet. Tief in dir drin weißt du das, obwohl dein Verstand das Gegenteil behauptet." Er streichelte mit dem Flogger ihren Hals, ihren Nacken, tat ihr jedoch nicht weh. Gerade weil es ein unerwartet grauenvolles Utensil war und er damit so zärtlich war, erreichte er jeden Winkel ihres Daseins. Er sensibilisierte nicht nur ihre Haut, das darunterliegende Fleisch, ihre Nerven, sondern auch ihre Seele, ihr Herz und ihre devote Natur, die seine Handlungen aufsog.

„Bist du bereit für ein bisschen Schmerz, Wölfin?" Mit einer Hand packte er in ihr Haar und zog ihr unerbittlich den Kopf in den Nacken. Weitere Strähnen lösten sich aus ihrer Hocksteckfrisur, die ihm ebenso wenig standhalten konnte wie sie.

Wie sie ihn anstarrte mit dieser Mischung aus Entsetzen, Furcht, Lust und Vertrauen. Und welche Angst er vorhin verspürt hatte, dass sie seinen Antrag ablehnen könnte. Die Erleichterung, dass sie ihn liebte, ihn wirklich wollte, nicht davor zurückschreckte sich dauerhaft an ihn zu binden, ließ diese Stelle hinter seinem Brustbein, die Rebecca allein gehörte, anschwellen, bis er glaubte, vor Glück zu zerbersten.

*Sie will mich heiraten!*

Nachher zu Hause würde er den Antrag wiederholen, diesmal in einer Form, die den rosaroten Anforderungen genügte.

„Wenn es das ist, was du begehrst, Master. Ich bin dein." Hätte ihre Stimme nicht dermaßen gezittert, wären ihre Worte mutiger gewesen.

„Das bist du, nicht wahr?" Er zog eine schwarze Augenbinde aus der Hosentasche und streifte sie ihr über, verweilte anschließend an ihrer zarten Kinnlinie, die er mit den Fingerspitzen streichelte. Sie protestierte nicht, dass er ihr die Sicht raubte, doch ihre Atmung verriet sie, war ein deutliches Zeichen ihrer Furcht, dass er sie mit dem metallenen Flogger schlagen könnte, doch er diente nur dazu, um sie zu sensibilisieren, all die Stellen in ihr und an ihr, auf die er es als Master abzielte, der durchaus manchmal eine Portion Sadismus brauchte.

Imperator!

Süßes, verführerisches, unwiderstehliches Biest!

„Es wird sehr wehtun, aber du kannst die Tortur jederzeit mit einem Wort beenden. Verstehst du das?"

„Ja, Master."

Sie vertraute ihm und mehr konnte er nicht verlangen. Sie legte ihr Leben, ihr Wohlergehen, ihre seelische Verfassung in seine Hände. Ihre Seele würde im Gegensatz zu ihrem Körper unversehrt bleiben.

„Wappne dich, Sklavin. Und wenn du brav deinen herrlichen Arsch an Ort und Stelle lässt, belohne ich dich für deinen Mut." Gordon löste seine Hand aus der Schlaufe und legte den Flogger lautlos zu Seite, nahm stattdessen den, der sich dafür eignete, ihren Leib zu erhitzen. Seine weichen Lederstrippen musste man schon fester führen, um bleibende Striemen zu verursachen. Gordon holte aus und sie schrie auf, noch ehe das Leder ihren Po mehr streichelte, als ihn wirklich zu erwärmen.

„Sei still!", sagte er und war froh, dass sie sein Schmunzeln nicht sehen konnte. Er ließ den Flogger erneut auf ihren Po gleiten, wiederholte diese Technik, bis die Anspannung aus Rebecca wich, sie begriff, dass ihr Vertrauen nicht vergeudet war. Erst allmählich erhitzte er ihre Haut und der leichte Schmerz war sehr angenehm für sie, denn so, wie sie lustvoll stöhnte, nie versuchte sich wegzudrehen und ihm den Po entgegenstreckte, ließ ihr Hineinfallen in die Session keinen anderen Schluss zu. Das Leder tanzte auf ihrer zart geröteten Haut. Manchmal war weniger mehr. Es machte ihm durchaus auch an einigen Tagen eine sadistische Freude, eine Sub zu betrafen, und der Teufel wusste, dass Rebecca es ständig herausforderte, doch die Pein ausschließlich dazu zu nutzen, sie zu verführen, besaß ihren eigenen Reiz, der ihm heute überaus zusagte. Gleichmäßig taktete er die Treffer, denn sie brauchte keine Zeit, um die einzelnen zu verarbeiten, da sie warm ineinanderflossen, ohne zu heftig zuzubeißen. Wie wunderschön sie aussah, als würde sie vor Hingabe leuchten.

Er fasste von hinten zwischen ihre gespreizten Schenkel und vergnügte sich mit ihrer Klit, schob erst zwei, dann drei Finger in ihr nachgiebiges Geschlecht. Sie war bereit, seinen Schwanz zu empfangen. Doch er versagte sich selbst den Genuss, obwohl seine Shorts sich anfühlten, als hätte er sie vier Nummern zu klein gekauft. Sie ließ sich in die Kette fallen und bestand nur noch aus Erregung, dachte nicht mehr darüber nach, wo sie war und er freute sich bereits jetzt darauf, sie im *Sadasia* vor Publikum in genau diese Gier zu treiben. Er brachte sie bis kurz vor einen Orgasmus, nur um im letzten Moment mit der Stimulation aufzuhören. Sie schaffte es zwar, keinen Ton von sich zu geben, aber ihr Frust war durch die Haltung ihres Körpers deutlich zu sehen. Am liebsten würde sie die Schenkel aneinanderpressen, um ein wenig Linderung zu erfahren.

„Richte dich auf, Rebecca, und dreh dich um."

Sie tat sofort, was er von ihr verlangte und er wusste, dass sie ihm in die Augen sehen wollte, dass dieser Drang stark in ihr wütete. Doch er dachte nicht daran, ihr die Binde abzunehmen. „Spreiz deine Beine weiter, so weit, wie es gerade noch für dich tolerierbar ist."

Nachdem sie seinen Wunsch erfüllt hatte, erfreute er sich an dem Anblick ihrer nassen frisch rasierten Pussy. Ihre Klitoris war geschwollen und sie musste spüren, wohin er sah, denn Röte erfasste in diesem Moment ihre Brüste und kroch hinauf bis zu ihren Wangen. Sie hatte schöne Schamlippen, plump und rosig, ihr Bauch war nicht flach, sondern so wie er bei einer Frau seiner Meinung nach sein sollte, ansprechend gerundet und ohne sichtbare Muskeln. Ihre Taille war hübsch geschwungen, ihr Busen mit Körbchengröße B passte zu ihrer Figur. Ihre Nippel waren ebenso erigiert und rosig wie ihr Kitzler.

Er ließ die Schnüre des Floggers über ihre Vorderseite gleiten, ehe er ihre Haut erhitzte, bis sie ein blasses Rot annahm. Leicht traf er ihre Schamlippen und diesmal konnte sie nicht stumm bleiben, sondern keuchte überrascht auf, nicht vor Schmerz, stattdessen vor Genuss.

„Hat dir das gefallen?"

Sie schluckte mehrere Male, ehe sie antwortete, hin und hergerissen in ihrem Schmerzempfinden. „Ja, das hat es, Master. Irgendwie."

„Dann sollte ich mich diesem Teil deines entzückenden Körpers stärker widmen. Und wag es nicht, deine Beine zu bewegen. Deine Pussy ist zwar verletzlich, dennoch wirst du mir nicht den Zugriff verwehren."

Die Muskeln in ihren Schenkeln drängten danach, genau das zu tun. Sie musste sehr viel Disziplin aufbringen, ohne die Hilfe einer Spreizstange oder fixierter Fußknöchel. Allerdings wusste er, dass sie ihm bald schon genug vertraute, um sich richtig fesseln zu lassen und diese Hilfe über ihre Panik stellte. Denn sie mochte die ledernen Manschetten, die ihre Handgelenke umfassten. Erneut zielte er auf ihren Venushügel, hielt den Treffer aber leicht, sodass er dieser delikaten Körperstelle keinen Schaden zufügte.

„Falls es dir möglich ist zu kommen, dann darfst du." Er lockte erneute ihre Erregung mit einem geschickten Fingerspiel, brachte sie bis an den Rand ihrer Erfüllung, bis sie wie das Kätzchen schnurrte, das sie nicht war.

Ehe sie begriff, was er vorhatte, ließ er das Leder über ihr Geschlecht fächern, in schneller Reihenfolge, sodass die Enden jedes Mal ihren süßen Kitzler trafen.

„Bitte fester, Master."

„Nein."

Frustriert presste sie die Lippen aufeinander und er wusste, dass sie ihn hinter der Binde anfunkelte.

„Aber …"

Er stellte sich so dicht vor sie, dass sie es spürte, sie sich der Gefahr bewusst wurde, in der sie schwebte. „Was war das?"

„Ein böses Wort, Master. Es tut mir leid."

„Tatsächlich? Hmmm …" Jedoch ließ er sie nicht antworten, versiegelte ihre Lippen mit seinen und küsste sie genauso ruchlos, wie er sich fühlte. Rebecca gehörte ihm, ihm allein, in diesem Moment und für … immer.

*Sie will mich heiraten!*
Die kleine Sub konnte kaum noch stehen, als er sich von ihr löste, während ihr Geschmack auf seiner Zunge lag, ebenso wie ihre Erregung. Er setzte sein gemeines Werk fort, bis sie nicht anders konnte, als zu kommen und erst dann schlug er fester zu. Sie schrie, stöhnte, keuchte und stammelte seinen Namen, und ihr dabei zuzusehen, wie sie sich ihm auf diese Weise hingab, verkleinerte seine Shorts auf Größe XS. Er konnte das nicht mehr aushalten! Er öffnete die Haken an der Kette, bückte sich etwas, sodass er sie mühelos über seine Schulter werfen konnte. Sie quietschte entzückend und kicherte zuckersüß, während er sie zu einem der breiteren gepolsterten Tische verschleppte, auf dem er sie ablud, wie die heißeste Beute, auf die er jemals seine Hände gelegt hatte.

Er kickte seine Schuhe von den Füßen, zerrte sich anschließend erst das Hemd vom Körper, danach seine Hose und die verfluchten Shorts. Gordon nahm sich die Zeit, sich noch den Vibrator zu holen, den er vorhin auf einem der Sideboards deponiert hatte. Rebecca hatte sich inzwischen nicht von der Stelle gerührt. Nachdem er zu ihr zurückgekehrt war, streifte er ihr vorsichtig die Binde ab und sie blinzelte zuerst, ehe sie seinen Blick traf.

„Halte dich einen Moment selbst. Sollte dir allerdings schwindlig werden, während ich dich ficke, sagst du Gelb, okay?" Er zog sie nach hinten, sodass ihr Kopf nach unten hing. Vielen Subs gefiel diese Position, da es ihre Unterlegenheit untermauerte, und das Blut, das in ihren Kopf lief, die Erregung noch weiter steigerte. So bekam die Missionarsstellung einen ganz neuen Touch. Es war keine Stellung, die sich für ein ausgedehntes Liebesspiel eignete, aber er würde auch nicht lange brauchen, bis er kam.

„Ich lasse dich nicht fallen und halte dich gleich. Heb dein Becken an." Er schob ihr ein festes Kissen unter den Po, das mit einem waschbaren Bezug bezogen war, und drückte ihr anschließend das eingeschaltete Sextoy in die

Hand. Sie runzelte die Stirn, angesichts der höchsten Stufe.

„Mit weniger gebe ich mich nicht zufrieden, Wölfin." Er kniete sich auf den Tisch, brachte sich in Position und drang mit einem Stoß in ihre heiße, sehr nasse bereite Pussy ein. Dann umfasste er sie an den Kniekehlen.

„Das Toy auf deine Klit, Wölfin. Und du nimmst es erst fort, nachdem ich mit dir fertig bin."

Er spürte es um seinen Schwanz, als sie die Spitze des Vibrators auf den überempfindlichen Nervenknoten setzte. Ihr Geschlecht zog sich zusammen und sie machte ein beinahe gequältes Geräusch. Doch sie gehorchte ihm, auch wenn es ihr keinesfalls leicht fiel.

Mhmm!

Gordon nahm einen langsamen Rhythmus auf, der es ihm erlaubte, sie tief zu ficken. Dieses Pochen in seinen Hoden und seiner Eichel breitete sich in seinem Unterleib aus, überflutete seine Sinne mit purem Vergnügen, sodass er nur nach Erfüllung gierte. Rebecca hatte keine Chance gegen die Stimulationen des Toys anzukommen und er wusste, dass seine Härte in ihr, ihren Genuss weiter steigerte. Sie kam unglaublich schnell und er hatte einfach nicht die Willensstärke, um den eigenen Orgasmus aufzuhalten. Schnell und hart fickte er sie inzwischen, bis das Pulsieren in seinem Geschlecht zu einer ziehenden Welle wurde, die über ihn spülte, ihn fortriss und er nichts mehr wahrnahm, außer dem wundervollen Trieb, der in einem langen erfüllenden Höhepunkt endete.

Eine Stunde später saß sie mit ihm zusammen auf Decken und Kissen vor seinem Kamin und er wiederholte den Antrag erneut und steckte ihr den Ring seiner Urgroßmutter an den Finger. Ja, sie stellte wunderschöne Schmuckstücke mit ihren fantastischen Händen her, doch der antike Silberring mit dem eingelassenen Saphir war zeitlos elegant und sie erkannte ein Meisterwerk, wenn sie es sah.

Sie fiel ihm weinend um den Hals und er liebte diese besonderen Tränen, die sie ihm schenkte.

„Was meinst du damit, dass dein Vater ein Earl ist? Du bist reich?"

„Reich würde ich es nicht nennen, eher, dass meine Eltern wohlhabend sind. Sie verkaufen Bioprodukte in ganz Europa und vor allem Deutschland ist ein reger Abnehmer."

„Und du erbst den Titel und die Ländereien. Willst du denn nicht das Geschäft deiner Eltern übernehmen?"

Gordon schüttelte den Kopf. „Ich glaube, dass Douglas dafür besser geeignet ist. Doch er bleibt erst mal bei mir und hilft mir in der Werkstatt."

„Und wie bist du ausgerechnet auf die Idee gekommen, Autos zu reparieren?"

„Du weißt, wie sehr ich es mag mit den Händen zu arbeiten. Und ich repariere gerne Dinge, besonders Autos. Außerdem habe ich ein weiteres Geheimnis. Oldtimer. Das ist mein wahrer Traum und um ihn mir zu erfüllen, brauche ich Kapital, welches ich mir mit der Werkstatt erarbeite."

„Und du heiratest mich, um meiner Familie zu helfen?"

„Ich liebe dich, Rebecca. Das ist der Hauptgrund, und so haben deine Brüder auch was davon, sogar, da sie mich für ein prügelndes Monster halten."

„Und dein Anwalt hat alles überprüft?"

„Ja, er ist sehr gründlich. Nicolas West ist ein Cousin der Sullivans. Wenn er etwas ist, dann gewissenhaft."

„Das glaube ich sofort, wenn er den Brüdern ähnelt."

„Ähnelt? Er könnte Sohn Nummer vier sein. Er hat für längere Zeit an der Küste von Devon gelebt, ist jedoch vor drei Wochen nach Staffordshire zurückgekehrt."

„Also muss der Testamentsverwalter dich anerkennen." Sie steckte sich eine Olive in den Mund und kaute zwar gedankenverloren, aber sichtlich glücklich. „Es fehlt nur noch die Aussprache mit meiner Familie und diesmal gehe ich nicht alleine hin. Und wenn sie erstmal hören, dass sie das Erbe bekommen, nehmen sie dich bestimmt mit offenen Armen auf."

„Du solltest nicht so zynisch sein. Deine Brüder lieben dich. Ihr habt viel aufzuarbeiten. Und jetzt zieh das T-Shirt aus. Ich will jeden Millimeter von dir küssen, lecken und auch schmecken."

# Kapitel 16

„Er hat dir einen Heiratsantrag gemacht?" Viola quietschte entzückt und warf ihr die Arme um den Hals.

„Du hältst uns nicht für verrückt und eine Heirat für verfrüht?"

Die Honigblonde schüttelte vehement den Kopf. „Nein. Außerdem hast du mir die besonderen Umstände erklärt und es ist die vernünftigste Lösung. Aber Gordon heiratet dich, weil er dich liebt, das andere ist nur schmückendes Beiwerk. Ich freue mich. Für euch beide. So sehr." Ihre grünen Augen sprühten vor Begeisterung. „Habt ihr denn die Zeremonie geplant?"

„Aidan wird uns trauen und wir laden unsere engsten Freunde und Familienmitglieder ein, die uns nahestehen. Keine kirchliche Heirat. Und du zählst natürlich zu Gordons engen Freunden."

Viola grinste noch breiter und Rebecca nahm sich Zeit, die Landschaft zu betrachten, die Viola für *Seduced by Winter* gemalt hatte. Was für eine fantastische Malerin und die Stille des Gemäldes erfasste sie. Ein Wolf trabte durch den Schnee und sie konnte die fallenden Flocken sowie das weiche Fell des Tieres beinahe spüren. Viola hatte ihm saphirblaue Augen gemalt und das machte das Bild mystisch.

„Habt ihr denn schon Räumlichkeiten gemietet?"

Rebecca schüttelte den Kopf. „Einerseits ist der knappe Zeitrahmen ein Segen und wir wollen ja wirklich kein ausuferndes Fest. Andrerseits müssen wir das nehmen, was wir in der Kürze der Zeit bekommen."

„Wir könnten die Zeremonie hier feiern. Im Garten ist ein großer Pavillon und er liegt direkt am See."

War das nicht zu viel verlangt? Die Sullivans gehörten zwar zu Gordons besten Freunden …

„Du solltest ein von ganzem Herzen kommendes Angebot nicht ausschlagen, sofern Gordon damit einverstanden ist. Bitte, Rebecca."

Falls Viola John mit diesem Blick bedachte, bekam sie bestimmt auf der Stelle, was sie wollte, egal was es war. Sie konnte auf jeden Fall nicht standhalten.

„Du guckst genau wie Shade, wenn er von Gordon einen Keks will. Er verwöhnt den Hund nach Strich und Faden und trotzdem gehorcht er ihm aufs Wort. Der Wuff ist so gar nicht wie ich."

Viola brach in ein perlendes Lachen aus. „Deswegen mochten wir dich sofort. Man erkennt Gleichgesinnte auf den ersten Blick. Du passt so gut zu Gordon. Für ihn wäre eine zu devote Sub, die ihm nicht die Stirn bietet, auf Dauer zu langweilig."

„Es ist befreiend, dass ich mit dir so offen über alles reden kann." Antonia und Mel waren zwar von der Vorstellung eines dominanten Liebhabers fasziniert, aber eben nur in der Vorstellung. Eigentlich verstanden sie es nicht, was Rebecca ihnen nicht übel nehmen konnte, da sie ja früher genauso gedacht hatte. Der Gedanke, sich den Arsch versohlen zu lassen, hatte sie angemacht. Es wirklich zu durchleiden und zu spüren, wie man die Kontrolle über den eigenen Körper verlor, weil sie einem von geübten Händen abgenommen wurde, war dann doch etwas ganz anderes, im Vergleich zu einer plüschigen Fantasie, in der man weder verweint noch schweißüberströmt war, derweil der Schmerz auf der Haut wütete, wie man es nie für möglich gehalten hätte.

„Ich helfe dir gerne und du brauchst kein Blatt vor den Mund zu nehmen. Für jemanden, der nicht versteht, wie befreiend es ist, die Zügel aus der Hand zu geben und Lust durch Pein zu erfahren, kann es belastend sein, wenn man versucht mit ihnen über diese Dinge zu reden."

Wahre Worte. Das Gespräch mit ihrer Familie stand noch aus und sie würde einfach mit Gordon am Sonntagabend in ihrem Elternhaus auftauchen und dann würde sie ein letztes Mal versuchen die Fronten zu klären.

„Pass mit den Balken auf. Ich habe mir schon unzählige Male den Kopf gestoßen." Viola deutete auf die schräg angebrachten Vierkanthölzer, die einige der Pfeiler stützten. Sie folgte Viola durch das traumhafte Atelier und diese blieb vor einem großflächigen Gemälde stehen. Sie drehte es lächelnd um und Rebecca wurde von dem spontanen Drang erfasst, es zu kaufen.

„Ist das Kim?"

„Ja. Es ist bis jetzt mein Lieblingsbild für die Ausstellung."

„Kein Wunder." Sie hatte Kim in weißes Leder gekleidet und sie schien aus dem nebligen Hintergrund hervorzutreten. Das einzige Farbige war ihr fantastisches rotes Haar und ihre Lippen in demselben Farbton. „Sie sieht aus wie eine Schneeamazone. Ihre Beine sind beneidenswert."

„Hör bloß auf und sie ist so schlank. Ich bekomme immer Krisen, wenn ich sie und die zierliche Sally sehe. Also jeden Tag."

„John sieht dich aber jedes Mal an, als wollte er dich fressen. Mit all deinen Polstern, Kurven und dem Busen, den ich auch will. Du ..." Die Worte erstarben ihr in der Kehle, als Panik ihren Verstand überrollte, sie aus den Augenwinkeln das schwarze Ungetüm bemerkte, das sich auf seinen acht haarigen Beinen über ihr befand. Sie wirbelte herum, schrie hysterisch und knallte mit Stirn und Wange gegen einen der Balken.

„Rebecca, sieh mich an." Die fordernde Stimme drang in ihr Bewusstsein und sie konnte nicht anders, als ihr zu gehorchen. Graue Intensität starrte auf sie herunter und sie kam im Doppelpack daher. Ihr Kopf lag auf Deans Schoß, der hinter ihr kniete, etwas auf ihre Stirn presste und John war neben ihr. Er hielt ihr einen Finger vor die Augen und befahl ihr, ihm mit ihrem Blick zu folgen. Sie wollte sich aufsetzen, doch das war keine gute Idee.

„Kleines, ganz ruhig. Nicht bewegen. Du hast dir gehörig die Stirn angeschlagen. Ich tape das gleich mit Pflasterstrips."

Die Spinne! Entgegen jeder Vernunft versuchte sie aufzuspringen, allerdings hielt John sie fest, was auch besser war, denn eine Welle von Übelkeit erfasste sie, sobald sie an das haarige Ungeheuer dachte und sich bewegte.

„Keine Sorge. Miles hat sie eingefangen und nach draußen gebracht."

Pflasterstrips?

„Es ist eine kleine Platzwunde, die aber gehörig blutet. Sie braucht nicht genäht zu werden und sie sollte so gut wie narbenfrei verheilen."

Ihr war plötzlich zum Heulen zumute und sie war froh, dass Viola ihre Hand hielt. Sie musste ihr einen schlimmen Schreck eingejagt haben, denn Viola war kreidebleich und sah so aus, als würde sie sich jeden Moment übergeben.

„Ist dir schlecht? Schwindlig?"

„Von beidem etwas."

„Gut. Ich trage dich nach unten und verarzte dich dort. Miles hat Gordon benachrichtigt. Ihr verbringt die Nacht bei uns."

„Wir helfen dir jetzt auf die Füße und keine Sorge, John kann dich locker tragen", sagte Dean und lächelte sie ermunternd an. „Viola, setz dich auf das Sofa. Du siehst aus, als ob du gleich umkippst."

„Das muss das Blut sein", sagte Viola.

John nahm Violas Hände, zog sie hoch und begleitete sie zur Couch. „Wir reden gleich, Kleines. Du hast mir doch was zu sagen, oder nicht?"

„Ja, Maestro."

In diesem Moment kehrte Miles zurück und sein besorgter Blick huschte zwischen ihr und Viola hin und her.

„Kannst du bei Viola bleiben, bis sie sich erholt hat? Ich versorge Rebecca und brauche Deans Hilfe. Bring sie in unser Schlafzimmer. Sie soll sich hinlegen."

„Natürlich." Dunkelblond und grünäugig könnte er seinen Brüdern nicht unähnlicher sehen, doch seine Aura glich der von John und Dean, auch wenn sie ein wenig ruhiger erschien, zumindest wenn man flüchtig hinsah.

John kehrte zu ihr zurück und trug Rebecca nach unten, als würde sie nicht mehr als ein kleiner Heuballen wiegen. Er brachte sie in ein Gästezimmer und legte sie aufs Bett. Sie war so ein Trottel und ein Trampel und schämte sich in Grund und Boden, weil sie es hasste, auf die Hilfe anderer angewiesen zu sein.

„Gordon kann mich auch ins Krankenhaus fahren. Ihr solltet euch lieber um Viola kümmern."

Kaum waren die Wörter raus, wünschte sie sich diese wieder zurück, denn die beiden Augenpaare, die sich auf sie richteten, lagen schwer auf ihr.

„Pech für dich, dass ich dennoch tue, was ich für richtig halte." John nickte Dean zu, der sich die Porzellanschale schnappte, die auf der Fensterbank stand und im anliegenden Bad verschwand. „Lass dir von mir helfen. Es ist ganz einfach und kostet dich nichts. Du verlierst nichts von dir und ich verspreche dir, dass ich dir nicht wehtun werde."

„Das weiß ich." Sie vertraute John. „Ich komm mir nur so blöd vor und es ist mir schrecklich peinlich, wegen einer Spinne so in Panik zu geraten."

„Jeder Mensch hat Ängste. Versuch dich zu entspannen."

Dean stellte die Schüssel, die jetzt zur Hälfte mit Wasser gefüllt war, auf den Beistelltisch neben dem Bett. John holte einen Erste-Hilfe-Koffer aus dem Sideboard, der weitaus besser bestückt war als der in ihrem Auto.

„Manchmal geschehen im Club unerwünschte Verletzungen und daher sind wir für Notfälle ausgerüstet. Außerdem habe ich eine medizinische Ausbildung."

„Du bist Arzt?"

„Sanitäter bei den Special-Forces."

Dean nahm ihre Hand und sie war ihm dankbar dafür. John wusch vorsichtig das Blut von ihrem Gesicht, reinigte die Wunde und befestigte die Pflasterstrips mit sicheren Bewegungen, die deutlich zeigten, dass er wusste, was er tat. „Dir ist nicht mehr schlecht? Du siehst nichts doppelt?"

„Nein, aber mir ist ein wenig schwindlig. Und ich habe Kopfschmerzen."

„Das ist kein Wunder. Ich gebe dir gleich ein hoch dosiertes Schmerzmittel. Das wird dir auch beim Schlafen helfen. Deine Wange braucht ein Kühlpad. Dean bringt dir gleich eins."

„Rebecca!" Gordon stand im Türrahmen und sie war so unglaublich froh, ihn zu sehen. Er setzte sich auf die Bettkante und zog sie in die Arme, genau dort, wohin sie gehörte. Augenblicklich fühlte sie sich besser. „Eine Spinne hat dich niedergestreckt. Du hast mir nichts von deiner Phobie erzählt." Er sah John an.

„Sie hat sich ordentlich den Kopf angeschlagen, hat aber keine Gehirnerschütterung. Sie sollte ein paar Tage im Bett bleiben und sich ausruhen. Die Platzwunde sollte keine sichtbare Narbe hinterlassen. Ihr bleibt über Nacht hier. Ich würde von einer Autofahrt abraten."

„Dann bleiben wir. Musst du morgen arbeiten, Kleines?"

Rebecca wusste, dass es sinnlos war, zu protestieren und wenn sie ehrlich war, wollte sie nur eines und das war zu schlafen. „Nein, muss ich nicht."

„Trink einen Schluck und nimm das Schmerzmittel ein." John beugte sich runter, schob seine Hand unter ihren Nacken und hob ihren Kopf vorsichtig an.

Gordon hielt ihr das Glas an die Lippen und erleichtert schluckte sie das Wasser sowie die Tablette.

„Du solltest nach Viola sehen. Sie sah gar nicht gut aus."

„Das mache ich jetzt auch. Gordon, du weißt ja, wo alles ist. In der Küche findest du was zu essen und im Badezimmer ist alles, was ihr braucht. Schlaf gut, Rebecca."

John hatte bereits seit ein paar Tagen das Gefühl, das mit Viola etwas nicht stimmte. Doch sie war ihm ausgewichen, als er sie gefragt hatte, was mit ihr los war. Er hatte sie gelassen, da er ahnte, was sie beschäftigte. War es wirklich möglich? Nervös strich er sich übers Haar und stürmte ins Schlafzimmer, das er sich mit der Liebe seines Lebens teilte. Blass und ängstlich aussehend lag sie auf dem Bett, bewacht von Miles, der ihr ein nasses Tuch auf die Stirn gelegt hatte.

„Sie hat sich übergeben, John. Und sie schwitzt stark. Außerdem ist sie in Tränen ausgebrochen. Ich lasse euch allein." Natürlich galoppierten Miles Ahnungen in die gleiche Richtung wie seine.

„Kleines." Er setzte sich neben sie aufs Bett und sie warf sich in seine Arme, sodass das Tuch auf den Boden flog. Eng presste sie sich an ihn, als ob sie nicht genug von seiner Wärme bekommen könnte. Sie weinte beinahe hysterisch und ihr wunderschöner Körper bebte. Ihr Herzschlag war zunächst heftig, beruhigte sich allerdings allmählich, während er ihr über das honigblonde lange Haar strich und über ihren schmalen Rücken.

Er musste ihr in die Augen sehen. John drehte sich, sodass sie unter ihm lag und er konnte nichts gegen das Glücksgefühl tun, dass sich seiner bemächtigte. „Schiava, sag es mir." Inzwischen schlug sein Herz heftig.

„Ich ... ich bin schwanger."

Schönere Worte hatte er noch nie gehört. Sie brach in Tränen aus und er zog sie in die Arme, seine wunderschöne Schiava, seine Frau, die Liebe seines Lebens.

# Kapitel 17

„Du willst heute wirklich ins Tierheim fahren?" Besorgt strich Gordon ihr eine Haarsträhne aus der Stirn, um die Wunde zu betrachten. „Sie sieht gut aus, keine Rötungen und John meinte, dass er bald die Strips entfernen kann. Er kommt heute Abend nach der Arbeit vorbei, um dich zu … untersuchen." Frech grinste er sie an.

Rebecca lief ein erwartungsvolles Kribbeln durch ihr Geschlecht, als sie an Gordons Untersuchung dachte. „Du bist ein perverser Lüstling, weißt du das?"

„Dein unflätiges Mundwerk hat sich genauso schnell erholt wie du. Deine Wange sieht besser aus." Das erste Mal seit ihrem Unfall färbte ein Hauch von Dominanz seine Stimme.

Sie hatte am nächsten Tag einen Bluterguss gehabt, der immer noch deutlich sichtbar war. Gordon behandelte sie schlimmer als ein rohes Ei und hegte anscheinend die Befürchtung, dass sie zerbrechen würde, sollte sie die Anstrengung unternehmen, die Treppe alleine hinunterzulaufen. Und Douglas war nicht viel besser. Wenn sie nicht endlich ihren Fängen entkam, würde sie noch durchdrehen. „Ich gehe nur mit Shade und Sun spazieren." Sun war genauso alt wie Shade und eine Mischung verschiedener Rassen, bei der man nur wusste, dass die Mutter ein Dalmatiner-Schäferhund Mix war.

„Du hast keine Kopfschmerzen mehr? Dir ist nicht schwindlig?"

„Nein, Master Überfürsorglich. Mir geht es wirklich gut. Außerdem ist unsere Hochzeit in zwei Wochen und vorher müssen wir mit meiner Familie reden." Die noch immer nichts von ihrem Glück ahnte. Aber mit den Verletzungen hatte sie nicht bei ihnen auftauchen wollen.

„Du rufst mich an, wenn du angekommen bist und auch bevor du nachher losfährst."

Sie wusste es besser, als ihm zu widersprechen und traute es ihm zu, sie ans Bett zu fesseln, nur weil er sich Sorgen um sie machte. „Großes Subbieehrenwort." Sie würde die Ruhe beim Spaziergang dazu nutzen, irgendwelche Dummheiten auszuhecken, die ihm keine andere Wahl ließen, als sie endlich übers Knie zu legen.

„Ich bringe dich zum Auto."

Shade, der wie eine Flunder auf dem Boden gelegen hatte, sprang auf und wedelte erwartungsvoll mit seiner Rute. Sie liebte den pelzigen Kerl. Aber wer könnte ihm auch schon widerstehen? Gordon legte den Arm um ihre Schultern und Shade trottete gespannt neben ihnen her und seine Begeisterung stieg an, als Gordon ihm das Geschirr umlegte, um ihn gleich auf den Rücksitz zu sichern. Er versuchte sogar Gordon quer durchs Gesicht zu schlecken, etwas das der Master verabscheute.

„Sei vorsichtig, Rebecca. Und wenn du dich nicht wohlfühlst, rufst du mich an. Ich hole dich sofort ab."

Sie konnte kaum das Augenrollen unterdrücken. „Ich verspreche es. Aber mir geht es wirklich gut."

Er küsste sie leicht auf die Lippen und presste sie dann dicht an sich. „Ich liebe dich, Wölfin."

„Ich dich auch, großer böser Wolf, obwohl du im Moment einem Schaf gleichst."

*Oh, hast du etwa sein sadistisches Interesse geweckt?*

„Einem Schaf?"

„Einem Schäfchen, um genau zu sein. Eines von diesen mit den Schlappohren und schwarzen Gesichtern, die määäähend über eine Wiese stapfen und nur Essen und Schlafen im Kopf haben."

*Oh, du hast nicht nur sein sadistisches Interesse geweckt, es veranstaltet gerade eine Technoparty.*

„Dann wird es Zeit etwas zu mähen, deinen Körper vielleicht und deine lose Zunge." Er grinste höchst teuflisch.

„Bis später, großer MÄÄHHHHH." Rebecca stieg schnell ein, ehe er noch auf dumme verführerische Gedanken kam, wie sie hier über die Motorhaube zu beugen und ihr vor Douglas' Augen den nackten Po zu spanken, genau, wie sie es verdiente.

*Ja, das verdienst du.*

Gordon winkte ihr zu und im Rückspiegel sah sie, dass er ihr nachblickte, als sie vom Grundstück fuhr. Nach einer halben Stunde parkte sie vor dem Tierheim und seufzte glücklich. Der Zaun war repariert, die Halbdächer der Zwinger waren mit neuer Teerpappe bezogen und die Büsche und Hecken frisch geschnitten. Am letzten Wochenende hatten die Sullivans, Keith, Sean und noch einige andere im Tierheim die dringendsten Reparaturen erledigt und sie hatten zudem großzügige Sachspenden mitgebracht. Um genügend Futter, Decken und Spielzeug brauchte sich Lizzy in der nächsten Zeit nicht zu sorgen. Außerdem hatte Gordon, als er ihren Wagen repariert hatte, zusätzlich ein paar Teile ausgetauscht, sodass dieser eine Zeit lang reparaturfrei bleiben sollte. Sie stieg aus, wollte gerade die Tür aufmachen, um Shade loszumachen, als Shade boshaft knurrte und jemand sie an der Schulter fasste. Erschreckt schrie sie auf und wirbelte herum. Es waren ihre Brüder!

„Mein Gott, Rebecca. Was hat er dir jetzt angetan?", zischte Charles.

„Wo kommt ihr denn auf einmal her? Habt ihr mir aufgelauert?"

„Unsere Befürchtung, dass du aus Angst vor Gordon mit ihm zusammenbleibst, hat sich bestätigt." James hob die Hand, als wollte er über den verblassenden Bluterguss über ihrer Wange streicheln, besann sich dann allerdings in letzter Sekunde.

„Seid ihr verrückt geworden? Das war nicht Gordon. Ich bin gegen einen Pfeiler gerannt wegen einer Spinne. Ihr wisst doch, dass ich eine Phobie habe."

Inzwischen gebärdete der Schäferhund sich auf dem Rücksitz wie ein Verrückter und bellte ohrenbetäubend, auf eine aggressive Weise, die sie noch nie bei ihm gehört hatte.

„Du kommst jetzt sofort mit uns. Du bist nicht mehr klar bei Verstand." Hugh packte sie am Ellbogen und versuchte sie mit sich zu zerren.

„Lass mich auf der Stelle los!"

„Rebecca, ist alles in Ordnung? Lass sie auf der Stelle los, du Arsch", sagte Lizzy und ihre Frage wurde durch die beiden Rottweilermischlinge bekräftigt, die wie Statuen neben ihr standen. Die beiden Geschwister waren an sich harmlos, aber das wussten ihre Brüder nicht. Und die Hunde waren nicht entspannt, sondern sie wirkten, als warteten sie nur darauf, loszuschnellen. Sie waren seit drei Jahren Lizzys Hunde und Rebecca kannte sie nur als friedliche Teddybären. Offensichtlich konnten sie auch anders. Hugh ließ sie los, als hätte er sich die Hand verbrannt.

„Wir wollen nur unsere Schwester aus den Fängen eines perversen Frauenschlägers retten."

„Meinen die Gordon? Und das sind deine Brüder?"

„Ich glaube, es ist besser, wenn ihr jetzt geht. Ich komme heute Abend mit Gordon bei euch vorbei und dann reden wir über alles." Sie würde Viola und John fragen, ob sie sie begleiteten, um ihre Brüder davon zu überzeugen, dass Gordon kein Schläger war. „Vertraut mir doch ein einziges Mal. Ich liebe Gordon und er würde mir nie etwas antun, das mir schadet."

„Darüber ist noch nicht das letzte Wort gesprochen. Du bist völlig verblendet. Ich glaube dir kein Wort dieses Märchens, das du uns letztes Mal aufgetischt hast. Bettspielchen! Von wegen!" Nervös blickte James zu Toast und Beans, die beide ein Grollen ausstießen, das sogar ihr die Nackenhaare aufstellte.

„Lasst sie. Sie hat zu viel Angst vor ihm, um es zuzugeben. Wir haben noch andere Optionen. Mein Gott, Becca, er hat dir ins Gesicht geschlagen. Du musst auf die Stirn gestürzt sein. Komm doch nach Hause", sagte Charles.

Sie wusste, dass nichts, was sie sagte, ihre Brüder davon überzeugte, dass sie sich in falsche Annahmen verrannten. Rebecca schüttelte den Kopf.

„Mein Zuhause ist bei Gordon."

„Wie du willst", sagte James. Er machte eine Kopfbewegung. Zu ihrer grenzenlosen Erleichterung verließen ihre Brüder das Grundstück und Rebecca konnte sich kaum noch auf den Beinen halten.

„Komm, wir gehen in meine Küche und ich mache dir einen Kakao." Lizzys Stimme zitterte ebenso wie ihre Hände. „Und mir auch."

Toast und Beans wedelten inzwischen mit den Ruten und setzten sich auf ein Kommando von Lizzy hin. Rebecca befreite Shade aus dem Gurt und der Hund presste sich nach dem Rausspringen an ihre Beine, winselte und war genauso aufgeregt wie sie.

Lizzy legte ihr den Arm um die Schultern. „Wie kommen deine Brüder darauf, dass Gordon dir das angetan hat? Er war es doch nicht, oder?"

„Nein." Rebecca erzählte ihr den Vorfall mit der Spinne. Und wie sollte sie der Freundin von den Striemen erzählen und das daher die Befürchtungen ihrer Brüder herrührten? Ob sie Gordon anrufen sollte? Lieber später, denn noch war sie zu aufgeregt. Dieses BDSM hatte verheerende Auswirkungen auf ihr Leben und sie wusste einfach nicht, wie sie dem begegnen sollte. Würden ihre Brüder bei jedem Kratzer, jedem blauen Fleck denken, dass es Gordon gewesen war? Und würde Lizzy sie angeekelt vom Hof jagen, sobald sie ihr erzählte, dass sie es liebte, dass Gordon sie spankte, nicht nur mit der Hand, sondern auch mit einer Gerte, die sichtbare Spuren hinterließ? Sie diese mit Stolz trug? Würde Lizzy Gordon für ein Monster halten und Rebecca für eine labile, psychisch kranke Frau, die dringend therapeutische Hilfe brauchte? Es gab nur eine Lösung für dieses Dilemma und das war die Wahrheit. Wenn die Freundin wirklich mit Abscheu reagierte, dann war sie es nicht wert, eine zu sein. Oder verlangte sie zu viel von ihr?

Den Hunden sah man die Anspannung nicht mehr an und sie tollten über das Grundstück, bar jeder Sorge und lebten im Hier und Jetzt.

Beneidenswert!

Ein paar Minuten später stellte Lizzy zwei dampfende Tassen auf den Küchentisch und Rebecca griff sich eine und trank vorsichtig einen Schluck. Sie nahm sich auch einen von den Chocolate-Chip-Cookies, die Lizzy ihr vor die Nase hielt. Sie aß drei Kekse und leerte den Becher, ehe sie mit dem ersten Satz rausplatzte.

„Gordon ist ein Master und ich liebe es, wenn er mir den Po versohlt."

Lizzy biss lautstark in einen Cookie und kaute wie Shade, wenn er seine Knusperbrocken verspeiste, während sie Rebecca anstarrte.

Und dann platzte die ganze Geschichte aus ihr heraus, wie sie einen *G* erfunden hatte, von dem Testament ihrer Mutter, wie sie Gordon kennengelernt hatte und von den Striemen auf ihrem Hintern und Oberschenkeln. Wie sehr sie Gordon liebte und wie verzweifelt sie früher gewesen war. Danach fühlte sie sich mindestens fünfzig Kilogramm leichter.

Lizzy griff nach ihrer Hand und drückte sie. „Hast du etwa befürchtet, dass ich dich für pervers halte?"

„Oder Schlimmeres."

„Soll ich dir eines meiner Geheimnisse verraten?" Lizzy errötete. „Ich schreibe Liebesschnulzen und ich will am Samstag meinen ersten veröffentlichen."

Und dann brachen sie beide in ein hysterisch anmutendes Kichern aus.

„Ich hatte gerade wirklich Angst um dich. Ich dachte schon, deine Brüder würden dich mit Gewalt mitnehmen. Allerdings verstehe ich auch ihre Befürchtungen. Was für ein Schlamassel."

„Ich gehe mit den Hunden spazieren. Ich muss ein paar Gedanken sortieren, ehe ich Gordon anrufe. Noch bin ich zu durcheinander."

Eine Stunde später ging es ihr sichtlich besser. Der weiche von Tannennadeln übersäte Pfad, der Duft der Bäume und die Stille des Waldes legten sich wie Balsam auf ihre Nerven. Die beiden Hunde sprangen fröhlich um sie herum und jagten sich gegenseitig, tobten sich aus und ihrer unverfälschten Fröhlichkeit konnte sich Rebecca nicht entziehen. Als ihr Smartphone losplärrte, zuckte sie zusammen und fischte es aus der Jackentasche. Der Anrufer war Douglas.

„Hi, Schwager in spe, was gibts? Soll ich auf dem Rückweg noch fürs Abendessen einkaufen?"
„Nein."
Ihr lief eine Gänsehaut über den Rücken, denn sein Tonfall war ernst.
„Gordon ist verhaftet worden. Deine Brüder haben ihn angezeigt."
Was!!!
„Ich hole dich ab. Wir treffen uns mit Nicolas, John und Sean vor dem Polizeirevier."
Ihr fiel beinahe das Telefon aus der Hand und ihr wurde eiskalt.
„Mach dir keine Sorgen, Rebecca. Deine Brüder sind nicht die einzigen, die Freunde in hohen Positionen haben. Sean Carrigan ist ein Mann mit weitreichenden Beziehungen. Wir sehen uns gleich." Douglas unterbrach die Verbindung.
Rebecca war froh, dass Douglas sie abholte. In ihrem jetzigen Zustand war sie unfähig zu fahren. Wie konnten ihre Brüder es nur wagen! Doch eine leise Stimme in ihrem Kopf verlangte von ihr, vernünftig zu sein, brachte sogar Verständnis für ihre Handlungsweise auf, drängte sie dazu, es aus ihrer Sichtweise zu betrachten. Sie joggte den halben Weg zurück und erreichte das Tierheim schweißüberströmt. Douglas wartete bereits auf sie.
„Warte, ich hole dir eine Flasche Wasser und behalte Shade hier", sagte Lizzy. „Du und Gordon könnt ihn auf dem Rückweg abholen."

Und wenn sie Gordon nicht freiließen? Ihre Brüder irgendwelche Geschichten dazu erfanden, um sie aus den Klauen des angeblichen Frauenschlägers zu befreien?

„Rebecca!" Douglas' Stimme zerrte sie aus dem Horror, der in ihrer Fantasie ablief. „Du wirst heute Nacht mit Gordon in eurem Bett verbringen. Mal dir keine Schreckensszenarien aus."

Lizzy kehrte mit der Wasserflasche und einem Handtuch zurück. Dankbar lächelte sie die Freundin an. „Können wir dich auch als Zeugin angeben?"

„Natürlich. Aber das wird bestimmt unnötig sein. Wir sehen uns nachher."

Die Fahrt erschien ihr endlos und Douglas drängte ihr kein Gespräch auf. Sie versuchte sich auf die Landschaft zu konzentrieren, ihre Angst um Gordon zu unterdrücken und betete darum, dass ihre Brüder nicht die Presse verständigt hatten. Diesen fiesen Schachzug traute sie ihnen ohne weiteres zu. Sie schämte sich zwar nicht für ihre sexuelle Veranlagung, aber sich als ausgeschlachtetes Opfer in den Medien zu sehen, war eine Vorstellung, die ihr Tränen der Hilflosigkeit und des Zorns in die Augen trieb.

„Rebecca." Douglas legte seine Hand auf ihr Bein und drückte es beruhigend. „Sean hat bereits ganz andere Schwierigkeiten aus dem Weg geräumt und du und Gordon seid nicht allein. Alles wird gut, ich verspreche es dir."

Douglas machte genauso wenig leichtfertige Versprechungen wie Gordon, sodass der Knoten in ihrem Magen sich ein paar Millimeter löste, sich die Übelkeit zurückzog und sie befreit ausatmete. Ihr Status als Einzelkämpfer war endgültig vorbei. Ein herrlich angenehmer Gedanke.

Sean, Nicolas und John warteten bereits auf sie. Nicolas trug einen dunkelgrauen Anzug und ein hellgraues Hemd, das genau zu seinen Augen passte, und ihn nicht in einen Bürohengst verwandelte, wenn überhaupt unterstrich die Kleidung seine gefährliche Ausstrahlung. John und Sean kamen offensichtlich von einer Baustelle, denn sie beide trugen Arbeitshosen, schwere Arbeitsschuhe und

Longsleeves, die bessere Tage gesehen hatten. Sean lächelte sie an und John nahm sich die Zeit, ihre Verletzungen zu betrachten.

„Das verheilt hervorragend, Kleines." Er zog sie in die Arme und küsste sie leicht auf die Stirn, eine ganz und gar fürsorgliche Geste.

Auch Sean umarmte sie und Nicolas tat es ihm nach.

„Überlass mir und Sean das Reden. Du bist viel zu aufgeregt, um klar zu handeln. Vertrau uns."

Douglas blieb an ihrer Seite, als sie hineinliefen und im Besucherbereich stehenblieben, während Nicolas sie anmeldete. Fünf Minuten später saßen sie in einem Besprechungsraum und der diensthabende Officer trat in den Raum.

„Schön, dich zu sehen, Sean."

Der erste Stein fiel ihr vom Herzen.

„Ms Morgan. Ich bin Chief-Inspector Moore." Er war um die fünfzig, trug seine Glatze mit Stil und wache grüngraue Augen musterten sie eindringlich. „Sie sind verletzt. Hat ein Arzt Sie behandelt?"

Ehe sie etwas sagen konnte, schaltete sich John ein. „Nein, das war ich. Rebecca hat sich in meinem Haus verletzt, als sie wegen ihrer Spinnenphobie gegen einen schräg stehenden Trägerbalken gerannt ist. Das können sowohl meine Frau, als auch meine Brüder Dean und Miles Sullivan bezeugen."

„Ich verstehe. Setzen wir uns doch."

Rebecca war viel zu nervös, um zu sitzen, tat es dennoch.

„Es handelt sich offensichtlich um ein Missverständnis, aber es gibt noch ein paar Details, die wir abklären müssen. Sie sind der Anwalt von Mr Maxwell?"

„Ja. Nicolas West. Ich nehme an, dass der sofortigen Freilassung meines Klienten nichts im Wege steht."

„Ihre Brüder behaupten allerdings, dass Mr Maxwell Sie schon öfters geschlagen hat. Sie erwähnten etwas von

Spuren durch eine Peitsche." Der Chief-Inspector sah ihr direkt in die Augen.

„Um genau zu sein, war es eine Gerte und ..." Sie ignorierte die warnenden Blicke der Männer. „... Gordon hat nur mit mir gemacht, was ich wollte. Zuerst hat er mir den Po versohlt, und da mir das nicht gereicht hat, habe ich ihm keine andere Wahl gelassen, als zur Gerte zu greifen. Es geschah einvernehmlich und Sie können sicherlich verstehen, dass ich mein Sexleben nicht mit meiner Familie oder Ihnen diskutieren möchte." Sie wünschte sich wirklich, dass sie ihrem Blut verbieten könnte, derart in ihre Wangen zu schießen. „Ich verlange, dass Sie Gordon sofort freilassen. Er hat nichts Unrechtes getan, es sei denn, es steht unter Strafe seiner Verlobten im Bett das zu geben, was sie braucht." Rebecca befürchtete, dass sich in ihrem restlichen Körper kein Blut mehr befand.

Anstatt ihr zu antworten, drückte der Chief-Inspector auf einen Knopf des Telefons. Eine weibliche Stimme meldete sich. „Molly, veranlassen Sie, dass Mr Maxwell ins Besprechungszimmer gebracht wird, und geben Sie ihm vorher seine persönlichen Gegenstände zurück. Die Anschuldigungen haben sich als falsch erwiesen." Dann sah er zu Sean. „Ms Morgans Brüder wollten sich auch noch an einen Richter wenden. Ihr solltet mit ihnen reden und geeignete Maßnahmen treffen, bevor dies hier hohe Wellen schlägt. Ms Morgan, entschuldigen Sie die Unannehmlichkeiten und ich weiß Ihre Ehrlichkeit zu schätzen."

Die zehn Minuten, die sie auf Gordon warteten, waren die schlimmsten in ihrem Leben. Was, wenn sie ihn nicht freiließen? Ihre Brüder doch mehr Macht hatten, als Gordons Freunde es ihnen zugestehen wollten? Hornissen nisteten sich in ihrem Magen ein und sie konnte die vorbeischleichenden Sekunden nicht mehr ertragen.

Und endlich öffnete sich die Tür und sie stürzte sich in Gordons Arme. „Es tut mir so leid." Erst jetzt wurde ihr bewusst, dass sie eine unbegründete Angst verspürte, dass er wütend auf sie sein könnte, es ihm zu viel mit ihr wurde.

„Dazu gibt es keinen Grund, Rebecca." Er umfasste ihre Wangen und die Berührung verjagte die dämlichen Gespenster, die in ihrem Herzen gehaust hatten. „Mir gefällt nicht, was in deinem hübschen Köpfchen vorgeht. Du bist nicht für die Taten deiner Familie verantwortlich. Ich liebe dich und daran solltest du nicht zweifeln", sagte er so zärtlich, dass sie in Tränen ausbrach, obwohl sie es nicht wollte.

„Du hast nur Ärger mit mir", schluchzte sie.

„Schhh. Beruhige dich, alles wird gut." Sie vergrub ihre Nase in seinem T-Shirt. „Schön euch zu sehen, Freunde, und danke für die Hilfe. Lasst uns fahren. Komm, Kleines." Er hielt sie dicht an sich gedrückt, als sie aus dem Revier liefen, und sie schaffte es einfach nicht, ihre Gefühle zu kontrollieren.

„Ich hole Shade ab und Sean fährt euch nach Hause", sagte Douglas. Er legte ihr eine Hand auf die Schulter und drückte sie. Sie hatte eine neue Familie.

Ein paar Tage später strich sie nervös über ihr tadelloses Kleid, auf dem nicht einmal ein Fussel haftete. „Und sie haben wirklich zugestimmt, sich im *Sadasia* mit uns zu treffen?"

Gordon lächelte irgendwie ominös. „Sean und Keith können sehr überzeugend sein, wenn sie es wollen."

„Was genau meinst du damit?"

„Das überlasse ich deiner Fantasie."

„Sie haben sie doch nicht entführt, gefesselt und geknebelt verschleppt?"

Gordon sah sie nur durchdringend an.

„Haben sie nicht, oder?"

„Deine Brüder werden uns zuhören, und was sie daraus machen, überlassen wir ihnen."

Er knöpfte sein blaues Hemd zu, das genau zu seinen Augen passte – Mitternachtsblau.

„Dreh dich um, ich mache dein Kleid zu." Sobald er hinter ihr stand und seine warmen Hände zuerst ihre nackten Schultern umfassten, spürte sie augenblicklich diese besondere Spannung, die zwischen ihnen herrschte, dieses erotische Prickeln, das Bedürfnis sich ihm zu unterwerfen und sich ganz in ihm zu verlieren. Der Gedanke ihrer gekidnappten Brüder ließ sie kichern. Verdient hätten sie es. Mit der Verhaftung von Gordon hatten sie eine Grenze überschritten.

„Du riechst gut. Ich freue mich bereits darauf, dir das Kleid später im *Sadasia* auszuziehen und deinen wunderschönen Körper dem handverlesenen Publikum zu präsentieren." Seine Knöchel glitten ihren Rücken hinauf. „Du siehst wirklich bezaubernd aus. Das Dunkelgrün steht dir fantastisch."

Der Schnitt des Kleids war gewagt und zeigte weitaus mehr Dekolleté, als sie es gewohnt war. Dazu das fehlende Höschen ... Und der Balconette-BH verhüllte gerade so eben ihre Brustwarzen. Allerdings setzte er ihren Busen toll in Szene.

„Lass uns fahren, Wölfin."

Falls Gordon nervös war, merkte sie ihm während der Fahrt nichts an. Er lenkte den SUV ruhig und sicher durch die einbrechende Dunkelheit und sie lauschte den Klängen von *Where the Wild Roses Grow* von Nick Cave und Kylie Minogue. Die schwermütigen Klänge passten zu Gordon.

*When he knocked on my door and entered the room my trembling subsided in his sure embrace ...*

Sie kuschelte sich in die Shirtjacke, die sie sich über die Schultern gestreift hatte, und schloss die Augen.

„Wir sind da, Rebecca. Ich helfe dir beim Aussteigen." Gordon streichelte ihr über die Wange und sie liebte es, dass er immer wusste, wann sie seine Berührung brauchte, so an die sechzig Minuten in der Stunde oder so. Fest und vertraut umfasste er ihre Hand und legte den Arm um sie, sobald sie vor ihm stand. Gemeinsam liefen sie die Stufen hinauf und ein ihr unbekannter Mann wartete an der Tür auf sie.

„Carl, darf ich dir Rebecca vorstellen?"

„Es ist mir ein Vergnügen." Sein Haar war so kurz, dass es als ein dunkler Schatten seinen Kopf bedeckte. „Sie sitzen im Besprechungsraum."

„Danke, Carl. Wir sehen uns später." Gordon brachte sie hinein und sie hätte gerne Hazel oder Alexis begrüßt, doch von ihnen war nichts zu sehen. Er führte sie nach rechts und die Tür stand offen. Ihre Brüder saßen auf hochlehnigen Stühlen und fühlten sich sichtlich unwohl, was sie ihnen nicht verdenken konnte, angesichts von Sean, Keith, John und Dean, die allesamt in Schwarz gekleidet waren und ihre Brüder größenmäßig überragten. Zwei weitere Männer lungerten hinter ihren Brüdern an der Wand, was sie sichtlich nervös machte. Besonders Hugh warf ihnen ständig Seitenblicke zu.

„Schön, dass ihr meiner Einladung gefolgt seid, damit wir endlich ein klärendes Gespräch führen können." Gordon zog ihr einen Stuhl zurecht.

Sie setzte sich, ehe er rechts von ihr Platz nahm und John an ihrer linken Seite. Sean nickte den beiden Männern zu, die wortlos aus dem Raum gingen und die Tür fiel hinter ihnen leise ins Schloss. Sean und Keith belagerten die Polsterstühle an den Schmalseiten des Tisches. Sie würden solange bleiben, bis die eigentliche private Aussprache mit ihren Brüdern begann. Gordon hatte ihre Vorgehensweise im Vorfeld mit Rebecca besprochen.

James, Charles und Hugh sahen Rebecca an und diesmal schaute sie genauer hin. Ihre Brüder waren eingeschüchtert, doch sie sahen sie nicht verächtlich an, sondern … sorgenvoll und liebevoll.

„Am besten räumen wir zunächst ein paar Vorurteile aus. John würdest du den Herren bitte erzählen, wie Rebecca sich die Gesichtsverletzungen zugezogen hat?"

John Sullivan ergriff das Wort und seine ruhige autoritäre Stimme erzielte durchaus Wirkung bei ihrer Familie.

Nachdem er seine Ausführungen beendet hatte, sah James ihr in die Augen. „Stimmt das wirklich, Becca?"

„Was glaubst du denn? Natürlich stimmt es. Gordon würde mich niemals misshandeln, mich nie ins Gesicht schlagen oder mich respektlos behandeln. Ich habe vor ihm keinen Mann getroffen, der so sehr zu mir passt, mir alles gibt, was ich brauche, um glücklich zu sein. Warum könnt ihr das nicht akzeptieren?"

„Wir wollen doch auch nur, dass du glücklich bist. Aber du musst zugeben, dass du es uns nicht einfach in der Vergangenheit gemacht hast", sagte Charles.

Das stimmte.

„Und was ist mit den Striemen, die du auf deinem Körper hattest? Die hat ER dir doch zugefügt."

„Ja, die habe ich Rebecca zugefügt. Allerdings versteht ihr sicherlich, dass es für eure Schwester mehr als unangenehm ist, mit euch ihre sexuelle Ausrichtung zu diskutieren. Daher haben wir eine devote Frau gebeten, sich euren Fragen nachher zu stellen und somit eure Bedenken auszuräumen. Oder aber ihr könnt selbst Zeugen einer Session werden, die euch das Vertrauensverhältnis zwischen dem devoten und dominanten Part eindringlich aufzeigt. Und falls ihr es ablehnt, den Zauber zu verstehen, oder zumindest zu akzeptieren, dann seid ihr die wahren engstirnigen Perversen."

„Becca, ER ist wirklich das, was du willst?", fragte Hugh.

„Zweifelsfrei ist Gordon der Mann, den ich in sieben Tagen heiraten werde." Sie ließ die Bombe ohne Vorwarnung platzen und ihre Brüder waren dermaßen schockiert, dass sie allesamt erbleichten.

„Heiraten", würgte Charles hervor.

„Ja, heiraten. Aber ihr braucht euch nicht zu sorgen, Gordon ist auch der Mann, der euch das zusätzliche Erbe sicherstellt. Mortimer und unser Anwalt Nicolas West bereden gerade die Einzelheiten."

„Mortimer ist hier?", fragte Hugh.

„Ja. Seans freundliche Mitarbeiter haben ihn vorhin abgeholt."

Sean lächelte sie so strahlend an, als könnte er nicht mit seinem Blick allein einen Menschen in seine Bestandteile zerlegen, egal, ob devot oder undevot. Sie ahnte, dass er noch andere Dinge tat, als Rosen zu pflanzen. Und Keith ... Er hielt seine Gefährlichkeit besser in Schach, dennoch schimmerte sie deutlich durch, weil er es jetzt wollte.

„Gordon ist ein Earl, seine Familie ist wohlhabend und er besitzt ein eigenes Unternehmen."

„Ich verstehe und respektiere es sogar, dass ihr eure Schwester beschützen wollt, doch falls ihr erneut einen dermaßen hinterhältigen Akt ausführt, anstatt mit ihr oder mir zu reden, überlasse ich es eurer Fantasie, was ich mit euch tun werde." Gordon hatte mit ihr noch nie in einem derartigen Tonfall geredet, der so eiskalt und stählern war, dass die Silben wie Hagelkörner in der Luft hingen und dann auf ihre Brüder einschlugen. Gordon fasste nach ihrer Hand und küsste sie auf die Knöchel.

„Es liegt an euch, wie das zukünftige Verhältnis zwischen Rebecca, ihrer Familie und uns aussieht. Sie braucht euch nicht mehr, sie hat eine neue Familie, die sie so akzeptiert wie sie ist."

„Und sie hat uns", sagte Keith. „Wir passen auf unsere Schützlinge auf." Seine Worte konnte man als Warnung verstehen und als das genaue Gegenteil. Er zwinkerte ihr zu, ehe sein Stechblick sich in ihre Brüder bohrte.

„Sollen wir euch allein lassen, damit ihr als Familie zueinanderfindet, James? Oder sollen meine Mitarbeiter euch zurück in euer Haus bringen und ihr habt Rebecca das letzte Mal für eine verdammt lange Zeit gesehen?", fragte Sean.

James stieß einen hörbaren Atemzug aus. „Wir bleiben."

Charles und Hugh widersprachen ihm nicht.

„Soll ich auch gehen, Rebecca?" Gordon gab ihr die Möglichkeit, ihre Geheimnisse aus der Jugend für sich zu behalten.

„Nein, ich möchte dich an meiner Seite haben."

John legte ihr noch eine Hand auf die Schulter und küsste sie auf die Wange. „Wir sehen uns später, kleine Sub", flüsterte er so leise, dass nur sie es hörte.

Als Gordon und sie allein mit ihren Brüdern waren, war der erste Satz wie immer der schwerste und es war James, der ihn sagte. „Wir wollten stets nur das Beste für dich, Becca, so wie Mum auch, aber du hast uns aus deinem Leben gesperrt, hast keinen an dich rangelassen und dermaßen verrückte, gefährliche Dinge gemacht, nur um dir zu beweisen, dass du niemanden brauchst."

Das musste sie erstmal schlucken.

„Mum wusste sich nicht anders zu helfen und hat aus Sorge um dich diese blödsinnige Klausel in ihr Testament aufgenommen. Sie hatte Angst, dass du an einen drogensüchtigen Nichtsnutz gerätst, der dich ausnutzt ... dich schlägt oder Schlimmeres mit dir anstellt", sagte Hugh und ihm standen Tränen in den Augen.

„Du hast gesoffen, gekifft, hast sogar in einem Geschäft geklaut und dich geprügelt."

Sie sank auf ihrem Stuhl zusammen, denn alles, was Charles sagte, entsprach der Wahrheit.

„Ich dachte, ihr würdet mich nicht lieben und Mum hat mich nach Dads Tod von sich gestoßen."

„Das stimmt. Und ich möchte ihr Verhalten nicht entschuldigen, aber jedes Mal wenn sie sich dir annähern wollte, hast du dir eine neue Verrücktheit einfallen lassen. Und daher dachten wir, dass Gordon genau dem Albtraum entspricht, den wir immer befürchtet haben. Es tut mir ... uns leid, Mann. Offensichtlich haben wir das Falsche angenommen", sagte James.

„Wir haben alle Fehler gemacht. Aber es ist nicht zu spät, um neu anzufangen", sagte Gordon. „Lasst uns einen Schnitt ziehen. Es wird nicht einfach werden, doch es ist zu schaffen."

# Kapitel 18

Eine Stunde später klebte sie förmlich an Gordon und versuchte nicht auf Sean und Hazel zu starren. Sie lag über seinen Knien und er spankte ihr geduldig und mit einem sadistischen Gesichtsausdruck den Po, der bereits jetzt glühend rot leuchtete. Doch das hielt ihn nicht davon ab, sein fieses Werk fortzusetzen. Das *Sadasia* war nicht voll, und doch war es ganz anders, als mit ihrem Master allein hier zu sein.

Die Geräusche prasselten auf sie ein und sie erkannte, dass die Schreie von Hazel, die Szene an sich, sie ungehörig anmachten, sodass ihr Geschlecht längst nass war, ihre Klit und ihre Schamlippen geschwollen und pochend auf die Sinnesreize reagierten.

„Hast du genug davon gesehen?", flüsterte ihr Master in ihr Ohr, sodass prompt eine Gänsehaut über Rebeccas Körper perlte, was ihm natürlich nicht verborgen blieb. „So überempfindlich, etwas, das ich zu nutzen weiß."

„Ich weiß nicht, Master", wisperte sie zurück, um die Szene nicht zu stören.

„Du fühlst dich also nicht unwohl oder panisch?"

Rebecca war bewusst, dass die Master auf harte Szenen verzichteten, sich im Vorfeld abgesprochen hatten, um sie nicht zu überfordern.

Gordon packte ihren Nacken mit fester Hand. „Antworte mir."

Die Wahrheit für sich zu behalten war nicht ratsam, denn schließlich war noch Platz neben Sean auf der großen Couch und Gordon hatte bestimmt keine Bedenken, sie dort zu spanken, wenn sie log oder um den heißen Brei - oder in diesem Fall Popo – herumredete.

„Eher das Gegenteil, Master. Es macht mich an."

Er ließ seine Hand, wo sie war und schob sie durch den Raum, genau auf Keith und Alexis zu. Sie stand gefesselt an einem Andreaskreuz und ihr Master stand vor ihr. Sie stieß ein hörbares „Ouchie" aus, und als Keith zur Seite trat, sah Rebecca, dass er sie mit Nippelklemmen versehen hatte, die nicht gerade freundlich wirkten. Rebeccas Brustwarzen kribbelten in entsetzter Sympathie.

„Hmm", murmelte Gordon und starrte auf ihre Brüste.

Der Drang, sie noch zusätzlich mit ihren Händen abzudecken, wütete in ihr. Und ihre blöden Nippel drängten trotzdem gegen das Kleid.

„Wag es nicht!", sagte er in der von ihr gefürchteten sanften Stimme, ehe er um sie herumgriff und den Reißverschluss des Kleides öffnete.

„Gordon!"

Oh Gott! Dunkle Wolken schienen durch seine Augen zu rasen, sodass er wie der Fürst der Finsternis wirkte, als er diesen Blick an ihren fesselte, der nicht nur ihre Knie weich machte.

„Streif die Träger von deinem Kleid ab. Sofort!"

*Willst du wirklich herausfinden, was er mit dir macht, falls du es nicht tust?*

*Nö!*

Sie überkreuzte ihre Arme, hakte die Daumen unter den Stoff und noch nie war ihr etwas schwerer gefallen, als sie nach unten zu ziehen, über ihre Ellbogen und sie dann loszulassen. Aber es war noch schlimmer! Der Witz eines BHs bedeckte nicht ihre erigierten Brustwarzen und ihr Anblick setzte ihren Herzschlag aus.

„Wunderschön. Findest du nicht auch, Miles?"

Natürlich ließ der dunkelblonde Maestro es sich nicht nehmen, sie nicht nur anzusehen, es womöglich subtil wirken zu lassen, nein, er betrachtete sie lange und genüsslich, während Sally neben ihm stand. Zugegebenermaßen war Rebecca overdressed im Gegensatz zu dem „Minirock", der nicht einmal Sallys Po bedeckte und den BH, der nur aus Schnüren bestand.

„Eine Zierde für das *Sadasia*", sagt Miles. „Ich hoffe, die Farbe ihres Pos passt nachher zu ihrem roten Gesicht."

Er zwinkerte ihr zu und erstaunlicherweise blieb der Boden unter ihren Füßen fest, und verschluckte sie nicht, so wie sie es sich wünschte.

„Garantiert", sagte Gordon und er zwinkerte ihr nicht zu. „Wenn du brav bist, lasse ich dir den BH, bis wir an der Station ankommen, die ich für deinen Orgasmus vorgesehen habe."

Nie im Leben würde sie vor Publikum kommen! Das würde selbst er nicht schaffen. Oder? Hitze und Kälte, wummernde Herzschläge und Ohrenrauschen lieferten sich ein Gefecht in und auf ihrem Körper, so sehr, dass sie nicht merkte, dass Gordon sie in die Tiefen des Raums führte, genau auf einen Ring zu, der von der Decke an einer Kette baumelte und der bereits mit Manschetten bestückt war. Auf dem Boden lag eine Spreizstange. Alles war für sie vorbereitet. Gordon reichte ihr die Hand und führte sie die Stufe hinauf.

„Vertraust du mir, Wölfin?"

„Ja, Master." Unsicher schielte sie auf die Stange.

„Wir probieren erst aus, ob du sie magst und du hast deine Wörter. Falls du die Stange nicht ertragen kannst, nehme ich sie dir sofort wieder ab." Er drehte sie, sodass er hinter ihr stand, umfasste sie mit seinen Armen und streichelte über ihren nackten Bauch. „Doch du wirst an alles andere denken, als die Fixierung, die deine Schenkel für mich spreizt, während meine Hände, meine Lippen und meine Zunge dich vergessen lassen, wo du bist."

Er schob sie den letzten Meter auf den Ring zu. Sie stand mit dem Rücken zum Raum und er beließ es dabei. Irgendwie gaben ihr die Manschetten Sicherheit, als er sie um ihre Handgelenke schloss. Es waren dieselben, die er ihr bereits zuvor angelegt hatte. Gordon zog sie fester zu, überprüfte allerdings den Sitz mit einem Finger.

„Nenn mir eine Zahl, Rebecca."

Sie horchte einen Moment in sich hinein. „Eins, Master."

Er schenkte ihr dieses Lächeln, das in ihr den Wunsch weckte, ihm alles zu geben, sobald er danach verlangte.

„Sehr schön." Und dann ging er auf einem Bein vor ihr auf die Knie und zog ihr das enge Kleid über die Hüften. Unvorbereitet streichelte die kühle Luft ihren äußerst nackten Po und unsicher wollte sie hinter sich blicken, um herauszufinden, ob Zuschauer in ihrem Rücken standen.

„Augen auf mich, Rebecca, sonst raube ich dir deine Sicht und sehe mich veranlasst, dir einige schlimme Dinge anzutun, die dir nicht gefallen werden."

Gordon wanderte mit den Handflächen an den Innenseiten ihrer Oberschenkel nach oben, kurz bevor er ihre Schamlippen berührte, stoppte er und küsste sie auf den furchtbar zitternden Bauch. „Oder möchtest du, dass ich dir Schlimmes antue?"

Ihre Kehle war plötzlich zu ausgedörrt, um zu sprechen. Obendrein wusste sie nicht, was sie wollte, denn ihr Verstand und ihr Körper sandten Signale aus, die nicht gegensätzlicher sein könnten.

„Ja, ich glaube, das möchtest du, Wölfin." Er befahl ihr die Füße anzuheben, sodass er das Kleid zur Seite werfen konnte. Dann zog er die Spreizstange zu sich heran. „Na komm, auseinander mit den Füßen."

Ihre Sohlen schienen mit Superkleber an den Dielen zu haften, so sehr strengte es sie an, zu tun, was er von ihr verlangte. Mit sicheren Händen befestigte er die rechte Manschette um ihren Knöchel und anschließend die linke. Obwohl ihre Arme nicht gestreckt nach oben gezogen waren, sondern nur soweit, dass ihre Ellbogen neben ihrem Kinn waren, raubte ihr die Stange nachdrücklich die Bewegungsfreiheit. Sie war ihrem Master ausgeliefert und dieses aufregende Wissen verjagte eine mögliche Panik.

„Nenn mir eine Zahl, Rebecca."

„Drei, Master."

Er richtete sich auf und umfasste ihr Kinn mit leichter Hand. „Du sagst die Wahrheit. Und welche Zahl würdest du dem Grad deiner Erregung geben?"

„Plus zehn."

Er verzog nicht einmal die Mundwinkel, während sie darum kämpfte, nicht in ein hysterisches Kichern auszubrechen. Verflucht! Wenn sie bloß wüsste, wer sich hinter ihr befand und sie anstarrte. Doch sie traute sich nicht, über ihre Schulter zu schauen.

„Ich lasse dir eine Wahl, Rebecca. Du bekommst entweder zehn Hiebe mit einem Paddel oder eine unbestimmte Anzahl mit meiner Hand." Er holte das Schlaginstrument von dem Sideboard, das an der Seite ihres Bereiches stand, und zeigte es ihr. Es war schwarz, handbreit und sah fies aus.

„Entscheide dich oder ich tue es für dich."

„Deine Hand, ich will deine Hand", platzte es aus ihrem Mund. In der anderen Hand hielt er eine Halbliterflasche mit stillem Wasser, in der ein Strohhalm steckte, die er ihr an die Lippen führte. „Langsam, Rebecca", ermahnte er sie. Gordon ließ sie die Hälfte austrinken, ehe er sie auf das Sideboard stellte, zusammen mit dem grässlichen Ding. Allerdings kehrte er mit einem Messer zurück, stellte sich vor sie und fuhr mit der stumpfen Seite der Klinge an der Seite ihres Halses entlang, während sie es nicht einmal wagte zu atmen. Vergessen waren irgendwelche Voyeure. Seine gesamte Aufmerksamkeit galt ihr und ihre ihm. Gordon war so überwältigend in seiner wilden Pracht, mit dem durchdringenden Blick, der ungezähmten Leidenschaft, die in ihm lauerte, nur darauf wartete, dass er sie freiließ. Geschickt durchtrennte er die Träger und anschließend den Steg ihren BHs. Ehe der Stoff auf den Boden fiel, fing er ihn auf und warf ihn zu ihrem Kleid.

„Wie verflucht schön du bist, Wölfin. Wie du mich anstarrst, jede Regung von mir registrierst und trotzdem nicht weißt, was ich als Nächstes mit dir anstellen werde." Er fuhr mit der Spitze des Messers über ihren rechten Nippel und doch verletzte er sie nicht. Der Stahl war kalt und ihre Brustwarze pochte trotz dieser eigenartigen Angst, die so gar nichts mit Furcht gemeinsam hatte. Gordon küsste sie, lange, fordernd und atemraubend.

Seine Lippen waren weich und dennoch fest, sein Arm, mit dem er sie an der Taille umfasste, hart und unnachgiebig, aber auch fürsorglich. Dieser Mann war Eis und Feuer in einer Person. Und im Moment ließ er sie beides spüren. Gordon löste sich langsam von ihr und umrundete sie. Sie spürte den Luftzug und wartete sehnsüchtig auf seine nächste Berührung, egal wie sie ausfallen würde.

Er blieb hinter ihr stehen und sie seufzte, als sie seinen Körper fühlte, der sich an ihre Rückseite presste. Die Wärme seines Oberkörpers sickerte durch sein Hemd und drang in ihre Haut. Sie roch sein herbes Aftershave und das Duschgel, das sich mit seinem Körperduft vermischte. Sie schloss die Augen, sobald er begann, ihre Brüste zu kneten und ihre Nippel zu zupfen. Zwischen ihren Beinen pochte es noch stärker, als die Reize durch die empfindsamen Knospen flossen. Er rutschte mit der rechten Hand tiefer, bis zu ihrem Venushügel und massierte sanft ihre Klit, zu sanft, um einen Orgasmus zu erreichen. Ihre Befürchtungen, dass sie im *Sadasia* keinen Höhepunkt bekommen könnte, stellten sich als falsch heraus, denn im Moment war es ihr schlichtweg gleichgültig, ob jemand sie beobachtete und zuhörte, wie sie kam. Alles, was zählte, war, dass die Gier aufhörte, sie Befriedigung durch Gordon erlangte, egal, wie er sie ihr verschaffte. Frustriert versuchte sie sich stärker an seine Handfläche zu drängen, doch er ließ es nicht zu, kniff stattdessen ihre Klit und hielt die pulsierende Lustperle zwischen seinen Fingern gefangen, bis es brannte und sie vor Schmerz stöhnte. Aber wie unglaublich geil es sich anfühlte, als er den Halt löste und sie diesmal fester massierte. Er trat etwas zur Seite und seine andere Hand klatschte durchdringend auf ihren Po, mehrere Male hintereinander auf dieselbe Stelle, sodass Feuerzungen über ihre Haut leckten, sie sich wünschte, dass sie ausweichen könnte. Doch sie musste ertragen, was ihr Master ihr antat. Gleichzeitig lockte sie die Gier, ausgehend von seinem Daumen, der so gekonnt ihre Lustperle stimulierte, während er mit zwei Fingern in ihr war. Lust und Schmerz wandelten in ihrer Seele und durch ihren Körper, eroberten nach und nach jeden Millimeter ihres Seins, bis sie glaubte zu zerspringen, es nicht länger auszuhalten und dennoch wollte sie mehr davon, mehr von dem köstlichen Kick der völligen Hingabe, der perfekten Unterwerfung, die sie mit ihrem Master auf eine Weise verband, die nicht intimer, nicht näher sein könnte.

Der Schmerz weitete sich aus, forderte alles von ihr ein, während seine Handfläche in einem stetigen Rhythmus auf ihren ungeschützten Po prallte. Wie ein Feuermeer brandete das Brennen über ihre Haut und erreichte das darunterliegende Fleisch. Und doch konnte sie sich nicht auf die Qual konzentrieren, denn dazu war die Stimulation ihres Geschlechts zu intensiv, zu dicht am Orgasmus, um den einen Reiz vom anderen unterscheiden zu können. Sie zerschmolz unter seinen Zuwendungen und schwebte an einen Ort, der sie von ihrem Körper trennte, als das glühende Inferno sie keuchen, schreien und stöhnen ließ.

Und dann schenkte er Rebecca ihren Höhepunkt und das Drumherum verschwamm um sie herum, während ihr Geschlecht um seine Finger pulsierte, ihre Klit unter seinem Daumen zuckte und sich bis zu ihrem Anus ausbreitete.

Sie verbrannte, verging unter dem Ansturm der Erfüllung und des Schmerzes, bis alles sich in ihr verlangsamte und ein reines Glücksgefühl verblieb.

Als sie die Augen öffnete, stand Gordon vor ihr und lächelte sie an. Anscheinend hatte er genauso viel Vergnügen an ihrem Liebesspiel gehabt wie sie, denn er sah äußerst zufrieden aus.

Die kleine Sub stand schwer atmend vor ihm. Ihre Beine zitterten und ihre gesamte Haut schien von innen herauszuleuchten. Ihr Arsch leuchtete nicht nur, er glühte, war knallrot und er würde sie gleich von hinten ficken, um den Anblick zu genießen, der ihm in diesem Moment versagt wurde. Tränenspuren benetzten ihre Wangen und er glaubte, dass sie nicht gemerkt hatte, dass sie geweint hatte.

„Mir scheint, es hat dir gefallen, Wölfin."

Unfähig zu sprechen, sah sie ihm direkt in die Augen. Mit dem Mund sagte sie nichts, aber ihr Blick teilte ihm alles mit, was er wissen wollte. Er hatte sie fester und länger gespankt, als er es ursprünglich vorhatte, allerdings hatte sie nach mehr verlangt und es auch bekommen.

„Ich halte dich, während Sean dich von der Spreizstange befreit."

„Sean?" Verunsichert schlug sie die Lider nieder.

„Ja, Cara." Der Master stand unbemerkt von Rebecca hinter ihr, sodass sie zusammenzuckte. Sean ließ es sich nicht nehmen, ihren Po zu tätscheln. Ihr entrüsteter Aufschrei brachte ihr einen weiteren Hieb auf die Rückseite ihres Oberschenkels ein, beträchtlich schmerzhafter als der Klaps. Sie funkelte Gordon an.

„Soll Sean dort weitermachen, wo ich gerade erst aufgehört habe? Findest du diesen Gesichtsausdruck einer Sub würdig?"

Er verunsicherte sie mit voller Absicht und das empfundene Gefühlschaos spiegelte sich in ihrer Mimik. „Sean würde dich zu gern übers Knie legen, auf der Showbühne, sodass alle zusehen können. Forderst du das wirklich heraus?"

„Nein, es tut mir leid. Verzeih mir, Master."

Gordon hob die Brauen an und ließ Kälte in seinen Blick fließen, die er in diesem Moment nicht empfand. Doch der Sadist in ihm weidete sich an ihrem Zwiespalt.

„Sorry, Master Sean", sagte sie mit der Überzeugungskraft eines stotternden Motors.

Sean ging in die Hocke und küsste sie auf den Po, aus dem alleinigen Grund, um sie zu ärgern. Er war zwar erfolgreich, doch diesmal schaffte sie es, ihre Reaktion zu zügeln. Gordon schloss sie in seine Arme und er spürte ihren sich überschlagenden Herzschlag. „Ich halte dich,

Rebecca. Lass dich einfach fallen, falls du nicht mehr stehen kannst."

Sein Freund befreite sie erst von der Stange, danach von den Handgelenksmanschetten, ehe er Gordon angrinste und sich mit der Grazie und der Intention eines Raubtiers davonmachte, das gerade Blut geleckt hatte und auf der Suche nach neuer Beute war. Arme Hazel.

„Hat Sean mich etwa …?

„Du warst so laut, dass nicht nur Sean gesehen und vor allem gehört hat, wie du gekommen bist."

Sie sackte in seinen Armen zusammen und er hob sie hoch, ging mit ihr in den Ruhebereich hinüber. Sie presste ihr Gesicht an seine Schulter, als würde das *Sadasia* um sie herum verschwinden, wenn sie seine Existenz verleugnete.

Sie war so süß, so liebenswert, so schüchtern und doch so feurig. Er liebte sie. Gordon stellte sie auf die Füße, setzte sich und zog sie auf seinen Schoß. Ihr Arsch schmerzte offensichtlich sehr, denn sie wäre am liebsten sofort hochgeschossen, nicht, dass er das zulassen würde. Sein Schwanz meldete sich mit einem verlangenden Pochen, als sie auf seinem Schoß herumrutschte.

„Soll ich dich hier und jetzt ficken, Wölfin? Ich bin bereits bis zum Bersten geil auf dich und dieses Gezappel ist mehr als ich im Moment tolerieren kann."

Sie erstarrte wie ein äußerst heißer Eisblock. Er zog die bereitliegende Decke von der Lehne und Keith, der gerade vorbeischlenderte, nahm sie ihm aus der Hand und legte sie ihr um die Schultern. „Das war ein sehenswerter Orgasmus, Rebecca. Und ein verdammt anregendes Spanking."

Rebecca schluckte hörbar, verblieb aber stumm. Gordon nahm den Becher mit verdünntem Fruchtsaft von dem Tisch, der neben der schwarzen Ledercouch stand, und hielt ihn an ihre zusammengepressten Lippen. „Trink, du brauchst Kraft, schließlich bin ich noch nicht fertig mit dir."

John, Dean und Frank McCarthy kamen *zufällig* vorbeigelaufen und Frank blieb stehen, um ein paar Worte mit ihm zu wechseln.

„Darf ich dir Rebecca vorstellen. Rebecca, das ist Frank McCarthy."

Es blieb ihr nichts anderes übrig, als Frank anzusehen, der ihr sichtlich amüsiert über die Wange streichelte. „Du hast einen bleibenden Eindruck bei mir hinterlassen. Sie ist wunderschön, Gordon. Willkommen in der Familie, Kleines." Frank war Mitte vierzig und der Dunkelhaarige war bei den nicht liierten Subs sehr beliebt, da er sehr viel Erfahrung hatte und genau wusste, was er tat. Frank lief grinsend davon.

Es fiel Rebecca sichtlich schwer, ihre Beschämung aufrechtzuerhalten und allmählich entspannte sie sich. Ihr Körper kam ebenso zur Ruhe wie sie, während an ihm gar nichts still war. Er stand auf, nahm sie bei der Bewegung mit und stellte sie auf die Füße. Mit einem Ruck zog er ihr die Decke von den Schultern und saugte ihren Anblick in sich auf.

„Knie dich hin, Wölfin." Falls sie sich weigerte, würde es ihr nicht gefallen.

Zu seinem Erstaunen lächelte sie ihn zuckersüß an. „Es ist mir eine Freude, Master." Anmutig sank sie auf die Knie.

Hatte sie ihren Widerstand aufgegeben?

„Darf ich es dir bequemer machen, Master?"

Sehr vorbildlich.

Er nickte ihr zu. Sie hob die Arme, öffnete erst den Knopf seiner Hose, dann den Reißverschluss und zog ihm beide Kleidungsstücke herunter, bis sie um seine Knöchel lagen. Er seufzte erleichtert, als sein Schwanz endlich der Enge entkam. Steif, heiß und pochend wartete er auf ihre weichen, warmen Lippen, ihre feuchte Mundhöhle und das herrliche Gefühl geleckt und gesaugt zu werden.

Sie umfasste seine Härte mit einer Hand, leckte einmal über die Eichel und sah zu ihm hoch.

Oh Gott! Da war DIESES Funkeln in ihren Augen und schon öffnete sie den Mund.
„Angeleckt! Und jetzt gehörst du mir!"

Ende

# Autorin

Linda Mignani, Jahrgang 1965, geboren in Kirkcaldy (Schottland), lebt glücklich verheiratet mit ihrem Mann italienischer Herkunft im Ruhrgebiet. Den britischen Pass ziert ein grauenvolles biometrisches Passfoto. Inspiration holt sie sich beim Malen ihrer Acrylbilder. Sie liebt Regen und stürmisches Wetter, besitzt nur eine Handtasche aber unzählige Turnschuhe. Neben Büchern zählen Wandern, Joggen und Rad fahren zu ihren Leidenschaften. Damenschneiderin und Industriekauffrau sind die Berufe, die sie erlernte. Ihr Motto: Das Leben ist zu kurz, um sich zu ernst zu nehmen.

Linda Mignani im Netz:

Website: lmignani.blogspot.com
Facebook: Linda Mignani


Leser-Fanpage bei Facebook:
Fans des Federzirkels: facebook.com/Federzirkelclub

Weitere Romane von Linda Mignani:

Bittersüßer Schmerz – Federzirkel-Prequel 01
Bittersüße Hingabe – Federzirkel Prequel 02
Verführung und Bestrafung – Federzirkel 01
Zähmung und Hingabe – Federzirkel 02
Vertrauen und Unterwerfung – Federzirkel 03
Feuerperlen – Federzirkel 04
Feuertango – Federzirkel 05

Mitternachtsspuren – Mitternachts-Reihe 01
Mitternachtserwachen – Mitternachts-Reihe 02

Touch of Pain – Die Insel 01
Touch of Pleasure – Die Insel 02
Touch of Trust – Die Insel 03

Kriegsbeute

Blood Dragon 02 – Drachenschwingen (*Fortsetzung von Kira Maedas Roman „Blood Dragon 01: Drachennacht"*)

Dark Tango

**Alexis Kay**
**Scarlet Cheeks: Unschuldige Verlockung**
ISBN Taschenbuch: 978-3-86495-108-4
ISBN eBook: 978-3-86495-109-1

Für Irina ist es Zeit, die behütete Jugend in ihrem Elternhaus hinter sich zu lassen und auf eigenen Beinen zu stehen. Sie zieht zu ihrer Cousine, in ein abgelegenes Dorf im Schatten eines majestätischen Berges und der überaus autoritären Herren Foster.

Hotelerbe Alain Foster - attraktiv, ehrgeizig, erfolgreich - ist ein Frauenheld und hält strikt an seinen Prinzipien fest: keine Beziehungen, keine Affären mit einheimischen Frauen, sondern einzig und allein One-Night-Stands mit Touristinnen kommen für ihn infrage.

Doch Alains Welt gerät aus den Fugen, nachdem er Irina vor einem Sturz bewahrt. Diese gottverdammte Jungfrau in Nöten weckt nicht nur seinen Beschützerinstinkt - und das ununterbrochen! -, sondern auch so manch verloren geglaubtes Gefühl, das tief in ihm schlummert. Nichtsdestotrotz sträubt er sich gegen ihre Avancen.

Irina, ihrem Retter hoffnungslos verfallen, bittet in ihrer Verzweiflung ausgerechnet ihre Cousine, die Anti-Alain-Bewegung höchstpersönlich, um Hilfe ....

**Jacqueline Greven**
**Hot Indian Summer**
ISBN Taschenbuch: 978-3-86495-177-0
ISBN eBook: 978-3-86495-178-7

Olivia Hamptons Herz gehört dem alten Historical Museum of Alexandria, in dem sie angestellt ist. Doch es geht das Gerücht um, ein vermögender Geschäftsmann wolle das gesamte Areal aufkaufen, um die Gebäude abzureißen und dort einen Firmenkomplex zu bauen. Eine schreckliche Vorstellung für Olivia, die sich um ihre Mutter kümmern muss. Bei einer Führung lernt sie den charmanten Samuel Barrett kennen. Mit diversen Zwischenfragen bringt er sie während des Rundganges verbal ins Stolpern. Der Mann hat eine starke erotische Ausstrahlung auf sie, und obwohl sie ihn unverschämt findet, beeindruckt sie sein Charisma und sie kann seiner Einladung zu einer Ausstellung nicht widerstehen. Während gleichzeitig die Schließung des Museums bevorsteht und Olivias Existenz bedroht, verfällt Olivia Samuels Charme und lässt sich auf eine heiße Affäre mit ihm ein. Sie verbringen leidenschaftliche Tage in New York und Olivia verliebt sich über beide Ohren. Doch Samuel ist nicht der, der er vorgibt zu sein …

**Annabel Rose**
**Ja, mein Gebieter!**
ISBN Taschenbuch: 978-3-86495-169-5
ISBN eBook: 978-3-86495-170-1

Die temperamentvolle Mia ist Hotel-Testerin und soll vor einer Übernahme ein Hotel auf Mauritius auskundschaften. Kaum angekommen gerät sie ins Visier des attraktiven Ben, der ihr Gefühlsleben gehörig durcheinander bringt und ihr auf den Kopf zusagt: „Du bist devot."

Wenn sie seine Sub wird, verspricht er ihr Lust zu schenken, schöner und erfüllender als sie es sich jemals erträumt hat. Mia lässt sich darauf ein - und erlebt nicht nur die aufregendsten Nächte ihres Lebens, sondern sie verliert auch ihr Herz an ihren dominanten Verführer.

Was sie nicht ahnt: Ben ist ihr größter Konkurrent im Kampf um die Hotelübernahme …

**Isabelle Richter**
**Love Game: Rien ne va plus**
ISBN Taschenbuch: 978-3-86495-167-1
ISBN eBook: 978-3-86495-168-8

„Mesdames et Messieurs, faites vos jeux."
Über jede Situation die absolute Kontrolle zu haben, ist überlebenswichtig für Jenna Campbell, die auf einem Mississippi-Luxus-Schaufelraddampfer als Croupier arbeitet - bis Berufsspieler Sam Winter am Roulettetisch ihr Gegner wird. Er scheint all das zu verkörpern, was Jenna verachtet, und doch fühlt sie sich magisch zu ihm hingezogen. Sam weckt einen bisher unbekannten Hunger in ihr und bringt sie in Stunden voller Leidenschaft und Lust dazu, ihre Maske fallen zu lassen.
Doch der Mann, den sie zu kennen glaubt, ist nicht der, für den er sich ausgibt, denn in Wahrheit soll er Unregelmäßigkeiten unter den Croupiers des schwimmenden Casinos aufdecken. Plötzlich steht Jenna vor den Scherben ihres bisherigen Lebens und muss eine Entscheidung treffen, die ihre gesamte Zukunft verändern könnte.

**Astrid Martini**
**Engel der Schatten**
ISBN Taschenbuch: 978-3-86495-173-2
ISBN eBook: 978-3-86495-174-9

Als die Krankenschwester Cecile den attraktiven Nicholas kennenlernt, ist nichts mehr so, wie es einmal war. Entgegen ihrer Prinzipien lässt sie sich von ihm verführen und auf ein sinnliches Spiel aus Dominanz und Unterwerfung mit ihm ein. Sie gerät vollkommen in den Bann dieses mysteriösen Mannes. Doch es bleibt nicht bei purer körperlicher Hingabe - sie verliert auch ihr Herz an ihn. Was sie nicht ahnt: Nicholas ist ein Bewohner des Schattenreiches, ein gefallener Engel, der es auf ihre Seele abgesehen hat und der nur eines im Sinn hat: Cecile ins Schattenreich zu locken und ihre Seele ins Verderben zu stürzen ...

**Jazz Winter**
**Las Vegas Gigolos: Pleasure Games**
ISBN Taschenbuch: 978-3-86495-155-8
ISBN eBook: 978-3-86495-156-5

Devils4Angels ... Der Name dieser Agentur ist Programm! Savanna Bishop ist Managerin einer Burlesque-Show, die durch die USA reist. Mit dem Auftrag, endlich ein festes Engagement an Land zu ziehen, reist sie nach Las Vegas. Doch die Gesprächstermine mit diversen Hotelmanagern laufen nicht so erfolgreich, wie sie gehofft hat. Savannas Frust wächst - sie ist es leid, ständig aus dem Koffer zu leben, keine Zeit für feste Beziehungen zu haben und nicht zu wissen, wohin sie gehört. Um sich besser zu fühlen und ihrem schwindenden Selbstbewusstsein einen Kick zu geben, bucht sie über die Begleitagentur Devils4Angels einen umwerfend attraktiven und dominanten Gigolo namens Ethan Price. Es soll eine einmalige Sache sein, doch die gegenseitige Anziehungskraft und heiße Leidenschaft füreinander ist größer. Allerdings weiß jede Frau, dass man sein Herz nicht an einen Gigolo verlieren darf, denn Gigolos verkaufen keine Liebe, sondern einen Traum ...

**Vanessa Serra**
**Kirschblüten**
ISBN Taschenbuch: 978-3-86495-179-4
ISBN eBook: 978-3-86495-180-0

Emily ist durch ihren Freund Sean hoch verschuldet. Seit Monaten zieht er sie immer tiefer in ihre finanzielle Notlage hinein, während er selbst lieber rücksichtslos trinkt und Spaß hat.
Der ebenso attraktive wie vermögende Malcolm Whitefall tritt an sie heran und unterbreitet ihr ein lukratives Angebot: Wenn Emily sich dazu verpflichtet, ihn für eine Woche als Geliebte nach Japan zu begleiten, begleicht er die Schulden und rettet sie damit aus der Schuldenspirale.
Entschlossen, für sich einen Neustart zu beginnen, stimmt Emily zu und beendet die Beziehung zu Sean. Doch dieser rastet aus und Emily entkommt nur mit knapper Not seinem gewalttätigen Ausbruch.
In Japan eröffnet sich für Emily mit Malcolm an ihrer Seite eine ganz neue Welt und ihre Gefühle stehen immer mehr Kopf. Sowohl Malcolm als auch Emily befinden sich in einem Strudel aus Emotionen und ungezügelter Leidenschaft. Sean haben beide vergessen ... ein schwerer Fehler!

**Verlagsprogramm, Leseproben,
Buch-Trailer & Autoreninfos:**
www.plaisirdamour.de

**Facebook:**
Plaisir d'Amour Verlag

**YouTube-Kanal:**
Plaisir d'Amour Verlag